Taschenbücher von JON LAND
im BASTEI LÜBBE Programm:

13 135 Das Omega-Kommando
13 148 Der Rat der Zehn
13 164 Im Labyrinth des Todes
13 169 Das Votex-Fiasko
13 186 Die Lucifer-Direktive
13 199 Der Alabaster-Agent
13 223 Der Alpha-Verrat
13 252 Die achte Fanfare
13 303 Die Gamma-Option
13 344 Das Walhalla-Testament
13 377 Die Omicron-Legion
13 410 Die neunte Gewalt

JON LAND

Ins Deutsche übertragen
von Uwe Anton

Polit-Thriller

BASTEI-LÜBBE-TASCHENBUCH
Allgemeine Reihe
Band 13344

Erste Auflage: Oktober 1991
Zweite Auflage: November 1993

© Copyright 1990 by Jon Land
All rights reserved
Deutsche Lizenzausgabe 1991
Bastei-Verlag Gustav H. Lübbe GmbH & Co.,
Bergisch Gladbach
Originaltitel: The Valhalla Testament
Lektorat: René Strien/Martina Sahler
Titelillustration: Hans Hauptmann
Umschlaggestaltung: Quadro Grafik, Bensberg
Satz: KCS GmbH, 2110 Buchholz/Hamburg
Druck und Verarbeitung:
Brodard & Taupin, La Flèche, Frankreich
Printed in France
ISBN 3-404-13344-7

Der Preis dieses Bandes versteht sich
einschließlich der gesetzlichen Mehrwertsteuer.

Für Sensei, der es gewußt hat

Prolog

»*Die Passagiere, die die Ankunft von Amtrak-Zug zweihundertsechzehn, dem Metroliner von Washington mit Anschluß nach Boston, erwarten, werden darauf hingewiesen, daß der Zug den Bahnhof in wenigen Minuten erreichen wird...*«

Trask erhob sich von der Bank im Wartebereich der Penn Station in New York. Erneut, wie fast ununterbrochen in den letzten zwanzig Minuten, sah er sich sorgfältig um. Das durch den Columbus Day verlängerte Wochenende hatte einen ohnehin geschäftigen Freitag in das reinste Chaos verwandelt. Alle Züge, die New York anfuhren oder verließen, waren verspätet. Die nervösen Reisenden drängten sich in Gruppen um die Anzeigetafel. Trask hatte sie mit nicht geringer Erheiterung beobachtet. Glaubten die Narren, ihr Zug würde schneller eintreffen, wenn sie unentwegt zur Tafel starrten? Genausowenig, wie die Zeit schneller vergeht, wenn man immer wieder auf die Uhr sieht. Trask war fast zum Lachen zumute.

Er trat neben sie in den Mittelgang; seine Glieder waren vom langen Sitzen ganz steif. Zahlreiche Menschen drängten sich an ihm vorbei, viele davon, den Rucksäcken und Taschen nach zu urteilen, Studenten. Trask mußte ihnen ausweichen; die meisten schienen ihn gar nicht wahrzunehmen. Sie hatten schon viel Zeit verloren, und ihre Pläne waren gefährdet. Für die jungen Leute ist das der Stoff, aus dem die Alpträume sind, überlegte Trask, von dem Gedränge seltsam unberührt.

Er war größer und weit besser gekleidet als praktisch alle anderen Menschen in seiner Nähe. Sein langer Übermantel verbarg einen harten, hageren Körper, gestählt durch Übung und Erfahrung. Teil dieser Erfahrung war gewesen, sich einen Sekundenbruchteil, bevor die Kugel eines Terroristen ihn getötet hätte, vor einen Unterstaatssekretär zu werfen. Trask hatte dabei ein faustgroßes Stück seines Schenkels verloren und eine Belobigung bekommen.

Nicht gerade der fairste Handel.

Nach diesem Vorfall hatte er begonnen, als Kurier zu arbeiten, und er war einigermaßen erleichtert, von der vordersten Front abgezogen worden zu sein. Er hatte sich zu lange auf sein Glück verlassen. Die Männer im Außendienst hatten normalerweise keine Familie, und in der letzten Zeit hatten die Gedanken an sie seine Konzentration immer öfter beeinträchtigt.

Der heutige Job war typisch für seinen neuen Arbeitsbereich. Nur eine Routineübernahme von dem Kurier, der mit dem Metroliner kam.

Trask stellte die Vorsichtsmaßnahmen nicht in Frage. Niemals wird ein Weg zweimal benutzt, und das führt oft dazu, daß das Material über einige Umwege ans Ziel gelangt. Die hohen Tiere hatten ihre Gründe, aber sie waren Trask nur recht.

Ein Gepäckträger, dem er zuvor ein Trinkgeld gegeben hatte, flüsterte ihm die Gleisnummer des Metroliners zu, bevor sie bekanntgegeben wurde. Als Trask die Treppe hinabging, kam ihm eine Horde gerade eingetroffener Passagiere entgegen. Sie behinderten ihn, doch Trask bahnte sich geduldig den Weg durch die Menge. Er sah schon den Fuß der Treppe, als einem Mädchen, das nicht viel älter als seine Tochter war, die Tasche von der Schulter rutschte. Sie fiel zu Boden, der Inhalt flog in alle Richtungen, und der gesamte Verkehr wurde aufgehalten. Trask sah, wie das Mädchen lächelte, als er sich bückte, um ihr zu helfen, ihre Besitztümer wieder einzusammeln.

Er sah auch ihre Hand, ging jedoch einfach davon aus, daß sie nach einer der zu Boden gefallenen Tonbandkassetten griff, als sie plötzlich nach oben zuckte. Im letzten Augenblick sah Trask, wie das Messer aufblitzte. Vor zwei Jahren, vor der Sache mit seinem Bein, hätte er noch ausweichen können; so jedoch gelang es ihm nur, sich zurückzuwerfen, und die Bewegung belastete sein untaugliches Bein. Es gab nach, und Trask griff verzweifelt nach dem Geländer, als die Klinge über seine Kehle fuhr. Er atmete gerade ein, als der Stahl kalt und schnell seine Haut berührte, und da endete es, endete alles.

Trask stürzte den gerade eingetroffenen Passagieren entgegen, warf sie mit seinem Gewicht zurück und bespritzte die, die ihm am nächsten standen, mit Blut. Seine Mörderin jedoch hatte ihre Besitztümer auf der Treppe zurückgelassen und stürmte im Gleichschritt mit der Panik, die sich unter den Reisenden ausbreitete, die Treppe hinauf.

Riverstone war zu weit von der Treppe entfernt gewesen, um den Aufruhr mitzubekommen. Er wartete vor dem verabredeten Waggon des Zuges, um Trask das Material zu übergeben und dann die Reise nach Boston fortzusetzen. Ungeduldig sah er auf die Uhr und beschloß, Trask noch zwei Minuten zu geben.

Ein beklemmendes Gefühl drängte ihn, die Mission aufzugeben und augenblicklich wieder in den Metroliner zu steigen. Riverstone hatte eigentlich nie gern im Außendienst gearbeitet, doch seine Erfahrung als Kurier war in diesem Network unübertroffen. Er hatte solche Gefühle schon früher gehabt, und fast jedesmal waren sie begründet gewesen. Doch bei dieser Sache handelte es sich um einen harmlosen Routineauftrag, den auch ein Mann, der sich den Sechzigern und der Pensionierung näherte, bewältigen konnte.

Die zwei Minuten verstrichen, ohne daß Trask auftauchte. Riverstone wollte schon in den Metroliner zurückkehren, zögerte dann jedoch. Er mußte die Anomalie melden. Irgendeiner hatte Mist gebaut, und er wollte vermeiden, daß man ihm die Schuld in die Schuhe schob. Ein schneller Anruf von einer öffentlichen Telefonzelle, und er würde den Zug erreichen, bevor er weiterfuhr.

Riverstone drehte sich um und ging los. Für den Fall, daß jemand außer Trask ihn beobachtete, wollte er nicht gleichzeitig mit einem anderen Passagier des Metroliners im Bahnhof auftauchen. Er achtete stets auf solche Einzelheiten, wenngleich man das von anderen nicht unbedingt behaupten konnte. Zweifellos lag irgendein Kommunikationsfehler vor, und Trask würde in einer Stunde hier erscheinen, wenn der nächste Metroliner einfuhr.

Riverstone merkte, daß er an den nach oben führenden Treppen vorbeigegangen war, und drehte sich wieder um. Hinter ihm lief auf dem linken Gleis ein weiterer Zug aus Richtung Süden ein. Ausgezeichnet. Er konnte sich unter die Passagiere mischen, die den Zug verließen. Riverstone verlangsamte seine Schritte, und der Zug hielt mit kreischenden Bremsen an.

Vor ihm schob sich ein Krüppel auf Krücken voran, jeweils abwechselnd das linke und das rechte Bein bewegend. Die Türen des eingetroffenen Zuges öffneten sich gerade, als Riverstone zu dem Krüppel aufschloß und sich unter die hinausströmenden Fahrgäste mischen wollte. Er sah, wie sich der Krüppel zu ihm umdrehte und zu stolpern schien. Riverstone streckte die Hand aus, um den Mann festzuhalten, und fühlte, wie sich etwas gegen seine Seite drückte. Bevor er jedoch reagieren konnte, zerriß etwas, was sich wie drei heftige Schläge anfühlte, seine Rippen und nahm ihm die Luft.

Nun war es Riverstone, der den Halt verlor. Als er gegen einen Betonträger prallte, fühlte er, wie warme Nässe aus ihm quoll.

Ich sterbe. O Gott, ich sterbe.

Mit diesem letzten Gedanken stürzte Riverstone in den Weg der Menschen, die ihm eigentlich hätten Deckung geben sollen. Der Krüppel war schon unter den vorwärtsdrängenden Fahrgästen verschwunden; nur das Klacken seiner Krücken verriet, welchen Weg er eingeschlagen hatte.

Der Direktor hatte das Gesicht so nah gegen das Aquarium gedrückt, daß er einen Teil der Steine und Pflanzen darin erkennen konnte.

»Setzen Sie sich, Richards«, wies er den jungen Mann an, der gerade sein Büro betreten hatte. Als Richards dem Befehl nachkam, bewegte er sich nur unmerklich hinter dem Glas. »Ich wurde bereits unterrichtet, Captain, also können Sie mir die Einzelheiten ersparen. Was haben Sie sonst noch herausfinden können?«

»Wir haben den Kontakt mit den letzten drei Agenten des

Jubilee-Networks verloren, Sir. Die Morde an Trask und Riverstone waren keine Zufälle.«

»Das hatte ich befürchtet. Wurde Sapphire kompromittiert?«

»Nichts deutet darauf hin, Sir. Die Unterwanderung erfolgte irgendwo vorher. Keiner der Kuriere wußte von ihrer Existenz. Wir können also davon ausgehen, daß sie in Sicherheit ist.«

»Zumindest für den Augenblick, meinen Sie wohl, Captain«, sagte der Direktor.

Als ehemaliger Militär pflegte der Direktor seine Untergebenen mit militärischen Rängen anzusprechen — falls sie welche hatten. Wenn nicht, stiegen sie in der CIA nur selten so weit auf wie Richards. Der Direktor kam hinter dem Aquarium hervor, und sein hageres Gesicht verlor die verzerrte Schwammigkeit, die das Glas ihm verliehen hatte. Richards dachte bei sich, daß er nun nicht unbedingt besser aussah.

»Ich glaube, Captain, wir sollten Sapphire zurückziehen.«

»Ich hielte das für einen Fehler, Sir.«

»Ich will nicht noch mehr Agenten verlieren.«

»Sir, der Schlag, den das Jubilee-Network gegen die Vereinigten Staaten vorbereitet hat, wird bald erfolgen. Und es wird ein harter Schlag werden. Wenn wir Sapphire zurückrufen, werden wir überhaupt keine Informationen mehr bekommen.«

Der Direktor nahm auf dem Lehnstuhl hinter seinem Schreibtisch Platz und seufzte. »Was wäre die Alternative zu einem Rückruf?«

Richards legte eine Aktenmappe auf den Schreibtisch. »Sir, das grundlegende Problem im Augenblick ist, daß wir den Kontakt zu Sapphire verloren haben. Jeder Versuch, die Verbindung über die traditionellen Kanäle wiederherzustellen, wird sie in noch größere Gefahr bringen, als sie es bereits ist. Angesichts dieser Tatsache habe ich einen Ausweichplan vorbereitet.«

Der Direktor öffnete die Aktenmappe und überflog die Seiten. Dann runzelte er die Stirn. »Diesen Plan haben Sie aber offensichtlich nicht in den letzten zwölf Stunden ausgearbeitet, Captain.«

»Nein, Sir, ich arbeite schon seit geraumer Zeit daran.«

»Eine beeindruckende Logistik.«

»Danke sehr, Sir.«

»Danken Sie mir noch nicht. Ich sagte beeindruckend, nicht entwicklungsfähig. Ich benutze nicht gern Zivilisten.«

»Bei diesem Fall ist das Risiko minimal.«

»Das Risiko ist niemals minimal, *besonders nicht* bei diesem Fall...«

Richards senkte den Blick auf die Aktenmappe. »Der Plan berücksichtigt das bereits.«

»Offensichtlich.«

»Wir haben nur zwei Möglichkeiten, Sir. Die eine besteht darin, Sapphire zurückzurufen. Die andere wäre, mit diesem Ersatzplan weiterzumachen.«

Der Direktor blätterte einen Teil der Seiten erneut durch. »Wie genau sind Ihre Informationen über diesen Zivilisten?«

»Sehr genau. Sie kamen von Sapphire selbst.«

Überrascht sah er auf. »Dann ist sie also bereit, das Risiko auf sich zu nehmen.«

Richards nickte.

»Captain, die Frage lautet: Sind wir es auch?«

»Sapphire weiß, was auf dem Spiel steht, genau wie wir. Wir haben über ein Jahr gebraucht, um sie einzuschleusen. Jetzt, wo das Ende so kurz bevorsteht, will sie nicht alles über den Haufen werfen.«

Der Direktor schloß die Mappe und schob sie zu Richards zurück. »Die vernichten Sie natürlich, und auch jeden anderen Hinweis auf diese Operation.«

»Natürlich, Sir.«

»Nicht die kleinste Akte, nicht der geringste Hinweis darf auf uns deuten, selbst dann nicht, wenn die Operation erfolgreich abgeschlossen werden sollte.«

»Ich verstehe.«

»Das hoffe ich, Captain. Das hoffe ich sehr.«

Erster Teil

CASA GRANDE

New York: Mittwoch, 6 Uhr

Erstes Kapitel

»Wenn wir auch nur etwas Mumm hätten, Ivy-Bürschchen, würden wir in die Stadt zurückfahren und diese Ärsche aus dem Fenster werfen.«

Jamie Skylar wandte sich der großen Gestalt auf dem Fahrersitz des Jaguars zu. »Das würde nichts ändern, Monroe.«

»Aber es wäre schön, es ihnen heimzuzahlen, und darin bist du doch der Experte«, sagte Monroe Smalls mit einem Lächeln.

Jamie erwiderte das Lächeln und griff zur Türklinke. »Danke fürs Mitnehmen.«

Er wollte die Tür öffnen, als sich Smalls' riesige Pranke um seinen Unterarm schloß. Sie standen im absoluten Halteverbot vor dem Kennedy Airport, doch keiner der vorbeifahrenden Streifenwagen schien sich daran zu stören.

»Willst du mir nicht sagen, wohin du fliegst, Ivy?«

»Urlaub«, log Jamie. »Der Spielausschuß der NFL hat mir sechs Wochen frei gegeben, und da habe ich mir gedacht, mach was aus der Zeit.«

Monroe Smalls verzog das Gesicht. »Ja, und mein erster Vetter mütterlicherseits kommt aus Berlin und hat den Ball erfunden.«

»Ich stelle eine gewisse Ähnlichkeit fest.«

Smalls ließ Jamies Arm los. »Paß auf deinen Arsch auf, Ivy. Nach sechs Wochen warten die Giants auf dich. Scheiße, verpaß nur nicht die Play-offs, oder alles ist hinüber.«

»Paß auf mein Schließfach auf, Monroe.«

»Das ist das geringste, wenn ich bedenke, was du für mich getan hast.«

Jamie schlug die Tür des Jaguars zu und betrachtete sein Spiegelbild auf der Fensterscheibe. Er sah müde aus. Schlimmer, er sah elend und schwach aus. Das lange, wellige, braune Haar, das ihm manchmal unter dem Helm hervorquoll, war stumpf. Sein Gesicht war normalerweise glatt und eckig, aber nicht nur die Verzerrung durch das Glas ließ es aufgequollen und schmal wirken. Unter den kristallblauen Augen, die normalerweise hell und lebendig waren, lagen tiefe, leblose Ringe. Selbst seine starken Schultern schienen herabzuhängen.

Was zum Teufel ist nur los mit mir?

Erst einen Tag zuvor war Jamie vor dem Spielausschuß der National Football League erschienen. Dessen Ermittlung war mit ungewöhnlicher Schnelligkeit abgeschlossen worden, doch das überraschte Jamie gar nicht.

»Mr. Skylar«, hatte der Vorsitzende Walter Mount das Gespräch eröffnet, während er seine Brille abnahm, »bei dieser Anhörung wollen wir die letzten Zeugen in der Sache Roland Wingrette vernehmen. Für die Akten ... Sie haben diesen Spieler der Philadelphia Eagles am Sonntag, dem zweiten Oktober, absichtlich verletzt. Ebenfalls für die Akten ... können wir davon ausgehen, daß Sie sich entschlossen haben, bei dieser Anhörung auf einen Rechtsbeistand zu verzichten?«

»Das können Sie.«

Die Ausschußmitglieder sahen sich geringschätzig an. Der Raum sah genauso aus, wie Jamie ihn sich vorgestellt hatte: tief und rechteckig, wobei Mount und die vier anderen hinter einem Konferenztisch an der vorderen Wand saßen. Davor waren sauber und ordentlich einige Stühle postiert worden, was den Anschein erweckte, sich in einem Gerichtssaal zu befinden. Zur linken Hand saß eine Stenotypistin, deren schwarze Maschine bereits einen gebogenen Streifen Papier ausgestoßen hatte. Jamie hatte in dem Stuhl direkt vor dem Vorsitzenden Platz genommen.

Walter Mount nickte. »Dann richten wir unsere Aufmerksamkeit jetzt auf den Monitor...«

Der große Fernsehbildschirm erhellte sich. Kurz brandete der Ton auf, dann stellte Mount ihn leiser. Das Stadion der Giants. Sechsundsiebzigtausend Fans, die sich bei einem der ersten Spiele der Meisterschaft die Lungen aus dem Leib schrien, als befände sich die Mannschaft mitten in der Play-off-Runde. Die Eagles führten den Anstoß aus, nachdem die Giants gerade ein Touchdown erzielt hatten. Jamie war das dritte Blauhemd von rechts.

Vor sechs Jahren hatte Jamie geglaubt, das Stadion der Scranton High-School sei das größte, in dem er jemals spielen würde. Ein älterer Student in einer vernünftigen Mannschaft mit einer vernünftigen Chance, den zweiten Platz zu belegen oder eine ehrenvolle Erwähnung zu bekommen, hatte normalerweise keine große Karriere vor sich. Doch ein Talentsucher der Brown University hatte ihn gesehen und war das Risiko eingegangen. Diese Mannschaft hatte in den letzten drei Jahren insgesamt fünf Spiele gewonnen, so daß das neue Talent, wie der Spielersucher es ausdrückte, dort wahrscheinlich keine durchschlagende Wirkung erzielen würde. Jamie gefiel, was der Mann zu sagen hatte. Er spielte Football und bekam dafür seinen Abschluß als Maschinenbauer oder Fachingenieur, falls die finanzielle Hilfe bewilligt wurde. Wie der Spielersucher ihm erklärte, gab es in der Ivy League keine Stipendien. Das war das Beste, was sie ihm anbieten konnten.

Er war der beste Stürmer in der Mannschaft der Studienanfänger gewesen, hatte aber kein besonders großes Aufsehen erregt. Der Durchbruch kam dann im Sommer vor seinem zweiten Studienjahr. Er hatte mit Bodybuilding angefangen, und sein Gewicht stieg von 185 auf 205 Pfund. Noch drei Zentimeter Wachstum, und er war ansehnliche einen Meter und sechsundachtzig groß. Als er im Sommer das Training wieder aufnahm, lief er die vierzig Meter in 4,6 Sekunden, womit er seine bisherige Bestzeit um drei Zehntelsekunden unterboten hatte. Die Trainer ließen ihn am nächsten Tag den Lauf wiederholen, um sich zu überzeugen, daß die Uhr richtig funktioniert hatte.

Die wirkliche Veränderung zeigte sich jedoch auf dem Spielfeld. Plötzlich hatten die gegnerischen Spieler Schwierigkeiten, ihn zu fangen, und wenn es ihnen einmal gelang, konnten sie ihn nicht zu Boden reißen. Kein einziger Verteidiger des Brown-Teams konnte ihn aufhalten. Es war, als hätte Jamie ein neues Gleichgewicht gefunden, als könne er den Oberkörper in die eine Richtung und den Unterkörper in die andere drehen. Manchmal glaubte er sogar zu fühlen, wie sein Körper sich teilte, daß er zwei Menschen war. Er sah die Löcher in der gegnerischen Deckung und nutzte sie noch im selben Augenblick aus. Er entschied das Eröffnungsspiel gegen Yale. Neunhundert Yards im zweiten Jahr, und zwölfhundert weitere im dritten. Allmählich wurde man auf ihn aufmerksam.

Das vierte Jahr erwies sich als das beste. Neunzehnhundert Yards — ein Durchschnitt von fast zweihundert pro Spiel. *Sports Illustrated* berichtete über ihn. ABC übertrug ein Spiel, ESPN drei. Die Mannschaft machte 10 zu 0 Punkte und gewann die Ivy-League-Meisterschaft, wofür jeder Spieler mit einem goldenen Ring mit einem großen, blauen Edelstein belohnt wurde. Jamie nahm ihn seitdem nur ab, wenn er spielte oder trainierte. Bei der Wahl zur Heisman Trophy, mit der jeweils der beste Spieler ausgezeichnet wird, belegte er den fünften Rang, die beste Plazierung eines Spielers von der Universität, an der John Heisman selbst studiert hatte. Am Tag seiner Einberufung zum Wehrdienst kam ein Anruf von den Giants, und er unterschrieb einen Dreijahresvertrag, dotiert mit 250 000 Dollar pro Jahr, die beiden ersten Jahre garantiert. Eine halbe Million Mäuse, um Football bei einem Anwärter auf die Superbowl zu spielen.

Die Videoaufzeichnung lief weiter, doch Jamie achtete nicht darauf. Der Zwischenfall, weit im voraus geplant, hatte sich zu sehr in sein Gedächtnis gebrannt. Der Rückspieler der Eagles hatte den Abschlag ausgeführt und war kurz vor der Zwanzig-Yard-Linie gestoppt worden. Jamie beobachtete aus den Augenwinkeln, während er sich auf Roland Wingrette konzentrierte, einen Stürmer der Eagles, der auf der linken Seite abgeblockt worden war. Der Abpfiff war längst erklungen, als Jamie von hinten in ihn hineinlief. Der viel größere Wingrette war zu Boden gegangen und nicht wieder aufgestanden. Ein Meer weißer Eagle-Trikots verschluckte Jamie kurz, bevor die blauen Giants herangestürmt kamen und ordentlich mitmischten. Jamie bekam mehrere Schläge ab, fühlte sie durch die Polsterung aber nicht. Er fühlte sich nur gut.

Walter Mount hatte das Band angehalten und nahm die Brille ab. »Mr. Skylar, dieser Ausschuß ist zu der Auffassung gelangt, daß Sie Roland Wingrette bewußt und in bösartiger Absicht verletzen wollten. Sie haben ihm eine Gehirnerschütterung und einen Bänderriß in der rechten Schulter zugefügt. Was haben Sie dazu zu sagen?«

»Nichts.«

Mount setzte die Brille schnell wieder auf, als glaubte er, seinen Augen nicht trauen zu können. »Sie gestehen einen völlig unprovozierten Angriff auf einen anderen Football-Spieler ein, der vielleicht dessen Karriere beenden wird?«

»Keineswegs.«

»Aber Sie haben gesagt...«

»Der Angriff war provoziert.«

»Mr. Skylar, wir konnten auf dem Videoband nicht feststellen, daß Roland Wingrette Sie provoziert hat.«

»Nicht mich.«

»Was?«

»Spielen Sie das Band zurück, Herr Vorsitzender. Zur zehnten Minute des dritten Viertels.«

Mount räusperte sich. »Uns steht im Augenblick keine vollständige Aufzeichnung des Spiels zur Verfügung.«

»Na schön. Dann beantworten Sie mir eine Frage. In welcher Position spielt Roland Wingrette?«

»Außenstürmer, Reserve.«

»Aber bei diesem Spiel wurde er schon im zweiten Viertel eingesetzt, nicht wahr? Er kam herein, nachdem unser Außenverteidiger Monroe Smalls ihren Quarterback zum dritten Mal an diesem Nachmittag gelegt hatte. Wingrette war kaum im Spiel, als er Smalls einen Tritt in die Kniekehle verpaßte. Die Schiedsrichter haben es nicht gesehen, aber die Spieler. An beiden Seitenauslinien.«

»Das ist ein schwerwiegender Vorwurf, Mr. Skylar.«

»Scheißdreck. Sie haben ihn schon vorher gehört und nicht das geringste unternommen.«

»Also übernahmen Sie es, ihm einen Denkzettel zu verpassen?«

»Anscheinend.« Jamie musterte Mount, der sich in Schweigen hüllte. »Sie haben nicht vor, sich die Aufzeichnung anzusehen, oder?«

»Die relative Ehrbarkeit Ihrer Absicht ändert nichts an den Fakten.«

»Er hat es schon öfter gemacht, und das wissen Sie auch. Verdammt, dieser beschissene Trainer schickt Wingrette nur aufs Spielfeld, damit er einen anderen Spieler aus dem Spiel nimmt. Und anstatt dagegen etwas zu tun, verurteilen Sie mich.«

Mount nahm die Brille wieder ab. Sie zitterte in seiner Hand. »Sie haben uns darauf aufmerksam gemacht, Mr. Skylar. Wir werden die notwendigen Schritte einleiten, um dieses Verhalten zu ahnden.«

»Haben Sie jemals Football gespielt, Mr. Mount?«

»Äh, nein.«

»Sehr schade. Wenn Sie mal gespielt hätten, wüßten Sie verdammt noch mal besser über das Bescheid, was sich auf dem Feld so tut. Es gibt einen Kodex, Herr Vorsitzender, der gar nichts mit Ausschüssen und so weiter zu tun hat. Sie alle sollten sich wirklich mal ein Spiel ansehen. Vielleicht könnten Sie noch etwas lernen.«

Mount ließ sich nichts anmerken. »Und trotz all dieser Vorfälle, derer Sie Roland Wingrette bezichtigen, waren Sie der erste Spieler, der nach diesem Kodex handelte.«

»Nein. Nur der erste, der es richtig hinbekam.«

Mount starrte ins Leere; sein Gesichtsausdruck zeugte gleichermaßen von Zorn und Verblüffung. »Mr. Skylar, dieser Ausschuß wird nun das Strafmaß beschließen. Sie müssen sich dafür verantworten, einen Mitspieler so schwer verletzt zu haben, daß er sechs Wochen pausieren mußte, und Sie scheinen nicht das geringste Bedauern zu empfinden.«

»Nur Bedauern darüber, daß ich ihn nicht für die ganze Meisterschaft spielunfähig gemacht habe, Herr Vorsitzender.«

Der Ausschuß benötigte nur zwanzig Minuten, um zu einem Beschluß zu gelangen. Als Jamie in den Saal zurückgerufen wurde, hatte die Stenotypistin die Finger gekrümmt wie ein Revolverheld, der jeden Augenblick ziehen muß.

»Mr. Skylar«, begann Mount — er hatte die Brille wieder aufgesetzt —, »dieser Ausschuß ist zu der Auffassung gelangt, daß Sie für die Dauer von sechs Wochen für die National Football League gesperrt werden. Während dieses Zeitraums dürfen Sie an keinem Training und keiner Mannschaftsversammlung teilnehmen. Sie dürfen das Stadion der Giants nicht betreten, und auch kein Stadion, in dem die Giants während dieses Zeitraums ein Auswärtsspiel bestreiten müssen. Darüber hinaus werden Sie Ihr gesamtes Gehalt des Zeitraums dieser sechs Wochen abführen. Sie können gegen dieses Urteil Berufung einlegen...«

Mount hatte noch mehr zu sagen, doch Jamie hörte nicht hin. Dieser Ausschuß würde niemals verstehen, warum er so und nicht anders gehandelt hatte. Jamie war es Monroe Smalls einfach schuldig gewesen, war ihm mehr schuldig als irgend jemandem sonst.

Jamie erinnerte sich mit Wehmut an sein erstes Trainingslager im vergangenen Sommer. Bei der ersten Rempelei hatte Smalls, dessen einhundertfünfzig Kilo zum größten Teil aus stählernen Muskeln bestanden, ihn glatt zu Boden geworfen. Doch als der Profi ihn schließlich grinsend aufstehen ließ, hatte Jamie ihn mit der Schulter gerempelt, ihn seinerseits zu Boden geschickt und auf ihn eingeschlagen. Die Schläge konnten keine große Wirkung haben, da Smalls ihn schon im Griff hatte, bevor irgend jemand sie trennen konnte. Er grinste noch immer, als er Jamie aufhalf.

»Für einen Jungen von der Ivy League hast du Scheiße im

Gehirn, aber jede Menge Mut«, sagte der große Mann dann zu ihm. »Mach so weiter, Ivy-Bürschchen, und du findest hier vielleicht einen Job.«

Und er hatte einen Job gefunden, nicht zuletzt deshalb, weil Smalls ihn sich bei jeder sich bietenden Gelegenheit vorgeknöpft hatte. Smalls, der zwei Jahre lang im All-American-Team der Army gespielt hatte, war schließlich freigestellt worden, um Profi-Footballer werden zu können. Dafür absolvierte er in der spielfreien Zeit ein Vierteljahr lang an den Wochenenden Reservedienst und wiederholte jedes Jahr im Frühling in Fort Bragg die zehnwöchige Ausbildung der Special Forces. Das letztere war seine Idee gewesen, damit er sich optimal auf die Meisterschaft vorbereiten konnte. In der Vorbereitungszeit vor der Meisterschaft suchte Jamie jedesmal nach Smalls, wenn er den Ball hatte, auch wenn er gar nicht auf dem Spielfeld war. Smalls trieb ihn ständig an und machte ihm das Leben zur Hölle, und schließlich war er dafür verantwortlich gewesen, daß Jamie in die erste Mannschaft kam. Jamie war der Meinung, daß er mit der Revanche an Roland Wingrette nicht einmal ansatzweise begonnen hatte, seine Schuld abzutragen.

Die Fensterscheibe glitt hinab, und Jamie war froh, sein Spiegelbild mit ihr verschwinden zu sehen.

»Vergiß nicht, Ivy-Bürschchen«, sagte Smalls, als Jamie vom Bürgersteig in den Jaguar sah, »ich bezahle deine Strafe.«

»Wie du meinst.«

»Darauf kannst du verdammt noch mal Gift nehmen. Und ich sag' dir, nach sechs Wochen ist das alles nur noch 'ne böööööse Erinnerung. Es ist schon viel Schlimmeres als diese Scheiße passiert.«

Jamie hätte ihm fast gesagt, wie recht er damit hatte.

Das Telegramm war am Abend zuvor gekommen. Jamie hatte niemandem davon erzählt, nicht einmal Monroe Smalls. Auch hatte er der Geschäftsstelle der Giants nicht mitgeteilt, wohin er fahren würde. Er hatte nur gesagt, er würde nach seiner Rückkehr alles erklären. Nicht vieles auf der Welt war ihm wichtiger als Football, aber wegen einem davon saß er nun, vierzig Minuten, nachdem Monroe Smalls ihn abgesetzt hatte, in der ersten Klasse eines Flugzeugs mit Ziel Nicaragua.

Ein Mann, der ihn in der Abflughalle aus der Ferne beobachtet hatte, wartete, bis der Jet gestartet war, und ging dann zu einer Telefonzelle.

»Es ist gelaufen«, sagte er. »Skylar ist unterwegs.«

Zweites Kapitel

»Möchten Sie ein Zimmer, Miss?«

Chimera musterte den Türsteher höflich und lächelte. »Nein«, erwiderte sie. »Ich besuche nur einen Freund.«

Chimera betrat das New Yorker Grand Hyatt durch den Eingang 42nd Street. Der Fahrstuhl befand sich direkt links von ihr und führte zu der Empfangsebene, von der das Gräusch von Wasser erklang, das in einem endlosen Kreislauf durch den großen Springbrunnen geleitet wurde.

Sie war erst einmal im Grand Hyatt gewesen, erinnerte sich aber einigermaßen an den Grundriß. Die Lobby umfaßte eine Empfangstheke, die sich über eine ganze Wand erstreckte, einen Sitzbereich mit fest eingebauten Polstermöbeln und das helle Sun-Garden-Restaurant mit Blick auf die 42nd Street. Chimera ging weiter, nur beiläufig auf die endlose Reihe von Kongreßteilnehmern achtend, die sich eintragen wollten, Aktentaschen oder Kaffeebecher in der Hand, ein paar schon mit Namensschildern an den Jackenaufschlägen.

Es war nicht schwer, Crane zu finden; er befand sich an der Stelle, die auch Chimera ausgewählt hätte, wäre die Rollenverteilung umgekehrt gewesen. Mit dem Rücken an der Wand und gutem Blick zu allen Seiten. Die quadratische Insel brauner Polstersitzmöbel, gruppiert um eine große Hydrokultur, war die ideale Wahl, und sie entdeckte Crane einen Augenblick später, nachdem sie die Sitzgruppe ausgemacht hatte. Er saß auf einem

Polster, von dem aus man das andere Ende der Lobby mit der Piano-Bar und dem Restaurant im Blick hatte, mit dem Rücken zur Rezeption, doch von dort konnte er nicht gesehen werden. Ein mit geschmolzenem Eis verwässerter Drink stand auf dem weißen, eckigen Tisch vor ihm, direkt neben einem Streichholzhäuschen, das er mit penibler Genauigkeit aufgebaut hatte.

Chimera verlangsamte ihre Schritte; irgend etwas an der Szene störte sie. Wenn es Legenden in der Welt der Killer gab, zu der sie gehörte, war Crane eine davon. Kein Auftrag war jemals zu schwierig gewesen, keine Herausforderung zu groß. Wenn alle anderen versagt hatten, rief man Crane. Die richtigen Leute wußten das, aber auch einige der falschen. Seine Spezialität waren Messer, doch er konnte auch mit fast jeder anderen Waffe genauso gut umgehen.

Seine beste Arbeit hatte er für Israel geleistet, in den frühen Tagen dieses Landes, doch zur Legende geworden war er bei den Outsidern, einer Gruppe, die so hieß, weil sie ›außerhalb‹ aller sanktionierten Autoritäten arbeitete. Für einen bestimmten Preis übernahmen die Agenten, die selbst Außenseiter waren, Ausgestoßene, die Fehler begangen hatten, nach denen sie nirgendwo sonst unterkommen konnten, jede Aufgabe.

Auf halber Strecke durch den Raum blieb Chimera stehen. Dieser Mann konnte nicht Crane sein. Die Schultern waren zu eingefallen, der Körper viel zu hager. Der Crane, den sie kannte, war ein großer Mann, doch dieser hier sah aus wie das Produkt einer konsequenten Nulldiät. Und doch war es Crane, und Chimeras Gedanken verweilten kurz bei der Überlegung, ob seine äußerliche Erscheinung irgendwie für die verzweifelt klingende Nachricht verantwortlich war, die sie hierher geführt hatte. Es kam praktisch niemals vor, daß sich ein Outsider mit einem anderen traf, doch Chimera wäre Cranes Bitte unter allen Umständen nachgekommen.

An dem Streichholzhäuschen, das Crane gebaut hatte, erkannte Chimera, daß er sich schon eine Weile hier befinden mußte, ein Umstand, der sie verwirrte, da sie pünktlich war. Männer wie Crane blieben niemals lange an einem Ort, außer, sie hatten einen zwingenden Grund dafür.

Sie näherte sich ihm von der Seite über den braun und weiß gemusterten Teppich, als die Legende sprach. »Hallo, Matty.«

Chimera nahm auf dem Sessel neben Crane Platz. »Um eine abgedroschene Phrase zu benutzen ... es ist lange her.«

»Richtig. Jahre. Wie viele? Zwei?«

»Zweieinhalb.«

Er betrachtete das rotbraune Haar, das an ihren tiefliegenden braunen Augen vorbei bis auf die Schultern fiel. »Mein Gott, du siehst toll aus, viel besser als damals, als ich dich das erste Mal sah. In dieser Bar in Kairo, nicht wahr?«

Chimera nickte und versuchte, sich entspannt zu geben.

»Ich hoffe, ich halte dich nicht von einem wichtigen Job ab.«

»Ich habe morgen einen Termin, aber das kann warten.«

»Verdammt«, sagte Crane, und sie sah, daß seine Hand zitterte, als er ein weiteres Streichholz auf das Haus legte. In dem trüben Licht der unteren Lobby sah diese Hand irgendwie falsch aus. Ein Streichholz entglitt, und Crane hielt die Hand hoch. Die Finger waren knotig, an den Gelenken angeschwollen und verkrümmt.

»Arthritis, Matty.« Ein weiteres, diesmal humorloses Lachen. »Ich habe über dreißig Jahre da draußen verbracht, die besten davon mit den Outsidern, sie alle überlebt, es mit allen aufgenommen, nur, um am Ende von den schlechten Genen erledigt zu werden. Fünfundfünfzig Jahre ist gar nicht so alt, oder?«

»Eigentlich nicht.«

»Die Ärzte sagen, wenn ich Glück habe, wird es nicht schlimmer werden. Keine Angst, sagen sie, ich kann noch immer ein normales Leben führen, alle Aufgaben erfüllen. Hätte ich ihnen sagen sollen, daß ich mich an ein normales Leben überhaupt nicht erinnern kann? Daß die Aufgabe, die ich zu erfüllen habe, darin besteht, ein Messer zu schwingen, es zu werfen und damit zu töten? Sie hätten mich ausgelacht. Diese Zeit ist vorbei. Sie haben mir gesagt, als Therapie sollte ich zehn Minuten täglich kleine Gummibälle zusammendrücken. Kannst du dir das vorstellen, Matty? Ich und Gummibälle zusammendrücken?«

Crane nahm das Streichholz in beide Hände, und diesmal blieb es an Ort und Stelle liegen. Das Dach war der schwierigste

Teil des Gebildes, und seine arthritischen Hände machten ihm schwer zu schaffen. Legenden passiert so etwas nicht. Es war zu banal. Legenden starben oft, doch sie verschlissen nicht. Niemals.

»Ich brauche dich, Matty«, sagte Crane. »Ich weiß, als ich dich zu den Outsidern brachte, habe ich dich davor gewarnt, jemals Hilfe zu benötigen. Aber das ist etwas anderes.«

Chimera hörte geduldig zu.

»Ich bin auf etwas gestoßen, was nicht für mich bestimmt war. Eher versehentlich, und ich habe keine Beweise. Aber ich bin mir ganz sicher.«

»Sicher worüber?«

Crane antwortete nicht sofort. »Es gibt eine Gruppe, die im Verborgenen die Fäden zieht und alles steuern will.«

Chimera wartete darauf, daß er fortfuhr.

»Sie machen keine Politik, sie erschaffen sie, stellen sie her und manipulieren sie. Ich weiß das, weil wir, die Outsider, ihre Soldaten sind. Sie haben auch uns geschaffen.«

»Wir sind unabhängig, Crane. Darauf kommt es doch an.«

»Das ist nur eine Illusion. Hör mir zu, Matty. Ich bin fast von Anfang an dabei, und das Szenario ist nicht schwer zu durchschauen. Korea hat ein katastrophales Ende genommen, wir haben den Kalten Krieg verloren, und niemand hat die Warnungen über Kuba ernst genommen. Einige der besten Köpfe im Land dachten, es sei an der Zeit, die Dinge selbst in die Hand zu nehmen, und haben eine Art Schattenregierung geschaffen.«

Crane zögerte sehr kurz. »Denke an all die Leute, die die Outsider umgebracht haben, all die Wahlen, die wir gestört, und die Regierungen, die wir gestürzt haben. Wir dachten immer — diejenigen von uns, die überhaupt darüber nachdachten —, wir wären von einzelnen Gruppen angeheuert worden, einen Job zu erledigen, den niemand sonst erledigen konnte. Aber was, wenn es immer *dieselbe* Gruppe war, Matty? Was, wenn die Outsider nichts anderes waren als die Privatarmee dieser Schattenregierung?«

Chimera sah, daß die Finger des legendären Mannes zitterten; die Arthritis machte es ihm unmöglich, seine Furcht zu verbergen. »Du hättest keinen Kontakt mit mir aufgenommen, wenn du nicht schon zu einer Antwort gekommen wärst.«

»Ich habe Kontakt mit dir aufgenommen, weil man mich in den Ruhestand schicken will. Die Schattenregierung weiß, daß ich ihr auf der Spur bin, und kann das nicht dulden. Vor ein paar Jahren hätte ich die Sache noch allein regeln können.« Er hielt inne und sah auf seine Hände. »Aber heute nicht mehr. Sie dürfen nicht damit durchkommen. Jemand muß die Gruppe aufhalten, die alle Fäden zieht.«

»Wobei aufhalten?«

Crane schien sie nicht zu hören. »Eskalation. Auf jeder Ebene. Das Gleichgewicht wurde umgestoßen, das feine Spiel der Kräfte aufgehoben. Sie machen ihren Zug.« Sein Blick suchte den Chimeras. »Was weißt du über Pine Gap, Matty?«

»Eine Art Forschungsstation mitten im australischen Busch.«

»*Waffen*-Forschung. Die Outsider schickten mich dorthin, um einen Sprengstoff hinauszuschmuggeln.«

»Was für einen Sprengstoff?«

»Sie nennen ihn ›Quick Strike‹ – ›Schneller Schlag‹. Er ist neu und überaus empfindlich. Darüber hinaus weiß ich nichts. Ich holte zwölf Kanister von der Größe und dem Gewicht von Ein-Liter-Colaflaschen heraus, zwei Kisten, jeweils sechs Kanister pro Kiste. Ich hatte nie vor, die Kisten an meinen Verbindungsmann weiterzugeben. Sie würden den Beweis liefern, den ich brauchte, um die Wahrheit über die Outsider ans Licht zu bringen, über das, zu dem wir geworden waren. Ich vereinbarte mit meinem Kontaktmann, Kirby Nestler, daß er die Kisten aus einem bestimmten Versteck holen sollte, doch als er dort eintraf, waren sie verschwunden. Die Outsider hatten mich beobachtet und wußten, wo sie zu suchen hatten. Ich sollte sterben, nachdem ich meinen Auftrag erledigt hatte. Vielleicht haben sie gewußt, daß ich den Mächten auf der Spur war, die uns in Wirklichkeit beherrschen, vielleicht war es nur Zufall. Aber mir gelang es, ihnen einen Schritt voraus zu bleiben. Und mir gelang es auch, den Zustand geheimzuhalten, in dem sich meine Hände befinden, damit sie nicht glauben, ich sei eine leichte Beute. Ich bin noch immer bewaffnet, von der Brust bis zu den

Schenkeln mit Wurfmessern bepackt, obwohl ich bezweifle, daß ich mit ihnen noch viel anfangen kann.«

»Du behauptest, diese... Gruppe hat die Kisten?«

»Ja, und sie hat die Absicht, diesen Sprengstoff einzusetzen. Ich weiß nicht, wo und wann, und ich kann nicht aus meinem Versteck auftauchen, um es herauszufinden.« Er kniff die Augen zusammen. »Ich brauche dich, Matty. Und nicht nur ich. Hol den Sprengstoff zurück. Was immer es kostet, du mußt diese Sprengladungen zurückholen.«

»Wer war dein Verbindungsmann?«

»Stein, der Buchhändler. Falls er noch lebt. Sie brechen alle Brücken hinter sich ab. Halten die Sache luftdicht unter Verschluß.«

»Wenn diese Gruppe so gut ist, wie du behauptest, würde sie Kontrolloffiziere wie Stein nicht opfern, nur weil er mit dir Kontakt gehabt hat. Solche Leute sind zu schwierig zu ersetzen. Und ihre Beseitigung würde zu viel Aufmerksamkeit erregen. Laß mich mal telefonieren.« Chimera wollte aufstehen, überlegte es sich dann anders. »Sobald ich zurück bin, kümmere ich mich um dich. Ich habe jede Menge Tarnexistenzen und Fluchtwege vorbereitet... falls ich sie mal brauchen würde.«

Cranes Gesicht hellte sich auf. »Ja, ich weiß, ich habe dir alles darüber beigebracht. Aber das interessiert mich nicht. Ich will nicht untertauchen. Ich habe mich lange genug versteckt. Das hier ist die Villa, in der ich meinen Ruhestand verbringe«, sagte er und deutete auf das fast vollendete Streichholzhaus. »Mehr brauche ich nicht. Es ist groß genug für meine Erinnerungen.« Crane sah wieder von dem Haus hoch. »Ich habe dich einmal gerettet, nicht wahr, Matty?«

»Und ich schulde dir alles dafür.«

Crane lächelte und sah in diesem Augenblick aus wie der alte Crane, als pulsiere ein plötzlicher Kraftstoß durch die verkrümmten, schwachen Finger. »Dann erledige deinen Anruf, Matty.«

Chimera ging zu den Telefonzellen in einer Nische neben der langgezogenen Empfangstheke. Zwei Anrufe bestätigten, daß der Buchhändler Stein am Leben und bei bester Gesundheit war, doch sie überlegte es sich anders und vereinbarte kein Treffen. Es war besser, den Buchhändler überraschend zu konfrontieren, besonders, wenn er — da Crane noch auf der Flucht war — wirklich Grund zur Vorsicht hatte. Sie wollte zu ihm zurückkehren, ihn überzeugen, Hilfe zu akzeptieren, und vielleicht noch etwas über seine besseren Tage sprechen.

Aber Crane war verschwunden. Sein Streichholzhaus, das Dach noch nicht vollendet, stand auf dem Tisch. Mit pochendem Herzen und der Befürchtung, es könne schon zu spät sein, ging Chimera zu der gut bestückten Lobbybar hinüber.

»Entschuldigung.«

Die Barkeeperin sah auf.

»Ich suche nach einem alten Freund. Älterer Herr. Er hat dort drüben gesessen.«

Bevor sie in die Richtung zeigen konnte, nickte die Barkeeperin. »Er ging mit ein paar Freunden.«

»Wann?«

»Vor einer Minute.«

»Wohin? Haben Sie gesehen, wohin?«

»Zu den Hotelgeschäften.«

»Wie viele ... Freunde waren es?«

»Vier, vielleicht fünf.«

Chimera ging schnell durch die Lobby zu dem Einkaufsbereich, der einen Antiquitätenhändler, einen Juwelier und ein paar Gemischtwarengeschäfte beherbergte. Sobald man sich erst einmal in diesem Bereich befand, führte der einzige Weg aus dem Hotel durch eine schwere Tür mit einem stilisierten ›L‹ darüber. Sie atmete tief durch und ging hinaus.

Fünf Männer ... mit fünf Männern wurde man auch unter den besten Umständen nur schwer fertig, und diese waren keineswegs optimal. Chimera hatte nicht die geringste Hoffnung, es allein zu schaffen, doch das mußte sie auch nicht.

Denn da war ja noch Crane. Crane würde damit rechnen, daß sie ihm half. Chimera platzte durch die Stahltür in das Halbdunkel des Treppenhauses, die Sig-Sauer-Pistole vom Kaliber neun Millimeter in der Hand. Einige Männer des Ruhestand-Teams hatten schon den Kopf der Treppe erreicht, die anderen mußten noch ein paar Stufen hinaufsteigen. Crane hatten sie in die Mitte genommen.

Chimeras erste Schüsse waren einfach. Selbst im Halbdunkel boten die unteren Männer einladende Ziele. Ihre Bemühungen, Waffen zu ziehen, waren vergeblich. Während zwei von ihnen noch die Stufen hinabstürzten, warf sich Chimera zu Boden, rollte herum und drückte sich gegen die Wand, um das Feuer fortzusetzen. Doch diese Schüsse waren schwieriger, denn zwei der verbleibenden drei Männer waren zur Seite gesprungen und schossen ebenfalls. Nur noch ein Mann paßte auf Crane auf.

Crane... die Legende, geschickt, wie es nur eine Legende sein konnte.

Während überall Kugeln durch die Luft pfiffen, konnte sich Chimera nur von der Wand zu Boden werfen und die karge Deckung der ersten Treppenstufe suchen. Doch Crane konnte viel mehr tun. Er riß sich von dem Mann los, der seinen rechten Arm festhielt, schob augenblicklich eine Hand in seine Jacke und zog sie mit einem Messer wieder heraus, das er dem Mann, der ihn festgehalten hatte, in den Magen rammte. Der Schütze auf der linken Seite drehte sich zu Crane um, während der auf der rechten weiterhin mit seiner Automatik auf Chimera schoß. Wandsplitter regneten auf sie hinab. Crane hatte mittlerweile ein zweites Messer in der Hand, und beide Schützen waren mögliche Opfer.

Er hatte es auf den abgesehen, der mit der Maschinenpistole auf Chimera schoß. Sie konnte einen kurzen Blick auf das Wurfmesser in seiner Hand werfen. Dann flog es schon durch die Luft, so sicher und gerade wie immer, als wäre die Zeit einen kurzen Augenblick lang zurückgedreht worden. Der Schütze lief die Treppe hinab, und seine Kugeln hatten Chimera beinahe gefunden, als das Messer ihn fand. Fleisch und Knochen wurden bis zum Herzen durchdrungen. Er starb augenblicklich und stürzte zu Boden.

Der letzte Killer schoß wiederholt auf Crane.

»Nein!«

Chimera sprang auf und jagte vier Kugeln in seinen Leib. Der Mann taumelte zurück und prallte, mit den Armen um sich schlagend, gegen die Wand. Eine Blutspur auf dem Beige des Anstrichs zeigte, wo er die Wand schließlich herunterrutschte. Chimera sprang die Treppe zu Crane hinauf, der zusammengebrochen war und auf der obersten Stufe lag.

Der legendäre Crane hatte keine letzten Worte mehr. Sein Atem ging schwer und rasselnd, und nur ein Teil davon erreichte noch die Lungen. Doch seine Augen waren klar und lebendig. Im letzten Augenblick seines Lebens hatte er ein Messer geworfen, ohne an seine verkrüppelten Finger zu denken, und vielleicht reichte ihm das. Aber Chimera reichte es nicht.

»Ich werde sie aufhalten«, versprach sie, bevor Cranes Augen glasig wurden. »Wer immer sie sind, ich werde sie aufhalten.«

Drittes Kapitel

»Es ist für meinen Sohn«, wiederholte der Mann und reichte Jamie das geöffnete Notizbuch.

»Kein Problem.«

»Hab' mir gedacht, daß Sie es sind. Ich meine, ich war mir fast sicher. Aber ich dachte, das kann doch nicht sein, denn was tut Jamie Skylar an Bord einer Maschine nach Nicaragua, wo er doch in fünf Tagen gegen die Packer spielen wird? Dann hab' ich die *Times* von heute gelesen. Man hat Ihnen übel mitgespielt. Ändert zwar nichts, aber es tut mir leid.«

»Danke.«

Der Mann nahm sein Autogramm und trat lächelnd zurück. »Ich weiß das wirklich zu schätzen. Tut mir leid, daß ich Sie gestört habe. Viel Glück.«

Und Jamie war wieder allein. Er war froh, daß der Mann nicht gefragt hatte, aus welchem Grund er nach Nicaragua flog. Er schloß die Augen und dachte wieder über das Telegramm von seiner Schwester nach, das er am gestrigen Abend vor seiner Wohnungstür gefunden hatte:

JAMIE:
HABE PROBLEME. BRAUCHE DEINE HILFE. KOMM SOFORT. BITTE.

BETH

Er hatte mehrfach versucht, sie anzurufen, sie aber nicht erreicht, und so hatte er einen Flug gebucht und ihr danach seine Ankunftszeit gekabelt. Falls sie ihn nicht am Flughafen abholen sollte, kannte er die Adresse, unter der er sie finden würde. Sie hatten sich seit zwei Jahren nicht gesehen, aber sie war zu lange der wichtigste Mensch in seinem Leben gewesen, als daß er jetzt nicht auf ihren Hilferuf reagieren würde.

Daß sie sich aus den Augen verloren hatten, war lediglich darauf zurückzuführen, daß sie als angesehene Journalistin ständig um die Welt reiste. Beth Skylar hielt überall auf der Welt die linke Fahne aufrecht und veröffentlichte über praktisch jede ihrer Stationen Artikel oder Bücher, die ihr schon zahlreiche Preise eingebracht hatten. Ihr letzter Aufenthalt, der in Nicaragua, war der längste gewesen. Sie hatte das Paradies in Gestalt eines gewissen Colonels José Ramon Riaz gefunden, eines ehemaligen Sandinisten, der besser als *el Diablo de la Jungla* bekannt war, der Teufel des Dschungels. Die Contras hatten ihn so genannt, weil er die mörderischsten und gefährlichsten ihrer Mitglieder aufgespürt und erledigt hatte, nachdem eine Contra-Kugel ihm vor über zehn Jahren ein Auge gekostet hatte. Riaz hatte eine Augenklappe und eine Familie, und nun hatte er auch Beth. Wenn man ihren wenigen Briefen Glauben schenken konnte, hatte sie sich in ihn verliebt. Als Ergebnis davon hatte sie Jamie aus ihrem Herzen ausgeschlossen, und er hatte sich schon mehr oder weniger damit abgefunden.

Bis das Telegramm gekommen war.

Und nun war er auf dem Weg zu ihr, zu Colonel Riaz' Farm, mit dem Direktflug New York zum Flughafen Sandino in Managua. Nachdem bei den Wahlen im Jahr 1990 die Sandinistas von der Regierung Chamorro abgelöst worden waren, war ein neuer Geist der Zusammenarbeit zwischen den Vereinigten

Staaten und Nicaragua aufgeblüht. Nicaragua brauchte dringend Hilfe, um seine ruinierte Wirtschaft wieder aufzubauen, und sowohl die amerikanische Regierung wie auch die Industrie waren allzugern bereit, dem Land dabei zu helfen. Daraus resultierte die Unterzeichnung des Nicaragua-Übereinkommens, und nun hatte sich das Land der kapitalistischen Expansion geöffnet. Dementsprechend saßen an Bord dieser Maschine zahlreiche Geschäftsleute, wie an Bord aller Flugzeuge nach Managua.

Was zum Teufel ist passiert, Beth? dachte Jamie, als der Jet zum Landeanflug ansetzte. *Was zum Teufel geht hier vor?*

»He, Superstar, gibst du mir ein Autogramm?«

Es überraschte ihn, die Stimme seiner Schwester zu hören, nachdem er in dem überfüllten Terminal die Suche nach ihr schon aufgegeben hatte. Offensichtlich war das Gebäude nicht für ein solches Verkehrsaufkommen geplant worden, und es waren Bestrebungen im Gange, die Rollbahnen zu erweitern. Die Panzer neben den Landebahnen waren von Bulldozern ersetzt worden. Er fand sich einem großen, hellen Fleck auf der khakibraunen Wand gegenüber, wo man ein großes Gemälde von General Augusto Cesar Sandino abgenommen, aber noch nicht ersetzt hatte, denn es würde eine Weile dauern, bis die neue Regierung eigene Helden gefunden hatte. Jamie drehte sich um, als er die Stimme seiner Schwester vernahm, und sie lief in seine Arme. Er fühlte ihr langes Haar an seinen Wangen und war augenblicklich erleichtert, sie lächeln zu sehen.

»Kannst du einen nicaraguanischen Gepäckträger für mich auftreiben?« fragte er, nachdem sie sich begrüßt hatten.

Sie kicherte. »Du hast schon einen gefunden.«

Beth nahm seinen Koffer und überließ Jamie das Handgepäck. Wenn ihm das ungewöhnlich vorkam, so ließ er es sich zumindest nicht anmerken; von Kindheit an war sie für ihn dagewesen, und es war einfach, wieder in die alte Rolle zurückzufallen. Sie war siebzehn gewesen, neun Jahre älter als er, als ihre Eltern bei einem Autounfall umgekommen waren. Sie hatte die Verantwortung willig übernommen und ihn als Mutter und Schwester gleichzeitig aufgezogen. Sie verpaßte niemals ein Football-Spiel, bis er aufs College ging und ihre Karriere als Journalistin sie um die ganze Welt führte.

Ihre im Verlauf der Jahre mit zahlreichen Preisen ausgezeichneten Artikel beschrieben ihre Erlebnisse vom Goldenen Dreieck über Südafrika bis hin zu Mittelamerika, wo sie aufgrund ihrer Sympathien für die Sandinistas Colonel José Ramon Riaz kennengelernt hatte. Ihre Beziehung sorgte für bessere Schlagzeilen und mehr Aufmerksamkeit als die Stories aus erster Hand über die Fortschritte des Landes unter der neuen Führung. Daß sich die um die ganze Welt reisende bekannte amerikanische Journalistin mit dem berüchtigten *el Diablo de la Jungla* eingelassen hatte, reichte aus, um sogar die Klatschkolumnisten zweimal hinschauen zu lassen. Und als ironische Folge davon hatte sie die Sandinistas überdauert, die sie ursprünglich hierher gelockt hatten.

»Ich habe doch in meinem Telegramm geschrieben, daß du nicht den ganzen Weg hierher kommen mußt, um mich abzuholen«, sagte Jamie, als sie den Jeep erreicht hatten, der — verbotenermaßen — direkt vor dem Flughafen am Straßenrand stand. Er hatte eine ähnliche Umgebung erwartet, wie er sie von anderen Flughäfen kannte, doch der Flughafen Sandino schien inmitten einer Einöde errichtet worden zu sein. Der Schutt der Gebäude, die beim Erdbeben 1972 zerstört worden waren, überzog das Land wie mit Pockennarben. Die Gebäude, die er sehen konnte, schienen sich aus dem Schutt zu erheben und wirkten fehl am Platz und unwillkommen. Das Brummen schwerer Baumaschinen in den umgebenden Hügeln drang durch die staubige Luft, ein Zeichen dafür, daß sich die amerikanische Industrie bemühte, Managua wieder aufzubauen. Er hatte die Baupläne in Zeitungen und Zeitschriften gesehen, und sie hatten ziemlich ehrgeizig gewirkt. Die Konstrukteure mußten eine verdammt große Aufgabe bewältigen.

»Klar«, kam Beth' sarkastische Erwiderung. »Und was hattest du vor? Ein Taxi nehmen? Wofür hältst du das hier, Superstar? Für New York City?«

Er verstaute die Taschen hinten im Jeep und wischte sich das zerzauste Haar aus der Stirn. »Nein, ich dachte, dein Freund, der Colonel, würde mir einen Panzer schicken.«

»Das wollte er auch. Aber der Fahrer hatte Angst, deine breiten Schultern würden ihm die Sicht nehmen.«

Sie hatten sich in den über zwei Jahren, die sie sich schon in Nicaragua aufhielt, nicht gesehen, doch als er ihr Gesicht betrachtete, dachte er, daß es genausogut zehn Jahre hätten sein können. Die jugendliche Vitalität, die sie so selbstverständlich wie ein paar alter Jeans getragen hatte, war verschwunden. Unter ihren Augen lagen tiefe Ringe. Irgend etwas mit ihrem Lächeln stimmte nicht. Es erinnerte ihn daran, wie sein eigenes Spiegelbild an diesem Morgen im Fenster von Monroe Smalls' Jaguar ausgesehen hatte.

Jamie zögerte, bevor er fortfuhr: »Du siehst schlecht aus, Schwesterchen.«

»Du hast auch schon mal besser ausgesehen, Brüderchen.«

»Aber *du* hast das Telegramm geschickt.«

Sie wandte sich ab und sprach, ohne ihn anzusehen. »Tja, wir alle machen Fehler.«

»Kapiere ich hier etwas nicht? Bekam ich nicht gestern abend ein Telegramm von dir, in dem stand, daß du Probleme hättest und ich sofort kommen sollte?«

»Ja und nein.«

»Wie bitte?«

»Ich wollte dich sehen.«

»Hast du Probleme oder nicht?«

»Wir alle haben Probleme, Superstar.«

»Spar dir den literarischen Quatsch für deine Leser. Ich bin hier, weil du gesagt hast, daß du mich brauchst«, erwiderte Jamie von der anderen Seite des Jeeps aus.

»Das stimmt auch. Ich fühle mich seit ein paar Monaten ganz beschissen. Ich wollte herausfinden, was mit mir nicht in Ordnung ist, und stellte fest, daß ich mich nur wohl fühle, wenn ich an dich denke.«

»Aber warum hast du mich hierhergeholt, Schwesterchen?«

»Weil ich ganz sicher sein mußte, daß du kommen würdest.

Ich mußte wissen, daß es dich noch gibt. Ich weiß, daß du meine Beziehung zu Riaz nicht billigst ...«

»Du hast mir keine einzige Chance dafür gegeben.«

»Du wolltest keine. Du hast sie nicht gebilligt, und das gab mir das Gefühl, ich müßte eine Wahl treffen.«

Jamie ließ sich auf dem Beifahrersitz nieder. »Du hast mich gebeten, hierher zu kommen, weil du meinen Segen willst?«

»Ich dachte, ich könnte auch ohne dich leben, Brüderchen, aber in diesen letzten Monaten habe ich begriffen, daß das nicht geht. Ich mußte dich hierher locken, damit du siehst, wie es wirklich ist.«

»Du hast gekabelt, es sei ein Notfall.«

»Weil ich wußte, daß du sonst nicht gekommen wärest. Ich verstehe ja, daß sich Menschen voneinander entfremden. Du hattest dein Leben, und ich meins, und es war für keinen von uns beiden einfach. Wie viele Artikel mußte ich schreiben, bevor jemand auf mich aufmerksam wurde? Wie viele Meter mußtest du die Auslinie entlangrennen, bevor das Heizman-Komitee auf dich aufmerksam wurde?«

»Und beide sind wir drauf und dran, alles wegzuwerfen. Du läßt dich auf einem Bauernhof namens Casa Grande nieder, und ich werde suspendiert, weil ich einen schmutzigen Football-Spieler fertiggemacht habe.«

Sie ließ den Motor an und betrachtete ihn eindringlicher als je zuvor nach ihrem Wiedersehen. »Als dieser Eagle zu Boden ging, wußte ich, daß du ihn zur Strecke gebracht hattest. Keine Ahnung, wieso, aber ich wußte es.«

»Du hast das Spiel hier unten gesehen?«

»Der Colonel ließ sich über einen Regierungssatelliten eine Videoaufzeichnung machen. Er holte sie persönlich ab, als das Spiel zu Ende war. Du hättest sehen sollen, wie aufgeregt er war.«

»Bitte.«

Ihre Hände verkrampften sich um das Lenkrad. »Du glaubst, ich würde mir das nur ausdenken, damit du ihn magst. Das muß ich nicht. Du wirst ihn auf jeden Fall mögen, wenn du ihm eine Chance gibst; jeder mag ihn. Er hat das Band mit nach

Hause gebracht und alle Kinder zusammengetrommelt, damit sie sich das Spiel gemeinsam ansehen konnten.«

»Er hat *Kinder?*«

»Habe ich vergessen, dir das zu sagen?«

»Ja.«

»Na ja, er hat vier. Drei Jungs und ein Mädchen.«

»Alle von abgelegten Geliebten, hoffe ich.«

»Alle von einer — seiner — Frau, die vor vier Jahren starb. Ich habe dir in einem Brief davon geschrieben.«

»Der muß mich nicht erreicht haben«, log Jamie.

Beth wollte den Jeep in den Verkehr einfädeln, hielt jedoch wieder an. »Ich glaube, als ich die Aufzeichnung vom Spiel der letzten Woche sah, kam ich auf die Idee, dir dieses Telegramm zu schicken. Ich sah, wie der Mann zu Boden ging und die Prügelei anfing, und alles kam wieder zurück. Die Spiele auf der High-School, dann die auf dem College, bevor ich mit meiner Arbeit anfing. Jedesmal, wenn du etwas abbekamst, habe auch ich etwas abbekommen, ganz so wie bei Zwillingen.«

»Wir sind keine Zwillinge.«

»Nein, wir sind Waisen, die sich allein durchgeschlagen und gegenseitig großgezogen haben, weil sonst keiner da war. Wir haben nur überlebt, weil wir zusammen waren. Ich habe in letzter Zeit eine Menge darüber nachgedacht und begriffen, daß ich dich — nein, wir uns — aus den Augen verloren haben.«

Sie lenkte den Wagen endlich aus der Lücke, und Jamie war dankbar für die kühle Luft, die an seinem Gesicht vorbeiströmte. Er war Hitze gewöhnt, aber so etwas wie das hier hatte er noch nie erlebt: eine geradezu erstickende Wärme, die ihm den Atem nahm. Die Luft war dick wie Paste und fühlte sich in seinem Hals auch so ähnlich an. Seine Kehle war schon ganz ausgetrocknet, das Hemd schweißnaß, und er hatte sich noch nie so unbehaglich gefühlt.

Daran war natürlich mehr als nur die Hitze schuld. All die Jahre war er immer davon ausgegangen, daß seine Schwester ihn genauso dringend brauchte wie er sie. Der Gedanke, daß sie sich wirklich auseinandergelebt hatten, war fremd, neu und gar nicht angenehm. Er hatte *zugelassen*, daß sie ihn aus ihrem Leben drängte, und sich in Selbstmitleid und Selbstgefälligkeit geübt. Aber ihm war nie in den Sinn gekommen, daß es ihr genauso weh getan hatte wie ihm. Sie hatte ihn zwar nicht besucht, aber er hatte auch nie angedeutet, daß er sich über einen Besuch freuen würde.

Sie fuhren die meiste Zeit über schweigend, auch wenn sie sprachen, wechselten sie nur Belanglosigkeiten. Beth wies ihn auf viele Eigentümlichkeiten des Landes hin, doch manche davon fielen ihm schon auf, bevor sie etwas dazu sagte. Die Straße war einer der wichtigsten Verkehrswege von ganz Nicaragua, und doch gab es im Terbelag Tausende von gar nicht oder nur schlecht ausgebesserten Schlaglöchern. Zu beiden Seiten standen kleine, baufällig wirkende Wellblechhütten, bei denen als Türen zumeist Vorhänge dienten. Frauen in einfacher Kleidung gingen draußen ihrem Tagwerk nach, umgeben von Hühnern, die über die kamelbraune Erde huschten. Von Zeit zu Zeit kamen sie an Baustellen amerikanischer Firmen vorbei; die lauten Geräusche der grüngelben Raupenfahrzeuge wirkten inmitten der stillen Armut des Landes schrecklich fehl am Platz. Die Strecke war hügelig, aber keineswegs unangenehm, besonders, als sie sich der Casa Grande in den fruchtbaren Ebenen des Nordwestens näherten. Gelegentlich umsäumten üppige Wälder die Straße auf beiden Seiten. Der Jeep nahm die Hügel problemlos, und Jamie genoß die kühle, erfrischende Brise.

»Als ich von der Sperre hörte, habe ich sofort das Telegramm abgeschickt. Ich dachte, es wäre eine gute Gelegenheit«, sagte Beth irgendwann.

»Du mußt ziemlich gute Quellen haben.«

»Ich war nie so weit von dir entfernt, wie du glaubst.«

»Ganz eng gefällt's mir am besten.«

»Die Operation heißt Donnerschlag«, kam Esteban zum Schluß, nachdem er Colonel José Ramon Riaz die Einzelheiten erklärt hatte.

»Ein passender Name«, sagte Riaz und beugte sich ungeduldig über das Verandageländer.

Der fette Mann erhob sich und gesellte sich dort zu ihm. Sein Gang war eher ein Watscheln, und der schweißnasse, weite Anzug schwamm geradezu über seinem Gürtel.

»Und Sie verstehen natürlich, warum die Wahl auf Sie gefallen ist. Sie sind der perfekte Mann, um die Operation zu leiten.«

»Eigentlich nicht«, sagte Riaz und nestelte an seiner schwarzen Augenklappe. »Ganz und gar nicht.«

»Wir brauchen einen Mann, dessen Erfahrung als militärischer Führer seiner Reputation als nicaraguanischer Held gleichkommt«, wiederholte der Fettsack. »Ein Mann, der einen kühlen Kopf bewahren kann. Ich wäre nicht hier, wäre sich das Nationale Nicaraguanische Solidaritäts-Komitee bei seinem Entschluß nicht völlig sicher.«

»Ihr Komitee ist ein Anachronismus, Esteban.«

»Genau wie Sie, Colonel?«

»Der Unterschied liegt anscheinend darin, daß ich das zu akzeptieren bereit bin.«

»Und Sie sind auch bereit, den wachsenden amerikanischen Einfluß in Ihrem Land zu akzeptieren, da die Regierung Chamorro zu schwach ist? Sehen Sie sich doch um, Colonel, sehen Sie sich dieses Land an, das zu schaffen Sie geholfen haben und das zu bewahren Sie beinahe gestorben wären. Die Amerikaner sprechen von einer neuen Zusammenarbeit zwischen unseren Nationen. Aber um diese Kooperation zu demonstrieren, kommen sie mit ihren monströsen Konzernen und Industrien her. Erkennen Sie es nicht? Nachdem ihre Kugeln uns nicht stürzen konnten, versuchen sie es nun mit Dollars, und wir lassen es zu. Sie haben uns gekauft, unsere Seelen mit Hypotheken belegt, und wenn nicht bald etwas geschieht, werden wir alle ihre Sklaven werden.«

»Also bleibt es dem NNSK vorbehalten, sie zu stoppen.«

»Wir waren einmal Ihre Verbündeten, Colonel, Ihre loyalsten Unterstützer.«

»Als Sie die Regierungsgewalt innehatten, anstatt von ihr ausgeschlossen zu werden.«

Esteban schob das Kinn vor. »Das wird sich ändern, mit oder ohne Ihre Hilfe. Ich bin enttäuscht, Colonel. Als ich hierherkam, erwartete ich, einen anderen Mann vorzufinden.«

»Zum Beispiel eine willige Puppe des NNSK?«

»Operation Donnerschlag ist unsere einzige Chance, nicht vor Ablauf dieses Jahrzehnts zu einem amerikanischen Satelliten zu werden.«

»Und wäre das so schlimm? Ist Wohlstand eine so bittere Pille? Hat unser Volk nicht die Chance verdient, die die amerikanischen Investoren hier bieten?«

»Zu welchem Preis, Colonel Riaz? Müssen wir unseren Nationalstolz aufgeben, die Inbrunst, die uns half, dieses Schwein Somoza zu stürzen? Können wir nach all den Opfern, die wir gemacht haben, wieder zu seinen Konzessionen zurückkehren und als Parasiten leben?«

»Wären Sie lieber ein Märtyrer?«

»Das NNSK würde ein freies Nicaragua vorziehen, das seinen eigenen Kurs fahren kann, ohne die amerikanischen Interventionen, die so viele andere Länder zerstört haben. Wir wollen die Amerikaner hier heraushaben. Jeden Mann, jeden Ziegelstein, jeden Großcomputer und jedes Fließband. Und was für uns am besten ist, Colonel, ist auch für Sie am besten.«

»Und natürlich auch am besten für unser Land.«

»So wie wir es sehen, ja.«

Riaz hätte beinahe gelacht. »Halten Sie mich für einen Narren, Esteban? Sie kommen mit Reden hierher, die vor Idealismus triefen, wo Sie in Wirklichkeit doch nur wieder die Sandinistas an die Macht bringen wollen. Sie wollen, daß unser Land die Amerikaner für seine Todfeinde hält, damit Ihre alten Krieger wieder gegen ein paar Windmühlen zu Felde ziehen können.«

Esteban musterte Riaz so ungehalten, wie er es wagte. »Das sind nicht die einzigen Feinde, mit denen wir es zu tun haben, Colonel«, fuhr er fort, während er seine Stirn mit einem feuchten Taschentuch abtupfte. »Sie wissen natürlich, daß die Regierung Chamorro Ihre großen Feinde, die Contras, wieder mit offenen Armen aufnimmt.«

»Sie sind nicht mehr meine Feinde.«

»Auf Ihren Kopf ist immer noch ein Preis ausgesetzt, und die, die ihn höchstwahrscheinlich beanspruchen werden, stecken nicht mehr in Honduras fest. Sie befürchten, daß wir wieder die Macht ergreifen könnten, und werden bestimmt Schritte ergreifen, daß es dazu nie wieder kommt. Wenn die Truppen des NNSK nicht die Macht ergreifen, werden Männer wie Sie und ich nicht mehr sicher in diesem Land leben können. Und wenn wir erst einmal besiegt sind, wird es niemanden mehr geben, der die kapitalistischen Vorstöße abwehren könnte, die die Wurzeln von allem zerstören werden, was wir hier geschaffen haben. Es ist unsere Pflicht, nicht mehr und nicht weniger.«

»Ich muß mir von Ihnen nicht sagen lassen, was meine Pflicht ist.«

Esteban atmete tief ein und blickte von der Veranda auf das fruchtbare Land vor ihm. »Ja, ich beneide Sie, Colonel Riaz. Ich beneide das Leben, das Sie führen, Ihr Land und Ihre Familie. Das alles ist so kostbar, aber doch so vergänglich, so lange die Contras ungestraft schalten und walten können.«

Riaz trat einen großen Schritt zu dem Fettsack heran und funkelte ihn mit seinem Auge an. »Erwähnen Sie meine Familie nicht. Erwähnen Sie *nie wieder* meine Familie.«

Doch der fette Mann trat nicht zurück. »Die Contras haben ein gutes Gedächtnis, Colonel, und nach all Ihren ›Gefechten‹ mit ihnen ist es nur eine Frage der Zeit, bevor...«

»Raus.«

»Colonel, ich...«

»Ich war Soldat. Was ich tat, tat ich, weil wir im Krieg waren...«

»Wir *sind* noch im Krieg, Colonel.«

»Sie. Ich nicht. Und selbst wenn, entspräche Operation Donnerschlag nicht meinen Vorstellungen.«

»Wir müssen die Amerikaner unterwerfen und die Kontrolle über das Schicksal unserer Nation zurückerlangen, und zwar mit allen Mitteln, die uns zur Verfügung stehen.«

Der fette Mann spürte, wie Riaz' starker Arm ihn am Ellbogen ergriff und ganz sanft zu der Treppe führte.

»Ich wünsche Ihnen bei dieser Aufgabe viel Glück«, sagte er einfach.
»Falls Sie es sich anders überlegen sollten, wissen Sie ja, wo Sie mich finden können.«
»Ich werde mein Bestes tun, dieses Gespräch zu vergessen«, erwiderte der Colonel.

»Ich wünsche Ihnen bei dieser Aufgabe viel Glück.«
»Falls Sie es sich anders überlegen sollten, wissen Sie ja, wo Sie mich finden können.«
»Ich werde mein Bestes tun, dieses Gespräch zu vergessen.«
Nachdem Sapphire sich die Aufzeichnung des Gesprächs angehört hatte, nahm sie die Kopfhörer ab.
Sie fröstelte, obwohl eine dünne Schweißschicht ihre Haut bedeckte. Endlich hatte es sich ausgezahlt, daß das Jubilee Network das Nationale Nicaraguanische Solidaritäts-Komitee überwacht hatte. Endlich wußte sie genau, was die Mistkerle vorhatten.
Operation Donnerschlag...
Einen Augenblick später lag der Mikrochip mit der digitalisierten Aufzeichnung, kleiner als ein Fingernagel, wieder in ihrer Hand. Die Ausrüstung, die sie benutzt hatte, war die modernste überhaupt. Dutzende Miniaturmikrofone, die sie im Haus versteckt hatte, waren mit einer zentralen Aufnahmeeinheit verbunden, die durch den Klang von Stimmen aktiviert wurde. Sie hatte den LED-Ausdruck und den Chip bei der ersten Gelegenheit abgehört, die sich nach ihrer Rückkehr mit Jamie vom Flughafen zur Farm bot. Als sie den Chip auf ihrer Hand betrachtete, zitterte sie vor Furcht.
Es ist schlimmer, als Richards dachte, überlegte Sapphire.
Das Telegramm ihres Bruders war das Signal gewesen, daß das Network kompromittiert worden war. Wäre ein Rückruf angebracht gewesen, hätte Richards alle Vorkehrungen getroffen, sie herauszunehmen. Statt dessen hatte er auf einen Zufall gehofft. Ansonsten wäre der Durchbruch, auf den sie seit Monaten gehofft hatten, nutzlos gewesen: Sie hätten keine

Möglichkeit gehabt, den Chip von der Farm in die richtigen Hände zu bringen.

Doch jetzt bestand diese Möglichkeit, dank Jamie, der ihr Kurier werden würde.

Viertes Kapitel

Ernest Steins Antiquarische Buchhandlung befand sich an der 57th Street zwischen der Fifth Avenue und der Madison, in einem schmucken Haus, das — jeweils ein Geschäft pro Etage — Galerien und Boutiquen beherbergte. Stein hatte das dritte Geschoß gemietet und traf dort an jedem Arbeitstag früh und fröhlich ein. Als der erste, der den Fahrstuhl benutzte, genoß er die Abwesenheit des Geruchs nach abgestandenem Rauch und teurem Parfum, der die Kabine schon in den mittleren Morgenstunden ausfüllen würde.

Stein hatte eine Nase für so etwas, hatte eine Nase für *alles*. Wenn man ihm ein seltenes Buch zeigte, konnte er es nicht nur visuell, sondern auch anhand des Geruchs datieren. In der Tat benutzte er den Geruchssinn bei einem eventuell zu erwerbenden Band mit Vorliebe und immer zuerst. Seine drei Zimmer voller elegant eingebundener Bücher rochen angenehm nach Leder. Er konnte zum hundertsten Mal an einem Buch schnüffeln, als wäre es das erste Mal. Kunden waren natürlich gern gesehen, doch Stein kümmerte es eigentlich nicht, ob sie etwas kauften oder nicht. Jedes Buch hatte eine besondere Bedeutung für ihn, und jeder Verkauf nahm ihm ein wenig von der Schönheit, mit der er sich umgeben hatte.

Er hatte gerade eine Erkältung überstanden und machte dies für den seltsamen Geruch verantwortlich, den er im Fahrstuhl wahrnahm. Ein öliger Geruch, gedämpft, aber mit seiner verschwommenen Bekanntheit dennoch beunruhigend. Stein konnte ihn nicht einordnen und schob ihn daher sowohl seiner Erkältung wie auch der Erstausgabe eines Buches von Arthur

Conan Doyle zu, in dem er bis spät am vergangenen Abend gelesen hatte. Die meisten Menschen hätten Ernest Steins Leben als unerträglich empfunden, doch für Stein selbst war es mit Bettgespielinnen erfüllt, die sowohl treue Gefährtinnen wie auch unterhaltende Geliebte waren. Er hätte seine Bücher gegen nichts auf der Welt eingetauscht.

Stein betrat das von einer Glastür geschützte Foyer seines Ladens, schaltete die Alarmanlage aus und schloß auf. Die tiefe Stille des Raums umgab ihn, und Stein atmete sie ein, schnüffelte kurz und rümpfte dann verwirrt die Nase.

Derselbe rätselhafte Geruch wie im Fahrstuhl schien auch hier gegenwärtig. Er schrieb ihn weiterhin seiner Erkältung zu und schaltete alle Lampen ein, bevor er seinen Mantel auszog. Er legte ihn über eine Stuhllehne und schickte sich an, seinen rituellen Gang durch die Regalreihen zu beginnen. Man mußte Bücher berühren. Das Fett der Finger hielt sie geschmeidig und lebendig. Stein widmete sich dieser Aufgabe nur allzugern.

Er war kaum an einem Regal vorbeigegangen, als er feststellte, daß die Erstausgabe von *Lamb's Shakespeare* fehlte.

»Ich wollte etwas lesen. Hoffentlich haben Sie nichts dagegen.«

Worte und Gerüche sind natürlich nicht ein und dasselbe, doch Stein hätte schwören können, daß ihn der plötzlich vertraute Geruch vom Fahrstuhl mit dieser Stimme erreichte. Er schob die Brille mit den dicken Gläsern hoch, sah sich um und bemerkte sofort die Gestalt, die in einem seiner luxuriösen Ledersessel saß.

»Chimera?«

»Guten Morgen, Stein.«

Es hatte nie der geringste Zweifel bestanden, was sie tun würde, nachdem sie das Hyatt verlassen hatte. Soviel schuldete sie Crane; sie schuldete ihm alles, weil er ihr das Leben gerettet hatte, als sie noch Matira Silvaro war. In ihren letzten Tagen bei der CIA hatte sie in der Abteilung für Afrikanische Angelegenheiten der Company gearbeitet. Auf diesem Kontinent ging einfach zu viel vor sich, und eine Reihe Agenten der Abteilung Sechs waren dorthin geschickt worden, um die amerikanischen

Interessen zu wahren. Sie hatte den Auftrag, Informationen über drei Farbige aus Südafrika zu sammeln, von denen einer einen sehr verdächtigen Umgang pflegte. Matira gab ihre Berichte weiter und stellte ihre Befehle nie in Frage, bis eines Tages ein Backup-Team mit dem Todesurteil für den Führer der drei Schwarzen in der Tasche erschien. Sie selbst sollte einfach weitere Informationen beschaffen. Es war sinnlos, ihre Tarnung wegen einer einfachen Hinrichtung aufs Spiel zu setzen.

Matira konnte es nicht ertragen. Der farbige Führer hatte lediglich das Volk gegen eine Regierung aufgebracht, die die Vereinigten Staaten rigoros unterstützten. Ja, sie hatte zuvor mit ähnlichen Operationen zu tun gehabt, hatte sogar mehrere Exekutionen vorgenommen und war recht erfolgreich dabei gewesen. Aber sie war nur gegen Menschen vorgegangen, die die Schuld am Tod von Unschuldigen trugen, wie die Drogenbarone in ihren Verstecken in Mittelamerika, wo sie ihr Handwerk gelernt hatte. Damit konnte sie leben.

Aber nicht mit dieser Sache.

Aufgrund der Informationen, die sie besorgt hatte, entschloß sich das Hit-Team, eine Bombe im Wagen des Farbigenführers anzubringen, während er sich bei einem Nachmittagsempfang befand. Sobald er den Wagen anließ, würde der Verzögerungszünder aktiviert werden, und fünfzehn Sekunden später würde der Wagen in die Luft fliegen. Na schön, das machte es ihr einfacher, einen Entschluß in die Wirklichkeit umzusetzen, den sie schon vor langem gefaßt hatte. Sobald er das Restaurant betreten hatte, würde sie einfach dort anrufen, ihm von der Bombe berichten und betonen, daß die CIA die Aktion durchgeführt hatte. Ihre Karriere war von diesem Augenblick an sowieso erledigt, und so konnte sie ihnen wenigstens noch eins auswischen.

Wie immer waren die Informationen, die sie erhalten hatte, sehr genau. Der Farbigenführer wurde in die Stadt gefahren, und Matira beobachtete, wie das Hit-Team die Bombe anbrachte. Die Agenten waren als Bauerbeiter verkleidet; daher wunderte sich niemand, daß sie sich bei ihrer Straßeninspektion auch unter dem Chassis des Wagens zu schaffen machten.

Der Sprengsatz wurde festgeklemmt, ein paar Drähte wurden angebracht — eine Sache von kaum einer Minute.

Matira stand in einer Telefonzelle und wählte die Nummer des Restaurants, als ihr Herz für einen Schlag aussetzte. Die Frau des Führers und ihre drei Kinder kamen aus dem Gebäude und stiegen in den Wagen. Starr vor Schrecken beobachtete sie, wie der Wagen aus der Parklücke zog und ein paar Meter vom Bürgersteig entfernt explodierte.

Sie hatte sich niemals so wertlos gefühlt. Sie war drauf und dran, sich mit der Wahrheit an den Kongreßausschuß zu wenden, als die Story platzte. Matira bekam die Nachricht von einer Kontaktperson, die sie versteckt hielt.

Man hatte ihr die Verantwortung für die Todesfälle zugeschoben! Sie war als Abtrünnige gebrandmarkt worden, als Renegatin, die auf eigene Rechnung arbeitete. Eine Großfahndung war nach ihr eingeleitet worden. Matira machte sich nicht die geringsten Illusionen darüber, was das zu bedeuten hatte. Agenten der Abteilung Sechs wurden nicht einfach in den Innendienst versetzt. Wenn man bei brenzligen Angelegenheiten patzte, verschwand man einfach. Spurlos. Man wollte sie nicht nur zum Sündenbock machen, man wollte ein Exempel statuieren.

Also floh Matira Silvaro. Die Story sickerte irgendwann an die Presse durch, während sie sich in einem Hotel in Kairo versteckt hielt, womit alles nur noch viel schlimmer wurde. Sie saß an der Bar und versuchte, die Erinnerung an vier unschuldige Menschen in Cognac zu ertränken, als Crane auftauchte.

»Ist dieser Stuhl noch frei?«

»Ja, und er wird es auch bleiben.«

Cranes Lächeln war überaus entwaffnend. »Das glaube ich nicht.«

»Ich glaube, Sie sollten lieber gehen.«

»Matira Silvaro, siebenundzwanzig Jahre alt«, sagte er statt dessen. »Geboren auf den Kanarischen Inseln. Mit den Eltern in die Vereinigten Staaten eingewandert, als sie drei Jahre alt war. Ging 1982 zur Central Intelligence Agency, nachdem sie der erste weibliche Navy-SEAL in der Geschichte dieser Elitetruppe geworden war. 1984 der Abteilung Sechs — Nasse Angelegenheiten — zugeteilt. Ausgebildet von Ross Dogan, besser bekannt als Grendel. Spricht sechs Sprachen fließend. Alle Aufträge einwandfrei erledigt, bis vor sechs Tagen in Südafrika.« Der ältere Mann lächelte wieder. »Stecken Sie sie weg.«

»Wie bitte?«

»Die Pistole, die Sie unter dem Tisch auf mich richten. Stecken Sie sie weg. Sie haben mich nicht geschickt.«

»Wer dann?«

»Sie selbst, als Sie flohen und hierherkamen. Sie haben daran gedacht, zurückzukehren und sich zu stellen?«

»Der Gedanke kam mir in den Sinn«, erwiderte Matira, ohne hinzuzufügen, daß dazu nicht mehr die geringste Chance bestand, nachdem die Presse erst einmal Wind von der Sache bekommen hatte.

»Er kommt einem immer wieder, normalerweise bei einem Glas Cognac. Tun Sie es nicht.«

»Was?«

»Zurückzugehen. Sie werden es bedauern. Die meisten bedauern es. Aber leider nicht sehr lange.«

»Wer *sind* Sie?«

Der ältere Mann richtete den Blick direkt auf sie. »Jemand, der, zumindest bildlich gesprochen, vor langer Zeit an derselben Theke saß. Ich bin hier, um Sie zu retten, genau wie mich damals jemand gerettet hat.«

Der Mann steckte sich eine türkische Zigarette an und hielt sie geschickt mit den langen, schlanken Fingern, die ihn zu einer Legende gemacht hatten, was das Messerwerfen betraf. Als sich Chimera nun an diesen Augenblick erinnerte, verglich sie diese Finger unwillkürlich mit Cranes knotigen Gelenken in New York. *Du hast mich gerettet, aber ich war nicht imstande, dich zu retten ...*

»Darf ich Sie Matty nennen?«

»So hat mich noch nie jemand genannt.«

»Um so besser. Sie können mich Crane nennen. Das ist nicht mein wirklicher Name. Wir benutzen keine echten Namen.«

»Wir«, echote Matira.

»Die Outsider«, sagte Crane. »Außenseiter, so genannt, weil wir außerhalb aller Geheimdienste arbeiten. Und auch deshalb, weil die Mitglieder unserer Gruppe genau das sind — Außenseiter, Ausgestoßene, Menschen, die sich nirgendwohin sonst wenden können. Menschen, die Fehler gemacht haben oder denen man die Fehler anderer in die Schuhe geschoben hat, die nicht mehr in das System passen.«

»Sie bieten mir einen Job an?«

»Ich biete Ihnen ein neues Leben an. Ich bin Ihr Rekrutierungsoffizier. Ich werde Sie nicht mit einem Gespräch über die Bezahlung und die Ruhestandsregelung langweilen. Ich bin sicher, Sie wissen, worum es geht, Matty.«

»Und was haben Sie verbrochen?« fragte Matira ihn.

»Kein Verbrechen, sondern ein Patzer, der mir vor einem halben Menschenleben unterlief. Zur Zeit des Kalten Krieges. Ich sollte jemanden töten. Ich tat es nicht, weil seine Familie bei ihm war. Das gehörte nicht zu der Vereinbarung. Meinen Vorgesetzten gefiel nicht, daß ich ein moralisches Urteil traf.«

Matira lächelte traurig. »Wenn ich ein besseres Urteil getroffen hätte, würde ich jetzt vielleicht nicht hier sitzen.«

»Nicht jetzt, aber irgendwann auf jeden Fall. Für einige ist es unausweichlich.«

»Nichts ist unausweichlich.«

Crane nickte zufrieden. »Und eine Idealistin sind Sie auch. Ich verstehe nun, warum man ausgerechnet mich als Ihren Rekrutierungsoffizier ausgesucht hat. Wir beide bestehen aus nicht unvereinbaren Bestandteilen, Segmenten, die eigentlich nicht zueinander passen sollten, es irgendwie aber doch tun, wie dieser Drache in der Mythologie. Wie hieß er noch gleich?«

»Chimera. Die Schimäre. Zum Teil Löwe, zum Teil Ziege. Spuckte Feuer und machte den Menschen das Leben schwer.«

Crane lächelte. »Ein perfekter Tarnname für Sie, Matty. Ich habe den meinen nach dem israelischen Nationalvogel gewählt, dem Kranich, da ich ganz am Anfang für dieses Land gearbeitet habe. Aber das waren bessere Zeiten. Einfachere.«

»Normalerweise kommt einem die Vergangenheit immer einfacher als die Gegenwart vor.«

»Wir werden Sie verschwinden lassen«, versicherte Crane ihr. »Man wird Sie niemals finden. Sie existieren einfach nicht mehr.«

»Das könnte mir gefallen.«

Was die Outsider betraf, hatte Crane ihr die reine Wahrheit gesagt. Die Arbeit war herausfordernd, aber nur selten erfüllend. Da sie eine Frau war, standen ihr zahllose Wege offen. Was sie nicht wußte, brachte Crane ihr bei, und wenn sie am Anfang einmal Fehler machte, was nicht oft vorkam, war Crane da, um sie herauszuhauen.

»Die tolle Sache an den Outsidern ist, daß wir uns selbst erhalten«, tröstete er sie. »Eines Tages werden Sie jemanden rekrutieren, genau wie ich Sie rekrutiert habe. Sie werden sie ausbilden, ihnen helfen, ihnen vielleicht sogar die Namen geben, und diese Personen werden Ihre Lebensversicherung sein. Niemand von uns wird Ihnen je in den Rücken fallen, weil immer jemand auf Sie achten wird, der Ihnen etwas schuldig ist, den Sie gerettet haben. Das ultimate Abschreckungsmittel und die einzige Regel, die wir befolgen.«

Chimera befolgte sie nun.

»Was machen Sie hier?« fragte Stein von der anderen Seite des Zimmers. »Sie verstoßen gegen die übliche Vorgehensweise. Ich habe nichts für Sie.«

»Aber Sie haben von Crane gehört?«

»Crane ... ja, tragisch.«

»Es waren insgesamt fünf. Drei habe ich erwischt. Crane hat zwei erwischt, bevor er starb. Ich habe alles so arrangiert, daß niemand erfährt, daß ich es war. Sie werden glauben, es sei einer von Cranes alten Feinden gewesen, der eine alte Rechnung mit ihm begleichen wollte. Ein Zufall.«

»Ich hatte nichts damit zu tun! Ich *schwöre* es!«

»Was, wenn ich etwas abholen wollte? Was, wenn Sie etwas für mich hätten?«

»Ich habe nichts für Sie. Ich bin mir ganz sicher.«

»Sie haben etwas. Sie wissen es nur noch nicht.«

»Chimera, ich ...«

»Aber Sie hatten etwas für Crane!«

»Nein!«

»Nicht heute. Aber vor zwei Wochen? Oder vor drei?«

Stein nahm die Brille mit den dicken Gläsern ab, als zöge er es vor, Chimera nicht zu sehen. »Ich kann nicht darüber sprechen.«

»Also hatten Sie etwas für ihn, nicht wahr?«

»Chimera, Sie wissen, daß ich es Ihnen nicht sagen kann!«

»Wer hindert Sie daran?«

»Sie werden mich töten, wie sie ihn getötet haben!«

»Sie werden es nie erfahren, wenn *Sie* es ihnen nicht sagen, und das werden Sie nicht, weil Sie ihnen dann auch sagen müßten, daß Sie mit mir gesprochen haben. Und jetzt zurück zum Geschäft. Crane hat an einer Sache gearbeitet, die ihn nach Australien und Pine Gap geführt hat. Er schmuggelte zwei Kisten mit Kanistern heraus, die etwas namens ›Quick Strike‹ enthielten. Jemand hat vor, eine Menge Menschen umzubringen, Stein, und ich habe vor, ihn daran zu hindern. Also muß ich wissen, wo der erste Kontakt bei diesem Auftrag stattfand.«

»Selbst wenn ich es wüßte, könnte ich es Ihnen nicht sagen.«

»Riechen Sie mal.«

Stein blickte sie verwirrt an, tat aber wie geheißen. Er bemerkte einen weiteren schwachen Geruch, der nicht hierher gehörte, bittersüß und leicht an eine Medizin erinnernd.

Chimera zog ein Feuerzeug hervor. »Ich habe einige Buchreihen mit schnell trocknendem Sulfur-Baumöl bestrichen. Es verdunstet sehr schnell, so daß keine Rückstände übrig bleiben, wenn Sie meine Fragen beantworten.«

Stein setzte die Brille wieder auf und breitete flehend die Hände aus. »Chimera, bitte!«

Sie drückte auf das Feuerzeug, und eine Flammenzunge schoß hoch. »Sie werden sehr schnell verbrennen, Stein. Ein Totalschaden, bevor die Feuerwehr hier eintrifft. Denken Sie darüber nach.«

»Nicaragua!« rief der Buchhändler plötzlich. »Die Person, die Crane den australischen Auftrag erteilt hat, hielt sich in Nicaragua auf.«

Chimera fühlte, wie ihr kalt wurde. »Wer war der Kontakt?«

»Eine Frau. Eine Frau namens Maria...«

»Cordoba«, vervollständigte Chimera den Satz.

Stein nickte erstaunt. »Woher wissen Sie das? Wie *können* Sie das nur wissen?«

Chimera sagte nichts.

Der Buchhändler schob seine Brille hoch. »Was geht hier vor? Warum tun Sie das? Sie kennen die Folgen. Sie wissen, was sie tun werden.«

»Ich weiß, was sie getan haben.«

»Nein, Sie tun das nicht für Crane. Sie tun es für sich selbst. Weil Sie Angst haben, so zu enden wie er«, erklärte Stein kühn. »Das ist es doch, oder?«

Chimera hätte ihm beinahe gesagt, daß es bis zu diesem Augenblick so gewesen war, jetzt aber nicht mehr. Sie erinnerte sich an einige Worte, die sie gestern mit Crane gewechselt hatte.

»Ich hoffe, ich halte dich nicht von einem wichtigen Job ab.«

»Ich habe morgen einen Termin, aber das kann warten.«

Aus dem morgigen Tag war der heutige geworden. Und sie wurde in Nicaragua erwartet, wo sie in einer Bar in Managua eine Kontaktperson treffen sollte.

Eine Kontaktperson namens Maria Cordoba.

Fünftes Kapitel

»Nein«, sagte Jamie und legte den Football in der Hand des Jungen richtig. »So geht das. Du mußt ihn an den Enden festhalten.«

»An den Enden?« fragte der Junge. Marco war fünfzehn und José Ramon Riaz' ältester Sohn.

Jamie lief vor. »Hier, versuch es einfach mal.«

Marco wich einem nur in seiner Phantasie vorhandenen Angreifer aus und warf den Ball. Er torkelte zwar etwas, landete aber in Jamies ausgestreckten Händen, nachdem er nur einen kleinen Schritt zur Seite getan hatte.

»Touchdown!« rief er.

»Ja!« Der Junge strahlte. Er sprang kurz in die Luft, während seine Brüder und seine Schwester an der behelfsmäßigen Seitenauslinie klatschten.

Jamie ging Marco entgegen und legte einen Arm um seine Schulter. Das lange Haar des Jungen wehte im Wind, und er strahlte geradezu. »Jetzt kannst du mir beibringen, wie man den Ball abschlägt.«

»Nein!« riefen seine zehnjährigen Zwillingsbrüder im Einklang. »Jetzt sind wir an der Reihe! Bitte, Jamie, bitte!«

Da hatten sie ihn schon erreicht und zerrten und zogen an ihm. Seltsam, überlegte Jamie, immer wieder stellt sich heraus, daß es eigentlich genau umgekehrt kommt, als man es erwartet hat. Riaz' Kinder waren ganz natürlich und höflich. Sie sprachen perfekt Englisch und schienen sich zu ihm hingezogen zu fühlen. Sie hatten in ihren Nike-Trainingsanzügen schon auf ihn gewartet, als seine Schwester den Jeep auf die Privatstraße gelenkt hatte, die zu dem Besitz führte, vorbei an den bewaffneten Wachposten, die wachsam am Tor standen.

Das war der einzige Hinweis darauf, wo er sich befand und wem die Farm gehörte, denn José Ramon Riaz war schlichtweg zuvorkommend und charmant. Er zeigte ein freundliches Lächeln, das dem auf Marcos Zügen ähnelte, und er hatte ein Gesicht, das einzig wegen der schwarzen Klappe über dem linken Auge bedrohlich wirkte. Beth erklärte ihm, das er die Augenklappe trug, um ständig an die Schmerzen erinnert zu werden, die er während des Kriegs mit den Contras ertragen hatte.

Doch darüber hatte Riaz kein einziges Wort gesagt. Statt dessen hatte er aufmerksam den Gesprächen zwischen Jamie und dessen Schwester gelauscht. Nicht, daß sie Gelegenheit gehabt hätten, sich oft zu unterhalten: Die Kinder zeigten sich von dem amerikanischen Football-Star so fasziniert, daß sie ihn ständig mit Fragen und Bitten bombardierten. Jamie hatte sich schließlich noch am Abend den echten NFL-Football greifen und mit Marco und den Zwillingen unter Flutlicht spielen müssen. Er hatte vergessen, den Meisterschaftsring der Ivy League abzunehmen, und sich die Finger aufgerissen.

Jamie war von der schlichten Schönheit des Besitzes überrascht, die einen deutlichen Kontrast zu dem größten Teil des Landes bildete, das er auf der Fahrt von Managua hierher gesehen hatte. Die Veränderung schien mit einer kühlen Brise gekommen zu sein. Er hatte aufgeschaut, als sie den Gipfel eines Hügels erreichten, und plötzlich nur noch einen üppigen Wald gesehen, der die Straße auf beiden Seiten umsäumte. Jamie wußte, daß sie sich nun auf den fruchtbaren vulkanischen Ebenen Nicaraguas befanden. Sie waren von der Hauptverkehrsstraße auf einen nur notdürftig befestigten Weg abgebogen, der sie in nordöstlicher Richtung die letzten sechzig Kilometer nach Casa Grande führte.

Sie kamen unterwegs an zahlreichen Farmen vorbei, und Jamie stellte fest, daß sich Riaz' Besitz kaum von den anderen unterschied. Er sah weitläufige Reisfelder, um die sich vielleicht drei Dutzend Arbeiter kümmerten. Ihre Quartiere befanden sich am Rand des Waldes, der im Westen an die Farm grenzte. Beth war darauf bedacht, ihm zu erklären, daß die Arbeiter des Colonels besser als alle anderen in der Gegend wohnten, da er ihre Quartiere selbst hatte bauen lassen, anstatt ihnen nur billiges Material zur Verfügung zu stellen, wie es hier üblich war.

Das Haus selbst wirkte innen und außen rustikal, bot aber die neuesten amerikanischen Errungenschaften wie eine moderne Küche und einen großen Fernseher. Die Kinderzimmer wirkten auch sehr amerikanisch; an den Wänden hingen zahlreiche Poster von Rockbands und bekannten Football-Spielern, die meisten davon Giants. Um das Haus herum war der Erdboden festgestampft; die Farm verfügte über Ställe, einen Korral und eine Scheune, die die Tiere beherbergte.

Die einzige im Haushalt, die nicht augenblicklich mit Jamie warm wurde, war Miranda, die vierzehnjährige Tochter des Colonels. Beth hatte ihn gewarnt, daß sie vielleicht unfreundlich sein würde; sie war alt genug, um sich an ihre Mutter zu erinnern und die jüngere Frau, die deren Stelle einnahm, zu verabscheuen.

Es war jedoch unausweichlich, daß sich Jamies Gedanken wieder Riaz zuwandten. Er saß am Eßtisch, auf jedem Knie einen der Zwillinge, und war anscheinend zufrieden damit, an seiner süßlich riechenden Pfeife zu paffen. Als Jamies Blick auf die Narben fiel, die seinen linken Handrücken überzogen, versteckte Riaz die Hand schnell hinter dem Rücken eines der Jungen. Er war ein Mann, der seinen Frieden gefunden hatte; er hatte die Vergangenheit hinter sich gelassen und freute sich darauf, Pläne für eine friedliche Zukunft schmieden zu können.

Die Jungs folgten dem Beispiel des Colonels und waren freundlich und hingebungsvoll zu Beth. Erneut zeigte nur Miranda ihre kalte Schulter, doch Jamie wußte, daß Beth dieses Verhalten als Herausforderung ansehen und sie annehmen würde, wie sie bislang jede angenommen hatte. Beth hatte Herausforderungen immer geliebt, je größer, desto besser, und war an ihnen gewachsen. Jamie nahm an, daß sie deshalb auch so bereitwillig die Verantwortung akzeptiert hatte, ihn großzuziehen, und sich später für ein Leben entschieden hatte, bei dem sie immer wieder gefährliche Situationen überstehen mußte. Auf eine irgendwie verdrehte Art und Weise, so nahm er an, konnte man ihre Affäre mit Riaz dahingehend interpretieren, daß sie sich nun häuslich niederlassen wollte. Sie war mit Sicherheit wesentlich erwachsener als er, ein Vierundzwanzigjähriger, der ohne Football gar nichts hatte. Na schön, er hatte seinen Abschluß in Maschinenbau gemacht, doch es war undenkbar für ihn, diesen Beruf auch auszuüben.

Er schlief in dieser Nacht sehr gut und stand in aller Herrgottsfrühe mit den anderen auf. Er befürchtete schon, einen weiteren Tag lang intensive Football-Lehrstunden geben zu müssen, doch Colonel Riaz nahm ihm diese Sorgen, als sie bei einem ausgedehnten Pfannkuchen-Frühstück saßen.

»Ich muß für ein paar Stunden in die Stadt. Da gibt es jede Menge zu sehen, was noch neu für Sie ist, Jamie. Ich dachte, Sie würden vielleicht mitkommen.«

Jamie zögerte nicht. »Herzlich gern.«

»He, kann ich auch mit?« fragte Marco.

»Und wir?« sagte einer der Zwillinge. »Was ist mit uns?«

»Ihr habt Unterricht«, sagte ihr Vater streng. »Außerdem möchte ich Jamie mal eine Weile für mich haben.«

Sie fuhren eine halbe Stunde später in Riaz' geschlossenem Jeep mit Allradantrieb. Nur sie beide, keine Leibwachen oder Begleiter. Die einzige Konzession, die der Colonel machte, war eine Neun-Millimeter-Pistole in einem Hüfthalfter; er rutschte auf dem Fahrersitz hin und her, um eine bequeme Position zu finden.

Nach drei Kilometern auf der ungepflasterten Straße, die zur Privatstraße der Farm führte, kamen sie an einem uralten Chevy vorbei, der mit einem Plattfuß liegengeblieben war; die beiden Insassen stritten darüber, wie sie den Reifen am besten wechseln könnten. Als der Jeep des Colonels außer Sicht war, sprang einer der beiden auf den Vordersitz des Chevys und zog ein verborgenes Mikrofon hervor.

»Riaz ist losgefahren«, meldete er. »Das Team soll anrollen.«

»Das ist wirklich ein wunderschönes Land«, sagte Colonel Riaz, der beobachtet hatte, daß Jamie tief beeindruckt von der Landschaft war, die er durch das herabgedrehte Fenster beobachtete. Der Jeep verfügte über eine Klimaanlage, doch beide zogen es vor, mit geöffneten Fenstern zu fahren.

»Das behaupten die Reisebüros in letzter Zeit auch. ›Das aufgeschlossene Paradies‹ ist wohl der derzeit gängige Slogan.«

Riaz zuckte die Achseln. »Seit der Unterzeichnung der Vereinbarung natürlich. Wir haben noch immer jede Menge Probleme — politische, militärische, wirtschaftliche, eigentlich mehr, als wir verdient hätten. Aber im Prinzip leben wir von der Landwirtschaft, wie schon immer.«

»Auch während des Krieges mit den Contras?«

Der Colonel umfaßte das Lenkrad fester. »Wissen Sie, was das Schlimmste am Krieg ist, Jamie? Er führt die Männer von ihren Familien fort und läßt sie oft niemals zurückkehren. Und selbst wenn sie zurückkommen, sind sie nicht mehr die, die sie waren, als sie gingen. Der Dschungel verändert sie. Das Tragen einer Uniform verändert sie. Wir leben von der Landwirtschaft, und während des Krieges wurde die Kette durchbrochen. Wir erzeugten nicht mehr genug Produkte für uns selbst oder den

Export, also hungerten wir. Und wir hungern noch immer. Lassen Sie sich nicht von den Vereinbarungen oder den Reisebüros täuschen. Die unbelehrbaren Contras haben keineswegs eingelenkt. Im Gegenteil, sie verabscheuen unsere Vereinbarungen mit den Amerikanern noch mehr als die militantesten Sandinistas, die eine starke Kraft geblieben sind«, erklärte Riaz, wobei er an Esteban und das NNSK dachte. »Die Contras fühlen sich im Stich gelassen und sind deshalb verbittert. Sie halten sich in den nordöstlichen Dschungeln des Landes auf und sind so gefährlich wie eh und je. Einige Dinge ändern sich niemals.«

Als der Jeep knirschend und holpernd über felsigen Kies fuhr, richtete der Colonel den Blick wieder auf die Straße. Auf Jamies Seite erstreckte sich, so weit er sehen konnte, Farmland, auf der anderen dichter, unberührter Urwald, eine Erinnerung daran, was dieses Land gewesen war, bis es urbar gemacht worden war. Ein paar Farmen befanden sich auf dieser Seite, doch sie schienen mühsam der Natur abgerungen worden zu sein.

»Sie haben sich geändert«, sagte Jamie plötzlich.

»Nur zum Teil. Ich kann dem entkommen, der ich war, aber nicht der Legende, zu der die Leute mich gemacht haben. Sie starren mich immer noch an, wenn ich den Markt betrete. Ich werde bevorzugt bedient, aber nicht, weil ich eine Berühmtheit bin, sondern, weil die Verkäuferinnen möchten, daß ich den Laden so schnell wie möglich wieder verlasse. Die anderen Einheimischen dulden nicht, daß ihre Kinder mit den meinen spielen. Ich habe eine Privatlehrerin eingestellt, damit sie nicht zur Schule gehen müssen.«

»Niemand hat das Recht, ihnen den Schulbesuch zu verweigern.«

»Das hat auch niemand getan. Doch hätte ich meine Kinder auf die Schule geschickt, hätten die anderen Eltern die ihren heruntergenommen. Ich kam hierher, um in Frieden zu leben, nicht, um den Frieden der anderen zu stören. Hier leben einfache Leute. Ihre Erinnerungen beherrschen sie, und sie erinnern sich nur an Furcht. Ich bin das Symbol eines anderen Zeitalters.«

»Aber sie verstehen nicht, was für ein Symbol Sie sind. Sie

haben im Dschungel nur Contras gejagt, die sich an Zivilisten vergriffen haben. Sie haben der Regierung Ortega Strafmaßnahmen ausgeredet, die die Contras hätten völlig vernichten können.«

»Wir sind keine Schlächter. Ein Land, das seine eigenen Bürger töten muß, um sich seiner Macht zu vergewissern, ist das ohnmächtigste überhaupt.«

Jamie lächelte leicht. »In den Artikeln über Sie standen lauter solche Zitate.«

»Und zwar, weil Ihre Schwester die meisten davon geschrieben hat.«

»Keineswegs. In einem Artikel wurden Sie ›Der poetische Colonel‹ genannt.«

»Es hieß ›poetischer Teufel‹, glaube ich. Vielleicht hatte der Verfasser recht damit. Ich kann mich selbst nicht besser erklären als die anderen, die es versucht haben. Ich wollte Farmer sein, Vater, ein Mann mit Familie anstatt mit Gewehren. Ich wollte sehen, wie meine Kinder in einer Nation aufwachsen, die in Frieden mit sich selbst und der Welt lebt, und ich werde alles tun, was in meiner Macht steht, um diesen Wunsch zu verwirklichen.«

»Als Señor Riaz und nicht als Colonel?«

»Der Unterschied besteht in der Annäherung, nicht in der Auffassung. Es sind andere Waffen, aber dieselben Ideale. Gerade Sie sollten das doch verstehen. Was Sie getan haben, und warum Sie es getan haben – es galt einem Ideal.«

»Und jetzt bin ich gesperrt.«

»Wir haben keinen Einfluß darauf, wer wir sind oder was uns dazu gemacht hat. Wenn es zu spät für Selbstkritik ist, und man übt sie trotzdem, wird man geschwächt. Trotz allem haben Sie nicht einmal daran gezweifelt, ob es richtig war, was Sie dem Spieler der anderen Mannschaft angetan haben.«

»Woher wollen Sie das wissen?«

»Weil ich das auch nicht getan hätte«, sagte Riaz.

Sechstes Kapitel

Der Lastwagen rumpelte im ersten Gang die Schotterstraße entlang, und der Fahrer sah sich gezwungen, immer wieder auf die Bremsen zu treten, was diese mit einem Kreischen quittierten. Die Wachen vor der Riaz-Farm erkannten ihn als das Fahrzeug, das regelmäßig das Propangas lieferte, mit dem die Heißwasserversorgung der Farm betrieben wurde. Die Lieferanten würden den großen Tank füllen und zahlreiche kleinere Flaschen gegen neue austauschen, die auf der Ladefläche des Lastwagens standen. Der Colonel hatte viel Geld dafür ausgegeben, die Behausungen der Arbeiter an die Gasversorgung anzuschließen; er wollte, daß sie wie menschliche Wesen leben und baden konnten.

Der Lastwagen fuhr an den Straßenrand und hielt direkt vor dem Tor. Der befehlshabende Wachposten trat zum geöffneten Fenster an der Fahrerseite, während ein zweiter in dem Schatten am Wachhaus blieb. Beide hatten die Finger auf den Abzügen ihrer Maschinengewehre.

»*Buenos dias*«, sagte der ranghöhere Wachposten zu dem Fahrer, dessen gebräunter Ellbogen aus dem Fenster hing. Er war ein jung aussehender Mann mit einem roten Band um die Stirn, das sein langes Haar an Ort und Stelle halten und verhindern sollte, daß Schweiß in seine Augen tropfte.

»*Buenos dias*«, erwiderte der Fahrer.

»Ihr seid diese Woche früh dran. Ich dachte, ihr solltet erst . . .«

Der Pistolenlauf steckte zwischen dem Unterarm des Mannes und dem Gummischutz des Fensters und wurde zusätzlich zwischen dem hellen Sonnenlicht draußen und den Schatten im Wagen verborgen. Der Wachmann sah nur den Blitz aus der Mündung, dann grub sich die Kugel in seine Brust und warf ihn zurück. Der Knall des Schusses alarmierte den zweiten Wachposten. Er wollte gleichzeitig auf den Abzug seiner Waffe und den Alarmknopf drücken; den Abzug erreichte er, doch bevor er den Alarmknopf berührte, zerschmetterte die Kugel des Fahrers seinen Schädel.

»Mach das Tor auf!« rief Maruda dem Mann neben ihm im Führerhaus zu. Der Mann lief schnell zum Wachhaus und öffnete das Tor, während Maruda als Zeichen für seine Männer laut gegen den Stahl hinter sich hämmerte. »Macht euch bereit!« bellte er. »Wir fahren rein.«

Der Propan-Lastwagen war ein vertrauter Anblick auf dem Besitz, nichts, worüber man sich Sorgen machen mußte, als er die schmale, von Bäumen umsäumte Auffahrt zur Farm entlangfuhr. Einen halben Kilometer hinter dem Tor kam das Haus selbst in Sicht; fünfhundert Meter weiter verbreiterte sich die Straße zu dem festgetretenen Areal, das das Haus, die Scheune, Ställe und den Korral umgab. Maruda hielt den Lastwagen gegenüber vom Haus an, fast direkt vor der Scheune.

Die grasenden Pferde bewegten sich ruhelos und schauten auf.

Maruda fühlte, wie der Schweiß sein Stirnband tränkte, und sprang aus der Fahrerkabine. Seine Schritte wirkten mechanisch, fast robotisch. Die Pistole in der Hand, schritt er schnurstracks aus, während sich die hinteren Türen des Lastwagens öffneten und sein Einsatzteam hinaussprang, angeführt von Rodrigo.

Marudas Blick fiel stolz auf den Riesen. Rodrigo war eher zwei Meter zehn als zwei Meter groß, und sein eckiger Kopf war kahlrasiert und zeigte nur ein paar Tage alte schwarze Stoppeln. Aufgrund seiner Körpermasse wirkte er langsam, doch nichts hätte weiter von der Wahrheit entfernt sein können. Niemand, Maruda eingeschlossen, hatte ihn je sprechen hören, und dafür gab es einen Graund. Rodrigo war einmal in Gefangenschaft geraten und gefoltert worden.

Man hatte ihm die Zunge herausgerissen.

Die dabei entstandenen Schäden verzogen eine Gesichtshälfte zu einem ständigen Lächeln, was in unheimlichem Gegensatz zu seinem völligen Mangel an Gefühlen stand.

Maruda beobachtete, wie Marco, der Sohn des Colonels, mit einem Milchkübel in jeder Hand aus der Scheune kam. Der

Junge lächelte ihm tatsächlich zu; dann bemerkte er die bewaffneten Gestalten, die aus dem Wagen sprangen, ließ die Milchkübel fallen, drehte sich um und wollte davonlaufen.

Marudas Kugel traf ihn, bevor er sich bewegen konte. Sie grub sich in seine Brust und warf ihn zu Boden. In die verschüttete Milch mischten sich kleine rote Rinnsale. Das Scheppern der vollen Milchkübel, die zu Boden fielen, war lauter als der Schuß, und Marco starrte in den Himmel. Warmes, nach Kupfer schmeckendes Blut füllte seinen Mund, und ein dunkler Schatten legte sich über das Licht und verdeckte es.

Maruda war nicht stehengeblieben. Er schoß ein zweites Mal von der Hüfte aus. Der Körper des Jungen zuckte hoch und fiel wieder zurück, und seine Augen sahen ins Leere. Der erste Schuß war immer der schönste, aber die anderen waren auch nicht übel.

Ein alter Farmarbeiter kam mit einer Mistgabel in der Hand aus der Scheune gelaufen. Maruda schoß ihm zwischen die Augen und lief zur offenen Tür, während sechs seiner Männer das Haus umzingelten. Sieben andere würden mittlerweile schon auf dem Weg zu den Feldern sein. Die Arbeiter mußten die Schüsse gehört haben und wissen, daß etwas nicht in Ordnung war. Sie würden wahrscheinlich fliehen, was ihnen aber nichts nützen würde. Marudas Männer würden sie alle erschießen und dann zu ihren Hütten weitergehen, um sich um ihre Familien zu kümmern.

Maruda betrat, die Pistole in der Hand, die Scheune.

Beth Skylar war sich nicht sicher, was für ein Geräusch sie ans Fenster gelockt hatte. Von der Küche aus konnte man die Ställe und die Felder im Westen sehen, und ihr kam nichts ungewöhnlich vor.

Doch sie hatte das Geräusch gehört, und irgend etwas daran machte sie unruhig. Sie lief schnell zur anderen Seite des Hauses. Von einem Erkerfenster dort konnte sie die Scheune und die Zufahrtsstraße überblicken. Das erste, was sie sah, waren die Milchkübel, die auf dem Boden hin und her rollten. Sie wollte sich schon entspannen, als ihr eine dunkle Gestalt hinter den Kübeln auffiel, von der sie allerdings nur die Beine erkennen konnte, die in marineblauen Jogginghosen steckten, die wiederum in hohe Turnschuhe geschoben waren.

Beths Stirnrunzeln gefror. Auch wenn sie den Oberkörper nicht sehen konnte, wußte sie, daß es Marco sein mußte. Er war bestimmt ausgerutscht und gestürzt, versuchte sie sich zu beruhigen.

Furcht überkam sie, noch bevor der Mann aus der Scheune trat, eine Pistole in der Hand. Sie sah, daß er jung war, nicht viel älter als Jamie; ein rot gemustertes Stirntuch hielt sein langes Haar zurück. Ein flüchtiger Blick auf ihn genügte, um sie erschaudern zu lassen, und unmittelbar vor dem Augenblick, in dem der Profi in ihr übernahm, schnürte die Angst ihr die Kehle zu.

Sie war kaum einen Schritt von dem Fenster zurückgetreten, als es auch schon nach innen explodierte. Beth warf sich zu Boden, und Glasscherben hagelten auf sie ein und gruben sich in ihre Hände, als sie sich über den Teppich zog.

Im ersten Stock zersplitterte ein weiteres Fenster, und das schien das Zeichen für den Beginn des Gemetzels zu sein. Sofort darauf hämmerte von den Feldern kommendes Maschinengewehrfeuer in ihren Ohren. Obwohl die Glassplitter in ihrer nackten Hand brannten, konnte Beth sich vorstellen, was dort geschah. Ein Heer von Bewaffneten schwärmte in den Feldern aus und schnitt den Arbeitern jeden Fluchtweg ab. Einige Arbeiter und ihre Familien würden zu fliehen versuchen. Einigen würde es vielleicht sogar gelingen. Aber die meisten würden von den Schnellfeuersalven niedergemäht werden, die sie nun in regelmäßigen Abständen hören konnte.

Beth kroch zu dem Telefon auf dem Tisch, dabei unablässig an den jungen Mann mit dem Stirntuch denkend.

»Señorita!« rief die Privatlehrerin der Zwillinge; sie mußte auf der Treppe stehen. »Was ist da lo...«

»Gehen Sie wieder nach oben!« rief Beth zurück. »Beschützen Sie die Zwillinge! Verstecken Sie sie! Haben Sie mich verstanden?«

Maria antwortete nicht, sondern lief wieder hinab. Beth hatte mittlerweile das Telefon erreicht und drückte den Hörer ans Ohr. Nichts.
Verdammt!
Die Leitung war tot.

Sie hörte, wie Schritte die Verandatreppe hinaufpolterten und sich dann seitwärts wandten. Sie durfte keine Zeit mehr verschwenden. Aufgrund der vielen Fenster konnte man von draußen ihre Bewegungen verfolgen, doch sie konnte nur versuchen, die anderen Kinder zu retten. Hilfe konnte sie keine erwarten; es hing alles von ihr ab.

Beth sprang auf und stürzte zu der Ecke des Zimmers, in der sich in einer Glasvitrine José Ramon Riaz' Waffensammlung befand. Aus Sicherheitsgründen hielt er sie immer verschlossen, und sie hatte keine Ahnung, wo er den Schlüssel aufbewahrte. Während Adrenalin durch ihren Körper schoß, nahm sie von einem Beistelltisch einen Aschenbecher und rammte ihn durch das Glas. Sie stieß den Arm durch die Scherben und öffnete von innen den Haken. Dann riß sie die Glastür auf und griff nach einer langläufigen halbautomatischen Schrotflinte und einer Schachtel Munition.

In diesem Augenblick glitt vor dem Fenster zu ihrer Rechten ein Schatten vorbei. Beth warf sich zu Boden, und schon zersplitterte das Fenster und überschüttete sie wieder mit Scherben. Sie schob schnell die Patronen in den Ladeschlitz. Das Gewehr nahm sechs Stück auf, und den Rest der Schachtel verstaute sie in ihren Taschen. Sie suchte sich ein anderes Fenster aus, beobachtete es genau und schoß in dem Moment, in dem der Schatten dahinter vorbeilief. Ein Schrei ertönte und ein lautes Poltern.

»Na also, du Arschloch«, murmelte sie verkniffen.

Sie hatte nicht die geringste Vorstellung, mit wie vielen Gegnern sie es zu tun hatte, und hoffte, noch ein paar erledigen und sie vielleicht sogar entmutigen zu können. Terroristen, Contras, worum auch immer es sich handelte, sie würden sich zurückziehen, sobald sie auf ernsthafte Gegenwehr stießen. Jede Sekunde, die sie durchhielt, erhöhte ihre Chance, die Kinder zu retten. Draußen wechselten sich jedoch Schreie mit Schüssen ab, was bedeutete, daß tatsächlich auch harmlose Arbeiter auf den Feldern dahingemetzelt wurden. Warum? Es ergab keinen Sinn.

Beth rutschte auf dem Boden zurück, bis sie mit den Schultern gegen einen Wandvorsprung stieß, der sie vor allen Blicken durch die Fenster verbarg.

»*Madre?*«

Verblüfft fuhr Beth zur Treppe herum und sah auf deren halber Höhe Miranda, die vierzehnjährige Tochter des Colonels, die sich mit beiden Händen am Geländer festhielt. Irgend etwas stimmte da nicht...

»O Gott...«

»*Madre*...«

Mirandas weiße Bluse war blutgetränkt, und im Gesicht blutete sie aus zahlreichen Verletzungen, die Glassplitter gerissen hatten. Beth erinnerte sich an das zweite zertrümmerte Fenster im Obergeschoß. Miranda mußte vom Geräusch des ersten Schusses zum Fenster gelockt worden sein, woraufhin sie für einen der Schützen ein perfektes Ziel geboten hatte.

»Miranda!«

Beth erhob sich aus ihrer Deckung und lief zur Treppe, die Schrotflinte an die Brust gepreßt. Mirandas Beine gaben nach, und sie stöhnte. Im vergeblichen Versuch, sich festzuhalten, glitten ihre Hände das Geländer hinab. Als Beth den Fuß der Treppe erreicht hatte, hatte das Mädchen losgelassen und stürzte ihr die Stufen entgegen. Sie stürzte auf Beth, riß sie herum und kam auf dem Rücken zu liegen; ihre toten Augen starrten zur Decke. Beth griff nach ihr, als mit einem lauten Knall die Vordertür geöffnet wurde. Sie war nicht abgeschlossen gewesen, was es dem Eindringling natürlich leicht machte.

»*Ihr verdammten Arschlöcher!*«

Beth schoß. Die Gestalt, bereits an der Schulter verletzt und blutend, wurde durch die Türöffnung zurückgeschleudert. Beth schoß erneut und richtete einen größeren Schaden an der Veranda als an dem an, was von dem Leib des Mannes noch übriggeblieben war. Der Schuß war jedoch nötig gewesen, um ihr die nötige Luft zu verschaffen, zur Tür zu gelangen, sie zuzuschlagen und zu verriegeln.

»Maria!« rief sie die Treppe hinauf, die Schultern gegen die nun gesicherte Tür gedrückt. »Maria!«

Am Kopf der Treppe erschien das verängstigte Gesicht der Lehrerin.

»Señorita?«

»Wo sind die Zwillinge?«

»In Sicherheit. Versteckt.« Dann, tapfer: »Ich weiß, was zu tun ist.«

»Dann kommen Sie runter! Schnell!«

Maria zögerte, aber nur kurz. Am Fuß der Treppe schob Beth die jüngere Frau hinter sich und richtete den Lauf der Schrotflinte auf das Wohnzimmer. In der Ferne erklangen die Maschinengewehrsalven nur noch sporadisch. Der Feind zog sich möglicherweise zurück, oder er sammelte sich für einen Großangriff auf das Haus.

»Können Sie mit einem Gewehr umgehen?« fragte Beth.

»Hier weiß jeder, wie man mit Waffen umgeht.«

Beth trat hinter Maria zurück, um zum Waffenschrank zu gehen. Diese Bewegung rettete ihr das Leben. Die Kugel, die sie durchbohrt hätte, schlug statt dessen in Marias Kehle ein und warf sie zurück. Beth wirbelte zu dem Fenster herum, durch die sie gekommen war und feuerte das Schrotgewehr ab, als eine zweite Kugel in ihren Schenkel schlug, und als sie zusammenbrach, hörte sie, wie sie aufschrie.

Beth schmeckte Galle und ihr eigenes Blut, und Furcht durchströmte sie. Schwer atmend kroch sie der Treppe entgegen. Sie fragte sich, ob es nicht eine bessere Strategie wäre, sich im Obergeschoß zu verschanzen, gab die Idee aber so schnell auf, wie sie ihr gekommen war. Sie konnte es nicht riskieren, die Aufmerksamkeit auf die Zwillinge zu lenken, ob Maria sie nun versteckt hatte oder nicht. Nein, sie mußte hier ausharren.

Hier...

»Die Frau ist gut«, murmelte Maruda dem Soldaten zu, der neben ihm hinter der steinernen Mauer Deckung gesucht hatte. »Wir haben keine Zeit, feinfühlig vorzugehen. Hol Rodrigo her.«

Siebentes Kapitel

»Was ist los?« fragte Jamie, als Colonel Riaz voll in die Bremsen ging, bevor sie das Tor zu seinem Grundstück erreicht hatten.

»Die Wachen«, erwiderte Riaz. »Ich sehe sie nicht.«

Jamie sah in dieselbe Richtung wie der Colonel und fühlte, wie sich etwas in seinem Magen regte. Es stimmte: Die Wachen waren nirgendwo in Sicht. Riaz fuhr langsam weiter. Jamie konnte nun das Wachhaus und das Tor sehen.

Es stand auf.

»Bleiben Sie hier«, befahl Riaz automatisch, die 9-Millimeter-Pistole bereits in der Hand. Er steuerte den Jeep an den Straßenrand und sprang hinaus.

Jamie tat es seinem Beispiel nach und holte den Colonel fünf Meter vor dem Wachhaus ein, wo das erste Blut zu sehen war.

»O nein«, murmelte er.

Riaz stand ein paar Sekunden stocksteif da, als wolle er sich auf das vorbereiten, was ihn erwartete. Dann trat er zu dem Blutfleck und zur Tür des Wachhauses. Plötzlich wandte er sich ab, nur um sich sofort wieder umzudrehen.

»Was ist?« fragte Jamie und machte einen Schritt vorwärts. »Was haben Sie da gesehen?«

»Bleiben Sie zurück! Hören Sie diesmal auf mich!«

Riaz schob die Tür auf, um sehen zu können, was sich dahinter befand, und Jamie sah den Fuß mit dem Stiefel.

»Großer Gott, nein!«

Der Colonel beugte sich vor und streckte die Hand aus; als er sie wieder zurückzog, hielt er ein Maschinengewehr darin. Er steckte seine Pistole ins Halfter zurück und ging zu der Straße, die zur Farm führte. Vorsichtig bückte er sich und tastete mit der freien Hand über den Erdboden. Dann erhob er sich wieder und kam zum Jeep zurück.

»Was ist hier los? Was machen Sie?« rief Jamie ihm nach.

Riaz schwang sich in den Jeep und ließ den Motor an. Jamie konnte gerade noch hineinspringen, dann fuhr der Colonel schon los. Riaz drehte sich kurz zu ihm um und drückte ihm das Maschinengewehr in die Hand.

»Schieben Sie den Lauf aus dem Fenster, und halten Sie den Finger am Abzug. Wenn ich es Ihnen sage, schießen Sie und richten das Feuer auf alles, was sich bewegt.«

»Na schön, aber . . .«

»Haben Sie das verstanden?«

»Ja.«

Riaz umfaßte das Lenkrad mit der rechten Hand, während er mit der linken die Pistole zog und festhielt. Jamies Herz hämmerte gegen seine Rippen. Als ihm allmählich dämmerte, was sie erwarten würde, schien sich sein Magen umzudrehen.

»Ich glaube, sie sind weg«, sagte der Colonel. »Am Tor waren zwei frische Reifenspuren; eine führte hinein, die andere hinaus. Ein Lastwagen. Sie sind in einem Lastwagen gekommen.«

Jamie sah ihn an und versuchte, seine Panik zu unterdrücken. Die Straße sah aus wie immer, und er versuchte sich damit zu beruhigen, daß im Haus alles in Ordnung sei.

Diese Beruhigung löste sich abrupt auf, als er zu den Feldern blickte und an mehreren Stellen die Leichen der Bauern zwischen den Getreidehalmen sah. Riaz hielt jedoch nicht an, sondern fuhr direkt zu der Scheune. Die Leiche des Landarbeiters lag davor auf der Seite, die Finger nur Zentimeter von der Mistgabel entfernt. Riaz hielt den Jeep an und sah zu Jamie hinüber.

»Geben Sie mir das Gewehr«, befahl er.

Jamie gehorchte. Er wurde sich plötzlich bewußt, daß er überhaupt nicht damit umgehen konnte, mit gar keiner Schußwaffe. Er stieg aus und folgte dem Colonel. Riaz war nach einigen Schritten wie erstarrt stehengeblieben. Jamie schloß zu ihm auf und folgte seinem Blick.

Marco lag vor ihm auf dem Boden. Purpurne Eingeweide

quollen aus seinem Leib auf den Boden und trockneten in der Sonne. Plötzlich fühlte sich Jamies ganzer Kopf so taub an wie damals sein Mund, nachdem der Zahnarzt ihm Novokain gespritzt hatte. Er wurde sich der knirschenden Geräusche bewußt, die der Colonel mit den Füßen erzeugte, als er über den harten Schotter zu seinem Sohn ging. Riaz kniete neben Marco nieder und streichelte den Kopf des Jungen. Dessen Gesicht wirkte völlig unbeteiligt und seltsam ruhig, als hätte der Tod irgendwie sein Leben, nicht aber seine Unschuld gefordert.

Der Wind frischte auf, und Jamie zuckte plötzlich zusammen. Er glaubte, irgendwo irgend etwas gehört zu haben.

Sie konnten noch hier sein! Die Mörder konnten noch hier sein!

Die Angst, die ihm diese Möglichkeit bereitete, verlor sich schnell, als er zum Haupthaus sah. Das taube Gefühl, das er empfunden hatte, hatte sich in nacktes Entsetzen verwandelt, und er spurtete los.

»Nein!« rief Riaz ihm nach und erhob sich. »Warten Sie!«

Jamie hörte ihn nicht. Er lief mit derselben gedankenlosen Hemmungslosigkeit und dem Wagemut vorwärts, die er auch auf dem Footballplatz empfunden hatte, stürmte zur Veranda und sprang hinauf, wobei er beinahe auf einem Blutfleck ausgeglitten wäre, der sich über alle Stufen ausgebreitet hatte. Er erreichte die halb aufstehende Tür, deren Riegel zerbrochen und die von mehreren Kugeln durchlöchert war, und wurde sich dumpf der Tatsache bewußt, daß kein einziges Fenster heil geblieben war. Er sah Miranda zuerst, die mit seltsam verdrehtem Körper auf der Treppe lag. Maria, die Privatlehrerin der Zwillinge, lag rechts von der Treppe, den Mund weit geöffnet und das Gesicht vor Schmerz verzerrt; ein Schuß in den Hals hatte sie getötet. Irgendwie kam ihm der Gedanke, daß Marco diese Qualen wenigstens erspart geblieben waren, in jenem letzten Moment, bevor sich sein Blick zu den Sternen richtete.

Das spärliche Licht hatte ihm diesen Anblick bis zum Schluß erspart, und selbst jetzt noch hielt er hoffend inne, denn diese wehrhafte Gestalt mit dem Schrotgewehr in der Hand konnte doch nicht Beth sein, konnte doch nicht seine Schwester sein...

Jamie ging bis zur halben Höhe der Treppe hinauf, ohne überhaupt zu wissen, was er tat. Er hielt sich am Geländer fest, das an einigen Stellen noch klebrig vor getrocknetem Blut war. Hinter ihm folgte Riaz, nachdem er kurz bei Miranda innegehalten hatte. Als Jamie sich der Leiche näherte und hinabsah, griff die Hand des Colonels nach seiner Schulter.

»Nicht, Jamie.«

Es war zu spät. Jamie wußte, was für ein Anblick ihn erwartete, aber so etwas... so etwas... Er fühlte, wie er ohnmächtig zu werden drohte. Seine Beine wurden butterweich, und er mußte sich am Geländer festhalten, um nicht zusammenzubrechen.

Das ist nicht meine Schwester, wollte er Riaz ganz unbeteiligt sagen. »*Meine Schwester hatte ein Gesicht...*

Die Hand auf seiner Schulter zog ihn zurück. Jamie sah den Colonel an, doch keiner von ihnen sagte etwas. Das alles schien nicht wirklich zu sein, und Jamie fühlte sich, als habe sein Geist sich von seinem Körper gelöst, wie damals, als er auf dem Footballplatz hart gerempelt worden war und das Bewußtsein verloren hatte. Er stand über der gesichtslosen Leiche, ohne etwas zu sehen oder zu empfinden.

Riaz hatte ihn den Rest der Treppe hinaufgezogen. *Die Zwillinge!* Jamies Denkfähigkeit kehrte plötzlich wieder zurück. *Was ist mit den Zwillingen?* Jamie folgte Riaz zur Türschwelle ihres Zimmers, auf der der Colonel wie erstarrt stehengeblieben war. Jamie hatte noch niemals einen Menschen so reglos dastehen sehen; er schien nicht einmal zu atmen. Er trat neben Riaz und sah in das Zimmer.

»O Gott...«

Die Zwillinge lagen mit den Gesichtern nach oben auf ihren Betten; ihre Augen waren obszön weit aufgerissen, und sie bluteten aus identischen Schlitzen in ihren Kehlen. Jamie beugte sich vor und würgte. Erbrochenes schoß seine Kehle hinauf.

Als er wieder aufsah, hatte Riaz das Zimmer betreten. Er näherte sich jedem Kind mit derselben leisen Behutsamkeit, mit der er sie abends immer zugedeckt hatte. Doch er blieb bei jedem nur so lange stehen, um ihnen die toten Augen schließen zu können. Jamie folgte seinem Blick zu einem Teil der Wand, bei dem es sich in Wirklichkeit um eine Geheimtür handelte, die zu einem kleinen Raum führte. Die Tür war aus ihren verborgenen Scharnieren gerissen worden.

»Dafür werden sie sterben«, glaubte Jamie den Colonel murmeln zu hören. »Dafür werden sie alle sterben.«

»Wer? W-W-Wer hat das getan?«

»Contras...«

Jamie konnte den General kaum verstehen. Riaz stieß ihn zur Seite und trat aus dem Zimmer. Er ging zu einem Wäscheschrank am anderen Ende des Ganges und holte ein mit einem Blumenmuster bedrucktes Laken heraus. Dann ging er die Treppe zu Beth' Leiche hinab und betrachtete sie kurz, bevor er das Laken über sie legte.

»Was machen wir jetzt?« fragte Jamie und folgte ihm zum Fuß der Treppe. Riaz' einzige Reaktion bestand darin, einen von Kugeln durchbohrten Vorhang herunterzureißen und damit die Leiche seiner Tochter zu bedecken. Er wirkte wie ein Schauspieler, der mechanisch den Vorgaben seiner Rolle folgte, bis im vorderen Raum ein raschelndes Geräusch erklang. Riaz hatte seine Pistole gezogen und schußbereit, bevor Jamie auch nur einatmen konnte.

Falscher Alarm. Nur der Wind, der die Jalousien hinter einer zerschmetterten Fensterscheibe bewegte.

»Colonel?« Riaz schob die Pistole in den Gürtel zurück.

»Colonel...«

Riaz ging zur Eingangstür. »Laß mich in Ruhe, Jamie«, sagte er, ohne sich umzudrehen.

»Wohin gehen Sie?«

»Ich muß etwas erledigen.«

»Was ist mit mir? Was ist mit *Beth*?«

Der Colonel hatte die Tür erreicht und blieb stehen. »Hier kann ich nichts mehr für sie tun.«

»Wo denn? Ich komme mit Ihnen.« Jamie schloß zu dem Colonel auf und legte seine Hand auf dessen Schulter.

»Nein, das wirst du nicht«, sagte der Colonel und fuhr blitzschnell herum. In dieser Bewegung lag all sein Zorn, all seine Verbitterung. Jamie zog die Hand zurück, doch da hatte Riaz ihn schon an der Kehle gefaßt.

Jamie fühlte, wie die Dunkelheit näher kam, und stürzte in sie wie in einen tiefen Schlaf. Alles, was dieser Tag gebracht hatte, verlor sich in Schwärze.

»*Señor* Skylar ... *Señor* Skylar, können Sie mich hören?«

Als Jamie zu sich kam, glaubte er zu stürzen. Es war ein unheimliches Gefühl, und er hielt sich an dem Sofa fest, als ginge es um sein nacktes Leben. Eine uniformierte Gestalt beugte sich über ihn und hielt ihn an den Schultern fest. Jamie begriff, daß er in dem geräumigen Wohnzimmer des Hauses links neben dem Eingang auf der Couch lag. Die Schatten draußen verrieten ihm, daß es später Nachmittag war, und durch die Fensteröffnungen wehte eine kühle Brise in den Raum. Eine Reihe weiterer nicaraguanischer Soldaten oder Polizisten machte sich in dem Zimmer zu schaffen; einige hielten Notizblöcke in den Händen, ein anderer einen Fotoapparat. Sie sprachen leise miteinander und hielten sich nun, da Jamie wach war, vom Wohnzimmer fern.

Vor Jamies innerem Auge erschien das Bild der Leiche seiner Schwester, und er schauderte.

»Señor, kann ich Ihnen etwas bringen?« fragte der über ihm kauernde Offizier. Sein Englisch war ausgezeichnet und war nur mit einem ganz leichten Akzent behaftet.

Jamie richtete sich in eine sitzende Position auf. Das schmerzhafte Pochen in seinem Kopf schien ein Echo zu bekommen. Es gelang ihm, zu dem Mann aufzusehen.

»Meine Schwester ...«

»Wir haben sie weggebracht. Die anderen auch.«

»Colonel Riaz?«

»Ich habe gehofft, Sie könnten mir sagen, wo er ist, Señor Skylar.«

»Augenblick mal ... woher wissen Sie, wer ich bin?«

Die Gestalt über ihm, die Jamie noch immer nur verschwommen erkennen konnte, zuckte die Achseln. »Das ist ein kleines Land, und Colonel Riaz ist ein sehr wichtiger Mann. Wir wissen alles, was ihn betrifft. Sie sind seit drei Tagen in Nicaragua, nicht wahr?«

»Wenn Sie meinen.«

»Bitte, lassen Sie uns Freunde sein. So wird es einfacher sein.« Er hielt inne. »Wissen Sie, was mit Ihnen passiert ist?«

»Ich . . .«

»Was ist das letzte, woran Sie sich erinnern?«

»Ich stand mit Colonel Riaz an der Tür.«

»Sonst noch etwas?«

»Jede Menge.«

»Ich meine, in diesem Augenblick.«

»Nein.«

Der Offizier streckte die Hand aus und berührte seine Kehle. Jamie zuckte zusammen.

»Sie haben da eine sehr häßliche Quetschung, Señor, direkt über Ihrer Halsschlagader. Deshalb haben Sie das Bewußtsein verloren. Das war Colonel Riaz' Werk.«

In der Flut aller anderen Erinnerungen kehrte auch die an Riaz' Hand zurück, die zu seiner Kehle schoß.

»Wer hat das hier getan?« Jamie zog mit dem Arm einen Bogen.

Der Offizier schien einen Augenblick lang zu zögern. »Zwischen vierzehn und sechzehn Männer, von denen nach dem, was wir bislang festgestellt haben, fünf entweder getötet oder schwer verletzt wurden.«

»Das beantwortet meine Frage nicht.«

»Das ist die einzige Antwort, die ich Ihnen geben kann. Colonel Riaz ist für uns ein Held, Señor.«

»Und das macht ihn zum Todfeind eines anderen, nicht wahr? Es waren die Contras, oder? Die Contras, die übriggeblieben sind, haben das getan.«

»Die ersten Spuren deuten in diese Richtung, ja. Die Mörder haben amerikanische M-16-Gewehre benutzt. Sie trugen Stiefel der amerikanischen Army. Und sie haben auch die Diener und

Arbeiter des Colonels getötet, insgesamt siebzig Männer, Frauen und *Kinder*.«

»Diese Schweine ... diese Tiere!«

Der Offizier nickte langsam. »Ich bin sicher, Sie sind über die Vergangenheit des Colonels informiert. Auf der Todesliste der Contras stand er ganz oben.«

»Aber anstatt Riaz zu töten, haben sie...«

»Ja, weil ein Soldat ausgebildet wurde, seinen eigenen Tod zu akzeptieren. Das hier«, sagte der Offizier und deutete auf die Überreste des Gemetzels, »kann er nicht akzeptieren. Das kann niemand akzeptieren. Er muß damit leben, und ein schlimmeres Schicksal gibt es nicht.«

»Sie hätten schon früher zuschlagen können.«

»Ja, wahrscheinlich.«

»Aber sie haben gewartet, bis er etwas zu verlieren hat, das ihm wichtig ist. Die Farm, ein Leben in Frieden, seine Kinder, meine ... Schwester.«

Der Offizier schien Jamies Schmerz nachempfinden zu können. »So denken sie nun einmal, Señor. Aber wir werden sie erwischen; das versichere ich Ihnen.« Er kniete nieder, so daß sich das rote Stirnband, das sein langes Haar zurückhielt, auf gleicher Höhe wie Jamies Augen befand. »Darauf haben Sie das Wort von Hauptmann Octavio Maruda.«

Die Nacht hatte sich gesenkt, als Hauptmann Octavio Maruda, noch immer in Uniform, auf dem Rücksitz der dunklen Limousine Platz nahm.

»Man kann Ihnen gratulieren, Hauptmann«, sagte der dickleibige Esteban durch den Qualm der Zigarre, der den Wagen ausfüllte.

»Noch nicht«, erwiderte Maruda, ein Husten unterdrückend.

»Komplikationen?«

»Ihre Informationen waren unzureichend.«

»*Meine* Informationen?«

»Der amerikanische Bruder der Freundin des Colonels ist auf Besuch hier.«

»Und Sie waren gezwungen, ihn ebenfalls zu töten?«
»Ich wünschte, es wäre so. Als wir eintrafen, war er mit Riaz unterwegs. Sie kehrten gemeinsam zurück.«
»Und jetzt?«
»Wir haben den jungen Mann in Gewahrsam«, gab Maruda zurück, anscheinend vergessend, daß er ebenfalls noch ein junger Mann war.

Esteban lehnte sich, offensichtlich erleichtert, zurück. »Nur ein kleines Hindernis.«
»Soll ich es aus dem Weg räumen?«
»Nein, Hauptmann, auf Sie warten andere Aufgaben. Überlassen Sie das mir.«

Die Bar befand sich im Managuaner Stadtteil Palama, einem der schäbigsten der Stadt. Chimeras Treffen mit Maria war für zweiundzwanzig Uhr vereinbart worden, doch sie traf zwei Stunden früher ein und beobachtete von außen die kommenden und gehenden Gäste. Den Worten des Buchhändlers Stein zufolge war Cordoba die Kontaktperson, die die Operation eingeleitet hatte, die Crane das Leben gekostet hatte. Und überdies war Chimera tatsächlich auf dem Weg zu ihr gewesen, als sie Cranes Anruf bekam. Das bedeutete, daß auch sie an dieser Operation teilnehmen sollte. Aber sie hätte einen Tag früher hier eintreffen sollen, und es überraschte sie, daß Maria sie heute abend trotzdem noch sprechen wollte. Natürlich waren Vorsichtsmaßnahmen angebracht. Mittlerweile waren über achtundvierzig Stunden verstrichen, seit sie das Team eliminiert hatte, das Crane beseitigen sollte, genug Zeit für Outsider, um herauszufinden, daß sie für das Ausschalten der Killer verantwortlich zeichnete.

Um Punkt zweiundzwanzig Uhr betrat Chimera die Bar. Als sie die Tür öffnete, schlug ihr ein widerwärtiger Geruch entgegen. Schweiß schien sein vorherrschender Bestandteil zu sein, vermischt mit dem nach abgestandenem Bier und dem Rauch billiger Zigaretten, der in der Luft hing. Das spärliche Licht kam von einer Reihe nackter Glühbirnen, die an Kabeln an der

Decke baumelten. Der Raum war klein und viereckig, und die Bar selbst nahm einen kleinen Teil der hinteren Wand ein. Die Männer, die an vielleicht einem Dutzend Tische saßen, beobachteten sie, als sie zum Tresen ging. Ein paar pfiffen, einige flüsterten miteinander.

»Suchen Sie Arbeit, Señorita?« fragte der Mann in einem Polyesteranzug, bei dem es sich um den Geschäftsführer zu handeln schien.

»Ich suche Maria Cordoba.«

Der Mann schätzte sie mit den Blicken ab. »Ich würde Ihnen einen Job geben.«

»Sagen Sie mir nur, wo Maria ist.«

»Sie ist oben, Señorita.« Und er deutete auf eine Tür an der anderen Seite des Zimmers.

Chimera nickte.

»Zwanzig amerikanische Dollar, Señorita«, sagte der Geschäftsführer, als sie zur Tür ging. »Im voraus zahlbar.«

Chimera gab ihm das Geld. Der Geschäftsführer steckte es mit einem enttäuschten Stirnrunzeln ein. »Das ist wirklich die reinste Verschwendung, Señorita. Eine schreckliche Verschwendung. Die zweite Tür rechts.«

Chimera hielt den Atem an, um den Gestank der Bar nicht riechen zu müssen, und ging zur Treppe. Im ersten Stock öffnete sie die ihr bezeichnete Tür, ohne zuvor anzuklopfen. Maria Cordoba lag nackt im Halbdunkel auf dem Bett und spielte mit ihren Brüsten. Erst als sich die Tür wieder schloß, erkannte sie, wer das Zimmer betreten hatte.

»Es sieht dir gar nicht ähnlich, dir einen Auftrag entgehen zu lassen, Chimera«, sagte sie, ohne die geringsten Anstalten zu machen, sich zu bedecken. Im Gegenteil, sie massierte ihre Brüste noch heftiger.

»Du hast meine Nachricht bekommen. Ich wurde aufgehalten. Es ging nicht anders.«

»Ich habe deine Nachricht bekommen. Du wirst jetzt für etwas anderes gebraucht. Eine Exekution, eine ziemlich einfache Sache.«

»Hinrichtungen sind niemals einfach.«

»Diese doch. Dein Opfer sitzt im Gefängnis.« Maria streichelte jetzt ihre Brustwarzen. »Ein Amerikaner, Chimera. Sein name ist Jamie Skylar ...«

Fünf Stunden später machte sich Maria Cordoba auf den Nachhauseweg. Sie hatte es nicht weit, nur zwei Häuserblocks. Sie war ziemlich betrunken und verbreitete einen durchdringenden, süßen Geruch nach Marihuana. Es fiel ihr nicht leicht, mit dem Schlüssel das Schloß zu finden und die Tür zu öffnen.

Daß zwei kleine Lampen in der Wohnung eingeschaltet waren, sah sie jedoch sofort, eine für jede der beiden Leichen, die mit obszön gespreizten Gliedern auf dem Sofa lagen.

»Sie haben auf dich gewartet, Maria«, sagte Chimera.

Maria Cordoba fuhr zu der Stelle herum, von der die Stimme erklungen war. Dort war jedoch niemand.

»Sie können dich nicht mehr gebrauchen«, sagte Chimera und trat auf der anderen Seite des Zimmers aus den Schatten. »Du bist Teil derselben Kette, zu der auch Crane gehörte. Sie haben ihn umgebracht, und sie hätten auch dich umgebracht. Ich kenne diese beiden Männer, Maria. Sie hätten sich viel Zeit gelassen.«

Maria stand sprachlos da.

»Ich habe sie getötet, weil du für mich noch nützlich bist. Doch wenn du nicht redest, werde ich zu Ende bringen, was diese beiden Männer tun sollten.« Chimera wartete, bis die andere Frau noch einen Blick auf die Leichen geworfen hatte. »Und ich werde mir auch Zeit lassen.«

»Bitte«, flehte Maria. »Ich werde alles sagen!«

»Setz dich, Maria. Unser Gespräch wird vielleicht länger dauern.«

Achtes Kapitel

Der SR-71X-Aufklärungsjet jagte mit atemberaubender Geschwindigkeit durch den Himmel.

»Clark, hier ist Blackbird«, sagte der Pilot in das in seinem Helm eingebaute Mikrofon.

»Wir hören Sie, Blackbird«, erwiderte der Verbindungsoffizier auf der Clark Air Force Base.

»Wir nähern uns jetzt den Aufklärungskoordinaten. Bereiten Sie sich auf Empfang vor. Werden auf mein Zeichen senden.«

»Roger, Blackbird. Sie wissen, daß wir Washington in der Leitung haben.«

»Roger, wissen wir. Wir verschaffen Ihnen die besten Bilder, die wir kriegen können.«

Captain Bob McCord versuchte vergeblich, in der Enge des Pilotensitzes eine bequemere Haltung zu finden. Fast neunzig Minuten, die man mit ungefähr zweitausenddreihundert Stundenkilometern flog, forderten ihren Tribut, besonders, wenn es sich um unbekannte Regionen handelte. Die Kritiker mochten widersprechen, doch McCord könnte schwören, daß es da einen Unterschied gab, genau so, als würde man über verschiedene Autobahnen fahren. Wenn er von der Luftwaffenbasis Clark auf den Philippinen startete, war sein Einsatzgebiet normalerweise Asien; jeden zweiten Tag eine Zwölfstundenschicht in der Luft, um diesen Teil der Welt sauber zu halten. Bei den hochmodernen Kameras der SR-71X hatte man in siebzigtausend Fuß Flughöhe den Eindruck, aus dem ersten Stock auf die Straße hinabzuschauen. Er war schon öfter aus dem normalen Schichtbetrieb hinausgenommen worden, um einen Sonderauftrag zu fliegen, aber noch nie mit dem Stützpunktkommandanten neben ihm im Jeep zu seinem Blackbird hinausgefahren.

»Diese Mission existiert überhaupt nicht, Captain«, hatte der Kommandant mit ernster Miene gesagt. »Das möchte ich von Anfang an klarstellen.«

McCord sah ihn an.

»Was wissen Sie über Pine Gap?«

»Nur, daß es auch nicht existiert, Sir.«

»Beantworten Sie meine Frage.«

»Gerüchte, Andeutungen und so weiter. Die meisten von uns sind der Ansicht, daß es sich um eine Forschungs- und Entwicklungsanlage mitten im Nichts handelt.«

»Mitten in Australien, Captain, was so ziemlich dasselbe ist. Die Gerüchte, die Sie gehört haben, kommen der Wahrheit ziemlich nahe, wenngleich Pine Gap weit über eine normale Forschungs- und Entwicklungsstation hinausgeht. Dort im australischen Outback werden Technologien erprobt und entwickelt, die wir beide in unserem Leben wohl nicht mehr eingesetzt sehen werden. Und dorthin werden Sie Ihren Vogel fliegen.«

»Sir?«

»Captain, vor siebzehn Minuten verlor MILICOM den Kontakt mit Pine Gap. Völlig abrupt, aus heiterem Himmel. Haben Sie mich verstanden?«

McCord nickte und überdachte die Aussichten. MILICOM war die Abkürzung für ›Military Communications‹. Unter dem nichtssagenden Begriff ›militärische Kommunikation‹ verbarg sich eine Überwachungsabteilung, die mit jeder amerikanischen Einrichtung auf der ganzen Welt regelmäßigen Kontakt hielt. Ihm fielen zahlreiche Erklärungen für eine Funkstille ein, angefangen von einem Satelliten mit Fehlfunktion bis hin zu einem Funker, der den falschen Tages- oder Stunden-Kode benutzt hatte. Doch bei Pine Gap konnte man kein Risiko eingehen.

»Unsere Aufklärungseinheit ist der Anlage am nächsten«, fuhr der Stützpunktkommandant fort. »Ihre Crew wurde bereits zusammengetrommelt. Sie können sie einweisen.«

Der Jeep hatte den schlanken, silbernen Jet erreicht, dessen Motoren bereits warmliefen. McCord wollte aussteigen, als der Kommandant ihn am Ellbogen festhielt und seine Stimme über den Lärm des Blackbird hob.

»MILICOM konnte niemanden in der Hundert-Meilen-Sperrzone um Pine Gap erreichen. Funken Sie uns die Bilder rüber, wenn Sie diesen Punkt erreicht haben, und lassen Sie die Automatik eingeschaltet. Haben Sie mich verstanden?«

»Ja, Sir.«

McCord sprang aus dem Jeep und drehte sich noch einmal um. »Warum wir, Sir? Wir haben Stützpunkte da unten, die die Aufklärung wesentlich schneller durchführen könnten und....«

»Weil wir auch mit ihnen den Kontakt verloren haben, Captain. Nicht nur Pine Gap ist aus dem Raster gefallen, sondern das ganze verdammte Land.«

Mit diesen Worten hatte der Kommandant ihn vor anderthalb Stunden verabschiedet, und das seltsame Gefühl, das sich mit ihnen in McCords Magengrube eingenistet hatte, war seitdem nicht wieder verschwunden. Wenn überhaupt, fühlte McCord dort, wo eigentlich sein Magen sein sollte, ein kindskopfgroßes Loch. Er nahm die Geschwindigkeit des SR-71X um ein Drittel zurück und gab seinem Kopiloten das Steuer, um den klobigen Helm aufzusetzen, durch den er dasselbe sehen konnte, was auch die Kameras des Blackbirds aufnahmen.

»Basis«, sagte er und legte auf der Konsole vor ihm einen Hebel um, »Sie haben mein Zeichen. Wir senden.«

»Roger, Blackbird.«

Die in der Unterseite des Flugzeugs eingebauten Kameras schossen sechs Aufnahmen pro Sekunde, die praktisch ohne Zeitverzögerung von einem Bordcomputer eingelesen wurden. Der Computer sendete die Aufnahmen dann digital zur Basis Clark, wo sie ausgedruckt wurden. Das Ergebnis war eine umfassende Großaufnahme von der Einöde, die 70 000 Fuß unter ihnen Pine Gap umgab.

McCord rückte den Helm zurecht und sah im Visor den Erdboden. »Basis, ich habe ungehinderte Sicht. Nichts außer Sand und Buschwerk ... Augenblick mal ... Was zum Teufel ... Das ist doch unmöglich! O mein Gott...«

»Wir haben eine Funkstörung, Blackbird. Wiederholen Sie.«

»Glaub' ...nfach... nich... ni... ögli...«

»Blackbird, Sie sind noch immer verzerrt. Blackbird, hören Sie mich?«

Statisches Rauschen.

»Blackbird, hier ist Clark. *Hören Sie mich?*«

Doch nur statisches Rauschen begleitete die Funksignale des Blackbirds, als das erste Aufklärungsfoto aus einem Schlitz des Computers glitt.

Neuntes Kapitel

»Sie haben unser tiefstes Mitgefühl, Colonel Riaz. Alle Mitglieder des Nationalen Nicaraguanischen Solidaritätskomitees empfinden...«

»Das reicht, Esteban«, unterbrach ihn José Ramon Riaz barsch und wich vor dem nach Zigarrenrauch stinkenden Atem des Fettsacks zurück.

Sie hatten sich auf Riaz' Wunsch auf halber Strecke zum Berg Acropia getroffen, auf einem Plateau, das die pazifische Zentralebene und Casa Grande überblickte. Während Riaz auf den fetten Mann wartete, hatte er sich eingebildet, seine Farm dort unten sehen zu können, so wie sie früher gewesen war, vor dem Massaker. Doch die späteren Erinnerungen schlichen sich in das Bild ein. Er weinte nicht, und die einzigen Tränen, die er zu fühlen glaubte, kamen seltsamerweise nicht aus seinem gesunden Auge, sondern aus der Höhle desjenigen, das er verloren hatte.

Esteban räusperte sich. »Nach Ihrem Anruf habe ich alle Berichte über den Überfall zusammengetragen, die die Miliz und unsere eigenen Leute gesammelt haben.«

»Ich kenne sie bereits«, gab Riaz gefaßt zurück. »Amerikanische Waffen und Stiefel. Ein Contra-Informant hat ein paar knappe Angaben gemacht.«

»Wir werden sie fassen. Darauf können Sie sich verlassen.«

Doch Riaz war da anderer Ansicht. »Was ist ein Mann, Esteban?« fragte er.

»Wie bitte, Colonel?«

»Ein Mann ist, was er hervorbringt, was er aus sich und aus anderen macht. Was für ein Mann bin ich also, wenn das der Fall ist? Ich bin vor dem geflohen, was ich aus mir gemacht

77

habe, und das, was ich aus anderen gemacht habe, ist nun verloren.« Sein Auge war jetzt trocken. »Man hat es mir genommen.«

Esteban musterte ihn sehr eindringlich.

»Wenn ich nichts unternehme, wenn ich die Mörder entkommen lasse, bin ich so schlecht wie sie, denn dann akzeptiere ich das, wozu sie mich machen. Und um völlig erfolgreich zu sein, kann ich nicht nur sie vernichten: Ich muß ebenfalls vernichten, was sie geschaffen hat. Seit vierundzwanzig Stunden habe ich nun geplant, wie ich sie aufspüren werde, doch damit erreiche ich nichts. Ich muß eine Atmosphäre, einen Geisteszustand ändern, den Geisteszustand, der diesen Tieren ihre Existenz ermöglicht.« Nun sah Riaz Esteban direkt ins Auge. »Ich kann nur wieder ein Mann sein, wenn ich die Grundlage ihrer Existenz vernichte.«

»Durch die Operation Donnerschlag...«

»Ich möchte sie leiten.«

Estebans feiste Wangen röteten sich. »Ihre Motive sind bewundernswert, Colonel, doch Casa Grande hat die Umstände beträchtlich verändert. Der Rest des NNSK betrachtet Sie jetzt vielleicht als zu großes Risiko.«

Riaz ergriff den Unterarm des Fettsacks und drückte ihn, bis sich Schmerz auf dem Gesicht des Mannes zeigte. »Dann wird es Ihre Aufgabe sein, sie vom Gegenteil zu überzeugen, nicht wahr?«

»Sie werden mir Zeit geben müssen.«

»Sechsunddreißig Stunden, Esteban. Dann werden Sie mich hier wieder treffen, oder ich werde statt dessen ein Grab für Sie ausheben.«

»Sechsunddreißig Stunden«, erwiderte der fette Mann.

Jamie starrte zur Decke hinauf, wo die Risse im Mörtel zum beherrschenden Bild seiner Welt geworden waren. Die Zellentür war nicht abgeschlossen, war es niemals gewesen, seit Hauptmann Maruda ihn hierhergeleitet hatte. Aber das war kaum ein Trost. Vierzehn Stunden waren verstrichen, seit er auf dem Sofa in Colonel Riaz' Wohnzimmer wieder zu sich gekommen war. Maruda hatte ihn in dieses kaum benutzte Gefängnis in Leon gebracht, unter dem Vorwand, augenblicklich alle nötigen Arrangements mit der amerikanischen Botschaft in Managua treffen zu wollen. Bis jetzt hatte er allerdings, soweit es Jamie wußte, noch keine Verbindung mit ihr aufgenommen. Er hatte Maruda seit dem vergangenen Abend nicht mehr gesehen, und die diensthabenden Milizsoldaten hatten ihm nichts zu sagen.

Irgend etwas stimmte hier nicht.

Er spürte das mit einer kalten Sicherheit, als könne er durch die abgestandene Luft der Zelle greifen und den Finger darauflegen.

Ich komme hier nie mehr raus.

Maruda hätte ihn direkt zu der Botschaft in Managua fahren können, hatte es aber nicht getan. Also hatte er wahrscheinlich die Botschaft überhaupt nicht darüber informiert, wo Jamie sich aufhielt und was in Casa Grande geschehen war. Oder Maruda hatte vielleicht — nur vielleicht — angegeben, daß er sich ebenfalls unter den Opfern des Überfalls befände.

Aber warum?

Er erschauderte und legte auf der kleinen Pritsche die Arme vor die Brust, um die Kälte abzuwehren, die plötzlich allgegenwärtig schien. Die Tatsache, daß die Zellentür nicht abgeschlossen war und er jederzeit aufstehen und hinausgehen konnte, war kein Trost, denn wohin sollte er sich schon wenden? Vielleicht wollten sie genau das, hofften geradezu darauf. Und vielleicht steckten ›sie‹ auch hinter dem Überfall auf Casa Grande.

Jamies Gedanken wandten sich in eine andere Richtung. Was war mit Riaz? Maruda hatte nur erwähnt, daß er verschwunden sei. Warum hatte der Colonel ihn bewußtlos gewürgt und zurückgelassen? Die Antwort lag auf der Hand. Das konnte nur bedeuten, daß er wieder zum *el Diablo de la Jungla* geworden war, entschlossen, die Mörder seiner Familie zu töten.

Jamie richtete sich abrupt auf der Pritsche auf. Ein schwaches Geräusch hatte seine Gedankengänge gestört. Dann hörte er, wie am anderen Ende des Ganges eine Tür knarrte und sich leise, schlurfende Schritte näherten. Nicht das zackige Poltern der Wachen, die schwerfällig zu seiner Zelle trampelten, sondern eine leise, verstohlene Annäherung.

Er stand aufrecht und auf alles vorbereitet da, als die Tür nach innen aufgeschoben wurde und ein Lichtschimmer vom Gang in die Zelle fiel. Dann wurde die Tür vollends geöffnet, und er starrte eine dunkelhaarige Frau an, die eine Khaki-Uniform der Miliz trug.

»Wer zum Teufel sind Sie?«
»Flüstern Sie!«
»Was?«
»Tun Sie, was ich Ihnen sage! Tun Sie alles, was ich Ihnen sage!«
»Wovon sprechen Sie? Was wollen Sie hier?«
»Ihr Leben retten«, sagte Chimera.

»Aber wer *sind* Sie?«

»Das spielt jetzt keine Rolle«, schnappte sie. Ihre Gesichtszüge waren aufgrund der Dunkelheit, die in der Zelle herrschte, und der Armeemütze, die sie tief in die Stirn gezogen hatte, nur undeutlich zu erkennen. Das Haar, das unter der Mütze hervorquoll, war dunkel, und der Teil ihres Gesichts, den er sehen konnte, tief gebräunt. »Ziehen Sie das an«, fuhr sie fort und warf ihm eine kleine Tasche zu.

Jamie öffnete sie und stellte fest, daß sie eine Uniform enthielt, wie sie sie trug. Er zog sich aus und zerrte die Uniformhose über seine Schuhe.

»Die Schuhe!« sagte sie. »Die verdammten Schuhe! Sie könnten Sie verraten...«

»An *wen* verraten?«

»Beeilen Sie sich einfach!«

Jamie hatte die Uniformjacke kaum zugeknöpft, als die Frau ihn am Arm ergriff und auf den Gang zerrte. Sie hielten nicht auf den Haupteingang zu, sondern wandten sich in die entgegengesetzte Richtung, und am Ende des Ganges befand sich eine Tür. Die Frau griff nach der Klinke und drückte sie hinab. Die Tür war verschlossen.

Bevor Jamie reagieren konnte, zog sie eine große, kantige Pistole aus ihrem Hüfthalfter und richtete sie auf das Schloß. Jamie zuckte zusammen, als sie abdrückte, und der Lärm des Schusses war in dem engen Gang ohrenbetäubend. Sie warf sich mit der Schulter gegen die Tür, und als sie noch immer nicht nachgab, tat Jamie es ihr gleich.

Die Tür brach nach außen auf, und sie liefen auf der Rückseite des Gefängnisses ins Tageslicht. Eine kurze, schmale Gasse trennte das Gebäude vom nächsten.

»Hier entlang«, sagte die Frau, und sie liefen schnell an der Fassade des Nachbargebäudes vorbei. Als sie das Ende der Gasse erreichten, wandten sie sich nach rechts. Die Straße vor dem Gebäude war mit der nicaraguanischen Flagge geschmückt und wimmelte vor Männern und Frauen in grünen oder khakifarbenen Uniformen.

»Die Parade wird jeden Augenblick hier vorbeikommen«, sagte die Frau zu Jamie.

»Die Parade?«

»Folgen Sie mir einfach! Tun Sie genau das, was ich tue, und seien Sie auf alles vorbereitet!«

In diesem Augenblick hörte Jamie das ferne Schmettern einer Marschkapelle, sehr schief und sehr blechern. Er sah, daß beide Straßenseiten von Zuschauern gesäumt waren, an den meisten Stellen zwei Reihen, an manchen aber auch vier bis fünf. Der Lärm der Kapelle kam näher, und die Leute blickten ihr entgegen, in die Sonne.

Jamie reckte den Hals, um den Zug sehen zu können. Am Anfang kam ein Lastwagen mit großer Ladefläche, die mit Blumen und Obst geschmückt und auf der lächelnde, winkende Kinder standen. Ihr folgte die Marschkapelle, und dieser wiederum eine beträchtliche Anzahl Soldaten, die über die gesamte Breite der staubigen Straße marschierten. Sie trugen Uniformen mit unterschiedlicher Färbung und Schnitt, marschierten jedoch stolz in perfektem Gleichschritt. Dahinter folgten verschiedene Armeefahrzeuge, darunter Jeeps, Panzer und Halbkettenfahrzeuge in einer Zurschaustellung der nationalen Stärke.

»Wir müssen uns unter sie mischen«, sagte die Frau leise.

»Unter die *Soldaten*?«

»Es ist unsere einzige Chance.«

Als die Soldaten sie fast erreicht hatten, ergriff sie Jamies Ellbogen. Er fühlte, wie ihre Hand auf seinem Arm lag, und wußte, daß ein sanftes Ziehen sein Zeichen sein würde. Sie standen nebeneinander stramm, schon in der Verkleidung aufgegangen, von der abhängen würde, ob sie sicher entkämen.

Jamie fühlte, wie sie zog, und trat in die Formation. Er drängte sich zwischen zwei Reihen marschierender Soldaten, erspähte eine Lücke und füllte sie aus. Zuerst glaubte er, von der Frau getrennt worden zu sein, doch ein Blick nach rechts zeigte ihm, daß sie neben ihm ausschritt. Die Soldaten, die ihr Eindringen in die Formation bemerkt hatten, mußten annehmen, daß es so beabsichtigt gewesen war. Selbst die Männer, die direkt neben ihnen marschierten, schenkten ihnen keine Beachtung.

Sie blieben in der Formation, bis die Straße schmaler wurde und eine Linkskurve machte. Die Marschierenden drängten enger zusammen, und Jamie und die Frau scherten aus und mischten sich unter die Zuschauer, genau wie sie es vor einem Kilometer getan hatten. Die Frau übernahm wieder die Führung.

»Hier entlang. Ein Jeep wartet auf uns!«

Jamie folgte ihr durch eine weitere Gasse zwischen zwei Straßen, die zu einer Seitenstraße führte. Dort stand ein rostiger brauner Jeep, dessen Lackierung an zahlreichen Stellen abgeblättert war oder Blasen schlug. Die Frau rammte den Schlüssel ins Zündschloß, doch Jamie ergriff ihre Hand und hielt sie fest, bevor sie ihn umdrehen konnte.

»Nichts da. Zuerst unterhalten wir uns. Wer sind Sie? Wie haben Sie mich gefunden?«

»Eine Frage nach der anderen.«

»Suchen Sie sich eine aus.«

»Ich hatte den Auftrag bekommen, Sie zu töten.«

»Da haben Sie Ihren Job aber ziemlich mies ausgeführt«, gab Jamie zurück.

»Ich hatte meine Gründe dafür.«

»Lassen Sie sie hören.«

»Später.«

»Jetzt. Wer sind Sie?«

»Chimera.«

»Das ist kein Name.«

»Ich habe keinen Namen. Ich habe ihn vor langer Zeit aufgegeben, als mich der beste Freund, den ich je hatte, aus dem Dreck zog.« Sie zögerte. »Er wurde umgebracht. Deshalb bin ich hier.«

»Von wem umgebracht?«

»Von denselben Kräften, die für Casa Grande verantwortlich sind, Jamie.«

»Contras?«

»Die hatten nichts mit dem Massaker zu tun. Doch jemand wollte, daß Colonel Riaz – und das Land – das glaubt. Es war alles inszeniert, ein Mittel für einen anderen Zweck.«

»Das ergibt keinen Sinn!«

»Es ergibt jede Menge Sinn. Diese Kräfte wollten, daß Riaz für sie arbeitet, und Casa Grande war ihr Mittel, ihn zu überzeugen.«

»Und dieselben Kräfte haben Sie angeheuert, mich zu töten.«

»Nicht angeheuert – beauftragt.«

»Ich sehe da keinen Unterschied.«

»Es ist ein gewaltiger Unterschied«, erwiderte Chimera. »Ich arbeite für eine Gruppe, die dazugehört. Mein Freund, der umgebracht wurde, gehörte auch dazu, nur, daß sie ihn nach Australien geschickt haben.«

»Was hat Australien mit Nicaragua zu tun?« fragte Jamie.

»Mein Freund wurde ursprünglich hier in diesem Land unterwiesen, von einer Frau namens Maria Cordoba, die auch auf mich wartete, um mir einen Auftrag zu geben.«

»Mich zu töten ...«

»Ursprünglich nicht. Ich bekam diesen Auftrag als Ersatz für einen anderen: die Eliminierung eines Camps im Dschungel,

Jamie, in dem sich die Gruppe versteckt, die Ihre Schwester getötet hat.«

Esteban legte die Zigarre auf den Aschenbecher und drückte den Telefonhörer enger ans Ohr.

»Hallo, Esteban«, sagte die Stimme aus Washington.

»Ich freue mich, Ihnen melden zu können, daß Colonel Riaz nun eingewilligt hat, die Operation Donnerschlag zu leiten«, meldete der fette Mann triumphierend. Aber die nächsten Worte aus Washington wischten das Lächeln von seinem Gesicht.

»Es gibt Probleme, Esteban. Wir haben Riaz' Farm gründlich durchsuchen lassen, und dabei fanden sich Aufzeichnungsgeräte, und zwar solche modernster Bauart.«

Esteban schluckte hart. »Aber meine Männer und die Miliz... wir haben *nichts* gefunden!«

»Ich mache mir größere Sorgen darüber, was *wir* nicht gefunden haben: den Mikrochip, der enthielt, was auch immer dort aufgezeichnet wurde. Ihr Gespräch mit Riaz zum Beispiel, Esteban. Das, in dem Sie die Details der Operation Donnerschlag umrissen haben.«

Esteban wurde es plötzlich kalt. Er wußte, welchen Verlauf das Gespräch nun nehmen würde.

»Ich will Sie nicht mit dem Offensichtlichen aufhalten«, fuhr die Stimme fort. »Die Skylar war offensichtlich dortige Einsatzagentin des Network, das an den Unternehmungen Ihres NNSK interessiert ist. Wenn sie Ihr Gespräch mit Riaz mitgehört hat, wird sie ziemlich viel über diese Unternehmungen gewußt haben, nicht wahr? Aber da der Mikrochip nicht bei ihr gefunden wurde, müssen wir davon ausgehen, daß sie ihn bei jemandem versteckt hat, der ihn außer Landes bringen soll.«

»Jamie Skylar«, murmelte der fette Mann.

»Wenn seine Exekution bereits vollzogen wurde, müssen Sie die Leiche nach dem Chip absuchen. Klar?« Und, als nach einer kurzen Pause noch keine Antwort erfolgt war: »Klar, Esteban?«

»Es hat Komplikationen gegeben.«

»Ich höre.«

»Skylar ist heute nachmittag entflohen. Aber er war nicht allein. Meinen Berichten zufolge wurde er dabei von einer dunkelhaarigen Frau unterstützt, die eine Armeeuniform trug.«

»Und warum sollten mich diese Vorgänge interessieren?«

»Weil es unseren Berichten zufolge Chimera war, die Frau, die wir beauftragt haben, ihn zu töten.«

Jetzt war es an dem Mann in Washington, kurz zu schweigen. Als seine Stimme wieder erklang, erzitterte Esteban angesichts der kalten Eindringlichkeit seiner Worte, die kaum die Drohung verhüllten, die sie enthielten.

»Hören Sie mir zu, Esteban. Dieser Chip enthält eine direkte Verbindung zu Ihrem NNSK, und die könnte einen Neugierigen zur Wahrheit führen, zu Walhalla. Finden Sie den Chip, Esteban. Was es auch erfordert, was auch immer Sie tun müssen, finden Sie diesen Chip...«

Der Direktor fütterte seine Fische, als Richards ins Büro trat. Er schüttete das salzähnliche Pulver ganz methodisch in das Aquarium, als wolle er darauf achten, daß jedes Tier die gleiche Menge bekam.

»Etwas Neues, Captain?« erkundigte er sich, ohne aufzublicken.

»Wir haben bestätigt, daß Colonel Riaz bei dem Massaker nicht getötet wurde, wie es schon die Berichte andeuteten. Und wir haben bestätigt, daß auch Jamie Skylar das Massaker überlebte, doch sein Aufenthaltsort ist derzeit unbekannt.«

»Und die nicaraguanischen Behörden?«

»Verhalten sich überaus kooperativ, Sir. Sie sind davon überzeugt, daß die letzten echten Contras dafür verantwortlich zeichnen.«

»Aus gutem Grund, aber wir wissen es natürlich besser.«

»Doch uns fehlen die Einzelheiten. Wir können nur davon ausgehen, daß die Familie Riaz getötet wurde, um den Colonel zu bewegen, sich der Operation anzuschließen, die bald gegen uns eingeleitet werden wird.«

»Ob Sapphire die Einzelheiten gekannt hat, Captain?«

»Falls sie sie gekannt haben sollte, Sir, hat Jamie Skylar sie jetzt bei sich.«

Der Direktor sah zum ersten Mal zu Richards auf. »Haben die nicaraguanischen Behörden irgend etwas über ihn verlauten lassen?«

»Sie wußten nicht einmal, daß er dort war. Alle Spuren seiner Anwesenheit waren verwischt worden.«

Der Direktor trat von dem Aquarium zurück, und das Licht der Lampe neben ihm enthüllte, daß sich sein Gesicht grimmig verzerrt hatte. »Das ist den Chancen des Jungen nicht zuträglich, Captain, und unseren auch nicht.«

»Er hat das Massaker überlebt, Sir. Falls er noch dort draußen ist, werden wir ihn finden«, versicherte Richards trotzig.

»Lassen Sie sich etwa von persönlichen Gefühlen leiten, Captain?«

»Sie hatten recht, Sir. Was die Zivilisation betrifft.«

»In einem Krieg gibt es nur Soldaten.«

»Das ist kein Krieg.«

Der Direktor warf einen schnellen Blick auf die Fotos von Casa Grande, die auf seinem Schreibtisch lagen. »Für einige schon, Captain.«

Zehntes Kapitel

Chimera fuhr den Jeep von Leon aus in nordöstliche Richtung durch die nur schwer zugänglichen und kaum besiedelten Dschungelregionen des Landes. Als sie sich Siuna näherten, wurden die sie umgebenden Wälder dichter, und nachdem sie fast sieben Stunden lang gefahren waren, endete am Spätnachmittag die Straße schließlich.

»Von hier aus gehen wir zu Fuß weiter«, sagte sie, nachdem sie den Jeep ins Unterholz gefahren und versteckt hatte.

Die Fahrt hatte mit weiteren Fragen Jamies begonnen. Chimera hatte ihr Bestes gegeben, ihm die Angst und Verwirrung zu nehmen, doch dabei hatte hauptsächlich ihre eigene Besorgnis neue Nahrung bekommen.

»Na schön«, sagte sie in dem Versuch, es ihm von Anfang an zu erklären, »mein Freund Crane flog nach Australien, um den Sprengstoff zu holen, von dem er überzeugt war, daß er Teil der Bestrebungen der Schattenregierung war, das Land zu übernehmen.«

»Und aufgrund irgendeines Zwischenfalls brauchten sie Colonel Riaz dafür«, vollendete Jamie den Satz.

»Ja, alles deutet darauf hin.«

»Also beauftragten sie diese Killer, in Casa Grande ein Gemetzel anzurichten, und dann beauftragten sie Sie, die Killer zu eliminieren. Allein. Ganz allein«, beendete Jamie den Satz, dessen Bedeutung ihm erst allmählich klar wurde.

»Aber ich wurde in New York aufgehalten«, sagte Chimera, seine Anspielungen ignorierend. »Als ich schließlich in Nicaragua eintraf, wartete ein neuer Auftrag auf mich.«

»Aber statt dessen haben Sie mich gerettet. Sie haben mir noch immer nicht gesagt, warum Sie solch ein Risiko auf sich genommen haben.«

»Weil verbreitet wurde, daß Colonel Riaz bei dem Massaker mit seiner Familie umkam. Sie sind der einzige, der bezeugen kann, daß das nicht stimmt und folglich ein Zusammenhang mit etwas anderem besteht.«

»Mit dieser Basis in Australien ...«

»Pine Gap«, bestätigte Chimera. »Und die Schattenregierung, die Crane dorthin geschickt hat. Ich muß herausfinden, was das alles mit Riaz zu tun hat. Und im Augenblick sind Sie meine einzige Spur.«

»Bis wir dieses Lager in den Wäldern erreichen«, nahm Jamie den Faden wieder auf. »Bis Sie herausfinden, wer dieses Massaker befohlen hat.«

»Ich hoffe, es herausfinden zu können.«

Sie legten zehn Kilometer durch den Wald zurück, bevor die Nacht hereinbrach und sie den Pfad nicht mehr ausmachen konnten. Überdies wurde ihr Vorankommen durch das dichte

Blattwerk behindert, das an ihren Gesichtern kratzte und in ihre Knöchel schnitt.

»Wir sind fast da«, sagte Chimera schließlich, und ein paar Minuten später erreichten sie den Rand einer Lichtung, auf der Jamie Zelte, Hütten mit Pultdächern und vorfabrizierte Gebäude erkennen konnte, die in aller Eile zusammengesetzt worden waren. Es sah so aus, als könne das Camp problemlos zwanzig Personen Unterkunft bieten, und ihm wurde kalt bei dem Gedanken, daß es sich bei den Mördern seiner Schwester um etwa ebenso viele Personen gehandelt hatte.

»Warten Sie!« rief sie ihm zu und blieb stehen.

Jamie trat zu ihr. »Was ist los?«

»Ich sehe keine Wachen. Sie hätten Wachen aufstellen müssen.« Sie erwiderte seinen Blick. »Ich gehe voraus. Sie bleiben hier.«

»Ich bleibe bei Ihnen, wenn es Ihnen recht ist.«

»Wie Sie wollen«, erwiderte sie und zog ihre Pistole aus dem Gürtel.

Chimera glitt wie eine Katze durch die Büsche; ihre geschmeidige Gestalt verschwand fast augenblicklich außer Sicht. Jamie gab sein Bestes, mit ihr Schritt zu halten, doch es war ihm in der Dunkelheit einfach unmöglich. Erst, als sie das Lager erreicht hatte und plötzlich stehenblieb, konnte er zu ihr aufschließen. Sie trat zum nächsten Zelt und öffnete es.

Zwei tote Augenpaare starrten zu ihnen hoch; die Leichen lagen verkrümmt da und waren blutüberströmt. Fliegen summten um sie herum, und der Gestank zwang Jamie, die Luft anzuhalten.

Chimera lief weiter, und er folgte ihr. Er holte sie ein, als sie sich von der Schwelle eines unbeholfen zusammengesetzten Gebäudes abwandte.

»Sie sind auch tot«, sagte sie; in ihrer Stimme schwang Enttäuschung mit. »Wir kommen zu spät.«

»Sie klingen nicht sehr überrascht.«

»Man mußte die Spur verwischen. Als ich nicht wie geplant eintraf, haben sie jemand anderen damit beauftragt. Ich hatte nur gehofft, daß ...«

Etwas ließ sie mitten im Satz innehalten.

»Jemand ist draußen«, sagte sie dann. »Runter!«

Bevor er reagieren konnte, stieß sie ihn zu Boden; härter hatte ihn kaum jemals ein Footballspieler angerempelt. Schüsse erklangen, während er eine Mundvoll Blätter ausspuckte und versuchte, wieder zu Atem zu kommen.

»Sie wissen, daß wir hier sind, können aber nur Schatten ausmachen.«

»Sie«, erwiderte Jamie flüsternd. »Wie viele?«

»Ich bin mir nicht sicher. Aber nicht sehr viele, sonst hätten sie uns schon früher angegriffen.«

Eine weitere Salve zerriß die Luft um sie herum. Jamie duckte sich so tief, daß er den feuchten Erdboden roch. Chimera huschte von ihm fort und bedeutete ihm, still zu sein.

»Was haben Sie vor?« fragte er, gegen ihr Gebot verstoßend.

Sie unterbrach ihr schlangenähnliches Kriechen durch das dichte Buschwerk. »Sie umgehen und von hinten angreifen. Sie ausschalten, bevor sie uns ausschalten.«

Er sah, wie sie an ihren Schenkel griff, um sich zu überzeugen, daß ein stabiles Bowie-Messer dort befestigt war. Ihr Gesicht war vor Entschlossenheit verkniffen.

Was für eine Frau ist das, was für ein Mensch?

»Bleiben Sie, wo Sie sind. Bewegen Sie sich nicht. Ich komme zu Ihnen zurück.«

Eine kühle Gelassenheit begleitete ihre Worte. Jamie fröstelte unwillkürlich. Die zwölf Männer zu töten, deren Leichen sie hier im Camp gefunden hatten, hätte kein Problem für sie dargestellt, denn sie spielte in einer ganz anderen Liga als diese Schlächter. Das erkannte er nun zum ersten Mal in aller Klarheit. Nun sah er Chimera, wie sie wirklich war.

Als er wieder nach ihr schaute, war sie schon im Unterholz verschwunden. Flach auf dem Boden liegen bleibend, strengte er seine Augen an, um in der Dunkelheit etwas erkennen zu können, und suchte nach Bewegungen und Gestalten. Aber da war nichts, nicht einmal eine Spur von Chimera.

Er vernahm das Geräusch eines Zweiges, der unter einem Stiefel knackte. Jamie redete sich ein, es sei nur der Wind gewesen, doch dann erklang das Knacken erneut, lauter diesmal, näher — und er hörte zweifelsfrei Schritte. Jemand, der beim Gehen kaum seine Füße hob, schlich von hinten an das Camp mit den Leichen heran.

Jamie zwang sich, bewegungslos liegen zu bleiben, und versuchte sogar, ganz flach zu atmen. Die Schritte bewegten sich zur Seite und dann wieder nach vorn. Wenn man ihn entdeckte, war er tot, und eine Entdeckung war unausweichlich. Seine einzige Chance bestand darin, selbst zuzuschlagen, den Mann zu Boden zu werfen wie einen gegnerischen Spieler auf dem Footballplatz.

Der Mann kam von der Seite heran und würde jeden Augenblick Jamies Gestalt in der schmalen Bodensenke sehen. Er mußte handeln, bevor der andere es konnte, bevor . . .

Ein leises Keuchen wurde von der nächtlichen Brise zu ihm getragen, gefolgt von dem Geräusch, mit dem vierzig Meter vor ihm im Wald etwas Schweres zu Boden sackte. Chimera! Das mußte ihr Werk sein! Der Mann in seiner Nähe mußte es auch gehört haben, denn das schlurfende Geräusch seiner Stiefel verharrte. Jamie hob den Kopf ein paar Zentimeter und machte den Mann rechts neben ihm aus, sechs Meter entfernt. Er war groß, größer als er, und trug keine Uniform, sondern einen leichten Anzug. Er ließ den Lauf eines Maschinengewehrs kreisen, als suche er nach der Herkunft des Stöhnens im Wald vor ihm.

Jamie drückte die Hände fest auf den Boden, um sich abstoßen zu können. Das war seine Chance, den Mann zu überraschen; er wandte ihm den Rücken zu und richtete seine Aufmerksamkeit nach vorn. Jamie fühlte, wie er zu zittern begann, und wußte, daß er nicht mehr länger warten konnte. Im nächsten Augenblick war er auf den Beinen und stürmte vor, Erdreich und Blätter aufwirbelnd. Der Mann hörte das Geräusch und wollte sich umdrehen, als Jamie ihn mit einem Tackling wie beim Football anrempelte. Jamies Schulter prallte mit knochenzerschmetternder Wucht, hinter der sein gesamtes Gewicht lag, gegen den unteren Brustkorb des Mannes. Das Gewehr fiel aus seinen Händen, und er stürzte zurück, während Jamie ihn noch umklammerte.

Jamie hatte gespürt, wie die Rippen des Mannes brachen, doch der folgende Augenblick der Unentschlossenheit kam ihn teuer zu stehen. Plötzlich fühlte er, wie ihn die gewaltigen, starken Arme des Mannes umklammerten. Er hatte vorgehabt, seinen Gegner mit Faustschlägen und Ellbogenstößen einzudecken, bis er das Bewußtsein verlor, doch nun waren seine Arme an seiner Seite eingeklemmt, und der große Mann unter ihm versuchte, ihn abzuschütteln. Er hatte fast Erfolg mit seiner Taktik, als Jamie fühlte, wie sein Knie über den Unterleib des Mannes glitt. Er holte zu einem heftigen Stoß aus und spürte, wie er sein Ziel traf.

Heißer, ranziger Atem strömte aus dem Mund des großen Mannes. Seine Zähne knirschten vor Schmerz aufeinander, und seine Augen drohten aus den Höhlen zu quellen. Doch irgendwie fand er noch die Kraft, seine Bewegung zu vollenden und Jamie abzuschütteln. Jamie kam hart auf dem Boden zu liegen, rollte sich ab und sprang wieder auf. Dabei sah er, wie der große Mann zu seinem Gewehr kroch. Jamie machte einen Satz, schlang von hinten die Arme um den Hals des Mannes und drückte ihm mit aller Kraft die Kehle zu.

Jamie fühlte, wie sich seine Muskeln anspannten und um den stämmigen Nacken straff wurden. Der große Mann gab das Tasten nach dem Gewehr auf und schlug verzweifelt nach Jamies Kopf. Die Schläge waren wild und ungezielt, und Jamie steckte sie leicht weg, bis ein Finger in sein Auge fuhr.

Der Schmerz explodierte in Jamies Kopf, und ein helles Licht blitzte vor ihm auf. Seine Konzentration ließ einen Augenblick lang nach, und dieser Moment reichte dem großen Mann, ihn hinab und zur Seite zu zerren. Jamies Kopf prallte irgendwo hart auf, das Licht blitzte erneut auf, und der kehlige Schrei des großen Mannes begleitete die Rückkehr der Dunkelheit. Jamie sah, wie eine Faust auf ihn zuschoß, und handelte völlig instinktiv, rollte den Kopf zur Seite. Die Hand des großen Mannes prallte auf den Erdboden, was ihn lange genug aus dem Gleichgewicht brachte, daß Jamie ihm die Faust unter das Kinn hämmern konnte. Die Wucht des Schlages riß den Kopf des Angreifers zurück, und Jamie zerrte ihn zu Seite.

Jamie warf sich auf den Mann und deckte ihn wie zuvor mit harten Faustschlägen ein. Er roch Blut, scharrte sich die Knöchel an den Zähnen des Mannes auf und war sich nicht einmal seines eigenen Atems bewußt. Er hätte auf ewig so weitermachen können, wäre nicht plötzlich ein scharfer Schmerz in seiner Seite explodiert. Alles hielt in diesem Augenblick inne: sein Atem, sein Herzschlag, seine Gedanken. Der Mann rollte sich benommen zur Seite, und Jamie hockte auf den Knien und griff mit der Hand an eine schlüpfrige Stelle an seinem linken Brustkorb.

Er hatte ein Messer! Das Arschloch hat mich mit einem Messer gestochen!

Der trügerische Schein der Wirklichkeit, an den er sich geklammert hatte, verschwand. Alles wurde surreal. Er sah, wie der große Mann mit blutverschmiertem Gesicht auf ihn zukam, das große Messer im Sternenlicht funkelnd. Die Klinge zuckte vor, und er wich ihr aus, indem er im selben Augenblick auf- und zurücksprang.

Seine linke Seite brannte vor Schmerzen, als er langsam zurückwich. Der große Mann setzte ihm nach. Jamie hörte, wie er schwer atmete; es klang fast wie ein Schnauben. Die Schritte des Mannes waren schwerfällig; er drohte über jedes Hindernis auf dem Boden zu stolpern. Doch die Hand, mit der er das Messer hielt, war ganz ruhig und zitterte nicht, und nur auf diese Hand kam es an.

Jamie wich noch ein paar Schritte zurück, und wäre beinahe auf einer freiliegenden Baumwurzel ausgeglitten. Er wollte den Arm von seiner Seite nehmen, konnte es aber nicht, und versuchte, die verletzte Seite zu schützen, indem er dem Mann die andere zuwandte.

Wieso war er noch bei Bewußtsein, wieso lebte er überhaupt noch?

Die Augen halb geschlossen, die Gesichtsknochen zerschmettert, kam der Mann auf ihn zu. Jamie fühlte einen Ast unter seinen Füßen und ergriff die Gelegenheit, stehenzubleiben und sich danach zu bücken.

»AHHHH!«

Der Schrei des großen Mannes kündigte seinen Angriff an, und Jamie holte mit der rechten Hand aus. Das Holzscheit traf den Angreifer am Wangenknochen, machte ihn jedoch nur benommen. Er stach erneut mit dem Messer zu, und Jamie tänzelte unbeholfen zurück. Diesmal schlug er von oben zu und hätte schwören können, daß der Schädel seines Widersachers brach, doch der Mann stach erneut mit dem Messer zu, diesmal seitwärts. Jamie spürte, wie die Klinge sein Hemd aufschlitzte und ihn um Haaresbreite verfehlte.

Er schlug das Scheit von unten dem Mann unter das Kinn. Der blutüberströmte Kopf zuckte zurück, doch er gab noch immer nicht auf und stach auf die Luft ein, als sei sie Jamie.

Hör doch auf! Warum hörst du nicht auf?

Noch immer zurückweichend, fühlte Jamie, wie sich der Boden neigte. Er wußte, daß er bald mit den Schultern gegen eines der Gebäude stoßen würde, und dann hätte er keine Rückzugsmöglichkeit mehr. Er mußte jetzt handeln, die Schmerzen unterdrücken und alle Kraft zusammennehmen, die ein ganzjähriges Konditionstraining erzeugte.

Jamie drehte sich nach links und umfaßte das Holzscheit mit beiden Händen. Als er es schwang, explodierte neuer Schmerz in seiner Seite. Die Wucht des Schlages ließ den größeren Mann taumeln, doch er stürzte nicht und ließ auch das Messer nicht fallen.

»*AAHHHHH!*«

Diesmal schrie Jamie, als er das Scheit mit aller verbliebenen Kraft von rechts nach links führte. Er fühlte, wie es bei dem Aufprall zerbrach, und sah, wie der große Mann wie ein gefällter Baum stürzte, zurück und zur Seite. Jamie stand über ihm und blickte auf ihn hinab.

Das Scheit in seinen Händen war unversehrt; nicht es, sondern der Schädel des Mannes war gebrochen. Jamie konnte nur noch eine unförmige Masse auf einem großen Körper ausmachen, der in den Todeszuckungen lag. Ein Gesicht war nicht mehr zu erkennen. Jamie sank auf die Knie. Das warme Blut glitt wie das Wasser einer Dusche seine Seite hinab, und aus irgendeinem Grund umklammerte er noch immer das mit Haut

und Blut verschmierte Scheit, das ihm das Leben gerettet hatte.
»Jamie?«

Chimera näherte sich ihm leise von vorn; auf ihrer Khaki-Uniform klebten Blätter und Erde. »Was ist pa...«

Erst jetzt bemerkte sie die Leiche. Sie erstarrte und begriff, was geschehen war, nahm den Anblick auf wie ein Computer, in den Informationen eingegeben wurden.

»Mein Gott... du bist verletzt. Kannst du sprechen? Kannst du mich hören?«

»Sie haben ja lange gebraucht«, erwiderte Jamie und brach zusammen.

Elftes Kapitel

Jamie verlor nicht vollständig das Bewußtsein. Er bekam mit, wie Chimera ihn in das Gebäude zerrte, vor dem er zusammengebrochen war. Benommen beobachtete er, wie sie den Raum nach etwas durchsuchte. Dann kam der scharfe Geruch von Alkohol, und sie säuberte die Stichwunde und legte ihm einen engen Verband um den Leib, der die Verletzung schützen und die Blutung aufhalten sollte.

»Ich habe jemanden getötet«, hörte er sich murmeln.
»Sonst hätte er dich getötet.«
»Wie soll ich mich fühlen?«
»Wie fühlst du dich?«
»Müde. Schwach.«

»Das kommt von deiner Verletzung. Denke an den Mann, der dich töten, der dein Leben völlig grundlos beenden wollte. Dann denke daran, wie du ihn daran gehindert hast. Denke daran, daß du noch lebst.« Sie hielt inne. »Und wie fühlst du dich jetzt?«

Jamie begriff ungläubig, daß sein Kopf wieder klar war. Er fühlte sich hellwach und lebendig. Die Gedanken an den Kampf schienen ihn aufzumuntern und nicht abzustoßen.

»Nicht mehr so müde«, sagte er. »Aber noch schwach.«

»Du hast viel Blut verloren. Aber soweit ich es feststellen kann, ist es nur eine Fleischwunde. Die Rippen oder Innenorgane wurden nicht verletzt. In einer Stunde wirst du wieder gehen können, vielleicht sogar noch eher.«

»Wohin?«

»Irgendwohin, nur weg von hier. Das waren nicht die Männer, die die Killer beseitigen, die deine Schwester getötet haben. Sie kamen hierher, um uns aufzulauern.«

»Wie das?«

»Sie müssen an Maria Cordoba herangekommen sein«, sagte Chimera genauso zu sich selbst wie zu ihm. »Sie haben herausgefunden, wohin ich wollte, doch ihre Falle hat versagt.« Ihr Blick wurde schärfer. »Und wenn sie nicht Bericht erstatten, werden andere ihnen folgen.« Chimeras Worte kamen jetzt schneller. »Wir schlagen uns in die Wälder ... soweit wir in der Dunkelheit kommen. Wenn die Dämmerung hereinbricht, wenden wir uns nach Osten, zum Fluß Huaspuc. Wir müssen wachsam sein, sonst werden uns zahlreiche Minen und Fallen daran erinnern, daß es sich bei dieser Region um Contragebiet handelte. Es ist die gefährlichste Route, doch sie bietet damit auch die größte Chance, daß wir den Fluß Coco erreichen und über die Grenze nach Honduras gehen können. Bereite dich auf den Aufbruch vor.«

Chimera zog einer Leiche die Stiefel von den Füßen. Sie paßten Jamie zwar nicht hundertprozentig, waren aber für einen Marsch durch den Dschungel seinen Halbschuhen bei weitem vorzuziehen. Die beiden arbeiteten sich durch das dichte Unterholz und hatten das Lager bald hinter sich gelassen. Das Gelände war zerklüftet und trügerisch. Die dunkle Luft roch schwer nach Vegetation, doch Jamie bemerkte es gar nicht, so durchdringend war der Geruch seines Schweißes und Blutes.

Er trat in ein breites Loch und wäre beinahe gestürzt. Erleichtert stellte er fest, daß es sich um eine natürliche Vertiefung und nicht etwa um eine von Menschen angelegte Falle handelte. Mit jedem Schritt hatte er den Schmerz von seiner Wunde zu ertragen. Doch er war dankbar dafür, hielt er ihn doch wach. Als sie zwei Stunden unterwegs waren, ging der Mond auf, doch das Gelände war so uneben und das Unterholz so dicht geworden, daß sie nur quälend langsam vorankamen.

Plötzlich vernahm Jamie das laute PUFF! einer Detonation. Schreie folgten, einer kurz, der andere so langgezogen, daß einem das Blut in den Adern gefrieren konnte. Sprengfallen der Contras, und anscheinend war jemand hineingelaufen. Aber irgend etwas stimmte nicht.

»Dieser Schrei«, begriff er.

»Er kam von vorn«, vollendete Chimera den Satz.

»Also sind wir umzingelt. Aber wie können sie nur so schnell vorangekommen sein?«

»Weil sie nichts mit der Falle zu tun haben, die man uns im Lager gestellt hat.«

»*Was!*«

»Unmöglich. Sie wurden in viel größerer Zahl getrennt in Marsch gesetzt. Aber ich weiß nicht, warum. Ich habe nicht die geringste Ahnung.« Sie drehte sich plötzlich zu ihm um, und der Mondschein enthüllte, daß sie angestrengt nachdachte. »Es gibt eine Möglichkeit, die Tatsache, daß wir umzingelt sind, für uns arbeiten zu lassen.«

»Welche?«

Aber sie hatte sich schon wieder in Bewegung gesetzt, schritt nun schneller aus und achtete nicht weniger auf den Boden unter ihren Füßen.

»Komm schon!« drängte sie ihn, sich nur so lange umdrehend, daß sie die Worte murmeln konnte.

Jamie folgte ihr und versuchte, genau ihre Schritte nachzuvollziehen. Das Unterholz wurde dichter, schließlich sogar so dicht, daß trotz des hellen Mondscheins ein Meter genügte, um die vorangehende Chimera seinen Blicken zu entziehen.

Plötzlich blieb sie stehen. »Der Ort ist perfekt«, erklärte sie.

»Perfekt wofür?«

»Hör zu, wir können nicht vor ihnen davonlaufen. Wir sind umzingelt, und sie haben gute Fährtensucher mitgenommen.«

»Fährtensucher?«

»Indianer, die im Dschungel leben und der Spur einer Maus durch das Unterholz folgen könnten. Aber wir können ihre Entschlossenheit für uns arbeiten lassen.« Mit diesen Worten nahm sie eines der Mac-10-Maschinengewehre, die sie aus dem Lager mitgenommen hatte, von ihrer Schulter und warf es ihm zu. »Ich nehme nicht an, daß du schon einmal mit so einem Ding geschossen hast.«

Er schüttelte den Kopf.

»Spielt keine Rolle. Du brauchst nicht zu zielen. Es ist sogar *besser*, wenn du einfach wild um dich schießt.«

»Besser wofür?«

»Ablenkung, Verwirrung und letztendlich Flucht.« Sie trat näher zu ihm. »Du wirst den Pfad, den wir durch das Unterholz gebahnt haben, fünfzig Meter weit zurückkehren.«

»*Was?*«

»Laß mich ausreden! Suche eine Kuhle im Boden und tarne dich mit Büschen. Dann warte, bis ich das Feuer eröffne oder du sie siehst.«

»Ich habe doch gesagt, daß ich nicht weiß, wie man mit so einem Ding schießt!«

»Und ich habe dir gesagt, daß das keine Rolle spielt. Es kommt nur auf den Lärm deiner Schüsse an. Deine Seite wird feuern, und meine wird das Feuer erwidern!«

»Ein Kreuzfeuer!« begriff Jamie. »Du willst, daß sie sich gegenseitig ins Kreuzfeuer nehmen!«

»Wir werden es zumindest versuchen. Die Fährtensucher werden ganz vorn sein. Wenn wir Glück haben, werden die ersten Salven sie töten. In dem Chaos können wir dann fliehen. Wir bleiben am Boden, kriechen, wenn möglich, durch das Unterholz.« Sie schien zu lauschen wie ein Tiger, der eine Beute gehört hatte. »Schnell! Du mußt jetzt los!«

»Wie werden wir uns wiederfinden?« rief er, als sie in die andere Richtung lief.

»Nun mach schon! Ich werde dich finden!«

Und dann war sie weg, außer Sicht. Jamie beruhigte sich und fuhr herum. Er legte die fünfzig Meter im Laufschritt zurück und suchte nach einer Bodensenke, in der er sich verbergen konnte. Kaum hatte er sich mit einer dicken Schicht aus Zweigen und Blättern getarnt, als er auch schon die Angreifer näher kommen hörte. Sich zur Ruhe zwingend, schob er die Mac-10 in Position.

Dann warte, bis ich das Feuer eröffne oder du sie siehst.

Eine uniformierte Gestalt tauchte zwanzig Meter rechts von ihm auf und kam mit gleichmäßigen Schritten näher. Jamie hob die Mac-10. Sie fühlte sich leicht an, fast wie ein Spielzeug.

Er hatte nicht beabsichtigt, schon zu feuern, wollte sich nur mit dem Abzug vertraut machen, als die erste Salve detonierte. Der Soldat blieb stehen, als sei er gegen eine Wand gelaufen, und dann rissen die Kugeln ihn zurück. Jamie hörte Chimeras erste Salve unmittelbar, bevor er erneut auf den Abzug drückte, den Finger darauf hielt und den Lauf von links nach rechts schwenkte. Als ein Klicken verkündete, daß das Magazin leer war, herrschte das reinste Chaos. Überall erklangen Maschinengewehrsalven und einzelne Schüsse und zerfetzten das Unterholz. Jamie streifte sich die qualmende, leergeschossene Waffe über die Schulter und kroch in die Richtung zurück, aus der er gekommen war. Er setzte Arme und Beine ein und zwängte sich weitaus schneller durch das Unterholz, als es ihm erst kurz zuvor gelungen war.

Rat-tat-tat ...

Die Salven dröhnten weiterhin in seinen Ohren. Chimeras Plan schien aufzugehen. Die beiden Abteilungen, die sich von entgegengesetzten Seiten genähert hatten, schossen nun aufeinander, Kugel um Kugel, Tod um Tod.

Jamie schob sich weiter über den Boden und sah nicht zurück. Er hörte, wie sich Schreie und Echos von Schreien in das nun konstante Feuer mischten. Vielleicht begriffen einige Soldaten sogar, was passiert war. Doch selbst dann würde es einige Zeit dauern, bis sie die Ordnung wiederhergestellt hatten.

Eine Hand ergriff von der Seite seinen Knöchel. Jamie hätte fast aufgeschrien und versuchte, sich freizutreten.

»Still!« befahl Chimera.

Jamie stieß einen erleichterten Seufzer aus.

»Wir werden uns jetzt beeilen müssen«, fuhr sie fort. »Falls uns jetzt die Flucht gelingt, werden sie uns nicht mehr einholen.«

»Was ist mit den Minen, den Sprengfallen?«

»Wir müssen es riskieren. Folge mir einfach und hoffe darauf, daß die Contras nachlässig gearbeitet haben.«

Sie liefen mit ungleicher Geschwindigkeit, weder Spurt noch Dauerlauf, durch das Unterholz und die dichten Büsche. Einmal stürzten sie gemeinsam einen steilen Hügel hinab und prallten unten zusammen. In Jamies verletzte Seite brannte der Schmerz, doch kaum stand er wieder auf den Füßen, lief er auch schon weiter. Er fühlte, wie die klebrige Wärme seines Blutes aus der aufgebrochenen Wunde durch den Verband drang, den Chimera ihm angelegt hatte. Einen Augenblick lang war er benommen, doch das Gefühl legte sich, als er sah, wie Chimera vor ihm durch den Wald lief.

Er hatte schon öfter unter Schmerzen Football gespielt, wußte, wie es war, wenn man kaum laufen konnte, bis man vor dem Spiel mit den Aufwärmübungen begann und sich dann plötzlich, wunderbarerweise, besser fühlte. Genauso war es auch jetzt. Der Schmerz lauerte zwar allgegenwärtig, doch Jamie hatte ihn unter Kontrolle. Je mehr er sich bewegte, desto weniger spürte er ihn. Jamie setzte Chimera nach, und die Salven und Schüsse lagen nun eindeutig hinter ihnen. Als er die Frau einholte, lehnte sie sich gegen einen Baumstamm.

»Da vorn ist ein Trampelpfad«, sagte sie und wies ihm die Richtung. »Er führt durch den Dschungel.«

»Worauf warten wir dann?« Jamie konnte sich ihre nächsten Worte denken, bevor sie erklangen.

»Ich komme nicht mit dir.«

»Ich glaube, das verstehe ich nicht.«

»Hör mir zu, Jamie. Gemeinsam werden wir beide es nicht schaffen. Allein haben wir eine Chance. Ich werde hier auf sie warten. Wenn sie kommen, schlage ich sie zurück und kämpfe mich in westliche Richtung durch. Du nimmst den Pfad, der nach Osten führt. Hast du noch Munition?«

»Nein.«

»Ich habe auch keine Magazine mehr, also laß die Waffe einfach zurück. Nimm das hier«, sagte sie, schnallte das große Messer von ihrem Schenkel und gab es ihm. »Es wird nicht leicht sein. Sie werden dich den ganzen Weg über verfolgen, aber du mußt über die Grenze nach Honduras. In Tegucigalpa gehst du zur amerikanischen Botschaft. Bleibe bei dem ursprünglichen Plan. Halte dich in östliche Richtung zum Fluß Huaspuc, und wenn du ihn dann überschritten hast, gehst du immer nach Norden, zur Grenze. Das ist deine einzige Chance.«

Jamie öffnete den Mund, doch es kam ihm kein Wort über die Lippen, während er die Frau in der Dunkelheit ansah.

»Hör mir zu«, fuhr Chimera fort. »Irgend etwas hat sich geändert. Sie haben eine ganze Armee ausgeschickt, dich zu suchen. Nicht mich, *dich*!«

»Das kannst du doch gar nicht wissen.«

»Doch, Jamie, das kann ich. Wenn sie Maria Cordoba ausgequetscht haben, wissen sie alles, was ich weiß. Aber du weißt irgend etwas, das sie vernichten kann. Ansonsten hätten sie niemals so eine umfassende Mobilmachung riskiert. Solche Strategien erregen ungebührliche Aufmerksamkeit, und die wollen sie normalerweise unter allen Umständen vermeiden. Aber es ist Ihnen wichtiger geworden, dich zu finden.«

»Ich habe dir alles erzählt, was ich weiß. Ich halte nichts zurück.«

»Vielleicht weißt du es nicht. Aber es ist vorhanden. Glaube mir, es ist vorhanden.« Chimera hielt inne und suchte nach den Worten, mit denen sie ihr Vorhaben erklären konnte, zu dem sie sich entschlossen hatte. »Die Antworten, die *ich* brauche, liegen in Australien. Dort hatte es für Crane angefangen, und dort muß ich nachforschen. Doch wenn sie mich unterwegs abfangen, liegt unsere einzige Hoffnung darin, daß du den Beamten der amerikanischen Botschaft alles erzählst, was ich dir gesagt habe.«

»Aber du hast mir doch *gar nichts* gesagt!«

»Ich bin noch nicht fertig. Erzähle ihnen, daß die Macht, die hinter allem steckt, die Schattenregierung, den Sprengstoff hat, der in Pine Gap vermißt wird. Er heißt Quick Strike und ist der Schlüssel zu allem. Muß es sein.«

Die Geräusche und Rufe der Soldaten kamen wieder näher. »Wir haben keine Zeit mehr, Jamie. Du wirst es schaffen. Ich weiß es.«

Während er noch nach einer Antwort suchte, war sie schon verschwunden. Jamie hatte keine andere Wahl; wie angewiesen, marschierte er in Richtung Osten. Als er zweihundert Meter gegangen war, hörte er eine Maschinengewehrsalve, gefolgt von Schreien. Dann erklangen drei Explosionen, und Jamie hoffte, daß sie Chimeras Werk waren. So oder so, sie war fort.

Und er war allein.

Zwölftes Kapitel

Der Präsident saß auf seinem Heimfahrrad, ein Handtuch um den Hals geschlungen, das Gesicht feucht vor Schweiß.

»Ich hoffe, Sie sind hier, um mir zu sagen, was zum Teufel in Pine Gap passiert ist«, sagte er zum Nationalen Sicherheitsberater Roger Allen Doane, der gerade hereingekommen war.

Die Beine des Präsidenten traten nun, da das Programm des Lifecycles eine gerade Strecke simulierte, die Pedale wieder etwas leichter, und sein Puls pendelte sich, wie das Meßgerät verriet, wieder bei achtzig ein. Normalerweise hätte der Präsident solch eine Unterredung im Situation Room oder seinem Arbeitszimmer abgehalten, doch Bill Riseman war der Meinung, daß er am besten denken konnte, wenn er sich gleichzeitig körperlich betätigte. Die Anstrengung hielt seinen Kopf klar und frei. Je größer die Beanspruchung war, je härter er arbeitete, desto besser konnte er sich mit den anliegenden Themen befassen.

»Wenn Sie andererseits die neuesten Umfrageergebnisse mitgebracht haben«, fuhr Bill Riseman fort, »verzeihen Sie mir bitte, daß ich Ihnen nicht zuhöre.«

In kaum vier Wochen stand die Wahl bevor, und sein Herausforderer hatte bei den Umfragen fast gleichgezogen. Wenn dieser rechte Mistkerl noch mehr Aufwind bekam, konnte alles mögliche passieren. Gott stehe dem Land bei, falls er den Sieg davontragen sollte.

Roger Allen Doane kam etwas näher. Er war ein hagerer, akademisch aussehender Mann, der zerknitterte Anzüge und zu breite Krawatten trug. Sein vorherrschender Gesichtsausdruck war ein ätzend scharfer Blick, der zahlreichen seiner Kollegen Angst einjagte. Trotz Bill Risemans Versuch, einen Witz zu machen, änderte sich seine Miene nicht. Von seinem Mangel an Gefühlen einmal abgesehen, waren Doanes Leistungen als Nationaler Sicherheitsberater einfach brillant. Er zog es vor, hinter den Kulissen zu arbeiten, und war ein Verbündeter Bill Risemans, seit der Präsident noch ein einfacher Kongreßabgeordneter gewesen war.

»Ich würde die Dinge gern der Reihe nach erörtern«, sagte Doane.

»Derselben Reihe nach, die gestern keinen Sinn ergab?« bemerkte Charlie Banks barsch, der Stabschef des Präsidenten, von einer Bank rechts neben dem Heimfahrrad.

Banks war so energisch und direkt, wie Roger Allen Doane methodisch und trocken vorging. Er war von Kind an ein Freund Bill Risemans und hatte die Wahlkampagne geleitet, die ihn zum Präsidenten gemacht hatte. Sein Haar war sorgfältig gestylt, um so gut wie möglich zu verbergen, daß es allmählich schütter wurde.

»Wann immer Sie bereit sind, Mr. Banks«, erklang dröhnend Roger Allen Doanes Stimme.

»Großer Gott«, murmelte Banks, »wir verlieren die wichtigste wissenschaftliche Einrichtung im Ausland, und dieser Bursche sieht aus, als käme er gerade von einem langweiligen Gottesdienst am Sonntag morgen.«

»Schießen Sie los, Roger«, sagte der Präsident, der wieder härter trampeln mußte, da das Programm erneut einen Hügel simulierte.

Doane nahm eine Fernbedienung von dem Tisch neben ihm.

Er drückte auf einen Knopf, und die vordere Hälfte des Fitneßraums wurde dunkel. Ein weiterer Knopfdruck, und eine große Leinwand senkte sich von der Decke und bedeckte einen beträchtlichen Teil der hinteren Wand. Ein dritter Knopfdruck warf ein Dia von Postkartenqualität darauf; es zeigte einige sandfarbene Gebäude mitten in der australischen Einöde.

»Pine Gap wurde auf diese Art erbaut, um eine Entdeckung aus der Luft praktisch unmöglich zu machen«, erklärte Doane, als sähe sein Publikum das Bild zum ersten Mal.

»Das heutige Thema, Rog«, warf Charlie Banks ein, »sollte eigentlich sein, was Pine Gap vernichtet hat.«

Doanes nächster Knopfdruck ließ ein zweites Dia entstehen. Es zeigte eine gewaltige schwarze Masse, die von einem unregelmäßigen, etwas heller gefärbten Kranz umgeben wurde.

»Pine Gap vorher und nachher, Mr. President«, sagte der Sicherheitsberater. »Das ist eine der Aufnahmen, die der SR-71X-Blackbird noch funken konnte, bevor seismische Interferenzen den Kontakt unterbrachen. Wir haben jetzt seit achtzehn Stunden unsere Leute vor Ort in Australien, und ihr erster Bericht kam gerade an. Der Krater ist in etwa so groß wie Rhode Island und im Durchschnitt doppelt so tief wie der Grand Canyon. Wie tief er in der Mitte ist, konnten wir noch nicht genau feststellen.«

Bill Risemans Blick hing an dem häßlichen Fleck, der die Leinwand ausfüllte. Er wischte sich mit dem Handtuch über die Stirn. Die Anzeige des an das Fahrrad angeschlossenen Pulsmeßgeräts kletterte auf 85.

»Die ersten Untersuchungen vor Ort bestätigen, daß die Anlage nicht von außen angegriffen wurde«, fuhr Doane fort. »Was immer Pine Gap zerstört hat, es kam von innen.«

»Sie sprechen von menschlichem Versagen.«

»Oder Sabotage, was uns allerdings nicht so wahrscheinlich erscheint. Aber auch die erste Möglichkeit klingt unwahrscheinlich. Die Anlage wurde so errichtet, daß von vornherein beide Möglichkeiten ausgeschlossen werden können.«

»Sieht so aus, als hätte jemand auf seinem Zeichenbrett keinen Platz mehr gehabt«, versetzte Charlie Banks ironisch.

»Für die Entstehung des Kraters gibt es mehrere Erklärungen. Der Rest ist unerklärlich. Die nachfolgende seismische Störung konnte in unterschiedlicher Stärke auf dem gesamten australischen Kontinent gemessen werden. Sechzig Prozent des Landes sind dabei in ein elektronisches Chaos gestürzt. Die zahlreichen Ausfälle haben unsere Arbeit stark behindert. Einwohner, die wir in einem Umkreis von zweitausend Kilometern vom Explosionsort befragt haben, sagen aus, einen Augenblick lang sei ihnen die Erde unter den Füßen weggezogen worden. Fensterscheiben zerbrachen, eine Reihe Gebäude stürzten ein, und Risse durchziehen das gesamte Land wie Spinnweben. Die Erschütterung wurde auf den Instrumenten des pazifischen Tsunami-Warnnetzes verzeichnet, und die Behörden geben seitdem an alle, die sie noch hören können, Tsunami-Warnungen heraus. Darüber hinaus haben Menschen in der gesamten westlichen Hemisphäre spektakuläre Sonnenuntergänge beobachtet und aufgrund des Staubes, den die Explosion in die Atmosphäre geschleudert hat, ein ununterbrochenes Leuchten festgestellt. Der normale Funkverkehr wird noch immer durch elektromagnetische Risse im Weltraum gestört. Wenn wir den seismologischen Instrumenten Glauben schenken können, läßt sich das, was Sie da sehen, im Prinzip mit einem Erdbeben von der Stärke 9,5 auf der Richter-Skala vergleichen.«

Roger Allen Doane unterstrich seine Ausführungen mit immer neuen Dias vom Ort der Katastrophe. Sie beeindruckten Charlie Banks so, daß er tatsächlich sprachlos war. Präsident Bill Riseman hörte auf, in die Pedale zu treten.

»Was zum Teufel ist da passiert?«

Ein letztes Dia zeigte eine Luftaufnahme des Kraters, und der gesamte Raum wurde dunkel. »*Was* passiert ist, kann ich Ihnen noch nicht sagen«, erklärte Doane, »nur, was mit Sicherheit *nicht* passiert ist. Analysen des Kraters haben nicht die geringste Spur von Hitzeentwicklungen gezeigt. Keine Explosionsrückstände, kein Schutt. Und es gibt auch keine Anzeichen für Radioaktivität oder radioaktiven Fallout, so daß wir auch eine Atomexplosion ausschließen können.«

Bill Riseman schwang sich vom Fahrrad. »Wollen Sie mir

sagen, daß dieser Krater *nicht* durch eine Explosion entstand?«

»Eine Explosion, ja; aber eine, wie wir sie noch nie zuvor gesehen haben.«

Der Präsident rang um seine Fassung. »Na ja«, sagte er schließlich, »wir sehen sie jetzt, Roger, und verdammt noch mal, ich will wissen, *was* wir da sehen.«

Dreizehntes Kapitel

Der weißhaarige Mann erhob sich von seinem Stuhl und hob das Sektglas aus Kristall.

»Meine Freunde, ich glaube, jetzt ist ein Toast angebracht.«

An dem Konferenztisch in dem schwach erhellten Raum taten es ihm ein Dutzend Gestalten gleich und erhoben sich.

»Ein Toast auf unseren bevorstehenden Sieg«, erklärte der weißhaarige Mann voller Stolz. »Ich gebe Ihnen die Zukunft. Ich gebe Ihnen Operation Donnerschlag.«

Er führte den Rand des Glases an die Lippen und genoß das Getränk, auf das er jahrelang hatte verzichten müssen. Doch er lächelte nicht, und sein Blick richtete sich auch auf keinen Anwesenden; er sah weiterhin ins Leere. Dann fuhr er fort.

»Ich gebe Ihnen Loyalität. Ich gebe Ihnen totale, ungebrochene Hingabe an eine Sache und ein Vermächtnis, das zur einzigen Hoffnung auf Überleben für dieses Land geworden ist. Das Walhalla-Testament, meine Freunde. Niemand soll es in Frage stellen. Niemand soll zweifeln.«

Kaum waren diese Worte gesprochen, als ein Mann, der an der Mitte des Tisches stand, zu zittern begann. Das Kristallglas entglitt seiner Hand und zerbrach auf dem harten Holz. Der Mann versuchte, sich aufrecht zu halten, doch seine Knie gaben nach, und er brach zusammen, fiel halb über den Tisch, den Mund klaffend weit geöffnet. Er war schon tot, als sein Gesicht das Holz berührte. Seine Brille zerbrach bei dem Aufprall, und die Splitter vermischten sich mit den Scherben des Kristallglases. Seine Augen waren weit aufgerissen. Obwohl alle Anwesenden schockiert waren, wagte keiner von ihnen, etwas zu äußern.

»Er hat gezweifelt, meine Freunde«, sagte Simon Winters, während er sein Glas wieder auf den Tisch stellte. »Er hat Fragen gestellt. Schlimmer noch, er hat mit einem Bekannten über uns gesprochen. Dieser Bekannte wurde ebenfalls eliminiert.«

Zwei Wachen traten durch die Doppeltür ein und zerrten die Leiche grob hinaus. Die Blicke der anderen blieben die ganze Zeit über auf Simon Winters gerichtet; sie fragten sich, ob auch sie vielleicht zusammenbrechen würden. Keiner von ihnen machte sich die Mühe, sich zu erkundigen, wie das eine vergiftete Glas an den richtigen Empfänger gekommen war; schließlich war so etwas schon öfter passiert.

Die Mitglieder waren einzeln und in Abständen zu dem Landsitz in Fairfax, Virginia, gekommen, um keine Aufmerksamkeit auf ihre Versammlung zu ziehen. Der Landsitz selbst war von einem drei Meter hohen schmiedeeisernen Gitter umgeben, das auf der Innenseite dick mit Büschen und Bäumen bewachsen war, so daß man das Gelände von außen praktisch nicht einsehen konnte. Solche Grundstücke waren in Fairfax nicht ungewöhnlich und fanden keine weitere Beachtung. Die Post wurde an ein Postfach in der Stadt ausgeliefert, und Schilder wie KEIN DURCHGANG oder VORSICHT! SCHARFE HUNDE! genügten, um Vertreter oder andere Neugierige abzuschrecken.

»Meine Freunde«, fuhr Simon Winters mit einer seltsamen Ruhe fort, »Sie haben gerade gesehen, welches Schicksal jeden erwartet, der sich uns von innen oder außen widersetzt. Ich nehme an, die anderen stimmen mit unserem derzeitigen Kurs und unserer Strategie überein.« Er hielt inne und sah sich in dem Raum um. »Ich möchte es wiederholen, meine Freunde. Auf die Zukunft!«

Simon Winters leerte sein Glas, doch die meisten anderen am Tisch wagten es nicht, mehr als einen kleinen Schluck zu trinken. Die zwölf Menschen am Tisch bildeten den leitenden Vorstand der Walhalla-Gruppe, und Winters und die beiden neben ihm stellten das Exekutivkomitee dar. Zur Zeit hatte niemand von ihnen ein Regierungsamt inne, und nur die wenigsten hatten je eins gehabt. Sie betrachteten die Politik nur als ein Werkzeug, das ihnen helfen sollte, ihre Ziele zu erreichen. Doch von Macht verstanden sie etwas: wie man sie bekam und ausübte, wie man einen Speer formte und auf das gewünschte Ziel richtete.

Simon Winters erinnerte sich an den Tag, an dem er zum ersten Mal einen ähnlichen Konferenzraum betreten hatte, begleitet von seinem Großvater, einem Einwanderer aus Irland, der sein Vermögen mit Öl und Gas gemacht hatte. Es war der Tag, an dem sein Vater beerdigt wurde. Sein Vater, der völlig sinnlos auf einem Schlachtfeld des Koreakrieges gestorben war. Simon Winters war fünfunddreißig, und das kam ihm plötzlich sehr jung vor. Es war kalt in Washington an diesem Tag. Simon Winters erinnerte sich an ein leichtes Schneegestöber, erinnerte sich, daß die Heizung in diesem Zimmer nicht eingeschaltet gewesen war.

»Wir werden diesen Krieg verlieren«, hatte der alte Mann mit seiner ernsten Stimme gesagt. »Dein Vater – mein Sohn – wird umsonst gestorben sein. Und weißt du auch, warum, Simon?«

Simon Winters hatte geantwortet, er wisse es nicht.

»Wegen eines schlecht ausgearbeiteten Plans, einer Unternehmung, die begonnen wurde, ohne zuvor alle Einzelheiten in Betracht zu ziehen. Das verheißt nichts Gutes für die Zukunft Amerikas, Simon. Sieh dich um und sage mir, was du siehst, Junge.«

»Sir?«

»Sag mir, was du in diesem Zimmer siehst, verdammt!«

»Nur einen Tisch und ein paar Stühle.«

»Schließe die Augen. Stelle dir vor, auf diesen Stühlen würden Männer sitzen, die die richtige Vorstellung von der Zukunft haben. Männer, die wissen, in welche Richtung sie dieses Land lenken müssen.« Der alte Mann wandte den Blick von seinem Enkel ab. »Dein Vater ist gestorben, weil diese Stühle heute noch leer sind.« Simon Winters schluckte hart.

»Was ist Walhalla?« fragte sein Großvater ihn.

»Odins Halle, in der nordische Krieger, die im Kampf gefallen sind, aufgenommen werden.«

»Der Himmel?«

»Für einige.«

»Für wen?«

»Für die tapfersten, die edelsten, für die, die mit einem Schwert in der Hand gestorben sind.«

»Und die gestorben sind, weil sie ihr Land verteidigten. Habe ich recht, Junge?«

»Ja, Sir.«

Der alte Mann sah ihn wieder an. »Wir werden unser eigenes Walhalla haben. Die Gruppe wird sich in diesem Raum hier treffen, und von ihm aus werden wir unser Land gegen Narren und Feinde verteidigen. Das wird unser Vermächtnis sein.« Der alte Mann trat näher zu ihm und berührte Simons Schulter in einer seltenen Geste der Zuneigung. »Dein Vater wäre bei mir gewesen. Nun ist diese Aufgabe dir zugefallen.«

Es war eine Aufgabe, die der junge Simon Winters gern und bereitwillig übernahm. Die Walhalla-Gruppe sollte eine geheime, permanente Regierung *hinter* der Regierung bilden. Man setzte auf allen Ebenen Beamte ein oder manipulierte sie. Kandidaten wurden aus einem schier unerschöpflichen Reservoir ausgewählt. Überall wurden Manöver und Manipulationen zur Konsolidierung der Macht durchgeführt.

Es gab in Walhalla keine Wahlen, nur Ernennungen. Die Männer und Frauen, die in die Gruppe aufgenommen wurden, wollten zuerst lieber Schöpfer eines Königreichs als Königmacher sein. Ihre Einstellung änderte sich, als Castro in Kuba zur Macht kam und es ihnen nicht gelang, knappe 150 Kilometer von den Grenzen der USA entfernt die Errichtung einer kommunistischen Regierung zu verhindern. Nun sahen sie ein, daß es nicht genügte, hinter den Kulissen zu agieren. Um ihre Visionen zu verwirklichen und ihr Vermächtnis zu erhalten, mußten sie mehr tun, mehr *sein*.

Simon Winters' Großvater leitete die Walhalla-Gruppe bis zu seinem Tod Anfang der siebziger Jahre. Als er sich in seinen letzten Jahren starrköpfig an seine Position klammerte, kam es zu Fehlern und Fehleinschätzungen. Viele Mitglieder machten ihn dafür verantwortlich, daß die Gruppe ihre Macht nicht einsetzte, um solche Fiaskos wie Vietnam und das arabische Ölembargo zu verhindern. Die Gruppe verstrickte sich hoffnungslos in Zank und Hader und verlor ihren eigentlichen Auftrag aus den Augen.

Nach dem Tod seines Großvaters übernahm Simon dessen Platz als Leiter der Walhalla-Gruppe, entschlossen, ihre alte Ordnung und Bestimmung wiederherzustellen. Ein einziges Mitglied setzte ihm Widerstand entgegen, und Simon tat, was auch sein Großvater getan hätte. Er nannte den Mann einen Verräter und schoß ihm in den Kopf. Während seine Leiche vor ihnen lag, gab Simon Winters den anderen schockierten Mitgliedern die einmalige Gelegenheit, die Gruppe zu verlassen. Niemand ging auf das Angebot ein.

Der Enkelsohn des Gründers brachte die Walhalla-Gruppe in ein neues Zeitalter. Statt auf Weltereignisse zu reagieren, initiierte die Gruppe sie nun aktiv, immer die Interessen der USA vor Augen. Mordaufträge wurden die Regel. Erpressung und Nötigung wurden vertraute Mittel. Der Kommunismus und die Versuche, den Kommunismus zu zerschlagen, paßten der Gruppe in ihre Pläne. Der Zusammenbruch des Kommunismus in Osteuropa, den herbeizuführen sie beigetragen hatten, bekräftigte nur ihre Entschlossenheit. Es gab immer einen Feind, wenn man nur lange genug suchte, und Walhalla begriff, daß der größte Feind nun vor der Haustür weilte.

Die Nicaraguanischen Vereinbarungen waren der bislang kühnsten Unternehmung der Gruppe vorausgegangen. Die Vereinbarungen verkörperten für sie die Ohnmacht der Regierung der Vereinigten Staaten. Die Annahme, die Regierung Chamorro könne an der Macht bleiben, war einfach absurd. Die Sandinistas würden durch ihre neu gegründete Tarnorganisation, das NNSK, eine Möglichkeit finden, wieder an die Macht zu kommen, und diesmal würden sie sie nicht wieder aufgeben. Es war unausweichlich. Die USA würden sich erniedrigen müssen, eine Regierung zu unterstützen, die gegen jedes Prinzip verstieß, für das Amerika eintrat, oder das Risiko eingehen müssen, alles zu verlieren, was sie bislang aufgebaut hatten. Und Nicaragua bekam mittlerweile die Dollars und Maschinen, die das Land benötigte, um die gesamte Region zu destabilisieren und schließlich zu übernehmen.

Die Vereinbarungen symbolisierten eine Schwäche, eine Selbstgefälligkeit mitten im Herzen des Landes. Die Vereinigten Staaten brachen eher von innen auseinander, als daß ihnen von außen Gefahr drohte. Drogen führten zu Amokläufen auf den Straßen. Die gesegnete Freiheit, auf der das Land errichtet worden war, wurde mißbraucht und mit Füßen getreten. Menschen, die Flaggen verbrannten, *Flaggen!* Das erzeugte bei der Gruppe eine kollektive Gänsehaut. Aber was konnte man dagegen tun?

Weitere Scheidewege, weitere Krisen, und erneut trat Simon Winters vor. Um den neuen Herausforderungen begegnen zu können, mußte die Walhalla-Gruppe nicht mehr im Schatten agieren, sondern offen die Macht ausüben. Doch um dies zu erreichen, mußten Männer, die mit Walhallas Stimme sprachen, an die Macht kommen. Seit Jahren hatte man diese Mitglieder der Gruppe in vorderster politischer Front in Position gebracht. Vor allen anderen gehörte der Kandidat zu ihnen, der den unfähigen Präsidenten Bill Riseman herausforderte. Alle Pläne der Gruppe richteten sich darauf aus, daß er in vier Wochen den Wahlsieg erringen würde. Sollte am Wahltag also ein Erdrutsch erfolgen, mußte man dafür sorgen, daß die derzeitige Regierung in Ungnade fiel. Und um dies zu erreichen, um Riseman zu vernichten, wollte Walhalla das Nicaraguanische Abkommen benutzen. Dieser tragische Fehler würde die Möglichkeit bieten, seinen Untergang herbeizuführen.

Und die Operation Donnerschlag war geboren.

»Waren Sie imstande, mit uns anzustoßen, Captain Marlowe?« sagte der weißhaarige Mann zu einem braunen Lautsprecher, der mitten auf dem Konferenztisch stand. Ein Teil des Champagners aus dem Glas des toten Mitglieds der Gruppe bildete daneben eine kleine Pfütze.

»In der Tat, Sir«, erwiderte die Stimme, die aufgrund eines Zerhackers nicht identifiziert werden konnte. Sie gehörte dem vierten Mitglied des Exekutivkomitees der Gruppe und ihrem militärischen Sprecher, dem Architekten der Operation Donnerschlag. Auf Marlowes eigenen Wunsch kannte nur Simon Winters seine wirkliche Identität.

»Ausgezeichnet«, sagte Winters, sich nun wieder an alle wendend. »Meine Freunde, stehen wir nicht an der Schwelle eines großen, ehrfurchtgebietenden Augenblicks? Zu oft war es das Schicksal dieser Gruppe, ihr Bestes zu geben, um die törichten Fehler anderer auszubügeln. Wir waren eher Handwerker, die dringende Reparaturen durchführen mußten, als Baumeister. Das wird sich ändern. Vier Wochen verbleiben bis zu der Wahl, die uns an die Macht bringen wird. Unsere Aufgabe wird es sein, für das Volk dieses Landes zu sprechen und die Irrtümer und Ungerechtigkeiten zu korrigieren, die ihm auferlegt wurden. Noch einen Monat, und das Walhalla-Testament wird die herrschende Doktrin sein.

Die Veränderungen werden zuerst subtil vorgenommen, aber mit dem Lauf der Monate immer offensichtlicher werden. Die meisten Mitbürger werden die Rückkehr von Sicherheit und Disziplin willkommen heißen, und auch die drastischen Schritte, die wir unternehmen müssen, um dieses Ziel zu verwirklichen. Sie kennen unsere langfristigen Pläne. Sie wissen, wie weit wir gehen müssen, um ganz sicher zu sein, daß wir weit genug gegangen sind. Vollständige Freiheit ist ein Privileg, kein Recht, ein Vorzug, den dieses Land leider verloren hat. Die Wohnungslosen, die Drogen, die Ausfallrate von fünfzig Prozent auf vielen unserer Schulen, in einem Ausbildungssystem, das am Rand des Zusammenbruchs steht – das sind die Vorboten der Zukunft, wenn wir uns nicht kühn erheben und ein völlig aus den Fugen geratenes Leben wieder in den Griff bekommen.«

Simon Winters' Augen funkelten bei seinen Sätzen. Die anderen sahen ihn wie gebannt an, und ihre eigene Entschlossenheit wurde durch die Kraft und Macht seiner Worte nur noch verstärkt. Erneut hob er das Glas.

»Ich sage es noch einmal, meine Freunde: auf die Zukunft, auf *unsere* Zukunft!«

Nachdem er seine Rede beendet hatte, trat Winters von seinem Platz am Kopf des Tisches zurück. Die anderen nahmen dies ganz richtig als Zeichen für ihren Aufbruch. Sie gingen, wie sie gekommen waren: jeder für sich, jeder mit einem anderen Ziel.

Als nur noch die drei Mitglieder des Exekutivkomitees übrig waren, nahm Simon Winters seinen Platz am Kopf des Konferenztisches wieder ein. »Kommen wir zurück zum Geschäft«, sagte er. »Mr. Pernese, Ihr Bericht bitte.«

Benjamin Pernese saß zu Winters' Rechten, ein eigentlich unauffälliger Mann bis auf einen unbehandelten grauen Star, der sein linkes Auge trübte. Pernese haßte Krankenhäuser und Ärzte gleichermaßen. Vor einigen Jahren war seine Frau bei einer Routineoperation gestorben, und in der Folge hatte er sich nie mehr ärztlich behandeln lassen.

»Wie mir unsere Mittelsmänner in der Welt der Hochfinanz versichert haben«, begann er, »werden in zehn Tagen drei der größten Banken dieses Landes ihre Türen schließen und die Regierung um Unterstützung bitten. Wir haben alle die Voraussetzungen gelesen. Es wird Panik ausbrechen, und die gesamte Wirtschaft wird kurz vor dem Zusammenbruch erstarren.«

»Damit wir sie, nach der Wahl natürlich, wieder in Gang bringen können. Bitte, Margaret.«

Die Frau links neben Winters war das erste weibliche Mitglied Walhallas, das jemals dem Exekutivkomitee angehört hatte. Margaret Brettonwood hatte ihr Leben dem Dienst an ihrem Land gewidmet. Das Land war ihr Mann und ihre Kinder zugleich und erfüllte all ihre jeweiligen Bedürfnisse, und zwar befriedigend. Sie hatte unter zwei Präsidenten als Botschafterin in drei verschiedenen Ländern und bei der UNO gedient. Zweimal als mögliche Kandidatin für das Amt des Vize-Präsidenten ins Gespräch gebracht, ersehnte sie weder diesen noch einen anderen Stuhl, abgesehen von dem, auf dem sie in diesem Augenblick saß.

»In genau drei Wochen wird die Polizei in fünf großen Städten gleichzeitig in den Streik treten. Unsere Mittelsmänner sind der Auffassung, daß die Armee innerhalb von vierundzwanzig, höchstens aber achtundvierzig Stunden zu Hilfe gerufen werden wird.«

»Und damit einen Präzedenzfall bildet, auf den wir uns nach der Amtseinführung berufen können«, vollendete Winters. »Die soziale Ordnung, die dieses Land so dringend braucht.« Er beugte sich zu dem braunen Lautsprecher vor. Ein Kristallsplitter lag darauf. »Natürlich ist und bleibt der wichtigste Teil unseres Plans die Operation Donnerschlag. Mr. Marlowe, würden Sie uns vielleicht die Einzelheiten erklären?«

Marlowe teilte ihm die Einzelheiten der Trainingsphase der Operation und den Zeitplan für das darauffolgende Einschleusen des Teams in die Vereinigten Staaten mit. Er sprach zehn Minuten lang und schloß mit einer kurzen Zusammenfassung der Strategie ab, die bei der Übernahme der Insel, die das Operationsziel bildete, angewandt werden sollte.

»Die Logistik ist äußerst kompliziert«, stellte Margaret Brettonwood fest.

»Das ist leider unumgänglich, Ma'am, wie bei allen derartigen Missionen.«

»Sind die Reaktionen unserer Regierung und des Militärs so leicht vorauszusagen?« fragte Winters.

»Selbst, wenn dies nicht der Fall sein sollte, wird meine letzte Rückversicherung den Erfolg gewährleisten.«

»Aber diese letzte Rückversicherung kommt mir am kompliziertesten vor«, sagte die Brettonwood. »Können Sie solch eine Ausrüstung wirklich an Ort und Stelle bringen?«

»Die Arbeit wird am Montag beginnen. Die Vorkehrungen wurden bereits abgeschlossen. Die vorgesehenen Tarnungen stehen.«

»Ich mache mir eher Sorgen über Colonel Riaz' Rolle in dieser Angelegenheit, Mr. Marlowe«, warf Benjamin Pernese ein.

»Dann lassen Sie mich erneut betonen, Sir, daß der Colonel nicht willkürlich ausgewählt wurde. Sein psychologisches Profil macht ihn zum perfekten Kandidaten. Bislang haben wir jede einzelne seiner Reaktionen auf unsere Stimuli genau vorausgesagt.«

»Was wird man den Mitgliedern des Teams sagen?«

»Daß sie Riaz aufs Wort gehorchen sollen. Mit Ausnahme des Mannes, den wir eingeschleust haben, und seiner Leute, handelt es sich um Männer des Nationalen Nicaraguanischen Solidaritätskomitees. Esteban hat alles für uns arrangiert. Sie glauben, das Beste für ihr Land zu tun.«

»Was mich zu den Unregelmäßigkeiten führt, die in letzter Zeit in Nicaragua aufgetreten sind«, wechselte Pernese das Thema. »Wer genau ist diese Frau, die uns solchen Schaden zugefügt hat?«

»Eine Outsiderin, die als Chimera bekannt ist. Wir haben sie in der Vergangenheit ziemlich oft eingesetzt, und wir haben sie nun eindeutig als die Agentin identifiziert, die sich mit Maria Cordoba getroffen hat und die für den Tod der fünf Agenten in New York verantwortlich ist.«

»Die hatten doch den Auftrag, einen ihrer eigenen Leute zu exekutieren, nicht wahr?« fragte Pernese.

»Ja. Nachdem er den Pine-Gap-Teil der Operation durchgeführt hatte, war er nicht mehr nützlich für uns. Wir konnten Chimeras Anwesenheit allerdings nicht vorausahnen.«

»Sie hat sie alle getötet?« fragte Margaret Brettonwood.

»Zumindest drei von ihnen.«

»Sie muß sehr gut sein.«

»Wäre sie das nicht, hätte sie nicht für uns gearbeitet, Ma'am.«

»Sparen Sie sich Ihre Spitzfindigkeiten, Marlowe«, gab die Brettonwood zurück. »Da wir wissen, daß Chimera mit Crane gesprochen hat, muß sie erfahren haben, was Crane aus Pine Gap geholt hat. Und daß sie zu Maria Cordoba vorgestoßen ist, kann nur bedeuten, daß sie einen Zusammenhang mit Nicaragua hergestellt hat. Und die Verbindung zwischen diesen beiden Faktoren, Mr. Marlowe, sind wir.«

»Keine ihrer Handlungen deutet darauf hin, daß sie etwas von uns weiß, Ma'am.«

»Doch wie Sie selbst eingestanden haben«, sagte die Frau, »haben wir es hier mit einer überaus erfahrenen Agentin der Outsider zu tun, vielleicht der besten, die sie aufbieten können. Wenn jemand die richtigen Schlußfolgerungen ziehen und dementsprechend handeln kann, dann Chimera.«

»Das gestehe ich Ihnen ein, Ma'am. Doch ich darf Sie daran erinnern, daß bis zum Beginn unserer Operation kaum noch eine Woche verbleibt. Bis dahin werden wir Chimera gefunden haben. Es gibt nur einige Orte, die sie aufsuchen könnte, um Informationen zu bekommen, die sie auf unsere Spur bringen würde. Und diese Orte können und werden wir lückenlos überwachen.«

»Mich stört auch dieser Football-Spieler, dem sie zur Flucht verholfen hat«, sagte Pernese. »Sind Sie sicher, daß er uns keinen Schaden zufügen kann?«

»Absolut«, erwiderte Marlowe, dabei sorgfältig die Existenz des Mikrochips verheimlichend, der sich irgendwo auf Skylars Körper befinden mußte. Man konnte einfach nicht voraussagen, wie das Komitee auf diese Information reagieren würde. »Chimera hat ihm lediglich in der Hoffnung geholfen, er könne ihr nützlich sein. Wenn sie feststellt, daß das nicht der Fall ist, wird sie sich schnell wieder von ihm trennen. Vielleicht ist das sogar schon geschehen.«

»Was uns zu dem Sprengstoff bringt, Marlowe«, sagte Simon Winters, erfreut, das Thema wechseln zu können. »Welchen Beschluß haben Sie diesbezüglich gefaßt?«

»Sir, aufgrund der Sprengkraft der Quick-Strike-Ladungen habe ich alle Vorkehrungen getroffen, sie direkt ins Zielgebiet bringen zu lassen. Wenn das Riaz-Team dort eintrifft, werden sie an der vereinbarten Stelle auf unsere Leute warten.«

»Ihre Berichte weisen darauf hin, daß der Sprengstoff unter bestimmten Sicherheitsmaßnahmen gelagert werden muß.«

»Das ist richtig«, bestätigte Marlowe und erklärte die spezifischen Vorkehrungen.

»Ausgezeichnet«, lobte ihn Simon Winters und klatschte leise in die Hände. »Einfach brillant.«

»Danke, Sir.«

»Die Logistik ist nicht nur einsichtig, sondern trägt auch noch dazu bei, den Sprengstoff solange wie möglich von Riaz fernzuhalten.«

»Und«, nahm Marlowe den Faden auf, »bedenken Sie, daß der Colonel vor dem vorgesehenen Zeitpunkt der Explosion schon tot sein wird.«

»Zu schade, daß er nicht mit uns zusammenarbeiten wollte, als Esteban ihn direkt darauf ansprach«, sagte Benjamin Pernese.

»Das hätte keinen Unterschied gemacht, Sir«, entgegnete Marlowe. »Sein Tod wäre sowieso unumgänglich gewesen.«

»Tut mir leid, daß ich zu spät komme, Colonel Riaz«, grüßte Esteban und mühte sich mit seinem massigen Körper den Bergkamm hinauf, von dem aus man einen Großteil des Landes überblicken konnte.

Riaz drehte sich nicht zu ihm um. »Sprechen Sie.«

»Ich habe gute Nachrichten, Colonel. Ihre Bitte, die Operation Donnerschlag zu führen, wurde vom NNSK gebilligt.«

Esteban hatte irgendeine Reaktion erwartet, einen Dank, zumindest ein zufriedenes Lächeln. Doch Riaz drehte sich nur zu ihm um, und genau wie beim letzten Mal, als sie miteinander gesprochen hatten, wirkte sein Gesicht wie aus Stein gemeißelt.

»Sie glauben, ich sollte dankbar oder vielleicht sogar ehrfurchtsvoll sein, nicht wahr, Esteban?«

»Wenn Sie es sich anders überlegt haben...«

»Es hat sich nichts geändert. Ich tue, was ich tun muß, doch ich empfinde kein Vergnügen dabei. Ich habe mich entschlossen, diesem Weg zu folgen, meine Familie zu rächen, weil mir kein anderer zur Verfügung steht. Die Tatsache, daß meine Arbeit auch den Zielen der sogenannten Patrioten Ihres NNSK nützt, ist für mich bedeutungslos.«

»Obwohl Ihre Arbeit auch Nicaragua selbst nützt?«

»Wann hört es auf, Esteban? Müssen immer wieder die Leben unschuldiger Menschen in Gefahr gebracht werden, damit wir unsere Ziele erreichen?«

»Wie Ihre Familie, Colonel?«

»Die meine ich nicht.«

»Ja, in der Tat. Das Leben der Geiseln wird in den Händen der amerikanischen Regierung liegen. Sie werden eine Chance haben. Ihre Familie hatte keine Chance«, erinnerte der Fettsack den Colonel mit dem Risiko, einen Mann zu erzürnen, vor dem er sowieso schon eine Todesangst hatte.

Doch Riaz zeigte keine Gefühlsanwandlung. »Das Trainingsgelände?«

»Die Arbeiten wurden gestern abgeschlossen. Alles wurde maßstabsgenau nachgebaut. Uns steht sogar eine ähnliche Wasserfläche zur Verfügung. Und wir haben Ihre Vorschläge bezüglich der geeigneten Leute berücksichtigt. Im Wagen liegen zwanzig Dossiers, die Sie sich ansehen können.«

»Ich werde nur vierzehn Männer brauchen.«

»Wir halten zwanzig für die optimale Zahl.«

Riaz blieb stehen. »Vierzehn.«

Esteban nickte schnell. »Wie Sie wollen, Colonel. Suchen Sie sich die Leute aus. Uns stehen jedoch nur fünf Tage für die Ausbildung zur Verfügung.«

»Fünf Tage sind mehr als genug. Diese Insel, wo die Ausbildung stattfinden wird...«

»Ich werde Sie persönlich dorthin begleiten.«

Riaz sah zum Wagen des Fettsacks hinüber. »Worauf warten wir dann?«

»Da ist noch etwas. Es bleibt natürlich Ihnen überlassen, welche Leute Sie in Ihr Team aufnehmen. Wir haben nur die Bitte, daß unser eigener Mann als Ihr Stellvertreter fungiert. Eine Vorsichtsmaßnahme, Sie verstehen.«

»Kommt darauf an, wer es ist.«

»Ein guter Soldat mit einer Akte, die Ihre Hochachtung verdient.«

»Lassen Sie mich das beurteilen. Sagen Sie mir, wer es ist.«

»Sein Name ist Maruda. Hauptmann Octavio Maruda...«

Vierzehntes Kapitel

Erst am Samstag mittag bekam Jamie zum ersten Mal seine Verfolger zu Gesicht. Er stand auf dem Gipfel eines hohen Hügels und konnte sie tief unter sich beobachten, wie sie durchs Unterholz eilten. Das Metall ihrer Gewehre blitzte dann und wann im hellen Sonnenschein auf. Jamie drückte sich gegen einen Felsen, um nicht gesehen werden zu können.

Es waren mehrere Dutzend, mindestens fünfzig Mann! Er schätzte die Entfernung ab und versuchte, seinen Vorsprung zu berechnen. Schwer zu sagen, aber ein paar Stunden waren es auf jeden Fall.

Nachdem er sich am Abend zuvor von Chimera getrennt hatte, war er in nordöstlicher Richtung marschiert, dem Fluß Huaspuc entgegen, bis ihn die Erschöpfung überkam. Er schlief sehr schlecht, mit Zweigen bedeckt in einer Kuhle, die er sich ausgehoben hatte. Er hatte noch nie viel für das Leben unter freiem Himmel übrig gehabt; seine einzige Erfahrung damit bestand aus einem von der High-School durchgeführten Sommerlager im Mittelwesten.

Als die Sonne aufging, erwachte er und marschierte sofort weiter. Seine einzige Erfrischung bestand aus Wasser aus kleinen Bächen, dem süßesten Wasser, das er je getrunken hatte. Das Gelände wurde immer steiler, bis es schließlich fast nur noch hügelaufwärts ging. Je höher er in die Hügel kam, desto spärlicher wurde die Vegetation, die ihm Deckung bot. Darüber hinaus mußte er ständig mit der sehr realen Möglichkeit rechnen, in eine der Fallen zu geraten, die die Contras gelegt hatten, um ihre letzte Zuflucht zu schützen. Ein paarmal glaubte er, Spuren solcher Fallen zu sehen, und wich ihnen vorsichtig aus.

Schließlich machte er in der Ferne einen blauen Streifen aus, bei dem es sich nur um den nördlichen Ausläufer des Flusses Huaspuc handeln konnte, der sich seinen Weg zur honduranischen Grenze wand. Jamie erreichte ihn am späten Nachmittag, ohne seinen Vorsprung vor den ihn verfolgenden Soldaten verloren zu haben. Chimera hatte ihm den Rat gegeben, sich einfach rechts zu halten, nachdem er die Hügel erreicht hatte. Wenn er dem Fluß jedoch in nördlicher Richtung folgte, würden ihn die verfolgenden Soldaten vielleicht entdecken und einholen. Andererseits konnte er sie endgültig abschütteln, wenn es ihm gelang, den Fluß zu durchschwimmen.

Der Huaspuc war hier auch an der schmalsten Stelle fast

einen Kilometer breit. Selbst unter den besten Umständen keine leichte Aufgabe, doch mit Sicherheit die beste Möglichkeit, die sich ihm bot. Er setzte sich auf einen Stein, zog die Stiefel aus und band sie mit den Schnürriemen sorgfältig an seinen Gürtel, einen an jeder Seite, um beim Schwimmen nicht aus dem Gleichgewicht zu geraten. Dann verließ er den spärlichen Schutz des Buschwerks, lief über die Steine, die den Fluß umsäumten, und ließ sich ins Wasser hinab.

Es war kälter, als er erwartet hatte, und Jamie hatte das Gefühl, daß der trocknende Schweiß, der ihn bedeckte, zu Eis gefror. Zuerst kraulte er, dann legte er sich auf die Seite, schließlich auf die Brust, und kam wieder auf das Kraulen zurück, weil er damit am schnellsten vorankam. Gelegentlich ruhte er sich aus, strebte dabei aber stets mit weitausholenden Zügen der kalten Flußmitte entgegen. Mehrmals drohte ihn die Erschöpfung zu überkommen. Sein Atem ging immer schwerer; die Perioden der langsamen Schwimmzüge wurden immer länger, und als dann seine Beine nicht mehr wollten, gab er das Kraulen völlig auf. Seine verletzte Seite wurde ganz steif und behinderte ihn. Die Zeit verging quälend langsam, die zurückgelegte Strecke blieb entmutigend klein.

Doch das andere Ufer kam von Schwimmzug zu Schwimmzug näher. Als Jamie es schließlich deutlich erkennen konnte, gab ihm der Anblick die Kraft zurück, die er bei seinen ersten Zügen eingesetzt hatte. Der felsige Boden erhob sich ohne Warnung, und sein Füße streiften ihn. Er trat Wasser und arbeitete sich noch etwas voran, bis er bequem stehen konnte. Die nachfolgenden Atemzüge waren köstlicher als alle anderen, die er je gemacht hatte. Ein Gefühl der Erheiterung, des Triumphs, erfüllte ihn. Seine Verletzung hatte ihn nicht aufgehalten, die Soldaten hatten ihn nicht aufgehalten, und der Fluß auch nicht.

Ich habe euch geschlagen, verdammt, ich habe euch alle besiegt!

Und dann streifte ihn etwas im Wasser. Jamie fühlte ein leichtes Schnarren an seiner Seite, mit dem etwas gegen ihn stieß. Kein Fisch, dachte er noch, kein Fisch...

Er sah den dunklen Körper, der sich von rechts näherte, und

hoffte einen kurzen Augenblick lang, daß es sich um ein Stück Treibholz handelte oder um einen Reifen, der den Fluß hinabtrieb. Doch im nächsten Augenblick sah er, wie sich dieser Körper zusammenrollte und plötzlich überall zugleich war. Jamie schlug wild mit den Armen um sich, versuchte, zum Ufer zu laufen, doch ein schrecklicher Druck preßte seine Brust mit schlingpflanzenähnlicher Kraft zusammen.

»Ähhhhh...«

Jamie hörte, wie das Echo seines Schreis durch den Wald hallte und dann genauso abrupt erstickt wurde wie seine Atmung. Die Schlange wand sich um ihn, eins mit dem Wasser, legte sich mehrmals um seinen Leib und stieg dabei immer höher. Er versuchte, nach ihr zu greifen, konnte sie aber nicht packen und festhalten, so dick war ihr Körperumfang.

Das Ding zischte und verstärkte die Umklammerung. Der schreckliche, unförmige Kopf, eine bloße Verlängerung des Körpers, peitschte auf und ab. Jamie nahm nicht an, daß sie ihn beißen wollte, sie hatte lediglich den Kopf gehoben, um ihn leichter unter die Wasseroberfläche zerren zu können. Er fühlte, wie der Druck auf seinen Brustkorb zunahm, als sich die Schlange enger zusammenzog. Sie mußte fünf Meter lang sein, und ein Großteil ihres Körpers hatte sich um ihn geschlungen und preßte immer stärker. Jamie versuchte verzweifelt, den Kopf des Geschöpfs zu fassen zu bekommen. Seine heftigen Bewegungen nahmen ihm das Gleichgewicht, und er verlor den sicheren Halt, den er erst Sekunden zuvor gewonnen hatte. Er und die Schlange sanken unter die Oberfläche und wurden von der schlammigen Dunkelheit des Flusses umfangen. Jamie versuchte tapfer, wieder an die Oberfläche zu kommen, die hell über ihm leuchtete, doch das Gewicht und die Bewegungen der Schlange zerrten ihn noch tiefer hinab. Seine Lungen drohten zu platzen, und vor seinen Augen tanzten Sterne, während er gegen die Umklammerung verstandloser Panik wie auch gegen die der Schlange ankämpfte.

Das Messer! Chimeras Messer!

Jamie hörte die Worte mehr, als daß er sie dachte. Während er die eine Hand weiterhin gegen den zustoßenden Kopf des

Ungetüms drückte, griff er mit den dick geschwollenen Fingern der anderen nach dem Messer an seinem Schenkel. Sie schlossen sich um den Griff und zerrten die Klinge frei. Er riß die Hand in die Dunkelheit vor ihm hoch.

Jamie stach mit dem Messer auf den Kopf der Schlange ein, den er nur undeutlich erkennen konnte. Der Hieb durchdrang die dicke Schuppenhaut des Reptils. Er drehte die Klinge herum und stieß sie wie einen Säbel vor. Der Kopf des Dings erzitterte wie verrückt. Jamie fühlte, wie eine warme Nässe auf die Hand sickerte, die die Klinge weiterhin nach oben schob.

Der Druck auf seine Brust ließ nach. Die Wasseroberfläche war direkt über ihm. Er durchbrach sie, während die Schlange noch eng um seinen Leib gewunden war und heftig, fast krampfhaft, zuckte. Die ersehnte Luft, die in Jamies Lungen strömte, gab ihm die Kraft, das Ding, das sich nun wie Gummi anfühlte, von seinem Körper zu zerren. Obwohl der Kopf in der Mitte gespalten war, zuckte und kämpfte der Körper noch immer. Jamie beobachtete ihn, wie er schließlich im Wasser versank, und stieß sich zum Ufer.

Nach Atem ringend und hustend, taumelte er aus dem Wasser zu den Büschen und Steinen am Flußufer. Jeder Atemzug und jedes Husten stellte eine fürchterliche Qual für seinen gequetschten Brustkorb dar. Er brach zusammen und blieb einfach liegen, versuchte, sich zu beruhigen, sich darauf zu konzentrieren, daß er weitergehen mußte, wollte er hoffen, seinen Verfolgern zu entkommen.

Geh... weiter...

Jamie öffnete die Augen. Die Sonne würde jeden Augenblick untergehen. Er mußte ohnmächtig geworden sein, nachdem er das Ufer erreicht hatte. Beruhigt stellte er fest, daß sein Atem leichter ging. Der Schmerz hatte nachgelassen, als sich die durch die Umklammerung der Schlange verkrampften Muskeln wieder entspannt hatten. Aber wie lange war er ohnmächtig gewesen? Mindestens vier Stunden, der Sonne nach zu urteilen, vielleicht sogar sechs.

Er setzte sich auf und sah über den Fluß. Augenblicklich erstarrte er. Dort, am anderen Flußufer, sah er den großen Trupp

Soldaten, den er auch schon vom Hügel aus erspäht hatte. Die Männer bewegten sich und schoben etwas in den Fluß.

Boote! Gummiboote!

Jamie wußte in diesem Augenblick, daß jeder Vorsprung, den er sich erarbeitet hatte, hinfällig geworden war. Doch die Männer hatten ihn noch nicht gesehen, oder sie hätten sich noch hektischer und aufgeregter bewegt. Das war ein Anlaß zur Hoffnung, und Jamie kroch vom Ufer weg, sorgsam darauf bedacht, sich nicht durch eine plötzliche Bewegung zu verraten. Als er die Deckung des Buschwerks erreicht hatte, hielt er kurz inne, um seine vom Wasser dunkel gewordenen Stiefel über seine durchnäßten Socken zu stülpen.

Jamie richtete sich auf und lief, so schnell sein Körper es ihm erlaubte. Nach einigen Minuten konnte er die Geräusche der Verfolger hinter sich vernehmen. Zweige knackten, gedämpfte Stimmen riefen einander etwas zu. Jamie stürmte rücksichtslos durch den Wald, um eine so große Entfernung wie möglich zwischen sich und seine Verfolger zu bringen.

Der Boden fiel plötzlich ab, und er stürzte, überschlug sich und rollte dann über Büsche und Steine hinab. Er fühlte, wie seine verletzten Rippen von innen an seinem Fleisch nagten, und hätte fast erneut das Bewußtsein verloren, während die schweren Stiefelschritte der Soldaten immer lauter wurden.

Jamie versuchte aufzustehen. Halb gebückt aufgrund des tobenden Schmerzes in seinen Rippen, taumelte er durch den Wald. Er kletterte eine steile Anhöhe hoch und riß sich dabei die Hände auf. Das Gelände wurde flach und fiel dann wieder ab, und Jamie gewann wieder etwas an Tempo. Doch kaum lief er wieder, als ihm die Beine weggezogen wurden. Zuerst befürchtete er, in eine Stolperfalle der Contras geraten zu sein, und er verkrampfte sich. Doch dann merkte er, daß sich etwas um seine Unterschenkel geschlungen hatte und daran zerrte, ein Gefühl, das ihm vom Football-Platz her bekannt vorkam, wenn ein gegnerischer Spieler ihn von hinten zu Fall brachte.

Im nächsten Augenblick war die Gestalt schon über ihm, und während Jamie sie noch abzuschütteln versuchte, fühlte er den kalten Stahl eines großen Messers an seiner Kehle.

»Sei still! Keine Bewegung!« flüsterte eine Stimme in sein Ohr.

Jamie sprach Spanisch, doch selbst wenn dies nicht der Fall gewesen wäre, wären die Befehle völlig klar gewesen. Jamie befolgte sie und ließ sich in ein Dickicht zerren, das sich mühelos teilen ließ und sowohl ihn wie auch seinen Häscher verbarg.

»Wir warten, daß sie verschwinden«, flüsterte die Stimme neben ihm, und Jamie erkannte, daß sie ziemlich jung klang. Selbst in der Dunkelheit konnte er erkennen, daß der Arm, der ihn von hinten hielt, dünn und zerbrechlich war und die daran sitzende Hand klein und schmutzig. Jamie bewegte sich, und sein Häscher drückte ihm die Stahlklinge härter an die Kehle.

»Schon gut«, sagte er. »Tut mir leid.«

Sekunden später hatten die Soldaten das Dickicht erreicht. Sie unterhielten sich leise, und Taschenlampen blitzten sporadisch auf. Dünne Lichtstrahlen fanden den Weg in das Dickicht, und Jamie glaubte, die Blicke der Männer sengend heiß auf sich zu spüren.

Dann entfernten sich die Geräusche, die die Soldaten machten. Als die Nacht endlich wieder völlig still war, zerrte sein Häscher Jamie herum, ohne das Messer von seiner Kehle zu nehmen. Trotz des spärlichen Lichts konnte Jamie erkennen, daß es sich um einen Jungen handelte, der kaum älter als vierzehn oder fünfzehn Jahre war. Wenn man bedachte, in welcher Gegend er sich aufhielt, mußte es sich wohl um einen Contra handeln.

»Du wirst mit mir kommen«, befahl er auf spanisch.

»Wie du willst«, gab Jamie zurück.

Der Junge zerrte Jamie aus dem Dickicht und hielt ihn am Arm fest, während sie losgingen, das Messer immer nur einen Kratzer von seiner Haut entfernt. Der Junge verstand damit umzugehen; soviel war klar.

Sie marschierten etwa zwanzig Minuten lang und wechselten dabei immer wieder die Richtung, so daß Jamie völlig die Orientierung verlor. Das Gelände war sehr trügerisch, und als Jamie einmal ausrutschte, riß der Junge ihn ungeduldig wieder hoch und erinnerte ihn mit dem Messer daran, wer das Sagen hatte.

Auf halber Höhe eines steilen Hügels zerrte der Junge ihn plötzlich seitwärts zu einem dichten, verschlungenen Gestrüpp. Er teilte die Zweige und enthüllte eine Höhlenöffnung. Der weiche Schein einiger Lampen strömte ihnen entgegen, und der Junge stieß ihn vollends in die Höhle und gab einen so schnellen spanischen Redefluß von sich, daß Jamie ihm nicht folgen konnte.

Und in dem spärlichen Licht starrte ihn ein Dutzend junger Gesichter an, deren Augen so kalt wie Eis waren.

Fünfzehntes Kapitel

»Spricht einer von euch Englisch?« brachte Jamie hervor, sein Erstaunen verbergend, während seine Eskorte die Zweige wieder zusammenlegte, um den Höhleneingang zu verbergen.

»Ja, amerikanisches Arschgesicht«, gab der Junge zurück, der von dem Haufen am ältesten aussah, und sprang auf die Füße. »Aber ich nicht wissen, warum mit dir sprechen sollen.«

Der Junge ergriff ein eckig aussehendes Maschinengewehr, das auf dem Boden der Höhle lag, und richtete es auf Jamie.

»Denn du verstehen, amerikanisches Arschgesicht, du tragen die Uniform unseres Feindes.«

»Nur als Verkleidung, die mir helfen soll, vor ihnen zu fliehen.«

Der älteste Junge kam näher. »Wie wir wissen sollen, daß du nicht lügen, Arschgesicht?«

Instinktiv holte Jamie mit der Hand aus und schlug den Gewehrlauf zur Seite. »Für den Fall, daß du es nicht auf die Reihe kriegst, die Soldaten haben mich gejagt. Sie sind eher meine Feinde als eure.«

»Sie dich dein ganzes Leben lang gejagt haben, Arschgesicht?«

»Nein.«

»Dann sie nicht so sehr deine Feinde sind wie unsere.«

Der Junge, der ihn hergebracht hatte, redete auf spanisch zu schnell auf den anderen ein, als daß Jamie ihn verstehen konnte.

»Er sagt, die Männer, die hinter dir her waren, keine normalen Soldaten sind«, übersetzte der Anführer. »Er sagt, sie waren anders.«

»Das bin ich auch.«

»Warum sie hinter dir her sind?«

»Sie wollen nicht, daß ich das Land verlasse. Ich kann den Leuten schaden, die sie geschickt haben, wenn ich das Land verlasse.«

»Dann wir dich außer Landes bringen werden müssen, Arschgesicht«, sagte der Anführer lächelnd.

Die Gruppe hatte auf einer ebenen Stelle des Höhlenbodens Lampen in einem Kreis aufgestellt und versammelte sich nun in deren Licht. Jamie zählte insgesamt zehn Jungen, die alle zwischen elf und – ihr Anführer – sechzehn oder siebzehn Jahre alt waren. Alle waren wie Soldaten gekleidet. Die älteren trugen Tarnanzüge in kleinen Herrengrößen, die jüngeren ältere Uniformen, die umgenäht oder zusammengesteckt waren, damit sie ihnen paßten. Obwohl ihr Anführer als einziger fließend genug Englisch sprach, um sich mit Jamie zu unterhalten, lauschten die anderen gebannt ihren Worten und flüsterten nur gelegentlich miteinander.

»Du hungrig, Amerikaner?« fragte der Anführer.

Jamie merkte erst jetzt, wie ausgehungert er war. »Nur, wenn ihr genug habt, um etwas entbehren zu können.«

»Wir können mehr besorgen.«

Eins der jüngeren Kinder kroch auf den Knien zum Ende der Höhle und kehrte mit einer Büchse wieder zurück, von der Jamie sofort vermutete, daß sie aus einem schon lange aufgegebenen amerikanischen Vorratslager stammen mußte. Er schlug mit einem Stein auf die Büchse ein, bis einer der ältesten ihn darauf hinwies, daß man den Deckel mit einem Ring abziehen konnte. Die anderen Jungen lachten. Da Jamie keine Gabel hatte, wühlte er etwas mit den Fingern heraus und steckte es in den Mund. Es schmeckte wie Dosenfleisch. Dankbar schlang er das Essen herunter.

»Seid ihr Contras?« fragte er mit vollem Mund.

»Wir gar nichts«, erwiderte der Anführer. »Contras, die nach der Wahl nicht zurückgingen, sind noch hinter der Grenze in Honduras. Sie uns nicht wollen. Sagen, wir sind zu jung.«

»Und warum kehrt ihr nicht zurück?«

»Was meinst du mit zurück, Amerikaner? Wir niemals dagewesen. Wir hier geboren, hier aufgewachsen«, erklärte der Anführer und deutete mit dem Finger auf den Boden. »Wir nichts haben, wohin wir zurückgehen können. Wenn wir alt genug , wir gehen über Grenze. Ist aber nicht einfach. Grenze nach Honduras geschlossen und streng bewacht, damit Contras keine Überfälle machen.«

Jamie fühlte, wie sein Mut schwand. »Und wie soll ich dann über die Grenze kommen?«

»Du jetzt nicht können. Du warten müssen. Wie wir, aber nicht so lang.«

»Worauf warten?«

»Dschungelsturm, Amerikaner. Viele Wasser regnen, viele helle Blitze. Soldaten dürfen drinnen bleiben, wenn Wetter schlecht.«

»So lange kann ich nicht warten.«

»Du aber müssen, wenn nach Honduras wollen.«

Jamie schob den Rest des Doseninhalts in seinen Mund. »Ich breche morgen früh auf«, sagte er schließlich.

»Schlechte Idee«, warnte der junge Anführer.

»Warum?«

»Männer, die wie Soldaten angezogen sind, dich unbedingt haben wollen, was? Sind wahrscheinlich noch eine Meile gegangen, nachdem sie dich im Dschungel haben verloren. Am Morgen sie zurückkommen und alles genau absuchen.«

»In diesem Fall sollte ich sofort gehen«, bot Jamie an. »Damit sie euch nicht finden.«

Er stand auf und zuckte zusammen, als ein heißer Schmerz durch seine Rippen und die verletzte Seite zuckte.

»Du verletzt, Amerikaner.«

»Ich komme schon klar.«

»Brust schlimm, Rippen schlimm. Du husten Blut.«

Jamie sah ihn an. »Woher weißt du...«

Der Anführer richtete den Blick auf den Jungen, der ihn im Dschungel gerettet hatte. »Arturo gesehen, wie du Schlange töten. Sagt, du tapfer.«

Jamie nickte dem Jungen zu, der ihn hierher gebracht hatte. «Ich wußte nicht, daß ich einen Zuschauer hatte.«

»Warum du hierher gekommen, Amerikaner?«

»Um meine Schwester zu besuchen.«

»Was?«

»Sie haben sie umgebracht und wollen nun mich umbringen.«

»Du kein Spion? Du nicht CIA?«

Jamie schüttelte den Kopf. »Ich spiele Football.«

»Ich meine, als Beruf.«

»Genau. Ich bin Football-Spieler.«

Der Anführer übersetzte, und ein paar Jungs kicherten und taten so, als würden sie Bälle werfen und fangen. *Hier ist mein Ivy-League-Meisterschaftsring als Beweis*, hätte Jamie fast gesagt.

»Du dann schnell, was, Amerikaner?«

»Manchmal.«

»Du morgen schnell sein müssen, wenn wir dich bringen zu Grenze.«

Der Anführer, Alberto, warf Erde über die erste Karte und zeichnete eine neue, die nur den nordöstlichen Teil des Landes von Huaspuc an zeigte. Oben zog er eine tiefe Furche, die die Grenze zu Honduras darstellen sollte, und steckte dann den Stock in den Boden, um die Stelle zu markieren, an der sie sich zur Zeit befanden.

»Wie weit sind wir von der Grenze entfernt?« fragte Jamie.

»Fünfundzwanzig Kilometer zum Fluß Coco. Fluß überqueren, und du bist da. Fünf Stunden, um Strecke zurückzulegen. Vielleicht sechs, weil wir nachts gehen.«

»Ich dachte, du hättest gesagt, wir wollten am Morgen aufbrechen.«

»Habe ich.« Er schüttelte den Kopf. »Schlechte Idee. Zu viele Patrouillen, Soldaten gar nicht eingerechnet, die dich suchen. Wir brechen auf vor Mitternacht. In einer Stunde.«

»Welchen Plan hast du? Wir müssen doch einen Plan haben.«

»Du hast Plan gehabt, als hierher gekommen, Amerikaner?«

»Nein, ich hatte einfach Glück.«

»Dann du vielleicht noch mal Glück haben.«

In Wirklichkeit hatte Alberto einen Plan, und zwar einen guten.

»Wir marschieren nachts zu Grenzfluß. Unterwegs Soldaten kein Problem. Probleme anfangen, wenn wir dort sind«, erklärte er.

»Wieso?« fragte Jamie.

Alberto griff, noch immer von allen Jungen beobachtet, zu dem Stock. Er zog eine Linie über die Furche, die die Grenze darstellte.

»Regierung jetzt kontrolliert den ganzen Streifen. Wo sie nicht kontrollieren, da nur Wasser. Keine Möglichkeit, drüber zu kommen. Zu breit, um zu durchschwimmen, wie du heute getan hast, Amerikaner.« Und dann, mit einem Lächeln: »Zu viele Schlangen.«

»Und was bleibt uns da noch übrig?«

»Schnellste Route. Stehlen Boot von Regierungslager am Fluß.«

»*Was?*«

»Ja! Ist ganz einfach und am sichersten.« Er zog mit dem Stock ein X. »Hier nächstes Lager. Sicher viele Boote dort. Wir treffen ein kurz nach Dämmerung. Soldaten müde. Keiner groß auf uns achten.«

»Wenn wir so angezogen sind?«

»Wir uns umziehen. Haben andere Kleidung hier. Ziehen uns an wie Landarbeiter. Soldaten viel aufladen und graben müssen. Werden nicht auf uns achten.« Alberto ließ ein strahlendes Lächeln aufblitzen, und in diesem Augenblick erinnerte er

Jamie an Marco, Colonel Riaz' ältesten Sohn, der ebenfalls voller Aufregung und Begeisterung gelächelt hatte.

Dann erinnerte er sich an Marcos Leiche und erschauderte.

»Du bleiben dicht bei mir«, sagte Alberto. »Wenn du Boot nimmst, wir so tun, als hättest du Auftrag dazu. Wenn sie bemerken, daß was faul ist, du schon über Fluß in Honduras.«

Jamie blickte eine Weile auf die mit dem Stock gezeichnete Karte hinab. »Glaubst du wirklich, daß es klappen wird?«

»Wer wissen? Du lieber hier bleiben?«

»Halt!«

Alberto rief den Befehl, als sie sich endlich ihrem Ziel näherten. Er befahl dem Jungen namens Arturo, umzukehren und sich umzusehen. Arturo kam Minuten später wieder zurück. Als Alberto die Nachricht hörte, die er mitbrachte, runzelte er die Stirn.

»Die Soldaten, die sein hinter dir her, wissen, daß wir sind hier«, erklärte er.

»Woher wissen sie, daß wir es sind?«

»Deine Stiefel.«

»Meine Stiefel?«

»Wenn sie haben erfahrene Indianer als Fährtensucher, sie es von ihnen wissen.« Alberto kam eine Idee. »Pietro, komm her!«

Ein jüngeres Mitglied der Bande trat gehorsam vor, und Alberto gab ihm auf spanisch einige Anweisungen. Pietro setzte sich, zog die Sandalen aus und gab sie seinem Anführer.

»Du Stiefel ausziehen und die hier anziehen, Amerikaner.«

»Ich will nicht, daß sie den Jungen verfolgen«, erwiderte Jamie, der ahnte, was Alberto vorhatte.

»Sie ihm nicht lange folgen werden. Bald sie sehen nur noch eine Spur dort. Aber wir mehr Zeit haben. Schnell!«

Jamie zog die Stiefel aus und gab sie Pietro. Der Junge zog sie an und stopfte, da sie ihm zu groß waren, feuchte Erde hinein.

Von den zehn Jungen hatten nur fünf den Marsch mitgemacht, der vor gut fünf Stunden begonnen hatte. Neben

Alberto, Arturo und Pietro waren noch Tomas und Alejandro dabei, der Alex genannt werden wollte. Alex und Pietro waren die jüngsten, knapp über zehn Jahre alt; sie waren gerade erst in den Stimmbruch gekommen. Tomas war nach Alberto der zweitälteste. Er sprach kaum, doch seinen harten, schwarzen Augen entging nichts. Er hielt sein Haar kurzgeschnitten, während die anderen es lang und ungepflegt trugen.

Sie hatten Jamie mit den größten Kleidungsstücken versorgt, die sie hatten; es waren Lumpen, aber sie saßen trotzdem nicht und waren furchtbar unbequem. Die Hosen waren ihm viel zu klein und zwickten im Schritt, und das Hemd bekam er kaum in den Gürtel.

»Schon besser«, hatte Alberto ihm versichert. »Du jetzt eher aussehen wie Einheimischer.«

Die kleine Gruppe war wie geplant eine halbe Stunde vor Mitternacht aufgebrochen. Die Nacht war bewölkt geblieben, und obwohl sie eine Taschenlampe mitgenommen hatten, wollte Alberto sie nur im äußersten Notfall benutzen. Sie durften nicht einmal sprechen, wenn es nicht absolut unumgänglich war. Tomas ging etwa fünfzehn Meter den anderen voraus. Jamie konnte ihn nicht sehen, doch Alberto konnte es, und nur darauf kam es an. Er ging direkt hinter dem Anführer, gefolgt von Pietro und Alex, während Arturo die Nachhut bildete. Diese Reihenfolge behielten sie während des gesamten langen Nachtmarsches bei; sie wechselten so wenige Worte wie möglich und hielten nur gelegentlich an, um Wasser zu trinken oder sich auszuruhen.

Pietro hatte die Stiefel zugeschnürt, die Jamie ihm gegeben hatte, und sagte so leise etwas auf spanisch, daß Jamie es nicht verstehen konnte.

»Er sagen, es ist ihm ein Vergnügen, Amerikaner«, übersetzte Alberto. »Er sagen, wir kämpfen gegen denselben Feind.«

Der Junge spuckte noch ein paar Worte aus.

»Er sagen, keine Sorgen machen. Ihm nichts passieren. Das nicht das erste Mal, daß er so was macht. Sein Vater es ihm beigebracht, und er keine Angst haben.«

Pietro wartete, bis die anderen weitergegangen waren, und

schlug sich dann, eine deutlich sichtbare Spur hinterlassend, in die Büsche. Die anderen erreichten kurz darauf den Stacheldrahtzaun, der das Armeecamp umschloß. Alberto trennte ihn mühelos mit einem Messer amerikanischer Herstellung auf und bedeutete Tomas, als erster hindurchzuschlüpfen. Die anderen folgten ihm, eng an den Boden gedrückt und die Köpfe gesenkt, zu dem letzten Buschwerk, das ihnen Deckung gewährte.

Jamie war erstaunt über den Anblick, der sich ihm bot. Die Größe des Lagers war beeindruckend, und es wirkte viel moderner, als er es sich vorgestellt hatte. Am gesamten Ufer waren Bunker mit Maschinengewehren und kleiner Artillerie als erste Linie gegen einen jedweden Angriff errichtet worden. Dahinter standen zahlreiche Zelte und Hütten, die der durchaus beträchtlichen Zahl der hier stationierten Soldaten Unterkunft boten. Jamie sah mehrere Männer, die routinemäßig Streife gingen, während andere noch benommen aus ihren Quartieren kamen und sich in der Morgensonne streckten.

»Wie ich sagte«, flüsterte Alberto. »Wir genau zum richtigen Zeitpunkt hier.«

Noch wichtiger war, daß eine Reihe Einheimischer, die so ähnlich gekleidet waren wie sie selbst, Ausrüstungsgegenstände auf Lastwagen verluden oder sich über offenen Feuern das Frühstück bereiteten. Da die Einheimischen unbewaffnet waren, würden die Jungen ihre Gewehre zurücklassen müssen, bevor sie sich dem Lager näherten.

Im Fluß waren Boote aller Größe und Bauart vertäut. Bei vielen der schnelleren Exemplare handelte es sich zweifellos um Patrouillenboote, bei den langsameren um Versorgungsschiffe, die von größeren Stützpunkten Ausrüstungsgegenstände hierher brachten. Es gab auch eine Art Tankstelle, ein einfacher Schuppen, der mit Fässern vollgestopft war. Die Zelte und Fertighäuser bildeten die südliche Peripherie. Am auffälligsten war eine erhöhte Maschinengewehrstellung im Zentrum des Lagers, gut befestigt und sogar jetzt bemannt.

Plötzlich erklang hinter ihnen ein Schrei. Alberto fuhr zusammen. »Die Soldaten«, murmelte er. »Sie schnell näher kommen.«

»Aber die Ablenkung«, keuchte Jamie. »Pietro...«
»Sie nicht solange aufgehalten hat, wie ich hoffte, Amerikaner. Wir jetzt zuschlagen. Du mitkommen. So tun, als ob zu uns gehören. Wir Reißverschluß am Hosenstall zuziehen, damit jeder, der uns sieht, glaubt, wir gepinkelt haben. Dann weitergehen. Du sehen diese Dinghis da am Wasser?«
»Ja.«
»Du eins nehmen. Zum nächsten Boot rudern. Schlüssel in Anlasser stecken.«
»Tolle Sicherheitsvorkehrungen.«
»Keiner will verantwortlich sein, wenn Schlüssel verloren haben.« Er atmete tief durch. »Jetzt. Wir gehen.«
Als Jamie in das Camp ging, kam es ihm vor, als habe sich ein Teil von seinem Körper getrennt und beobachte von außerhalb das Geschehen. Zum Teil war die Erschöpfung dafür verantwortlich, zu einem wesentlich größeren die Furcht. Er verhielt sich, wie Alberto es ihm aufgetragen hatte, und als der junge Anführer ihn knabenhaft verspielt anstieß, rempelte Jamie zurück. Arturo und Alex schlugen sich auf die Schultern. Nur Tomas beteiligte sich nicht an der kleinen Schauspielerei und blieb aufrecht und reglos wie immer. Ihre Gewehre hatten sie in einem Gebüsch neben dem Stacheldrahtzaun versteckt. Alle bis auf Jamie trugen amerikanische Pistolen vom Kaliber .45 in den Gürteln, Überbleibsel aus vergangenen Kriegen und vergangenen Zeiten. Ihre weite Kleidung verbarg die Waffen zwar, doch gegen die überwältigende Feuerkraft um sie herum würden die Pistolen nicht viel ausrichten können.

Als sie die Mitte des Lagers erreicht hatten, blieb Tomas zurück, bückte sich und tat so, als müsse er sich einen Schuh zubinden. Alberto warf ihm kurz einen finsteren Blick zu, schien dann jedoch seine Absicht zu begreifen, während Jamie verwirrt dastand. Alberto rief auf spanisch etwas einem Einheimischen zu, der Säcke von der Ladefläche eines Lastwagens hob. Der Mann nickte und winkte ihn zu sich.

»Wir diesen Mann benutzen, um uns einzuschleichen«, flüsterte Alberto. »Wenn wir dort sind, ich dir etwas auf spanisch zurufen. Ich dir den Befehl geben, etwas von dem weißen Boot zu holen, das nächste, das dort am Ufer vertäut. Nicke einfach und gehe los. Sieh nicht zurück. Du dich schnell bewegen, aber nicht zu schnell. Wie beim Football. Klar, Amerikaner?«

»Ja«, sagte Jamie und versuchte zu lächeln.

»Wenn Ärger geben, wir dir helfen. Aber was auch passiert, du nicht stehenbleiben. Nicht umdrehen.«

Mit den nächsten paar Schritten erreichten sie den Bauern, der die Lieferung entlud, und Alberto gab ihm wie angekündigt auf spanisch Befehle. Jamie gab sein Bestes, um dumm auszusehen, ein tumber Ochse, der von einem Jungen Anweisungen entgegennimmt. Hinter sich hörte er, wie Alberto etwas sagte, wahrscheinlich einen Witz über ihn riß, und dann alle lachten.

Jamie drehte sich nicht um. Das Flußufer und das dort liegende Dinghi hatten nun seine ungeteilte Aufmerksamkeit. Er hielt die Schultern straff, erwartete, daß ihm jeden Augenblick jemand etwas zurief. Doch Alberto hatte recht gehabt. Zu dieser frühen Stunde waren noch nicht viele Soldaten im Lager wach, und die wenigen, die schon aufgestanden waren, schenkten ihm nicht die geringste Beachtung. Er erreichte das Dinghi und schaute zum anderen Flußufer. Nur noch anderthalb Kilometer nach Honduras, zur Freiheit. Er zog das Dinghi ins Wasser und schritt ihm nach. Er war zu nervös, um ganz beiläufig hineinzuklettern, und befürchtete schon, seine unbeholfenen Versuche könnten Aufmerksamkeit vom Ufer auf sich lenken. Dann erinnerte er sich an seine Tarnung als dummer Ochse. Falls ihn jemand beobachten sollte, würde seine Unbeholfenheit für ihn arbeiten. Endlich gelang es ihm, sich in das kleine Ruderboot zu schwingen.

Er hatte sich bereits entschlossen, Alberto in einer Hinsicht nicht zu gehorchen: das nächste Boot, das weiße, war eine Kabinenyacht und nicht besonders schnell. Aber ein paar Meter dahinter lag ein hellblaues Schnellboot vertäut. Dieses Boot würde Jamies Zwecken besser genügen und ihm die Geschwindigkeit geben, die er so dringend brauchte.

Jamie ergriff die Ruder und entfernte sich schnell vom Ufer, hielt die Blicke jedoch darauf gerichtet. Er wollte sich schon entspannen, als er sah, wie eine Gruppe Soldaten aus dem Wald brach und zum Lager lief. Zweifellos handelte es sich dabei um die Männer, die ihn verfolgt und nun – endlich – eingeholt hatten. Obwohl es keine echten Soldaten waren, würden ihre Uniformen jeden täuschen, besonders zu einer so frühen Stunde in einem Grenzlager, das von einfachen Leuten vom Lande bewohnt war. Die Rufe und Gewehrschüsse, die die ankommenden Truppen in die Luft feuerten, holten die im Lager stationierten Soldaten aus den Betten und ließen sie zu ihren Posten eilen. Offensichtlich ging irgendeine große Sache vor, und wenn sie falsch reagierten, würde es sie teuer zu stehen kommen.

Jamie legte sich kräftiger in die Ruder und hielt dem blauen Schnellboot entgegen. Er sah, wie die Männer aufgeregt durcheinanderliefen und die, die sich nur als Soldaten getarnt hatten, sich unter die echten Truppen mischten. Die Landarbeiter wurden unsanft zusammengescheucht. Schließlich sahen einige zum Fluß hinüber, zu den Booten. Zu ihm. Zuerst zögerten sie, aber nicht lange. Bevor Jamie das Schnellboot erreicht hatte, liefen einige der uniformierten Gestalten das Ufer entlang und richteten Gewehre auf ihn. Befehle wurden gerufen, Gesten machten die anderen darauf aufmerksam, daß ihr Opfer entdeckt worden war.

Jamie blieb nichts anderes übrig, er ruderte weiter und duckte sich in Erwartung der Kugeln, die ihm bald um den Kopf fliegen würden.

Doch anstatt der erwarteten Gewehrschüsse drang ein anderes Geräusch an seine Ohren. Alberto und zwei andere Jungen hatten ihre .45er gezogen und schossen auf die Soldaten, die ins Visier genommen hatten. Anscheinend hatten sie sie völlig überrascht; die erste Salve fällte die Uniformierten wie Dominosteine, und die anderen gingen in Deckung, um sich neu zu formieren. Damit hatten die Jungen Jamie genau die Zeit verschafft, die er brauchte, um das Schnellboot zu erreichen. Er schwang sich über die Reling, doch sein Blick blieb auf das Ufer und den dort wütenden Kampf gerichtet. Einer der jüngeren Knaben, Alex, wie er glaubte, benutzte die kurze Verwirrung, um vorwärtszustürmen und sich einige Maschinengewehre zu schnappen, die an einer Hüttenwand gelehnt standen. Er warf sie Alberto und Arturo zu und warf sich dann flach auf den Boden, um den Salven zu entgehen, mit denen die Soldaten ihn nun eindeckten.

Alberto flog auch in den Sand, drehte sich, das Maschinengewehr in den Händen, herum und schoß in die Richtung, in die sich die Soldaten zurückgezogen hatten. Arturo feuerte mit dem zweiten Maschinengewehr, während er mit Alex rückwärts zurückwich, der Deckung entgegen, die die provisorische Tankstelle und die Hütten boten.

Jamie holte den Anker des Schnellbootes ein und suchte nach dem Anlasser. Der Schlüssel steckte tatsächlich. Der Motor sprang sofort an, doch Jamie zögerte, anstatt über den Coco nach Honduras zu fahren.

Mittlerweile hatten die Soldaten die Jungen unter Dauerfeuer genommen, und auch Alberto mußte sich zurückziehen. Sowohl die Soldaten, die Jamie verfolgt hatten, als auch die Streitkräfte des Lagers griffen sie trotz ihrer heftigen Gegenwehr tapfer an. Die Jungen versuchten, hinter den Benzinfässern Schutz zu finden, doch die Kugeln durchschlugen den Stahl, und der Treibstoff ergoß sich über den Strand. Die Lage schien hoffnungslos und wäre es auch gewesen, hätte Tomas sie nicht herausgehauen.

Er mußte sich irgendwie zu Anfang des Chaos zu dem Maschinengewehrstand durchgeschlagen und den Wachposten dort überwunden haben. Nun drehte er das Maschinengewehr und eröffnete das Feuer, schoß mitten in die dichteste Gruppe der Soldaten und nutzte den strategischen Vorteil des erhöhten Standes voll aus. Alberto und die jüngsten Knaben nutzten den plötzlichen Vorteil aus, indem sie das Feuer auf diejenigen Soldaten eröffneten, die vor den Salven fliehen wollten.

Sie gewinnen!

Jamie legte den Gang ein, gab Gas und riß gleichzeitig das Steuerrad herum. Die Nase des Bootes hob sich und senkte sich dann wieder, als Jamie etwas Gas zurücknahm. Der Vorteil, den sich die Jungen verschafft hatten, war nur befristet. Bald würden sie niedergemacht und dahingemetzelt werden. Sie hat-

ten ihm geholfen, und nun würden sie dafür sterben. Außer...
außer...

Der Kasten für Notfälle blitzte vor seinen Augen auf. Er war unter dem Steuerrad befestigt. Jamie zerrte ihn los und öffnete ihn. Darin befand sich eine Leuchtpistole und drei Leuchtkugeln, genau das, worauf er gehofft hatte. Den Kasten mit einer Hand festhaltend, riß er das Boot herum und raste dem Ufer entgegen.

Das Dröhnen des überdrehten Motors übertönte die Geräusche auf dem Ufer, doch er konnte genau sehen, was dort vor sich ging. Das Feuer der Soldaten hatte sich auf Tomas konzentriert. Aus allen Richtungen deckten ihn Kugeln ein, und als die Soldaten schließlich ungehindert zu dem Maschinengewehrstand liefen, wußte Jamie, daß Tomas tot war. Und wenn er nicht etwas unternahm, würden die anderen ihm bald folgen.

»Alberto!«

Jamies Schrei verlor sich in dem Wind, der gegen sein Gesicht schlug, doch er kümmerte sich nicht darum und rief den Namen des Jungen noch einmal. In diesem Augenblick bedeutete sein Leben ihm nichts, und er war noch nie so furchtlos gewesen. Alberto und die beiden anderen Jungen waren rettungslos verloren; sie hatten keine Munition mehr, und einer von ihnen war offensichtlich verletzt. Jamie rief zum dritten Mal Albertos Namen.

Diesmal hörte der den Schrei und drehte sich zu dem Schnellboot um, das zur nicaraguanischen Seite des Flusses raste. In seinem Gesicht zeigten sich Überraschung und Dankbarkeit. Die beiden anderen Jungen mit sich zerrend, lief er zum Ufer.

Sie werden es nicht schaffen...

Jamie überkam wieder die Angst, als er nach der Pistole griff und die erste Leuchtkugel hineinschob.

Alberto hatte das Wasser erreicht, war jedoch von einer Kugel ins Bein getroffen worden und ging unter. Arturo warf sich über ihn, und Jamie sah, wie sein Kopf explodierte, einfach unter der Wucht der Kugel auseinanderbrach.

»*Arschlöcher!*«

Jamie feuerte die Leuchtkugel ab.

Während die Kugeln die Benzintanks lediglich durchbohrt hatten, zündeten die Flammen den Treibstoff an. Augenblicklich schoß eine hohe Flammenwand in die Luft und breitete sich überall dort aus, wo das Benzin geflossen war. Pechschwarzer Rauch erhob sich am Flußufer und trennte die Jungen von den Soldaten. Das Schnellboot hatte das Ufer fast erreicht, und Jamie riß das Steuerrad im letzten Augenblick herum, bevor er gestrandet wäre.

»Komm schon!« rief er Alberto zu, der durch das Wasser humpelte und einen bewußtlosen Alex mit sich zerrte. Der tote Arturo war vom Fluß davongeschwemmt worden.

Die Soldaten schossen mit ihren Gewehren blindlings und ungezielt in die Feuerwand. Jamie griff nach Arturos ausgestreckter Hand und zog ihn und Alex ins Boot. Im gleichen Augenblick riß er das Schnellboot herum und gab Gas. Die beiden Jungen brachen in dem Boot zusammen.

Alberto hob den Kopf. »Du ein Narr, Amerikaner.«

»Spar dir das für die andere Seite«, erwiderte Jamie, während die Nase des Schnellbootes über die Wellen preschte und weiße Gischt aufwühlte.

Sechzehntes Kapitel

Colonel José Ramon Riaz musterte Hauptmann Maruda über den Tisch hinweg, der vor dem Zelt aufgebaut worden war.

»Es sind gute Männer, Colonel. Sie alle.«

»Und hat Esteban Ihnen bei der Auswahl geholfen, Hauptmann?«

Maruda nahm kurz sein rotes Stirnband ab und steckte sein Haar wieder darunter. »Er hat mich um meinen Rat gebeten, ja.«

Die Insel mit dem Trainingsgelände lag dreißig Kilometer vor der Küste Nicaraguas. Sie war völlig verlassen und sowohl für Einheimische wie auch für Touristen absolut uninteressant.

Dennoch patrouillierten für den Fall, daß sich ihr jemand zufällig oder sonstwie näherte, Boote vierundzwanzig Stunden am Tag in ihren Gewässern. Die Insel selbst war beträchtlich größer als die, die sie bei der Operation Donnerschlag einnehmen würden, doch die genauen Abgrenzungen des Zielgebiets waren eingezäunt worden, damit sie ihre Manöver im genauen Maßstab abhalten konnten.

»Ja, Hauptmann«, gestand Riaz ein. »Es sind gute Männer. Anachronismen, genau wie ich.«

»Colonel?«

»Sie tun, was man von ihnen verlangt. Sie stellen keine Fragen. Sie haben Ideale, doch ihre Hingabe gilt ihrer Pflicht. Wir werden viel von ihnen verlangen, vielleicht mehr, als wir rechtens dürften. Vielleicht mehr, als man erwarten kann, daß irgendein Mensch es gibt.«

»Ihr Leben?«

»Nein. Daß sie kaltblütig das Leben anderer Menschen nehmen. Das ist niemals leicht, Hauptmann. Glauben Sie mir.«

Maruda nickte, seine Zustimmung vortäuschend. Es war gut, daß Riaz schon nicht mehr mitspielte, als seine, Marudas, Karriere begonnen hatte. In der Tat hatte die Brutalität des Hauptmanns ihn schon vor seinem zwanzigsten Geburtstag zu einer Art Legende werden lassen. Im Krieg gegen die Contras mußten auch Kollaborateure und Sympathisanten bestraft werden. Zweimal hatte Hauptmann Maruda Gefangene an den Genitalien aufhängen lassen. Einmal hatte er eine Frau an den Brüsten aufhängen lassen, bis sich die Haken so tief in ihr Fleisch gegraben hatten, daß sie verblutet war. Als er Mitte Zwanzig war, hatte er gelernt, subtiler vorzugehen: Er tötete nun die Kinder der Kollaborateure anstatt die Kollaborateure selbst. Sein größter Geniestreich hatte jedoch letztendlich dazu geführt, daß er der Miliz zugeteilt worden war, während er damit gleichzeitig seine derzeitigen Auftraggeber auf sich aufmerksam gemacht hatte. Er hatte bei drei verschiedenen Gelegenheiten Eltern, die der Kollaboration verdächtigt wurden, unter der Anordnung, sie alle zu töten, falls sie sich weigerten, gezwungen, eins ihrer eigenen Kinder zu töten.

Maruda hatte niemals ein Geheimnis daraus gemacht, daß ihm seine Arbeit gefiel. Er verglich sich gern mit Colonel Riaz in dessen Tagen als *Diablo de la Jungla*. Aber eigentlich hatten sie nichts gemeinsam. Riaz verstand sich als Soldat und kämpfte mit Würde und Ehre. Der Tod war eindeutig ein notwendiges Übel für ihn, das er, wo immer möglich, vermied. Maruda hingegen kam es nur auf das Töten an; es war für ihn gleichzeitig Mittel und Zweck. An seinen neuen Arbeitgebern gefiel ihm besonders, daß sie es ihm ermöglichten, seine besten Fähigkeiten wieder einzusetzen. Dennoch betrachtete er den Colonel weiterhin über den Tisch hinweg mit vorgetäuschter Zustimmung.

»Wir treten bei dieser Mission gegen einen Feind an, der uns nichts getan hat«, sagte Riaz. »Sprechen Sie von Symbolen, soviel Sie wollen, aber wir müssen Waffen auf Menschen richten, auf Gesichter, die nicht verstehen, warum sie sterben müssen.«

»Sie werden nur sterben, wenn die Amerikaner es so wollen«, erinnerte Maruda ihn. »Sie drücken auf den Abzug, nicht wir.«

»Und doch sind die Geiseln, die wir nehmen, nicht die Menschen, die direkt für den Ruin unseres Landes verantwortlich sind.«

»Aber durch sie werden wir an die Verantwortlichen herankommen. Ohne diese Operation werden wir nur ein weiterer amerikanischer Satellit werden, eine hilflose, abhängige Puppe.«

»Sie klingen wie Esteban, eine hilflose und abhängige Puppe des NNSK.«

»Und doch müssen Sie mit dem übereinstimmen, was das Komitee versucht. Schließlich sind Sie ein Teil davon.«

»Ich *war* ein Teil davon, Hauptmann. Was ich nun tue, tue ich für mich. Ja, seit ich Esteban sagte, ich wolle diese Operation leiten, habe ich versucht, mir einzureden, Ihre Worte seien wahr. Es ist mir nicht ganz gelungen.«

»Aber, Colonel, die Dollars, die nach Nicaragua fließen, haben die Männer ausgebildet und die Waffen finanziert, die Ihre Familie getötet haben. Ohne die Operation Donnerschlag wird unsere ganze Nation sterben, wie Ihre Familie gestorben ist, und wenn nicht körperlich, dann zumindest ihr Geist.«

Riaz sah Maruda nun mit anderen Augen. »Halten Sie sich für einen Dichter, Hauptmann?«

»Ich halte mich für einen Soldaten.«

»Als Soldat muß Sie ein Teil der Logistik stören, mit der wir es bei dieser Mission zu tun haben.«

Riaz erhob sich und ging schweigend den sanft ansteigenden Hügel der Insel hinauf, bis er die hastig errichteten Gebäudefassaden erkennen konnte: sechs Stück von genau derselben Größe wie die des Zielgebiets. Im Gegensatz zu der richtigen Insel gab es auf dieser keine Felder oder anders kultivierte Flächen, so daß im größeren Umkreis Stacheldraht andeutete, wo sich im wirklichen Zielgebiet Bäume, Büsche und offene Flächen befinden würden.

»Die Bohrungen gehen ziemlich gut voran«, sagte Maruda, der Riaz gefolgt war.

»Hier bei diesem Modell«, erwiderte der Colonel. »In Wirklichkeit könnte es anders sein.« Er drehte sich zu Maruda um. »Wir werden das echte Ziel über eine Brücke erreichen, nicht wahr?«

»Ja.«

»Es stört mich, daß bei unserem Modell eine Nachbildung fehlt.«

»Die Logistik erwies sich als zu schwierig. Aber wir haben Fotos.«

»Der Maßstab läßt sich schwer abschätzen.«

»Das ist doch nur eine Formalität. Sie ist genau eine Meile lang, eher ein Damm, der leicht zerstört werden kann, um den einzigen Weg auf die Insel zu unterbrechen.«

»Und«, sagte Riaz, »den einzigen Weg von der Insel hinab.«

»Ich befürchte, daß unsere Versuche, Skylar ausfindig zu machen, gescheitert sind«, meldete Esteban dem Mann in Washington. Die Worte schnürten ihm die Kehle zu. »Er hat es heute morgen über die Grenze nach Honduras geschafft.«

In der nachfolgenden Stille hielt er den Atem an.
»War die Frau bei ihm?« fragte der Mann schließlich.
»Nach allem, was wir wissen, nicht.«
»Dann haben sie sich getrennt.«
»Meine Leute glauben, sie könnte bei dem Gefecht im Dschungel getötet worden sein.«
»Sie haben sich getrennt«, wiederholte der militärische Repräsentant der Walhalla-Gruppe. »Sie begreifen natürlich, daß die Operation aufgegeben werden muß, falls die Amerikaner den Mikrochip auf Skylars Körper vor uns finden.«
»Aber Colonel Riaz macht so gute Fortschritte auf der Insel. Ich dachte, vielleicht könnten wir .... äh ... den Zeitplan vorziehen.«
»Alles wurde zu genau geplant, um es jetzt noch zu beschleunigen. Außerdem ist das nicht Ihr Problem. Aber zwei Ihrer Probleme sind nun zu den meinen geworden. Chimera und Skylar. Sie haben mich in beträchtliche Verlegenheit gebracht.«
Esteban konnte wegen des Kloßes in seinem Hals kaum atmen. »Ich kann das erklären.«
»Ersparen Sie mir Ihre Erklärungen, Esteban. Halten Sie mich nur auf dem laufenden, welche Fortschritte der Colonel macht.«
»Ich höre, Roger.«
Die Nachricht, daß der Nationale Sicherheitsberater mit den neuesten Informationen über Pine Gap unterwegs zu ihm war, hatte den Präsidenten erreicht, als er sich gerade wieder der üblichen Tretmühle in der Folterkammer des Weißen Hauses unterziehen wollte. Als Doane eintraf, glänzte Schweiß auf dem Gesicht des Präsidenten. Er begann gerade mit seinem siebenten Kilometer auf dem Laufband, schaltete ein paar Gänge herunter und begnügte sich mit einem bescheidenen Trott. In der Nähe lehnte sich Charlie Banks gegen eine der Fitneß-Maschinen.
Doane schien Schwierigkeiten zu haben, der auf und ab hüpfenden Gestalt Bill Risemans Bericht zu erstatten. »Sir, die Informationen, die ich gerade bekommen habe, beziehen sich auf die Ursache der Explosion. Untersuchungen vor Ort und Analysen durch unser Team in Pine Gap haben bestätigt, daß

die Explosion und die nachfolgenden Ereignisse auf eine zufällige Freisetzung einer nicht richtig gelagerten Substanz zurückzuführen sind.«

»*Was* für eine Substanz?«

Roger Allen Doane zögerte. »Antimaterie«, sagte er schließlich.

Der Präsident stellte das Laufband auf Schrittgeschwindigkeit und wischte sich das Gesicht mit einem Handtuch ab. »Was zum Teufel haben die da in Pine Gap mit Antimaterie angefangen?«

»Sir, das Forschungsgesetz, das Sie unterzeichnet haben, gab ...«

»Augenblick mal!« brüllte Bill Riseman, gegen das Laufband angehend. »Das Gesetz, das ich unterzeichnet habe, wies lediglich einem Forschungsprojekt die übliche Summe mit den vielen Nullen zu ... Gebrauch von Antimaterie als Triebwerkskatalysator, oder? Das haben Sie mir doch persönlich verkauft. Wohin haben wir es geschickt? In die Schweiz, nicht wahr, Charlie?«

Der Stabschef des Präsidenten trat von der Fitneß-Maschine zurück. »An das Europäische Zentrum für Kernforschung.«

»Ist ein Teil diese Geldes in Pine Gap gelandet, Roger?«

»Ja, Sir, allerdings. Um die mögliche Verwendung von Antimaterie als Waffe zu erforschen.«

»Und haben Sie von diesem Projekt gewußt?«

»Ja, Sir, in der Tat.«

Der Präsident schaltete das Laufband wieder auf Laufgeschwindigkeit. »Gottverdammt, Roger, was geht hier vor? Ich habe Sie in diese Regierung geholt. Ich habe Ihnen vertraut. Wie konnten Sie so etwas zurückhalten?«

»Die Forschungen waren noch in den Anfangsstadien«, erwiderte Doane. »Da war eigentlich gar nichts zurückzuhalten. Und die Experimente in Pine Gap kamen den Arbeiten in der Schweiz sogar zugute, da dabei Anti-Protonen hergestellt wurden, die auch in Europa Nutzung fanden. Die Existenz von Antimaterie ist seit 1935 bekannt, das Problem war immer die Aufbewahrung. Und daran haben sie in Pine Gap gearbeitet, verstehen Sie?«

»Nein, ich verstehe nicht.«

»Ich bin kein Wissenschaftler«, sagte Doane seufzend, »aber ich will versuchen, es Ihnen zu erklären. Antimaterie ist genau das, was der Name besagt. Für jede Art von subatomarem Partikel bei normaler Materie gibt es einen entsprechenden Partikel aus Antimaterie, der dieselbe Masse, aber die entgegengesetzte elektrische Ladung hat. Zum Beispiel haben Protonen eine positive Ladung, während ihre Gegenstücke aus Antimaterie negativ geladen sind.«

»Ich glaube, ich bin noch weniger Wissenschaftler als Sie«, sagte der Präsident etwas atemlos. »Das kapiere ich nicht.«

»Stellen Sie sich Antimaterie als Spiegelbild normaler Atome vor: identisch, aber mit umgekehrten Eigenschaften. Das Explosionspotential ist darauf zurückzuführen, daß die beiden Elemente nur eine Millisekunde lang gemeinsam existieren können. Sobald sie miteinander in Kontakt kommen, werden beide zerstört und in Energie unvorstellbarer Größe umgewandelt.«

»Eine Explosion...«

»Stärker als eine Atomexplosion. Stärker als jede andere. Wie ich schon sagte, jahrelang bestand das Problem darin, Antimaterie aufzubewahren, zu lernen, wie man sie lagert. Da sie nicht länger als eine Millisekunde in Gegenwart normaler Materie bestehen bleiben kann, war ein elektromagnetischer Vakuumbehälter, in dem es keine subatomaren positiven Partikel gibt, die einzige Hoffnung.« Doane hielt inne. »Vor einiger Zeit schuf Pine Gap solch einen Vakuumbehälter. Dabei profitierten die Wissenschaftler von gleichzeitigen Experimenten zur Entwicklung keramischer Superkonduktoren.«

»Aber ihr Vakuum brach auf, nicht wahr? Ihr Behälter bekam einen Riß«, sagte der Präsident wütend. Doane wollte antworten, doch Bill Riseman winkte ab. Schweiß tropfte von seinem Gesicht, und er fuhr sich mit dem Ärmel über die Stirn. Bis er fortfuhr, beherrschte das Summen des Laufbands den großen Raum. »Sie haben gewaltige Scheiße gebaut, und als Ergebnis bekam Australien einen Krater von der Größe Rhode Islands. Sagen Sie, Mr. Doane... wieviel Antimaterie war dazu nötig? Wieviel von dem Zeug wurde freigesetzt, schuf ein

Loch von solcher Größe und brachte im Umkreis von zweitausend Kilometern in jeder Richtung ganz Australien zum Beben?«

»Etwa die Masse einer Murmel.«

»Großer Gott...«

»Ich fürchte, da ist noch etwas, Mr. President. Unser Team vor Ort konnte mit absoluter Sicherheit feststellen, daß sich die Explosion in der siebenten unterirdischen Etage von Pine Gap ereignete.«

»Na und?«

»Alle Arbeit mit Antimaterie wurde in der neunten unterirdischen Etage durchgeführt.«

Als der Präsident diese Worte hörte, stellte er das Laufband ab und sah zu Doane hinab. »Das verstehe ich nicht ganz, Roger. Zuerst erklären Sie mir, Pine Gap wäre bei einer Antimaterie-Explosion vernichtet worden, und jetzt sagen Sie, es sei auf einer Etage zu der Explosion gekommen, auf der es gar keine Antimaterie gab.«

»Das ist das Problem, Sir.«

»Nein, Mr. Doane, das *war* das Problem. Jetzt liegt unser Problem darin, herauszufinden, wie das passieren konnte.«

Zweiter Teil

PINE GAP

Australien: Montag, fünfzehn Uhr

Siebzehntes Kapitel

Chimera hätte sich fehl am Platz gefühlt, auch wenn sie nicht die einzige Frau in der verqualmten, stickigen Bar in Poria gewesen wäre.

»Aye, Miss, Kirby Nestler kommt ziemlich oft hierher. Aber seit gestern hab' ich ihn nicht mehr gesehen. Was wollen Sie von ihm?« fragte der Barkeeper sie.

»Ich habe nur etwas Geschäftliches mit ihm zu besprechen.«

»Ach, ja? Wie wäre es, wenn ich Ihnen erkläre, wie Sie zu seinem Haus kommen?«

»Das würde ich zu schätzen wissen.«

Sie schob das Geld über die Theke, und der Barkeeper ergriff es, als habe er Angst, sie könne es sich anders überlegen.

»Drei Kilometer in westlicher Richtung vor der Stadt«, erklärte er. »Sie sehen aber nur seinen Briefkasten. Kirbys Haus liegt ein Stück hügelabwärts.«

Chimera wollte sich erheben, doch der Barkeeper fuhr fort: »Wenn Sie das nächste Mal hier durchkommen, Miss« — er blinzelte — »gehen die Drinks auf Kosten des Hauses.«

Kirby Nestler war Cranes australischer Kontaktmann, der

ihm bei der Logistik seiner letzten Operation geholfen hatte. Sie hatte die Adresse der Bar in New York von Stein bekommen und wußte, daß Nestler zumindest gestern noch gelebt hatte. Ein langer Flug hatte sie nach Melbourne gebracht, von wo aus sie nach Adelaide weitergefahren war. Dort hatte sie einen Allrad-Jeep gemietet und war über Port Augusta in die Flinders Ranges gefahren. Die Landschaft war überraschend üppig und fruchtbar, vor allem wenn man bedachte, daß Poria, das nördlich von Leigh Creek lag, hauptsächlich vom Kohlenbergbau lebte.

Eher ein Dorf als eine Stadt, konnte sich Poria mit seinen knapp siebenhundert Einwohnern neben der Bar, die sie gerade verlassen hatte, lediglich zweier Gemischtwarenläden, einer Bank, die auch als Postamt diente, eines kleinen Hotels und eines Campingplatzes rühmen. Die Straße zu Nestlers Haus führte schon bald durch eine Einöde.

Chimera stellte fest, daß sie müde war, und öffnete alle Fenster des Mietwagens, um unterwegs nicht einzuschlafen. Bei solchen Gelegenheiten schweiften ihre Gedanken immer ab, und es überraschte sie nicht, daß sie an Crane denken mußte. Sie hatte ihm seine Bitte um ein Treffen in New York nicht abschlagen können und konnte sich auch nicht der Verantwortung entziehen, die er auf ihre Schultern geladen hatte, selbst wenn sie es gewollt hätte. Sie dachte erneut daran, wie er ihr im Hyatt vorgekommen war, ein verängstigter alter Mann, den seine Hände im Stich gelassen hatten.

Sie war die Beste, wie Crane der Beste gewesen war. Doch ihm in seinen Fußstapfen zu folgen hieß, das Schlechte wie auch das Gute in Kauf zu nehmen. Er war nicht allein gestorben, denn sie war bei ihm gewesen, und durch diese letzte Tat hatte er ihr erneut geholfen, sie geführt, ihr den Ausweg gezeigt, auch wenn man ihn ihm aufgezwungen hatte.

Sie tun das nicht für Crane. Sie tun es für sich selbst. Weil Sie Angst haben, so zu enden wie er, hatte der Buchhändler Stein in New York zu ihr gesagt.

Nein, erkannte sie nun, *ich tue das, weil er nicht zulassen konnte, daß ich wie er ende.*

Sie richtete die Aufmerksamkeit wieder auf die Straße, die zu Kirby Nestlers Haus führte. Sie war keineswegs so gerade, wie der Barkeeper es angedeutet hatte. In verschlungenen Kurven fiel sie weit mehr als die drei Kilometer ab, von denen die Rede gewesen war. Chimera wollte schon umkehren, als sie einen mitgenommenen Briefkasten entdeckte, der an einem wackligen Pfosten hing. Sie zog den Jeep auf die dahinterliegende Auffahrt. Plötzlich ging es steil hinab, und sie wurde kräftig durchgeschüttelt. Sie trat auf die Bremse und rutschte holpernd einem kleinen Haus entgegen. Das letzte Stück der Auffahrt führte wieder aufwärts, wodurch es ihr gelang, den Jeep endlich zum Stehen zu bringen.

Sie sprang hinaus, streckte sich im hellen Licht des Nachmittags und ging die Veranda zur Vordertür hinauf.

»Mr. Nestler?« rief sie, nachdem auf ein mehrfaches Klopfen niemand reagiert hatte. »Mr. Nestler?«

Sie drückte die Klinke hinab und stellte fest, daß die Tür unverschlossen war. Langsam trat sie ein, sich an die Hoffnung klammernd, daß sich Kirby Nestler im Haus befand und sie aus irgendeinem Grund nicht gehört hatte. Eine schnelle Durchsuchung der bescheiden eingerichteten, nicht aufgeräumten drei Zimmer zeigte ihr, daß das Haus leer war. Aber noch nicht lange; der Geruch nach Essen hing noch in der Luft. Chimera überlegte, ob Nestler vielleicht auf einem anderen Weg ins Dorf gefahren war; falls sie zu der einzigen Bar in Poria zurückkehrte, würde sie ihn wahrscheinlich dort finden. Sie beschloß, so vorzugehen, und verließ das Haus.

Sie war auf halber Strecke zu ihrem Jeep, als sie etwas bemerkte, das ihr Blut in den Adern gefrieren ließ. Fünfzehn gewaltige Krokodile, jedes mindestens drei Meter lang, lagen unter dem Jeep oder krochen um ihn herum. Chimera trat zurück, bis eine Mischung zwischen einem Zischen und einem Schnauben sie reglos verharren ließ. Sie drehte sich langsam um und stellte fest, daß vier weitere Geschöpfe unter der Veranda hervorkrochen. Schnelle Blicke auf beide Seiten enthüllten, daß sich weitere Krokodile näherten und ihr jeden Fluchtweg abschnitten.

Sie hatte mittlerweile die Pistole in der Hand, doch sie machte sich keine Illusionen über die Wirksamkeit der Waffe. Sie würde ein halbes Magazin brauchen, um ein einziges dieser Tiere zu töten, ganz zu schweigen von einem Dutzend. Sie konnte versuchen, zum Jeep zu laufen, doch die Tür zu öffnen und hineinzuspringen würde mehr Zeit kosten, als sie hatte. Sie konnte sich durch eine Lücke zwischen den Geschöpfen schlagen, doch wohin dann? Und ein Krokodil war doppelt so schnell wie sie. Sie mußte warten, bis die Tiere sie enger eingekreist hatten, und versuchen, sie so weit wie möglich von dem Jeep fortzulocken. Selbst dann blieb ihr kaum eine Chance, doch welche andere Möglichkeit blieb ihr noch?

Die Krokodile, die unter der Veranda hervorgekrochen waren, griffen plötzlich an. Chimera warf sich zur Seite, was sie in eine gefährliche Nähe zu zwei Tieren brachte, die vor dem Jeep lauerten. Ihre einzige Chance bestand darin, über sie hinwegzuspringen und dann...

»Halt!« befahl eine heisere Stimme.

Die Krokodile verharrten augenblicklich regungslos.

Ein großer, bärtiger Mann trat, eine Schrotflinte in der Hand, aus den Schatten neben dem Haus. Er war schlank und drahtig; sehnige Muskelbänder durchzogen seine Arme. Ein dunkles, am Bauch schweißnasses Top ließ seine Schultern und die behaarte Brust zum Teil frei. Er trug einen dicken Schnurrbart, der unter seinem dichten Haarschopf, der so dunkel war wie seine Brustbehaarung, seltsam bedrohlich wirkte.

»Lassen Sie die Waffe fallen, Miss.«

Chimera gehorchte.

»Sie haben dreißig Sekunden Zeit, Ihren Spruch aufzusagen, dann werfe ich Sie ihnen zum Fraß vor, Miss.«

»Sie sind Nestler!«

»Jetzt noch fünfundzwanzig...«

»Crane hat mich geschickt! Ich bin wegen Crane hier!«

»Tut mir leid. Kenne keinen Crane. Fünfzehn Sekunden, Miss.«

»Ein Amerikaner! Sie haben vor zwei Wochen mit ihm zusammengearbeitet, vielleicht auch vor zehn Tagen. Zwei Kisten, die Sie aus Pine Gap geschmuggelt haben.«

Nestler runzelte die Stirn. »Zurück!« schrie er seinen Geschöpfen zu.

Ein paar Krokodile wichen zögernd zurück, der Rest beäugte sie weiterhin hungrig.

»Zurück, sage ich!«

Die anderen zischten, als wollten sie Nestlers Befehl herausfordern, folgten dann aber ihren Artgenossen. »Ich habe diese Babies großgezogen«, sagte Nestler, legte das Gewehr über den Unterarm und trat näher. »Die Leute sagen, man könne sie nicht dressieren. Ich sage, Scheißdreck. Auf jeden Fall haben Sie jetzt meine Aufmerksamkeit, Miss.« Er beugte sich vor und hob ihre Pistole auf, war aber noch nicht bereit, sie ihr zurückzugeben.

»Sie erinnern sich an Crane.«

»Er nannte sich Mr. Bird.«

»Das paßt.«

»Wie bitte, Miss?«

»Nichts. Ich bin hier, weil ich herausfinden muß, wohin diese Kisten gebracht wurden.«

Nestler behielt sie mißtrauisch im Auge. »Wieso ist das Ihr Problem?«

»Mein Freund ist wegen dieser Kisten gestorben, Mr. Nestler«, sagte Chimera, nur zur Hälfte lügend. »Es war ihm sehr wichtig, daß ihr Inhalt den rechtmäßigen Besitzern zurückgegeben wird, und deshalb ist es jetzt wichtig für mich. Ich bin es ihm schuldig. Er hat mich vor langer Zeit gerettet.«

»Ihnen das Leben gerettet, was?«

»Das könnte man sagen.«

Nestler gab sich damit zufrieden. »Ja, er war ein guter Kerl. Bis zum Schluß aufrichtig. Hat mir mehr als genug bezahlt. Sagen Sie, wie heißen Sie überhaupt?«

»Crane nannte mich Matty. Die Abkürzung von Matira.«

»Und wie hieß er nun, Crane oder Bird?«

»Weder, noch. Leute wie wir benutzen nicht ihre echten Namen. Wir wählen einen anderen, der irgendwie ausdrückt, was wir sind, wie wir arbeiten.«

»Und wie ist der Ihre?«

»Chimera.«

»Was'n das?«

»Ein mythologischer Drache, der aus verschiedenen Teilen anderer Tiere besteht.«

»Auch ein Krokodil dabei?«

»Leider nicht.«

»Wie schade. Aber Sie können ja nichts dafür, Matty.« Nestler kniete nieder und streichelte eins der sich nur zögernd zurückziehenden Krokodile. »Machte als Junge mit ihnen Ringkämpfe. Kann Ihnen hundert Narben zeigen, aber das brachte mich auf die Idee, daß man sie dressieren kann. Ich schwöre, sie hätten mich umbringen können, als ich mit ihnen rang. Aber sie taten's nicht, weil es ihnen zuviel Spaß machte.« Nestler streichelte ein anderes Tier. »Wenn sie älter werden, werden sie oft zu störrisch, um sie zu halten. Dieser Wurf ist der beste bislang. Ich bin zu alt, um einen neuen zu dressieren, also werde ich wohl mit denen hier sterben.«

»Aber Sie wußten, daß jemand kommen würde. Sie haben damit *gerechnet* und waren darauf vorbereitet.«

»Verdammt richtig, Miss. Nach dem, was passiert ist, dachte ich mir, daß irgend jemand mir einen Besuch abstatten würde.«

»Wovon sprechen Sie?«

»Wenn Sie wegen Pine Gap hier sind, müßten Sie es wissen.«

»Ich bin wegen Crane hier, und wegen des Zeugs, das er aus Pine Gap herausgebracht hat.«

»Dann haben Sie ein Problem, Matty-Schatz, denn das gibt's nicht mehr.«

»Was gibt es nicht mehr?«

»Pine Gap.«

Chimera starrte Nestler wie vom Schlag getroffen an.

»Es ist weg. Ein großes Loch im Boden, wo es war, und in weitem Umkreis. Hab' mir gedacht, daß Ihr Freund das getan hat. Wenn jemand dahinter kommt, wird er wohl mal bei mir vorbeischauen.«

»Aber Sie sind geblieben«, sagte Chimera und versuchte, ihre Gedanken zu sammeln.

Nestlers Blick glitt über seine Krokodile. »Ich geh' nirgendwo hin, wo ich diese Mistkerle nicht mitnehmen kann. Kommen

Sie da mit? Sie wissen, was Freundschaft und Loyalität ist, also müßten Sie's verstehen.«

»Aber was ist mit Pine Gap passiert?«

»Wurde in die Höhe gejagt und hat einen verdammt großen Teil der Erde mitgenommen. Es ist nur ein Loch übriggeblieben, das vielleicht bis zur anderen Seite geht. Sie brauchen 'ne Million Tage, um da durchzuspucken. Sie ham dem verdammten Land natürlich gesagt, es sei ein Erdbeben. Die Gegend ist dichter zu als der Arsch von 'nem Schwulen, aber vor den Aborigines können Sie nichts geheim halten, denn die sprechen ja mit dem Land. Die Erde muß ihnen die Wahrheit gesagt haben, Matty-Schatz.«

»Glauben Sie, das Land kann ihnen sagen, wo diese Kisten geblieben sind?«

»Das nicht gerade, aber vielleicht interessiert Sie was anderes. Die Aborigines haben nicht nur über das Loch gesprochen, was jetzt da ist, wo früher Pine Gap war. Scheinbar ist eine ganze Armee da aufmarschiert und hat ein Lager errichtet. 'ne Zeitlang ist eine riesige Transportmaschine nach der anderen da gelandet. Die Amis, so heißt es, packen jede Menge Menschen, Maschinen und Meilen von Kabeln in 'ne Siedlung. Circuit Town, so nennen die Aborigines sie.«

Noch während Chimera diese Fakten verdaute, entstand in ihr schon ein neuer Plan. »Können Sie mich dorthin bringen?«

»Ich bin Fremdenführer, Matty-Schatz. Davon lebe ich.«

»Warten Sie. Ich brauche einige Vorräte und Ausrüstungen, nicht unbedingt die gängigen . . .« Sie zählte sie auf und fragte: »Können Sie das auftreiben?«

Kirby Nestler blinzelte und gab ihr die Pistole zurück.

»Ein Mann, der Krokodile dressieren kann, Schätzchen, kann alles.«

Sie flogen mit einer Privatmaschine nach Alice Springs. Der Flughafen in ›The Alice‹ war seit der Explosion, die Pine Gap vernichtet hatte, geschlossen, doch Nestler kannte den Mann, dem er gehörte, und hatte alle nötigen Vorkehrungen getroffen.

Er hatte auch dafür gesorgt, daß ein Jeep dort auf sie wartete, der sie weiter ins Nördliche Territorium und ins Outback um Pine Gap bringen sollte.

Sie verließen The Alice auf der Tatami-Straße in nordwestliche Richtung. Während sie allmählich immer tiefer in das Outback der Simpson-Wüste eindrangen, wurde die Hitze immer intensiver und die Luft immer trockener.

»Lassen Sie sich dadurch nicht täuschen, Matty-Schatz«, sagte Nestler. »Wenn wir heute abend in Cicuit Town ankommen, brauchen Sie 'ne Jacke, um nicht zu frieren.«

Bevor sie losgefahren waren, hatte Nestler am Flughafen eine Landkarte über einen Tisch ausgebreitet und ihre Strecke darauf mit einem langen, schmalen Finger bis zu einem roten X nachgezogen.

»Das ist — war — Pine Gap. Von dort aus kann man zur Grenze Westaustraliens rüberspucken. Wie die Aborigines so erzählen, erstreckt sich der Krater über den Wendekreis des Steinbocks in südliche Richtung bis auf vielleicht hundertfünfzig Kilometer nach Ayers Rock hin. Im Norden haben sie ihn noch nicht vermessen. Das Land, durch das wir fahren, gehört den Ureinwohnern, und man braucht einen Paß, um es durchqueren zu dürfen. Ich stehe mich aber gut mit den Aborigines, so daß wir uns in dieser Hinsicht kein Kopfzerbrechen machen müssen.«

»Die Ausrüstung, die ich brauche, ist nicht im Jeep.«

»Machen Sie sich keine Sorgen, Matty-Schatz, wenn wir sie brauchen, wird sie dort sein.«

»Wir müssen aber ziemlich nah an Circuit Town heran. Das Risiko, gesehen zu werden, ist sehr groß.«

»Keine Panik. Wir verbergen uns in den Hügeln.«

»Aus der Karte geht hervor, daß das Land um Pine Gap völlig flach ist.«

»Das war früher mal so.«

Eine Gruppe Ureinwohner wartete an einem vereinbarten Treffpunkt drei Kilometer vor Circuit Town auf sie. Sie bewachten den Jeep, während Chimera und Kirby Nestler zu Fuß weitergingen.

Die Dämmerung hatte sich gesenkt, und wie Kirby es vorausgesagt hatte, brauchte Chimera eine Jacke, um die Kälte abzuhalten. Sie hatten über vier Stunden gebraucht, um hierher zu gelangen, und die Fahrt war zum größten Teil holprig und unbequem gewesen. Ganz zu schweigen von dem unsäglichen Durst, der Chimera quälte. Ganz gleich, wieviel Wasser sie trank, sie konnte die Trockenheit in ihrem Mund nicht lindern, und sie sehnte sich nach der Kühlheit der Nacht.

Das Gelände, das sie durchquerten, war hügelig und unregelmäßig. An einigen Stellen hob sich das Land, an anderen fiel es steil ab. Es gab Hügel und Senken, wo es vor zwei Wochen nichts gegeben hatte. Ein paarmal entdeckte Chimera Risse in der Erdoberfläche, die wie Stiche über eine klaffende Wunde des Planeten verliefen.

Die Lichter von Circuit Town waren schon aus über einem Kilometer Entfernung zu sehen, ein dumpfer Glanz, der sich in ein helles Schimmern und schließlich ein fast taghelles Strahlen verwandelte. Die nächsten Hügel, von denen aus man die behelfsmäßige Ansiedlung überblicken konnte, befanden sich kaum hundert Meter von ihr entfernt.

»Da wären wir, Matty-Schatz«, verkündete Nestler und drückte ihr ein Fernglas in die Hand.

Sie sah hindurch und machte einige Nissenhütten, Wohnwagen, bescheidene Fertighäuser und Zelte aus. Alles war rein funktionell errichtet worden, ohne die geringste Verschwendung an Platz oder Arbeitskraft.

Hinter Circuit Town war — gar nichts. Sie konnte von dem gewaltigen Krater, den die Explosion in Pine Gap erzeugt hatte, lediglich einen dunklen Fleck ausmachen, und selbst der wurde fast völlig von darüberhängenden Staubwolken verdeckt.

Was kann das verursacht haben? wagte sie sich endlich zu fragen. Der Anblick ließ sie heftiger zittern als die Kälte. *Was in Gottes Namen...*

»Jau«, sagte der große Mann, noch immer durch sein Fernglas sehend. »Genau, wie die Aborigines es gesagt haben.«

»Was ist mit der Ausrüstung, um die ich gebeten habe?«

»Ein Computer fehlt noch, sonst ist alles da«, erwiderte Nestler blinzelnd.

»Wie haben Sie das geschafft?«

»Die Aborigines. Sie haben gestohlen, was Sie angefordert haben.«

»Wo?«

»Wo schon? In Circuit Town natürlich.«

»Sie müßten jeden Augenblick hier sein«, fuhr Nestler fort.

Da man nicht mit Eindringlingen oder Störenfrieden rechnete, waren die Sicherheitsvorkehrungen in und um Circuit Town ziemlich lasch. Und selbst wenn das nicht der Fall gewesen wäre, hätte Chimera nicht die geringsten Zweifel gehabt, daß die Aborigines das Material, das sie verlangt hatte, aus der Ansiedlung stehlen könnten, ohne bemerkt zu werden.

»Machen Sie sich nicht die Mühe, nach den Aborigines zu suchen, Matty«, sagte Nestler, der anscheinend ihre Gedanken lesen konnte. »Sie werden sie nur sehen, wenn *sie* es wollen.«

Wie Nestler es vorausgesagt hatte, sah sie die Ureinwohner zum ersten Mal, als sie direkt neben dem Fremdenführer auftauchten und ihm einen staubbedeckten Psion-Laptop gaben. Der tragbare Computer hatte einen Speicher von vierzig Megabyte und ließ sich mit einem Batteriesatz achteinhalb Stunden lang betreiben. Die modernste Maschine ihrer Art und wie dazu geschaffen, mitten Im Outback Daten zusammenzutragen und zu analysieren.

»Sie haben das Ding in einer der Hütten da unten gefunden«, erklärte Nestler. »Es müßte genau das sein, was Sie verlangt haben.«

Das war es in der Tat. Chimera klappte den kleinen Bildschirm auf und schaltete den Psion ein. Sie hoffte, daß alle Daten, die Washington über Pine Gap besaß, der schnellen Zugänglichkeit vor Ort halber in dem Gerät gespeichert sein würden. Und da sie nicht mit Besuch gerechnet hatten, würden die Daten kaum durch komplizierte Kodewörter oder Zugangsprozeduren gesichert sein.

»Sie glauben, damit herausfinden zu können, wo diese Kisten geblieben sind, die Ihr Freund gestohlen hat, Schatz?« fragte Nestler.

»Wenn nicht das, dann zumindest einige Hinweise darauf, wie er die Sache durchgezogen hat und wer ihm in Pine Gap dabei geholfen hat. Das wäre ein Anfang.«

Chimera rief das Festplattenmenü auf und atmete tief durch. Es war alles da, alles. Sie verschaffte sich Zugang zu den gespeicherten Analysen, drückte zweimal auf die Returntaste und überflog dann die Berichte, die die vor Ort arbeitenden Teams eingegeben hatten. Die meisten Daten waren uninteressant für sie, doch ein Wort ließ ihren Finger über dem Bildschirm gefrieren:

Antimaterie.

Sie sah genauer hin und blinzelte ungläubig.

»Das kann nicht sein«, murmelte sie. »So etwas gibt es nicht.«

»Was meinen Sie?«

»Antimaterie«, wiederholte Chimera. »Dieser Bericht beschreibt, wie Pine Gap zerstört wurde, nachdem zufällig Antimaterie freigesetzt wurde.«

»Hab' nie davon gehört.«

»Mein Gott«, sagte Chimera fast zu sich selbst. »Pine Gap muß eine Möglichkeit gefunden haben, sie sicher aufzubewahren. Zumindest glaubten sie das ...«

»Ich komme da nicht mit, Matty.«

»Macht nichts. Die Teams in Circuit Town haben alle Daten gesammelt, die wir brauchen. Mal sehen, ob wir noch was finden ...« Sie kehrte ins Menü zurück und drückte ein paar andere Tasten.

»Was machen Sie jetzt?« fragte Nestler.

»Ich überprüfe die Einträge des Tages, an dem Sie und Crane die Kisten mit diesem Quick Strike herausgeschmuggelt haben. Ja, hier hab' ich's. Da stehen sie verzeichnet. Ich spare mir die Mühe, den Inventarkode zu überprüfen, denn den haben sie mit Sicherheit gefälscht.«

»Wer?«

»Das muß ich als nächstes herausfinden.«

Chimera wußte, wie Crane arbeitete und wie er seinen Kontaktmann in Pine Gap schützen würde. Sie rief die Personaleinträge für den betreffenden Tag und alle folgenden auf. Keine außergewöhnlichen Vorkommnisse. Das gesamte Personal war anwesend und eingetragen. Enttäuscht fragte sie sich, wie sie jetzt vorgehen sollte.

Sie ging vier Tage *vor* den Diebstahl zurück, doch das Ergebnis blieb gleich. Alle waren eingetragen. Das Personal von Pine Gap arbeitete in Drei-Monats-Schichten, in denen es den Komplex niemals verließ. Crane konnte diese Sicherheitsvorkehrung nicht durchdrungen haben, hatte es wahrscheinlich auch gar nicht versucht. Doch hatte er jemanden gefunden, dem dies möglich gewesen wäre? In diesem Fall wahrscheinlich jemanden, der gerade seine letzte Schicht hinter sich gebracht hatte. Also war sein oder ihr Name aus den Personaleinträgen entfernt worden. Da die betreffende Person wußte, daß sie niemals nach Pine Gap zurückkehren würde, konnte sie ungestört vorgehen.

Unter dem Licht von Nestlers Taschenlampe huschten Chimeras Finger erneut über die Tastatur.

»Was haben Sie gefunden, Matty?«

»Ich bin mir nicht ganz sicher. Mal sehen...«

Sie holte eine Liste des Personals auf den Bildschirm, dessen letzte Schicht innerhalb einer Woche vor dem Tag endete, an dem Crane die Kisten aus Pine Gap geschmuggelt hatte. Fünf Namen – und deren jeweils letzte Adresse – leuchteten auf dem Bildschirm auf.

»Einer davon hat ein komisches Kreuz hinter dem Namen«, stellte Nestler fest. »Was hat das zu bedeuten?«

»Anscheinend, daß er tot ist«, gab Chimera zurück. »Mal sehen, ob wir ein paar Einzelheiten aufrufen können... Der Mann kam, zusammen mit seinem Sohn, bei einem Verkehrsunfall um, zwei Tage nachdem die Kisten rausgingen, und zwei Tage bevor Pine Gap in die Luft flog.«

»Dann haben wir wohl nur noch vier.«

»Nein, Kirby. Ich habe gefunden, was ich suchte.«

»Der Tote?«

»Sie haben ihn getötet, weil er dazugehörte, genau, wie sie Crane getötet haben. Aber vielleicht haben sie Spuren hinterlassen. Gehen wir, Kirby«, sagte sie und prägte sich die Adresse des Toten ein. »Auf nach Melbourne.«

Achtzehntes Kapitel

»Beantworten Sie meine Frage, Mr. Danzig.«

Der Botschaftsattaché sah die kalte Entschlossenheit auf Jamies Gesicht und zuckte einfach mit den Achseln. »Das übliche Vorgehen.«

»Zwei bewaffnete Wachen vor der Tür eines Mannes, der gerade freiwillig hereinmarschiert ist?«

»Sie sind nicht einfach hereinmarschiert«, berichtigte der Attaché, der nicht viel älter als Jamie zu sein schien. »Sie wurden von amerikanischen Militärberatern hereingebracht, nachdem Sie sich ein Schnellbootrennen auf dem Coco geleistet haben.«

»Wortklaubereien.«

»Das übliche Vorgehen«, wiederholte Danzig. »Für den Fall, daß Sie es vergessen haben – Sie sind, wie Sie selbst eingestanden haben, mit einer ziemlich wilden Geschichte auf unserer Schwelle erschienen.«

»Von der jedes Wort wahr ist«, sagte Jamie und erhob sich. »Sagen Sie mir einfach, wann ich nach Hause zurückkehren kann.«

»Wir treffen die nötigen Vorkehrungen. So schnell wie möglich, das versichere ich Ihnen.«

»›So schnell wie möglich‹ war nach meiner ersten Nacht hier vorbei. Ich habe Ihnen gesagt, was ich Ihnen sagen mußte, und will nicht undankbar erscheinen. Ich habe von Mittelamerika aber die Nase voll. Verzeihen Sie mir, daß ich mir nicht den Rest von Honduras ansehen will.«

Danzig zuckte die Achseln und ging.

Das wenige, das Jamie von dem Land gesehen hatte, war ein schwacher Schimmer in seiner Erinnerung. Die Explosionen und der Schußwechsel auf der anderen Seite des Coco hatten die Aufmerksamkeit der honduranischen Truppen erregt, die ihn bei seiner Ankunft am Ufer erwarteten. Jamie ließ das Schnellboot aufs Ufer fahren und rief den Soldaten zu, ihm mit Alex und Alberto zu helfen. Beide waren verletzt, wenn auch nicht gerade schwer, und ein Hubschrauber flog sie alle in ein Militärlager, wo man sich um die Jungen kümmerte.

Derselbe Hubschrauber brachte Jamie zu einem Flugplatz, wo eine dunkle Limousine auf ihn wartete, mit Danzig auf dem Rücksitz. Jamie weigerte sich standhaft, etwas zu sagen, bevor er sich in der amerikanischen Botschaft in Tegucigalpa befand, und so verlief die Fahrt in aller Stille. In der Botschaft bekam er ein Zimmer mit Dusche und wurde allein gelassen, um sich herzurichten. Als er sich wieder wie ein Mensch fühlte, wurde er von einem Arzt untersucht, der seine Messerwunde und seine Rippen verband. Danach zog Jamie frische Kleidung an, die Danzig ihm besorgt hatte.

Er legte sich auf das Bett, um sich etwas auszuruhen, und öffnete die Augen erst wieder, als es — von einer schwachen Glühbirne abgesehen — dunkel im Zimmer war. Während er schlief, hatte jemand die Jalousien herabgelassen. Er begriff, daß er von einem Klopfen an der Tür geweckt worden war und stand auf, um zu öffnen.

»Alles in Ordnung, Mr. Skylar?« fragte Danzig.

»Ja. Aber nennen Sie mich nicht Mister«, entgegnete Jamie schläfrig. »Ich heiße Jamie. Was machen Sie da draußen, Wache stehen?«

»Sie sind unser Gast, Jamie. Ich wollte bei Ihnen sein, wenn Sie zu sich kommen. Wir müssen uns unterhalten. Wissen Sie noch?«

Jamie versuchte, sich zu strecken. »Mein Gott, es tut noch überall weh. Wie spät ist es?« Er blickte zu den geschlossenen Jalousien.

»Acht Uhr. Sie haben sechs Stunden lang geschlafen. Ich dachte, vielleicht haben Sie Hunger.«

»Da haben Sie richtig gedacht. Wie wäre es mit dem größten Steak, das Sie auftreiben können?«

»Gemacht«, sagte Danzig und ging zum Telefon auf Jamies Nachttisch.

»Wir können uns unterhalten, während ich esse.«

Danzig bat um die Erlaubnis, ihr Gespräch aufzunehmen, und Jamie schlang sein Essen herunter und sprach zwischendurch mit vollem Mund. Eine Weile unterbrach Danzig ihn mit Fragen, dann setzte er sich einfach zurück und hörte zu, von der Geschichte in den Bann geschlagen. Insgesamt brauchte Jamie zwei Stunden, um alles der Reihe nach zu erzählen — der Überfall, seine Flucht und Chimeras Behauptungen über die Hintergründe.

»Wann kann ich nach Hause zurückkehren?« fragte Jamie, als er fertig war.

»Sobald der Botschafter es zuläßt.«

»Was zuläßt?«

»Nur eine Formalität. Er ist gerade erst in die Botschaft zurückgekehrt. Ich sorge dafür, daß Ihre Aussage noch diese Nacht abgeschrieben wird und morgen zum Frühstück auf seinem Schreibtisch liegt.«

Mittlerweile war es fast schon Mittag, und über seinen Rückflug war noch kein einziges Wort gefallen. Das erinnerte Jamie seltsamerweise — und nicht, ohne daß er es mit der Angst zu tun bekam — daran, wie Hauptmann Maruda in Nicaragua mit ihm umgesprungen war. Nach außen hin immer schön höflich sein, während die Meuchelmörder schon in den Startlöchern warten. Er mochte sich zwar in der amerikanischen Botschaft befinden, doch er war ein Fremder, fern der Heimat, und vor seiner Tür standen Wachen. Warum? Um ihn zu schützen oder dafür zu sorgen, daß er blieb, wo er war?

Hör auf! Hör auf!

Doch die Paranoia griff nach ihm und umklammerte ihn wie eine kalte Hand um Mitternacht. Ein Klopfen riß ihn aus seinen Gedanken.

»Ich bin zurück, Jamie«, erklärte Attaché Danzig und öffnete die Tür. »Wir gehen nach oben.«

»Wird aber auch Zeit, verdammt noch mal.«

Gefolgt von den beiden Wachen, führte Danzig ihn den Gang entlang. Auf seinem Gesicht lag ein seltsamer, fast ängstlicher Ausdruck. Sie stiegen zwei Treppen hinauf, gingen vorbei an den Schildern, die zum ›Büro des Botschafters‹ führten, und betraten im dritten Stock einen Konferenzraum. Er war mit einem langen, dunklen Holztisch und mehreren Sitzecken eingerichtet. Danzig führte Jamie zu einem Sofa und hatte kaum auf einem Stuhl Platz genommen, als sich die Tür wieder öffnete. Danzig sprang wie von einer Wespe gestochen auf. Ein Mann in einem dunklen Anzug, dessen Haar an den Schläfen schon grau wurde, kam, eine Aktenmappe unter dem Arm, mit schnellen Schritten herein. Er hatte den steifen Gang eines Soldaten, der es gewöhnt war, stramm zu stehen, und ging an Danzig vorbei, ohne ihn im geringsten zu beachten.

»Ich bin Gordon Richards, Mr. Skylar. Geschäftsführender Direktor«, sagte er und schüttelte die Hand, die Jamie zögernd ausgestreckt hatte.

»Ich hatte den Botschafter erwartet«, sagte Jamie.

»Er ist leider indisponiert«, entgegnete Richards. »Ich kümmere mich um Sie.«

»Was meinen Sie mit ›um mich kümmern‹?«

»Dafür sorgen, daß Sie sicher nach Hause kommen. Das wollen Sie doch, oder?«

»Und das fällt in den Aufgabenbereich des Geschäftsführenden Direktors?«

Richards zwang sich zu einem Lächeln. »Unter anderem.«

»Sie sind nicht braun.«

Diese Bemerkung überraschte Richards völlig. »Wie bitte?«

»Ich sagte, Sie sind nicht braun. Alle anderen hier haben eine wunderschöne Sonnenbräune, und Sie könnten als Caspar, der freundliche Geist, durchgehen. Oder, Verzeihung, als Gespenst.«

»Sind Sie fertig?«

»Fast. Ihr Anzug ist zerknittert, Mr. Geschäftsführender Direktor. Sieht so aus, als hätten Sie gerade eine lange Flugreise hinter sich. Wie ist das Wetter in Washington?«

Richards sah zu Danzig hinüber. »Ich glaube, Sie können jetzt gehen.«

»Ich glaube, Sie können bleiben«, sagte Jamie augenblicklich, und der Attaché sah in die Luft, bis Richards' widerwilliges Nicken ihn dazu veranlaßte, sich wieder zu setzen.

»Das ist eine delikate Situation, Mr. Skylar«, sagte Richards dann. »Daß Sie prominent sind, macht sie noch komplizierter.«

»Ach ja? Wieso?«

»Das will ich Ihnen ja gerade erklären.«

»Ich dachte, Sie wollten mich nach Hause bringen.«

»Das eine hängt direkt mit dem anderen zusammen.«

»Das ist eine . . . Einsatzbesprechung. So heißt es doch, oder? Hat die CIA nichts Besseres zu tun? Mein Gott, ich habe Danzig schon alles gesagt. Lesen Sie doch die Abschrift.«

Richards' Augen waren eiskalt. »Das habe ich bereits. Gestern nacht. Deshalb bin ich auch persönlich gekommen.«

»Und ich möchte gern den Botschafter persönlich sprechen«, sagte Jamie und stand wieder auf.

»Der Botschafter wünscht Sie nicht zu sehen.«

»Vielleicht will er die Redskins sehen, wenn die Giants das nächste Mal bei ihnen spielen.«

»Setzen Sie sich, Mr. Skylar.«

»Es ist nicht leicht, an Eintrittskarten heranzukommen, auch nicht für Diplomaten wie Sie. Aber andererseits sind Sie ja gar kein Diplomat, nicht wahr, Mr. Richards?«

»Bitte, setzen Sie sich.«

Jamies Blick begegnete dem Gordon Richards'. Was er in diesen Augen sah, jagte ihm genug Angst ein, um ihn zum Schweigen zu bringen. Mit dreihundert Pfund schweren Außenstürmern, die ihr ganzes Leben lang Football gespielt hatten, wurde er fertig, aber Richards gehörte einem ganz anderen Schlag an. Er war vielleicht nicht so stark, aber viel gefährlicher. Sein Gesichtsausdruck änderte sich, als er schließlich ganz leise fortfuhr.

»Setzen Sie sich, bitte.«

Jamie gehorchte und hörte, wie Danzig vernehmlich ausatmete.

»Was wissen Sie über Ihre Schwester, Mr. Skylar?« fragte Richards.

»Ich weiß, daß sie tot ist.«

»Und davor?«

»Sie war Journalistin. Tolle Reputation. Hat ein paar Preise gewonnen. Hat nie viel Geld gemacht wie ihr kleiner Bruder, der jetzt in der Football-Liga gesperrt wurde.«

»Sie hat für uns gearbeitet«, sagte Richards, und die Worte trafen Jamie wie die Attacke eines gegnerischen Spielers. »Seit fünf Jahren war sie bei der CIA, Mr. Skylar. Ihr Kodename war Sapphire. Hören Sie, ich weiß, es ist nicht leicht für Sie, aber sie war eine Topagentin in Trockenen Angelegenheiten. Gewaltlose Infiltrationsaufträge«, fügte Richards nach einem Augenblick hinzu.

»Es wurde ziemlich gewalttätig.« Jamie wurde sich schwach bewußt, daß er wieder auf das Sofa zurückglitt.

»Nicht ihre Spezialität. Bestenfalls die Grundausbildung. Leider. Eine erfahrenere Agentin hätte in Casa Grande überleben können.«

»Gott im Himmel...«

»Sie war bei Riaz, weil wir es ermöglicht haben. Sie hat die ganze Zeit ihn und Truppen, mit denen er zu tun hatte, ausspioniert, namentlich eine von den Sandinistas unterstützte Organisation, die sich das Nationale Nicaraguanische Solidaritätskomitee nannte.«

»Sie hat... ihn geliebt.«

»Eine Fassade, größtenteils jedenfalls. Wir – ich – brauchten sie dort unten, um die unbelehrbaren Mitglieder des NNSK im Auge zu behalten. Wir wußten, daß es nur eine Frage der Zeit war, bevor sie im großen Stil gegen die Chamorro-Regierung losschlagen würden, und ich muß Ihnen nicht erst erklären, daß das gegen die Interessen der Vereinigten Staaten verstoßen hätte.«

»Doch, das müssen Sie.«

Richards fuhr einfach fort. »Uns kam zu Ohren, daß sie wirklich etwas vorhaben, nur, daß es direkt gegen uns gerichtet ist. Ziel ihrer Organisation war, die Vereinbarungen und damit gleichzeitig die augenblickliche Regierung zu zerschlagen. Wenn wir erst mal weg sind, wird die Chamorro uns von allein folgen, das denken sie zumindest, und Ihre Schwester war bereits drauf und dran, ihren Plan aufzudecken.« Richards atmete tief ein. »Wir wußten, daß Sie das Massaker überlebt haben. Wir unternahmen alles, was in unserer Macht stand, um Sie aufzuspüren, doch niemand wußte etwas über Ihren Verbleib. Als ich Ihre Aussage las, wurde mir jedoch alles klar.«

»Mir nicht«, murmelte Jamie.

»Wie bitte?«

»Mir wird nichts klar. Warum haben Sie nach mir gesucht, Mr. Richards? Woher wußten Sie überhaupt, daß ich in Nicaragua war?«

»Weil wir auch das arrangiert haben«, fuhr Richards fort, während sich Jamies Gesicht ungläubig verzog. »Die Kuriere und Mittelsmänner, die die Nachrichten Ihrer Schwester überbrachten, wurden enttarnt und getötet. Wir brauchten andere Möglichkeiten, einen Weg, der es ihr erlaubte, uns mitzuteilen was sie herausgefunden hatte.« Richards zögerte. »Sie waren diese Möglichkeit.«

»Sie Arschloch!« Doch so schnell, wie der Zorn in ihm entflammt war, spürte Jamie wieder eine betäubende Kälte. »Die Sperre...«

»Auch unser Werk«, gestand Richards ein. »Wir nutzten einfach die gegebene Situation aus. Wäre es nicht das gewesen, dann etwas anderes.«

»Darauf gehe ich jede Wette ein. Aber das Telegramm... Sie wußten, daß ich nach Nicaragua fliegen würde. Aber wieso?«

»Ihre Schwester. *Sie* wußte es. Es war ihre Idee, Sie zu benutzen, Jamie.«

Jamie stand auf und ging zur Wand. »Das kann ich nicht glauben...« Erneut zeigte sich Verwirrung auf seinen Gesichtszügen. »Aber Sie, Mr. Richards, sind nicht hierher gekommen, weil Sie ein schlechtes Gewissen haben. Versuchen Sie nicht, mir was weiszumachen.«

Richards' Züge wurden nachdenklich. »Ihre Schwester war

mir scheißegal. Ich war ihr Kontrolloffizier. Ich habe sie auf Riaz angesetzt. Ich habe alle Vorkehrungen getroffen.«

»Sie haben sie umgebracht.«

»Nein. Wegen mir wurde sie umgebracht. Vielleicht ist es dasselbe. Sie können ein Urteil darüber fällen, doch zuerst müssen Sie mir helfen. Und ihr.«

»Ich würde sagen, ihr kann man nicht mehr helfen.«

»Ihre Arbeit hat ihr alles bedeutet. Sie ist nicht mit ihr gestorben.«

»Was zum Teufel meinen Sie damit?«

»Hören Sie mir zu, Jamie. Das Massaker ist nur Teil eines viel größeren Ganzen. Soviel haben Sie schon selbst herausgefunden, doch das gesamte Bild kennen Sie genausowenig wie wir Sapphire — Beth — war als einzige der ganzen Wahrheit auf der Spur, und sie wird dafür gesorgt haben, daß diese Wahrheit erhalten bleibt, selbst falls sie es nicht schaffen sollte.«

»Aber wie?«

»Sie hatte die nötigen Geräte. Die modernste Ausrüstung, die wir aufbringen können. Sie war in der Lage, Material in einem Mikrochip zu speichern. Bislang hat unser Netzwerk von Kurieren die Informationen immer herausgeholt. So haben wir das Wenige erfahren, das wir wissen.« Richards atmete tief ein. »Wir haben die Farm durchsucht, Jamie. Es fehlt ein Mikrochip.«

Jamie sah den CIA-Mann ungläubig an. »Sie denken, daß sie ihn mir gegeben hat?«

»Ich weiß, daß sie Ihnen *irgend etwas* gegeben hat.«

»Wenn, habe ich es in Nicaragua zurückgelassen.« Jamie hob die Arme, um seine Worte zu verdeutlichen. »Verdammt, daß ist nicht mal meine Kleidung.«

»Sie waren der Mittelsmann, *ihr* Mittelsmann. Sie hätte Sie nicht nach Nicaragua kommen lassen, wenn sie nicht eine narrensichere Möglichkeit gefunden hätte, den Chip mit Ihnen wieder herauszubekommen. Wäre alles gelaufen wie geplant, hätten wir bei Ihrer Rückkehr auf Sie gewartet.«

»Es ist aber nicht so gelaufen. Mein Gott, hören Sie sich doch an, was Sie sagen. Sie hätte den Chip überall verstecken können. Vielleicht in meinem Koffer ... und falls es Ihnen noch nicht aufgefallen sein sollte, ich mußte sogar mein Handgepäck zurücklassen.«

Richards schüttelte den Kopf. »Sie hat ihn an einem Teil angebracht, von dem sie überzeugt war, daß Sie es niemals zurückgelassen hätten.«

Jamie setzte sich wieder und grub in seinem Gedächtnis.

»Im Dschungel hat Chimera gewußt, daß die Soldaten mich suchten, aber sie wußte nicht, wieso. Das würde es erklären, nicht wahr?«

»Zumindest teilweise«, gestand der CIA-Mann ein, während er die Aktenmappe öffnete, die auf dem Kaffeetisch vor ihnen lag, und ein schwarzweißes Portraitfoto herausnahm.

»Ist das die Frau, die Sie in Nicaragua als Chimera kennengelernt haben?«

Jamie nahm das Foto. Es war etwas verschwommen, und obwohl es sich in vielen Einzelheiten unterschied, konnte er sagen, daß es in der Tat Chimera war.

»Ja«, erwiderte er.

»Ihr wirklicher Name ist Matira Silvaro. Sie ist auch eine unserer ehemaligen Agentinnen, nur, daß im Gegenteil zu Ihrer Schwester die Angelegenheiten, um die sie sich kümmerte, nicht trocken, sondern naß waren, sehr naß. Vor fünf Jahren tötete sie vier unschuldige Menschen und arbeite danach freiberuflich. Sie ging für eine Weile in den Untergrund und tauchte dann unter dem Namen Chimera wieder auf. Wir können sie mit mindestens einem halben Dutzend politisch motivierten Meuchelmorden in Verbindung bringen. Alles höchst geheime Angelegenheiten. Sie war immer eine der besten Agentinnen, die die Abteilung Sechs hatte.«

»Abteilung Sechs?«

»Nasse Angelegenheiten«, erklärte Richards.

»Sie hat mir das Leben gerettet ...«

»Und Ihnen Informationen gegeben, die das, was Ihre Schwester in Nicaragua herausgefunden hat, mit einer viel größeren Sache verbindet.«

»Eine Schattenregierung hinter der Regierung, die aus den

Schatten hervortreten will. Sie plant, das Land zu übernehmen, und Chimera war überzeugt davon, daß das Massaker nur dazu diente, Riaz auf ihre Seite zu locken. Und Sie wollen mir sagen, daß Sie davon nichts gewußt haben?«

»Über die Rolle des Nationalen Nicaraguanischen Solidaritätskomitees – ja. Über eine andere Gruppe, die das NNSK manipuliert – nein. Falls Matira...«

»Chimera«, berichtigte Jamie.

»Falls *sie* bezüglich dieser Schattenregierung recht hat, muß sie das NNSK für ihre ureigenen Zwecke eingespannt haben. Ein eingeschleuster Mitarbeiter, der ihre Sprache spricht, vielleicht sogar *ihren* Plan vorschlägt.«

»Augenblick mal«, sagte Jamie plötzlich. »Ich erinnere mich an etwas, das letzte, was Chimera zu mir gesagt hat.« Sein Blick suchte den Richards'. »Ja, genau. Ich soll Ihnen sagen, daß sie den Sprengstoff von Pine Gap haben. Quick Strike.«

Richards' Gesichtszüge schienen plötzlich zu erstarren. »Sind Sie sicher, daß sie ›Quick Strike‹ gesagt hat?«

»Absolut.« – »Hat sie sonst noch irgend etwas gesagt?«

»Nein. Was ist das? Was hat das zu bedeuten?«

Richards sah ihn an, und sein Blick verriet mehr als alles, was er hätte sagen können. »Es bedeutet, daß wir jetzt wissen, womit sie uns angreifen wollen, und herausfinden müssen, wann und wie es geschehen wird. Und Sie sind unsere einzige Hoffnung, das rechtzeitig zu erfahren, Jamie.«

Jamie stand auf. Er war nervös, mußte sich bewegen. »Aber ich habe den Mikrochip nicht. Gottverdammt, ich habe ihn nicht! Wenn, würde ich es Ihnen sagen. Das müssen Sie mir glauben!«

»Ich glaube es Ihnen ja. Aber Ihre Schwester war ein Profi. Wenn Sie den Chip finden können, müssen wir davon ausgehen, daß der Feind es ebenfalls kann. Also muß sie ihn irgendwo versteckt haben, wo nur wir ihn finden können. Wenn wir dies in Betracht ziehen, können wir mit der Suche nach dem Chip erst anfangen, nachdem wir Sie an einen sicheren Ort gebracht haben.«

»Wie zum Beispiel die Vereinigten Staaten?«

»Sie kehren nach Hause zurück, Jamie.«

Neunzehntes Kapitel

»Ich bin wegen Ihres Mannes hier«, sagte Chimera zu der Frau, die die Tür der Wohnung im sechsten Stock eines modernen Hochhauses in Melbourne öffnete.

Mit der Hilfe Kirby Nestlers und dessen vertrauenswürdigem Freund, dem Piloten, hatte sie von Pine Gap die lange, ermüdende Reise hierher unternommen. Am Dienstag nachmittag hatte sie die Adresse des verstorbenen Sam J. Minniefields herausgefunden, des Arbeiters von Pine Gap, von dem sie überzeugt war, daß er Cranes Kontaktmann in der Anlage gewesen war.

Das Hochhaus, in dem Minniefield gewohnt hatte, war zwischen anderen Glas- und Betonmonolithen in der Innenstadt Montreals eingeklemmt. Es stellte kein Problem dar, das richtige Apartment zu finden und in das Haus hereinzukommen. Die einzige Person, die sie mit einem zweiten Blick bedachte, war ein Hausmeister in einem blauen Overall. Dann nickte er ihr zu und kümmerte sich wieder um seine Arbeit.

»Was ist mit meinem Mann?« fragte die Frau auf der Schwelle.

»Es ist ziemlich kompliziert. Können wir uns nicht drinnen unterhalten?«

»Was *ist* mit meinem Mann?«

Chimera sah in die Augen, die sie über der vorgelegten Kette musterten. »Mrs. Minniefield, ich glaube, Ihr Mann wurde ermordet. Dieselben Leute haben versucht, auch mich zu töten, und es werden noch viele Menschen sterben, wenn ich nicht herausfinden kann, um wen es sich bei den Mördern handelt.«

»Ermordet? Aber... aber...«

»Ja, Mrs. Minniefield. Und auch Ihr Sohn.«

»Mein Gott.«

»Lassen Sie mich bitte herein...«

Die Tür schloß sich wieder, und sie hörte, wie die Frau auf der anderen Seite an der Kette hantierte. Schließlich öffnete sich die Tür wieder, und Chimera trat ein. Die Wohnung war verhältnismäßig klein und bescheiden eingerichtet, aber sehr ordentlich und gemütlich. Kein Staub oder Schmutz. Auf dem orangenen Teppichboden zeichneten sich noch die Spuren eines Staubsaugers ab. Chimera sah Bücherregale und eine Stereoanlage; die Küche war ins Wohnzimmer integriert und von einem langen, U-förmigen Tresen umschlossen. Auch sie war makellos. Chimera roch einen Lufterfrischer, der die Gerüche von Mrs. Minniefields Abendessen überdeckte.

»Wir können uns im Wohnzimmer unterhalten«, sagte sie und ging voraus. Nervös setzte sich Fran Minniefield auf das Sofa. Sie hielt ihre Hände zwischen den Knien und rieb unablässig die Handflächen aneinander.

»Ich weiß, wie schwer das für Sie sein muß«, begann Chimera, während sie in einem Sessel gegenüber von Mrs. Minniefield Platz nahm.

»Nein, das wissen Sie nicht. Das können Sie nicht wissen.«
»Ich meine nicht den Verlust, den Sie erlitten haben. Ich meine, daß Sie mir jetzt zuhören.«

»Die Polizei hat gesagt, es sei ein Unfall gewesen. Ich wußte es aber von Anfang an besser. Sam war ein zu vorsichtiger Fahrer, vor allem, wenn Jory im Wagen war. Wer hat es getan? Was sind das für Leute?«

»Ihr Mann hat für sie gearbeitet. Er wußte es zwar nicht, aber so war es.«

»Mein Mann hat für Pine Gap gearbeitet!«
»Als Lagerverwalter. Ja, ich weiß. Deshalb wurde er herangezogen, deshalb und wegen der Tatsache, daß seine Schicht bald endete.«

»Herangezogen? Von wem? Wozu?«
»Um etwas aus der Anlage zu schmuggeln.«
»Das ist unmöglich!«
»Er hat eine Möglichkeit gefunden, und nachdem er nicht mehr nützlich für sie war, haben sie ihn umgebracht.«
»*Nein!*«
»Die Schicht Ihres Mannes in Pine Gap endete vor zwei Wochen. Aber er blieb inoffiziell noch ein paar Tage länger, nicht wahr?«

»Ja«, antwortete die Frau zögernd.

»Könnte Ihr Mann etwas zurückgelassen haben ... Papiere vielleicht, in einem Schließfach?«

»Nein! *Nein*, sage ich!« Sie erhob sich zitternd. »Ich möchte, daß Sie gehen.«

»Mrs. Minniefield ...«

»Nennen Sie mich nicht so. Sagen Sie überhaupt nichts mehr. Ich kenne Sie nicht. Sie kommen mit einer unglaublichen Geschichte hierher und erwarten, daß ich ... ich weiß nicht, was Sie erwarten, und es ist mir auch egal. Verschwinden Sie, sonst rufe ich die Polizei.«

Chimera wollte protestieren, überlegte es sich aber anders. Sie wartete nicht darauf, daß die Frau sie der Wohnung verwies. Auf dem Weg zur Tür drehte sie sich einmal um, als wolle sie etwas sagen, zuckte dann aber mit den Achseln und schloß die Tür hinter sich.

Sichtlich zitternd, ging Frau Minniefield in die Küche und setzte Teewasser auf. Sie gab ihre üblichen drei Löffel Zucker in eine Tasse, als sich die Tür öffnete und der Hausmeister in dem blauen Overall hereinkam.

»Und?« fragte er.

»Sie weiß es. Fast alles jedenfalls.«

»Wer zum Teufel ist sie?«

»Das hat sie nicht gesagt. Aber sie gehört nicht zu denen, auf die wir achten sollen. Ich bin mir ziemlich sicher, daß der alte Mann nicht sie gemeint hat.« Sie hielt inne. »Jetzt werden andere kommen. Es ist nur eine Frage der Zeit.«

»Je eher wir hier verschwinden, desto besser«, erwiderte der Mann und ging durch die Diele.

Fran Minniefield stürmte ihm nach. »Aber du hast gesagt, wir wollten auf den alten Mann hören. Tun, was er sagt.«

»Wir sind hier nicht mehr sicher.«

Sie griff nach ihm und umarmte ihn. »Ich habe Angst. O Gott, habe ich Angst ...«

Das Pfeifen des Teekessels verhinderte, daß sie hörte, wie sich die Tür öffnete und wieder schloß und jemand leise zu ihnen schlich.

»Dazu haben Sie auch allen Grund, Mr. und Mrs. Minniefield«, sagte Chimera.

»Wie sind Sie darauf gekommen?« fragte der als Hausmeister verkleidete Mann.

»Ich hatte von Anfang an so eine Ahnung, weil ich weiß, wie Crane – der alte Mann, wie sie ihn nennen – vorgehen würde. Dann hat mich noch etwas an der Wohnung gestört. Nichts, was ich sah, sondern etwas, was ich nicht sah: Kinderspielzeug.«

Die Minniefields sahen einander an und dann zu Chimera hinüber.

»Es lag keins herum«, fuhr Chimera fort. »Wenn ein Kind stirbt, werfen die Eltern so gut wie nie sein gesamtes Spielzeug weg. Sie bewahren es auf, als könne das Spielzeug das Kind zurückbringen. Doch wenn das Kind nicht tot ist, sondern zum Beispiel irgendwo bei Verwandten, würde es sein Spielzeug mitnehmen.«

Sam Minniefield schluckte hart. »Sie haben auch Kinder, nicht wahr, Miss?«

»Nein«, sagte Chimera leise.

Minniefield legte den Arm seiner Frau fest um die Schulter. »Wir würden gern sehen, wie unser Junge aufwächst. Aber wenn das nicht möglich ist, hoffen wir, daß Sie wenigstens ihm nichts tun.«

»Ich bin nicht hier, um Sie zu töten. Sonst wären Sie jetzt schon tot. Ich bin hier, um Ihnen zu helfen, genau wie ich es Ihrer Frau gesagt habe.«

»Ich kann Ihnen nicht ganz folgen.«

»Allmählich ergibt alles für mich einen Sinn. Crane hat Ihnen erklärt, wie Sie den Autounfall vortäuschen konnten, damit alle glauben, Sie wären tot.«

Minniefield nickte. »Wie soll ich wissen, daß Sie diesen Crane wirklich kennen? Wie soll ich wissen, daß Sie mit ihm zusammengearbeitet haben?«

»Er war fünfundfünfzig Jahre alt, sah aber älter aus. Und er hatte eine schlimme Arthritis in den Händen.«

»Er nannte sich Mr. Bird.«

Chimera mußte unwillkürlich erneut über Cranes eigenwilligen Sinn für Humor lächeln. »Er hat mir sehr viel bedeutet. Er war mein Freund und noch viel mehr. Er ist wegen einer Sache gestorben, an der Sie mitgewirkt haben, Mr. Minniefield. Er hat das Szenario verändert, damit Sie und Ihre Familie überlebten.« Chimera hielt inne. »Sie haben für ihn zwei Kisten mit Quick Strike aus Pine Gap geschmuggelt. Als er erkannte, wozu sie benutzt werden sollten, hat er es sich anders überlegt und versucht, sie zurückzuholen. Doch es gelang ihm nicht, und er wurde umgebracht. Nun habe ich für ihn übernommen.«

»Aber ich habe keine Ahnung, wo die Kisten sind. Wie kann ich Ihnen helfen, sie zurückzubekommen?«

»Sie müssen es versuchen. Es hat sich alles geändert: der Einsatz, die Kosten, alles. Was haben sie in letzter Zeit über Pine Gap gehört?«

»Nichts. Ich bin untergetaucht.«

»Es gibt kein Pine Gap mehr.«

Sam Minniefields Gesicht erstarrte.

»Ich war dort. Es ist nur ein Krater übriggeblieben, ein riesiger Abgrund mitten in diesem Kontinent.«

»Das Erdbeben«, sagte Sam Minniefield; er hatte begriffen, daß es sich bei dieser Nachricht um eine Falschmeldung handeln mußte. Er musterte sie genauer. »Aber nur eins, an dem wir dort gearbeitet haben, hätte solch eine Wirkung erzielen können.«

»Antimaterie«, sagte Chimera. »Eine versehentliche Freisetzung hat Pine Gap vernichtet. Aber Sie haben für Crane Quick Strike herausgeschmuggelt.«

»Ja. Ein neuer Sprengstoff von unglaublicher Dichte. Schon eine kleine Menge hat die gleiche Vernichtungskraft wie vielleicht zweihundert Pfund C4-Plastiksprengstoff. Er ist leicht, nicht aufzuspüren und problemlos zu befördern. Abgesehen von einer Atombombe der gefährlichste Sprengstoff, der jemals entwickelt wurde.«

»Sie beschreiben die ideale Waffe für einen Terroristen.«

»Oder die ideale *Anti*-Terror-Waffe, denn als solche wurde sie entwickelt. Ich glaube, die Bezeichnung lautete ›Infiltrationsbombe‹. Ein Mann kann sie bequem in einem Aktenkoffer oder einem Rucksack in einen Terroristenunterschlupf bringen, und bei einer Explosion entstehen keine atomaren Rückstände.« Minniefield hielt inne. »Ihr Freund gab mir ein paar Anregungen, wie ich die Sache durchziehen soll. Ich manipulierte die Bestandslisten des Computers und schuf eine Lieferung, die es gar nicht gab, damit die acht Sprengladungen an ihn ausgeliefert werden konnten.«

»Acht?« fragte Chimera. Crane hatte ihr in New York eine andere Zahl genannt. »Aber es wurden zwölf hinausgeschmuggelt, sechs pro Kiste.«

»Das ... ist unmöglich«, erwiderte Minniefield unsicher.

»Crane hätte sich bei so einem wichtigen Detail niemals geirrt.«

»Zwölf«, murmelte er, und dann erbleichte er, als wäre ihm plötzlich etwas eingefallen. »Zwölf ... O Gott, nein. Das kann nicht sein! *Das kann nicht sein!*«

»Was kann nicht sein? Wovon sprechen Sie?«

Minniefields Atem ging schneller; sein Gesichtsausdruck zeugte von nackter Panik.

»Sind Sie sicher, was Pine Gap betrifft? Wissen Sie genau, daß die Anlage durch Antimaterie zerstört wurde?«

»Ja.«

»Eine versehentliche Freisetzung«, sagte der Mann, ihre Worte von vorhin wiederholend. »Ein Behälter, der geöffnet wurde, weil sie annahmen, daß er etwas anderes enthielt. Ein Container, der mit einer falschen Aufschrift versehen und an den falschen Ort gebracht wurde, in der *falschen Etage!*«

»Wollen Sie damit sagen, daß die zusätzlichen vier Kanister in Wirklichkeit *Antimaterie* enthalten?«

»JA! Mein Gott, ja!« sagte Minniefield schnell. »Hören Sie zu, da Quick Strike verhältnismäßig unstabil ist, verwenden wir für seine Aufbewahrung im Prinzip dieselbe Keramikkonstruktion als Kanister, die wir auch als Antimaterie-Container benutzen. Verstehen Sie, was das bedeutet? Diese Behälter sehen fast genauso aus wie die Quick-Strike-Kanister.« Seine Stimme wurde leiser und nachdenklich. »Als ich die Inventarliste manipuliert habe, muß ich irgendwie bewirkt haben, daß sie bewegt wurden. Von da an haben sich die Computer um alles gekümmert; sie haben sogar die Behälter dementsprechend beschriftet.«

»Dann haben sie in Pine Gap einen Behälter geöffnet, von dem sie annahmen, daß sich Quick Strike darin befand«, vermutete Chimera.

»Und sobald die Antimaterie mit normaler Materie in Berührung kam, erfolgte die Explosion, und die Anlage wurde vernichtet.«

»Aber nicht die gesamte Produktion«, erinnerte Chimera ihn. »Zwölf Kanister hatten die Anlage bereits verlassen, ohne daß jemand davon wußte, und vier davon enthalten Antimaterie. Doch wer auch immer sie jetzt hat — er weiß nichts davon. Er *kann* nichts davon wissen. Was geschieht, wenn sie explodieren, Mr. Minniefield? Was geschieht dann?«

In Minniefields Blick lag das nackte Entsetzen. »Sollte die Antimaterie in den vier Containern gleichzeitig detonieren...« Minniefield hielt inne, als ein lautes Summen erklang.

»Jemand ist unten an der Haustür«, sagte seine Frau.

»Lassen Sie sie klingeln«, befahl Chimera.

»›Sie‹?« entgegnete Sam Minniefield. »Sie haben damit gerechnet, verdammt!«

»Wollen Sie Ihren Sohn wiedersehen?« fragte Chimera.

»Was meinen Sie damit?«

»Antworten Sie!«

»Natürlich«, antwortete der Mann für sie beide.

»Dann tun Sie genau, was ich sage. Aufs Wort. Keine Abweichung. Klar?«

Das Ehepaar nickte. Chimeras Gedanken rasten. Die Attentäter unten waren hier, weil sie ihre Schritte nachvollzogen hatten. Doch hätten sie gewußt, daß sie sich bereits hier befand, hätten sie nicht geklingelt.

»Wir kommen aus dieser Sache raus«, versicherte sie den Minniefields.

»Wie?«

»Sie müssen genau das tun, was ich Ihnen sage.« Wieder gellte kurz die Klingel. »Sie werden zur Treppe gehen. Sie warten im Treppenhaus auf mich, und dann gehen wir gemeinsam herunter.«

»Und laufen ihnen in die Arme? Nein!«

»*Vertrauen Sie mir!*« Sie haben Mr. Bird vertraut, und nur deshalb leben sie noch. Und jetzt müssen Sie mir vertrauen!«

Sam Minniefield zuckte die Achseln. »Na schön. Sagen Sie mir, was wir tun sollen.«

»Ziehen Sie diesen Overall aus. Wenn sie sich alles so zusammengereimt haben wie ich, werden sie vielleicht danach suchen.« Chimera vermutete, daß die Gegenseite aus dem Diebstahl des Computers in Circuit Town die richtigen Schlüsse gezogen hatte. Wenn sie erst einmal wußte, was Chimera herausgefunden hatte, konnte sie ihre Schritte bis hierher nachvollziehen. »Nehmen Sie nichts mit«, sagte sie. »Es wird eine Weile dauern, bis Sie zurückkehren können, aber das spielt keine Rolle. Sie werden bei Ihrem Sohn sein; nur darauf kommt es an. Und jetzt in den Hausflur! Sie werden jeden Augenblick kommen.«

Die Minniefields erhoben keine Einwände mehr und verließen die Wohnung, doch man merkte ihnen die Angst deutlich an.

Chimera folgte ihnen. »Schließen Sie die Tür ab«, befahl sie Minniefield. »Das wird sie ein paar Sekunden aufhalten.«

Der Mann tat wie geheißen. Chimera deutete auf das Treppenhaus.

»Schnell! Gehen Sie!«

Die Tür hatte sich noch nicht hinter ihnen geschlossen, als Chimera die Scheibe des Feuermelders einschlug. Augenblicklich setzte der schrille Alarm ein, ein ohrenbetäubendes Kreischen, das sie zusammenzucken ließ. Ausgezeichnet. Der Arbeitstag näherte sich seinem Ende, und die Straßen würden voller Menschen auf dem Nachhauseweg sein.

Chimera polterte die Treppe hinab und holte die Minniefields ein.

»Was nun?« fragte der Mann.

»Wir warten.«

»Warten? Worauf?«

Wie als Antwort auf die Frage strömten die vom Alarm aufgeschreckten anderen Bewohner ins Treppenhaus und eilten es im Laufschritt hinab. Chimera zog die Minniefields in die Menge.

»Sie wissen, wie ich aussehe«, murmelte Sam J. Minniefield verängstigt. »Sie wissen, wie *Sie* aussehen.«

»Natürlich.«

»Geben Sie mir eine Pistole«, verlangte Minniefield. »Ich weiß, wie man damit umgeht.«

»Keine Waffen. Wir würden sie sowieso nicht alle erwischen. Sie wissen nicht, wie diese Leute vorgehen.«

»Und was machen wir dann?«

»Ich habe mich um alles gekümmert.«

Als sie inmitten der Menschenmenge die Lobby erreichten, sah Chimera auf die Straße hinaus. Der sowieso schon dichte Verkehr war vor dem Haus unter einem Hupkonzert und dem Klang sich nähernder Sirenen zum Erliegen gekommen. Sie machte die beiden grünen Lieferwagen aus, die auf der anderen Straßenseite in der zweiten Reihe parkten, einer hinter dem anderen; ein paar Parklücken vor ihnen stand ein Kastenwagen. Aus einem der Lastwagen schob sich Kirby Nestlers hagere Gestalt.

Chimera faßte beide Minniefields an den Armen. »Ganz langsam, bis ich Ihnen das Zeichen gebe.«

Nestler war nicht mehr zu sehen, doch die hinteren Türen seiner Lieferwagen standen auf.

»Wenn ich es Ihnen sage, gehen Sie hinaus und davon. Trennen Sie sich. Schauen Sie nicht zurück, sehen Sie sich nicht an. Bewegen Sie sich nicht schneller als die anderen. Verschmelzen Sie mit der Menge. Gibt es einen Ort, wo Sie sich treffen können?«

»Ja«, sagte Frau Minniefield. »Barney's Pub.« Ihr Blick fiel auf ihren Mann. »Wo wir uns kennengelernt haben.«

»Heute abend um acht Uhr. Nicht früher. Haben Sie mich verstanden?«

Beide nickten.

Sie hatten die Mitte der Lobby erreicht, als Chimera das erste Krokodil sah. Mit einem lauten Klatschen fiel es aus dem Lieferwagen auf die Straße, gefolgt von über einem Dutzend ähnlicher Geräusche, mit denen seine Artgenossen in beiden Lieferwagen es ihm gleich taten. Die Menschen auf dieser Straßenseite, die fast alle zu dem Haus hinübersahen, bemerkten sie nicht sofort; erst die Rufe von Passanten auf der anderen Seite machten sie darauf aufmerksam. Die Menge löste sich auf, zuerst langsam, dann immer schneller, als sich die Geschöpfe durch den stockenden Verkehr drängten. Die Mieter, die das Haus verließen, flohen ebenfalls, als sich die Krokodile ihrer Seite des Bürgersteiges näherten, die meisten mit weit aufgerissenen Mäulern. Der Verkehr kam vollends zum Erliegen. Einige Autofahrer drehten die Fenster hoch und verriegelten die Türen, andere ließen ihre Fahrzeuge einfach stehen und flohen mit der Menge.

»Jetzt!« sagte Chimera und schob die Minniefields durch die Lobbytür hinaus.

Das Ehepaar folgte ihren Anweisungen und entfernte sich mit der fliehenden Menschenmenge in entgegengesetzte Richtungen. Im nächsten Augenblick waren die beiden verschwunden.

Nestlers Krokodile krochen jetzt über den Bürgersteig. Die Menge der neugierigen Gaffer löste sich zusehends auf. Da die Krokodile lediglich Menschen bedrohten, die ihnen im Weg standen, ging Chimera davon aus, daß Nestler sie gefüttert hatte, bevor er sie in die Lieferwagen verfrachtete. Aber das war im Augenblick nicht ihr größtes Problem.

Sie wußte, daß sich in der Menschenmenge die Verstärkung des Outsider-Teams befinden mußte, das mittlerweile bestimmt schon in das Wohnhaus eingedrungen war. Das Chaos und die Panik arbeiteten für sie, doch dieser Vorteil würde nur so lange anhalten, bis die Outsider hier draußen sie erkannt hatten.

Daher mußte es ihr wichtigstes Ziel sein, sich in Nestlers Lieferwagen in Sicherheit zu bringen. Sie hatte sich gerade in Bewegung gesetzt, als zwei Schüsse in ihren Ohren hallten. Ein Mann, der in diesem Augenblick an ihr vorbeigelaufen war, brach auf dem Bürgersteig zusammen. Chimera wich der verkrümmten Gestalt aus, während die Menschen, die ihr unmittelbar folgten, über sie stolperten. Sie sah sich um, nahm aber nichts Verdächtiges wahr. Die Outsider hatten sich ebenfalls unter die Menge gemischt und waren, da sie ihre Waffen schon wieder eingesteckt hatten, nicht leicht zu erkennen. Sie wußten, wer Chimera war, und waren vor ihr gewarnt worden: Zeigt euch, und ihr seid im nächsten Augenblick tot.

Jemand rempelte sie von der Seite an, und Chimera stolperte über einen Mann, der gestürzt war, und fiel ebenfalls zu Boden. Sie kam direkt vor dem aufgerissenen Maul eines zischenden Krokodils zu liegen. Als sie seinen faulen Atem roch, kam sie auf eine Idee.

Chimera sprang auf und versuchte, sich von der Menge zu lösen, die sie umschloß. Sie erspähte eine Lücke, schoß hindurch und befand sich plötzlich mitten unter zwei Dutzend Krokodilen, die über die Straße liefen. Einige davon waren auf stehengelassene Autos geklettert. Im Zickzackkurs lief sie durch das Minenfeld der schnappenden Mäuler, in der Hoffnung, damit die verbliebenen Outsider zu bewegen, sich zu zeigen.

Ein riesiges Krokodil erhob sich vor ihr, und Chimera sprang auf die Motorhaube eines Wagens, um seinen Kiefern auszuweichen. Als sie wieder hinabsprang, wartete bereits ein zweites auf sie, und sie entging dem zuschnappenden Maul nur um Haaresbreite. Hinter ihr zersprang eine Windschutzscheibe unter der Wucht einer Kugel. Eine Reihe schnell hintereinander abgegebener Schüsse zwang sie, sich mitten unter die über die Straße kriechenden Krokodile zu werfen, und sie wich einer schnaubenden Schnauze aus, nur um von einer zweiten bedroht zu werden.

Chimera zog ihre Pistole. Sie wollte aufspringen, als eine Blutfontäne aus dem Rücken des Krokodils neben ihr schoß. Mit einem schrecklichen Zischen wand sich das Tier und schnappte mit dem Maul.

»*Du Arschloch!*« erklang auf der anderen Straßenseite eine Stimme.

Sie konnte nur einen kurzen Blick auf Kirby Nestlers Elefantenbüchse werfen, dann explodierte der gewaltige Lauf. Der Outsider, der auf das Krokodil geschossen hatte, wurde gegen die Windschutzscheibe eines Wagens geschleudert. Ein Spinnennetzmuster bildete sich, und Blut floß in dessen Linien hinab. Ein weiterer Schuß, und der Kopf eines zweiten Outsiders explodierte und bespritzte die in Panik geratene Menge mit Blut und Gehirnmasse. Nun war das Chaos perfekt: Die Menschen mußten nicht nur den Krokodilen, sondern auch noch Kugeln ausweichen. Der letzte Outsider löste sich aus der Menge. Er befand sich außerhalb von Kirbys Blickfeld, doch sie konnte ihn nun deutlich erkennen.

Chimera gab zwei Schüsse auf ihn ab, mußte aber auf die fliehende Menge Rücksicht nehmen. Sie erste Kugel streifte ihn lediglich, doch der Mann geriet ins Stolpern und fiel den aufgerissenen Kiefern eines wütenden, verängstigten Krokodils entgegen. Der Mann versuchte, ihm auszuweichen, doch das Tier machte einen Satz und schloß die Zähne um seinen Kopf.

Nestler war mittlerweile neben Chimera und half ihr hoch. Ein lauter Pfiff von ihm lockte alle Krokodile zu den Rampen zurück, die er von den Lieferwagen hinabgelassen hatte. Jemand war dem letzten Outsider zu Hilfe geeilt und zog dessen sich windenden Körper über die Straße. Die Sirenen von Polizei und Feuerwehr erklangen jetzt lauter, doch der zum Erliegen gekommene Verkehr stellte ein unüberwindbares Hindernis dar. Kirby scheuchte seine unfreiwilligen Helfer die Rampe der Lieferwagen hinauf und hob das vewundete Tier selbst hinein. Als er schließlich hinter das Steuer kletterte, saß Chimera bereits auf dem Beifahrersitz.

Sie bedeutete ihm, noch etwas zu warten, bevor er losfuhr, und hielt die Tür des Wohnhauses im Blick. Unter den letzten, die herauskamen, waren zwei Männer, die das Chaos auf der Straße völlig zu überraschen schien, die letzten Outsider, die mit leeren Händen aus der Wohnung der Minniefields kamen. Obwohl sie schockiert feststellen mußten, daß ihre Gefährten tot waren, zögerten sie nicht. Sie wußten genau, was sie in solch einem Fall zu tun hatten.

Chimera beobachtete, wie sie in einen im Halteverbot abgestellten Alfa Romeo stiegen.

»Fahren wir«, sagte sie, und Nestler fädelte sich in den Verkehr ein.

»Haben wir ein bestimmtes Ziel?«

»Versuchen Sie, an ihnen dranzubleiben. Es wird nicht lange dauern, das verspreche ich Ihnen. Und geben Sie mir bitte das Fernglas.«

Nestler wechselte die Spur und schloß zu dem weißen Alfa Romeo auf, bis er sich nur noch vier Fahrzeuge hinter ihm befand. Chimera wußte, daß die übliche Prozedur den Insassen nun vorschrieb, ihren Vorgesetzten Bericht zu erstatten. Doch diese Vorgesetzten wußten nicht, was sie erfahren hatte und wofür letztendlich die Outsider die Verantwortung trugen:

Vier der aus Pine Gap entwendeten Kanister enthielten Antimaterie!

Sie dachte nun zum ersten Mal darüber nach. Crane hatte die ganze Zeit über recht gehabt, wahrscheinlich mehr, als er es sich jemals träumen ließ. So schlimm ihm die Lage erschienen war, in Wirklichkeit war sie viel schlimmer. Unzählige Menschen würden sterben, wenn sich die geheimnisvolle Gruppe, in deren Besitz sich die Kanister befanden, entschloß, sie auch einzusetzen. Und Chimera hatte keinen Zweifel daran, daß es so kommen würde, denn wenn sie das nicht beabsichtigte, hätte sie niemals die beträchtliche Mühe auf sich genommen, die Kanister überhaupt zu stehlen.

Der Alfa fuhr an mehreren öffentlichen Telefonzellen vorbei, und Chimera runzelte schon besorgt die Stirn, als der Fahrer um eine Ecke bog und anhielt. Der Beifahrer stieg aus und ging zu einem Münzfernsprecher, der an einer hellen Ziegelwand zwischen einem Delikatessengeschäft und einem Herrenausstatter angebracht war.

»Halten Sie an«, sagte sie zu Nestler.

Als er den Wagen im eingeschränkten Halteverbot an den Straßenrand zog, hatte Chimera schon das Fernglas vor die Augen gehoben. Sie drückte sich tief in den Sitz, bis sie gerade noch über den unteren Rand der Scheibe sehen konnte.

Der Münzfernsprecher war mit einer Wählscheibe ausgestattet, und sie konnte durch das Fernglas zwar die Gestalt des wählenden Mannes, aber nicht die Ziffern selbst erkennen. Sie berechnete sie, indem sie die Löcher zählte, in die der Outsider die Finger steckte. Chimera prägte sich eine Zahl nach der anderen ein. Es war ein Inlandsgespräch, aber mit einer Vorwahlnummer; also ging der Anruf in eine andere Stadt. Sie sah nun, wie sich die Lippen des Mannes bewegten.

Er benötigte für seinen Bericht lediglich vierzig Sekunden, dann legte er auf und kehrte zum Wagen zurück. Einen Augenblick später fädelte sich der Alfa wieder in den Verkehr ein, und Kirby Nestler drehte den Zündschlüssel.

»Das ist nicht nötig, Kirb«, sagte Chimera.

»Sie haben also, was Sie brauchen?«

»Fahren wir zu einer etwas abgelegenen Telefonzelle, und ich werde es herausfinden.«

Sie hatte keine Eile. Es würde eine Weile dauern, bis sich die richtigen Räder in Bewegung gesetzt hatten. Nestler fuhr sie zum nächsten Hotel, und dort fand sie in der Lobby einige Telefonzellen. Chimera warf genug Münzen für ein Ferngespräch ein und wählte dann einen Zugangskode, der sie direkt mit dem internationalen AT-&-T-System verband, ohne daß ihr Anruf registriert wurde. Bei der Nummer, die sie wählte, handelte es sich um die des Computerzentrums von INTERPOL, der internationalen Polizeiorganisation. Sie hatte schon vor Jahren gelernt, wie man sich dort Zugang verschaffen konnte.

»Geben Sie nach dem Tonzeichen das gewünschte Hilfsprogramm ein«, trug ihr eine Computerstimme auf.

Piep...

»Sieben, null, Charlie.«

»Danke.«

»Datenbank Telefonnummern«, sagte ein paar Sekunden später eine echte Stimme. »Ihr Kode, bitte.«

»Viktor, Anton, sechs, eins, neun, Delta.«

»Sie sind befugt. Bitte fahren Sie fort.«

Chimera gab die Telefonnummer durch, die der Outsider gewählt hatte.

»Anschluß ermittelt.«

»Alle Nummern, die von diesem Anschluß in den letzten fünfzehn Minuten gewählt wurden.«

»Bleiben Sie am Apparat.« Es dauerte fünfundzwanzig Sekunden. »Ein einziges Gespräch von zwei Minuten und neunundzwanzig Sekunden Dauer. Folgende Nummer wurde gewählt...«

Chimera prägte sich auch diese Nummer ein, doch sie wollte noch etwas anderes wissen. »Die Adresse dieses Anschlusses, bitte.«

»Bleiben Sie am Apparat.«

Diesmal benötigte der Computer vierzig Sekunden, um die gewünschten Daten zu ermitteln. Allein die Dauer der Suche verriet Chimera, daß die Nummer, die die Schaltstation, an die der Bericht der Outsider gegangen war, gewählt hatte, auf einem anderen Kontinent liegen mußte. Das nächste Glied der Kette... ein Glied, das vielleicht alle Hintergründe kannte.

»Adresse ermittelt«, sagte die Stimme und nannte sie.

Zwanzigstes Kapitel

»Sie werden in zwölf Stunden zu Hause sein«, sagte Richards zu Jamie. Sie saßen auf dem Rücksitz einer Limousine, die sich den Weg durch den Verkehr von Tegucigalpa bahnte.

»Ich bin nicht in Washington zu Hause«, gab Jamie zurück und streckte die Beine aus, soweit es ihm die beengten Verhältnisse erlaubten. Der Vordersitz auf der Beifahrerseite war nicht eingerastet, und jedesmal, wenn er dagegenstieß, wackelte er.

»Sie werden nicht lange in Washington bleiben.«

»Das sagen Sie.«

»Ihre Schwester war eine Spitzenagentin, Jamie. Wir werden den Chip finden, denn sie muß ihn irgendwo versteckt haben, wo man ihn finden *kann.* Sie wird es uns leicht gemacht haben.«

»Dann hätten Sie mich auch hier auf den Kopf stellen können, aber wir sind dreitausend Kilometer von zu Hause entfernt, und vielleicht schafft der Chip es ja nicht zurück nach Washington, oder?«

»Ich gehe auf Nummer Sicher«, erwiderte Richards.

Der Volvo wurde von einem der gut gekleideten Posten gefahren, der vor seiner Zimmertür gewacht hatte. Die andere Wache saß auf dem Beifahrersitz. Die Fahrt zum Flughafen führte durch die verschlungenen, hügeligen Straßen der Hauptstadt von Honduras. Sie erinnerten Jamie seltsamerweise an San Francisco, eine Stadt, die er nur kannte, da die Giants dort einmal ein Spiel bestritten hatten. Der Verkehr bewegte sich in kurzen, entnervenden Stößen, denen genauso oft ebenso entnervende Stockungen folgten.

Die Straße führte schließlich in den flacheren Stadtteil, in dem der tägliche Markt abgehalten wurde. Hier gab es frische Lebensmittel zu kaufen, und die Menschen versammelten sich in Scharen, um das überreichliche Angebot zu begutachten. Viele Läden bestanden lediglich aus umgebauten Karren, einfachen Kisten mit vier Rädern, die mit Tauen mit einem hinten angebrachten Lenkrad verbunden waren. Aus diesen Karren ließ sich hervorragend verkaufen, doch sie reduzierten den Verkehrsfluß auf eine einzige Spur in jede Richtung, wobei sich die Autos Meter um Meter vorwärts kämpfen mußten. Die zahlreichen Armen der Stadt hatten sich ebenfalls hier eingefunden, um zu betteln oder Abfälle zu sammeln. Die Händler beschimpften sie und verjagten sie mit Besen oder Stöcken. Die Luft roch nach Autoabgasen, und der widerwärtige Gestank schien sich im Tal zu sammeln. Ständig quietschten irgendwo Bremsen, während die Fahrer einen Meter weiterkamen und dann wieder anhalten mußten, was zusätzlich zu der Nervosität beitrug, die durch das gespannte Schweigen im Inneren der Limousine hervorgerufen wurde. Jamie streckte erneut die Beine aus, und wieder wackelte der Sitz vor ihm bei der Berührung.

Der Fahrer trat auf die Bremse, und Jamie sah, daß die Straße diesmal von einem Lieferwagen blockiert wurde, der zu wenden versucht hatte und nun zwischen zwei geparkten Wagen eingeklemmt war. Menschen standen streitend um die Fahrzeuge, doch niemand unternahm etwas, um die Situation zu bereinigen. Richards sah sich auf der Suche nach einer Ausweichmöglichkeit um. Als er keine fand, ließ er sich unbehaglich neben Jamie zurückfallen.

»Wenn nötig, werde ich auf dem Flughafen anrufen und das Flugzeug zurückhalten«, sagte er und versuchte dabei, zuversichtlich zu klingen.

Jamie schenkte seinen Worten keine Beachtung. Es war ihm gleichgültig, ob er nun auf dem Flughafen oder in einem Verkehrsstau warten mußte.

Die meisten Einheimischen gingen weiter, während die Bettler die Gelegenheit wahrnahmen und vor jedem größeren Wagen um amerikanisches Geld baten, was die Verkehrssituation nicht gerade beruhigte. Der Fahrer verscheuchte einige, doch einer, der sich von der Seite genähert hatte, klopfte beharrlich gegen das Fenster auf der Beifahrerseite. Sein Lächeln enthüllte bräunlich-gelbe Zähne. Das Summen der Klimaanlage übertönte seine Worte, und Jamie sah nur, wie sich seine Lippen bewegten, während er unentwegt klopfte.

»Verdammt«, sagte Richards. »Verscheuchen Sie ihn doch endlich.«

Der Wachposten auf dem Beifahrersitz betätigte die elektrische Fensteröffnung. Augenblicklich senkte sich die Scheibe und ließ einen Schwall warmer, übelriechender Luft in das kühle Wageninnere strömen. Ganz beiläufig fiel Jamie auf, daß etwas nicht stimmte. Der Bettler hatte die Hände nicht ausgestreckt, um ein paar Münzen in Empfang nehmen zu können, sondern unterhalb der Fensterebene verborgen. Er hätte dem fast keine Beachtung geschenkt, doch dann fiel ihm auf, daß die Augen des Mannes zu ruhig waren, sein Blick zu konzentriert und sicher.

Jamie hatte sich schon in Bewegung gesetzt, als der Bettler eine Maschinenpistole hochriß. Einen Augenblick bevor die Schnellfeuersalven das Innere des Wagens zerfetzten, warf er sich zu Boden. Er sah noch, wie die Mündung der Maschinenpistole aufblitzte, und fühlte, wie warmes Blut aus dem gespaltenen Kopf des Wachpostens im Sitz vor ihm über ihn spritzte. Dann erschoß der Bettler Richards und den Fahrer mit derselben Salve, und ihre Schreie explodierten mit dem Blut.

Der Bettler lehnte sich weit durch das Fenster, um sein Werk zu begutachten, wohl damit rechnend, daß seine Kugeln alle Insassen getötet hatten. Jamies Schulter lehnte an dem lockeren Beifahrersitz, und er wußte augenblicklich, was er zu tun hatte.

Er stieß seinen Körper mit aller Kraft und seinem gesamten Gewicht nach oben und vorn. Es unterschied sich kaum von einem harten Rempler gegen eine Puppe im Trainingslager. Der Sitz ruckte vor und flog aus seiner Verankerung. Er klemmte Kopf und Hals des Bettlers ein, und Jamie drückte hart dagegen, um den Mann an Ort und Stelle zu halten. Er hielt zwar noch die Maschinenpistole in der Hand, konnte sie aber nicht benutzen.

Mittlerweile hatte sich Jamie mit dem Sitz erhoben. Er griff herum, fand den Kopf des Bettlers und hämmerte ihn hart gegen die Windschutzscheibe. Das Glas zerbrach, und Jamie stieß den Kopf noch einmal vor; diesmal hatte er seine gesamte Kraft in die Bewegung gelegt. Der Kopf des Bettlers brach blutüberströmt durch das Glas und blieb dort stecken.

Jamies Instinkt drängte ihn, aus dem Wagen zu springen und zu laufen. Doch ein Aufblitzen kalter Vernunft ließ ihn innehalten. Er griff nach Richards' blutverschmierter Brust. Der Kopf des CIA-Mannes war schräg nach oben gelegt; seine toten Augen starrten den blutgesprenkelten Himmel des Wagens an. Jamie zwang eine zitternde Hand in die Brusttasche seiner Anzugjacke und zog ein Päckchen hervor, das seinen neuen Paß und ein Flugticket nach Hause enthielt.

Seine Lebensversicherung.

Dann ließ er sich aus dem Wagen fallen und schlich geduckt durch den schnaubenden Verkehr um ihn herum. Auf der Straße herrschte das nackte Chaos; die Menschen liefen in alle Richtungen auseinander, ließen ihre Fahrzeuge einfach stehen, und Schreie ersetzten das Quietschen und Kreischen der Bremsen. Einige mobile Verkaufskarren waren umgekippt, und ihre

Güter hatten sich über die Straße ergossen. Jamie wußte, daß andere Killer dem Bettler Deckung gegeben haben mußten. Vielleicht umzingelten sie ihn schon; sie kannten ihn, während er nicht wußte, wie sie aussahen.

Aber er hatte die Menschenmenge.

Er schloß zu der nächsten Gruppe auf und mischte sich darunter, bewegte sich, wie die Leute sich bewegten, schrie und fluchte mit ihnen. Er hatte keine Ahnung, in welcher Richtung die Botschaft lag; es waren jedenfalls mehrere Blocks, zu viele, um die Strecke unter diesen Umständen zu Fuß zurückzulegen. Er mußte ein Telefon finden und Danzig anrufen.

Die Menge strömte nun in eine Seitenstraße, und Jamie ging weiter, jeden Augenblick damit rechnend, daß sich die Killer von hinten näherten. Er schritt schnell aus und lauschte auf jede ungewöhnliche Bewegung. Er wußte, er würde einen Angriff ahnen wie eine unmittelbar bevorstehende Rempelei auf dem Footballplatz. Doch wenn er sich jetzt umdrehte, würden sie ihn in der Menge ausmachen können.

Jamie ging weiter. Er wurde erst langsamer, als er die Menschenmenge hinter sich gelassen hatte. Vergeblich suchte er nach einer Telefonzelle, von der aus er die Botschaft anrufen konnte. Er näherte sich einer Geschäftsstraße, die von Gebäuden beherrscht wurde, die wesentlich höher waren als alle anderen, die er bislang gesehen hatte. Er betete darum, daß sich ein Hotel unter ihnen befinden mochte, ein großes mit zahlreichen Münzfernsprechern in der Lobby.

Er entfernte sich von dem Markt, und während einige der Gebäude neuer und höher waren, mußten sie dennoch mit armseligen Hütten um Platz kämpfen. Tegucigalpa kannte so gut wie keine Städteplanung, was bedeutete, daß die vielen Obdachlosen sich niederlassen konnten, wo sie wollten.

Einen Hügel weiter erregte die große Markise des Hotels Maya Jamies Aufmerksamkeit. Er näherte sich schon dem Hotel, als ihm ein Schild auf der anderen Straßenseite auffiel: AMERICAN EXPRESS TRAVEL BUREAU.

Als er sich dem Kreditkartenbüro näherte, galt sein erster Gedanke den vielen Werbespots im Fernsehen, die eindrucksvoll beschreiben, welch schreckliche Dinge Reisenden zustoßen konnten. Er hatte immer über sie gelacht, doch nun öffnete er dankbar die Tür und betrat die von einer Klimaanlage erzeugte Kühle eines Büros mit drei Tresen, hinter denen identisch gekleidete Frauen saßen. Zwei davon hatten im Augenblick keinen Publikumsverkehr, und Jamie suchte sich die aus, die am weitesten vom Eingang entfernt war.

»Ich muß Ihr Telefon benutzen«, sagte er leise. »Es ist ein Notfall.«

»Ja«, erwiderte die Frau in akzentbehaftetem Englisch. »Darf ich Ihre Karte sehen?«

»Ich habe keine. Ich meine, ich habe eine, aber im Augenblick nicht bei mir.«

»Ihr Name, bitte.«

»Das ist wirklich ein Notfall.«

»Ich verstehe. Aber ich brauche trotzdem Ihren Namen.«

»Jamie Skylar.«

»Finde ich den Eintrag unter James?«

»Nein, Jamie.«

»Ihre Adresse?«

Jamie nannte sie ihr. Die Angst brannte wie Säure in seinem Magen. Er warf einen verstohlenen Blick zur Tür, halbwegs damit rechnend, draußen zwei dunkle Gestalten zu sehen.

»Na also«, sagte die Frau, nachdem sie die Informationen in ihr Computerterminal eingegeben hatte. »Brauchen Sie eine Ersatzkarte?«

»Ich will nur Ihr Telefon benutzen.« Ihm kam ein Gedanke. »Und ich könnte Bargeld gebrauchen.«

»Ihre Karte berechtigt Sie zu einer Abhebung von zweitausend Dollar.«

»Ja, gut.«

»Ich brauche nur Ihre Unterschrift...«

»Was ist mit dem Telefon?«

»Unterschreiben Sie hier, und Sie können anrufen, während ich das Formular ausfülle.«

Sie schob Jamie einen Abrechnungsstreifen zu, den er achtlos unterschrieb. Dann holte die Frau ein Telefon unter ihrem Tresen hervor und stellte es darauf. »Kann ich Ihnen die Nummer heraussuchen?«

»Kann ich nicht irgendwo... ungestört telefonieren?«

»Ich fürchte, einen anderen Apparat kann ich Ihnen nicht zur Verfügung stellen. Sagen Sie mir nur die Nummer, und ich wähle für Sie.«

»Ich kenne die Nummer nicht. Es ist die amerikanische Botschaft.«

Die Frau musterte ihn verwirrt. »Die liegt nicht einmal acht Häuserblocks von hier entfernt. Wenn Sie wollen, rufe ich Ihnen ein Taxi und...«

»Ich muß mit jemandem dort sprechen. Und zwar sofort.«

Die Frau holte ein Telefonbuch hervor, schlug es auf und wählte. Nach dem ersten Klingelzeichen gab sie Jamie den Hörer.

»Amerikanische Botschaft«, sagte eine fröhliche Stimme.

»William Danzig, bitte.«

»Und wer spricht dort?«

»Jamie Skylar.«

Eine Pause. Dann: »Ich fürchte, Mr. Danzig ist in einer Konferenz und kann nicht gestört werden.«

»Das ist ein Notfall. Stören Sie ihn.«

»Jawohl, Sir.«

Jamie nahm den Apparat und zog ihn so weit über den Tresen, wie die Schnur es erlaubte. Die Frau füllte sein Barauszahlunsformular aus. Die Sekunden verstrichen, und Jamie glaubte, allmählich keine Luft mehr zu bekommen.

»Danzig.«

»Hier Jamie Skylar.«

»Ich habe gedacht, die Telefonistin hätte sich geirrt. Warum zum Teufel sind Sie nicht am Flughafen?«

»Wir gerieten unterwegs in einen Hinterhalt. Ein Bettler mit einer Maschinenpistole. Alle anderen Insassen des Wagens sind tot.«

»*Was?*«

»Zwingen Sie mich nicht, es noch einmal zu sagen.«

»Richards?«

»Alle! Alle, hab' ich gesagt!«

»Mein Gott, was soll ich denn jetzt tun? Das ist nicht mein Metier. Ich muß jemanden auftreiben, der uns helfen kann...«

»Nein! Dafür haben wir keine Zeit! Nach allem, was ich weiß, könnten sie mich in diesem Augenblick schon gefunden haben.«

»Wo sind Sie?«

»Im American-Express-Büro gegenüber vom Hotel Maya.«

»In Ordnung, bleiben Sie da. Oder besser noch, warten Sie in der Hotelhalle. Ich kann einen Wagen der Botschaft mit ein paar Marines zu Ihnen schicken. Das gibt mir die Zeit, jemanden in der vierten Etage zu informieren.«

Richards' Etage, wie Jamie sich erinnerte.

»Nein«, sagte er plötzlich. »Nur Sie. Sie sind der einzige, dem ich vertraue. Sagen Sie niemandem Bescheid, bis ich bei Ihnen bin.«

Klick...

»Was war das?« fragte Jamie.

»Was war was?«

»Ein Geräusch in der Leitung, als hätte jemand einen anderen Apparat abgehoben.«

»Es *gibt* keinen anderen Apparat.«

»Ich habe es genau gehört!«

»Jamie, beruhigen Sie sich...«

»Nein! Sie haben das gesamte Gespräch mitgehört. Sie sind wahrscheinlich schon unterwegs.«

»Ihre Worte ergeben keinen Sinn.«

»Mit anzusehen, wie drei Menschen erschossen werden, ergibt auch keinen Sinn, aber es ist vor vielleicht fünfzehn Minuten passiert.«

»Ich schicke einen Wagen, Jamie. Ich lege jetzt auf und schicke sofort einen Wagen. Bleiben Sie an Ort und Stelle.«

»Vergessen Sie es, Danzig. Es ist zu spät. Ich verschwinde.«

»Wohin? *Das können Sie nicht!*«

»Sie haben keine Wahl, Cowboy. Wie wird es wohl Ihren Marines ergehen, wenn sie sogar Richards und seine Leute erledigen konnten?«

»Es ist Ihre einzige Chance! Hören Sie mir zu, Jamie, beruhigen Sie sich und bleiben Sie an Ort und Stelle.«
»Ich bin ganz ruhig und lege jetzt auf.«
»Nein, nicht! Ich gebe Ihnen eine abhörsichere Nummer.«
Und, nachdem er sie genannt hatte: »Bringen Sie sich in Sicherheit, und rufen Sie in zwei Stunden dort an. Bis dahin werde ich Hilfe zusammengetrommelt haben.«
Jamie wollte so schnell wie möglich fort. »Sie haben recht, Danzig«, sagte er trotzdem. »Das ist nicht Ihr Metier. Kommen Sie nicht auf die Idee, daß sie Leute in der Botschaft sitzen haben? Kommt Ihnen nicht der Gedanke, daß sie Richards nur so festnageln konnten?«
»Sie? *Wer?*«
»Ich habe leider kein Kleingeld mehr. Wir sprechen uns dann in zwei Stunden wieder.«

Jamie beschloß, die Zeit bis zum Rückruf nicht in einem einzigen Gebäude zu verbringen. Anscheinend ziellos, in Wirklichkeit jedoch wohlbedacht, schlenderte er umher, nahm keine Straße zweimal und mied kleine Gassen völlig. Dreimal kehrte er in Cafés ein und suchte sich jedesmal einen Tisch, an dem er mit dem Rücken zur Wand saß und die Straße im Blick behielt. Überzeugt, nicht verfolgt zu werden, verweilte er im dritten Café etwas länger und bestellte zwei große Cokes. Es gab kein Eis, doch die Colas waren ziemlich kalt und herrlich süß. Sie linderten die Trockenheit in seiner Kehle und den gewaltigen Durst, den die niederdrückende Hitze der Stadt hervorgerufen hatte.
Im Café gab es einen Münzfernsprecher mit Bedienungsanweisungen in Englisch wie auch Spanisch. Jamie beschloß, Danzig von hier aus anzurufen, und hoffte, daß der junge Attaché mittlerweile eine Möglichkeit gefunden hatte, ihn sicher in die Botschaft zu bringen. Die Leute, die ihn durch Nicaragua verfolgt hatten, waren noch immer hinter dem Mikrochip her, den auch Richards bei ihm vermutete, und entschlossener denn je, sich in dessen Besitz zu bringen.

Jamie warf ein paar Münzen ein, die er im American-Express-Büro bekommen hatte, und wählte die Nummer, die Danzig ihm gegeben hatte. Bereits beim ersten Klingelton hob jemand ab.

»Jamie!« erklang die Stimme des Attachés.

»Ist mein Taxi bereit?«

»Ich kann jetzt nicht sprechen. Wir müssen uns treffen.«

Jamie fühlte, wie die Furcht ihn neuerlich umfaßte. »Was ist los?«

»Jetzt nicht. Sie hatten recht, Jamie, mehr als Sie es vermuten.«

»Was geht bei Ihnen vor?«

Ein langes Schweigen, bevor der Attaché zögernd antwortete. »Die Morde heute nachmittag, Richards und die anderen — man hat Sie Ihnen in die Schuhe geschoben.«

Der Hörer wäre Jamie beinahe aus der Hand gefallen.

»Sind Sie noch da? Jamie, sind Sie noch da?«

Jamies Beine zitterten.

»Wir müssen Sie aus diesem Land herausschaffen. Zurück nach Hause, wo wir die Sache klären können.«

»Dann tun Sie es doch.«

»Ich arbeite daran. Sonst weiß niemand davon. Habe es keiner Menschenseele erzählt. Hören Sie zu, Richards hatte einen falschen Paß für Sie mitgebracht.«

»Ich habe ihn bei mir. Ich habe ihn mitgenommen, bevor ich den Wagen verließ.«

»Gut mitgedacht. Das erleichtert meine Aufgabe beträchtlich. Das Problem ist, ich versuche, die Sache allein zu regeln. Aber die ganze Botschaft ist in Aufruhr geraten, und ich bezweifle, daß jemand auf mich geachtet hat.«

»Ich will einfach nur nach Hause.«

»Noch ein paar Stunden. Mehr brauche ich nicht, um...«

Danzig hielt abrupt inne, und Jamie vernahm einen dumpfen Knall.

»Bill, sind Sie noch da? Bill?«

Es klickte, und die Leitung war tot. Das Freizeichen kehrte zurück. Danzig hatte sich geirrt: Jemand hatte *doch* auf ihn geachtet. Jamie legte den Hörer wieder auf. Das Café kam ihm plötzlich sehr voll vor, und alle Augen schienen auf ihm zu ruhen. Seine Gedanken rasten. Wie lange hatte er mit Danzig gesprochen?

Lange genug, daß man den Anruf zurückverfolgen konnte. Soviel stand fest. Er mußte hier raus und ständig in Bewegung bleiben, bis er das zweite Land verlassen konnte, in dem zahlreiche Menschen ihn tot sehen wollten. Und nun hatten es seine Verfolger ihm zusätzlich erschwert, indem sie ihn eines Mordes bezichtigten.

Die Botschaft suchte nach ihm. Die Polizei des Landes suchte nach ihm. Die Leute, die in Wirklichkeit hinter den Morden steckten, suchten nach ihm.

Jamie trat langsam aus dem Café auf die Straße, als ein harmloser Mann, der sich am späten Nachmittag unter die Menge mischte. Die Frau vor ihm mit dem Baby im Arm würde vielleicht plötzlich herumwirbeln und eine Pistole auf ihn richten. Der Geschäftsmann einen Meter hinter ihm würde ihm vielleicht ein Messer in die Rippen stoßen.

Einfach in Bewegung bleiben.

Ein völlig überfüllter Bus wollte sich an der Ecke vor ihm gerade wieder in den Verkehr einfädeln. Jamie setzte zu einem Spurt an und erwischte ihn gerade noch. Als er sich hineinzwängte, drehte er sich nach einem möglichen Verfolger um. Er sah keinen.

Natürlich konnten sie sich bereits in dem Bus befinden.

Nur darauf warten, daß er aufsprang.

Als der Bus losfuhr, schien sich die Welt wie verrückt um ihn zu drehen.

Einundzwanzigstes Kapitel

Chimera stand auf der Kartnerstraße in Wien, gegenüber der berühmten Oper. In ein paar Minuten würde die nächste Führung durch das Gebäude beginnen, und sie atmete tief durch. Bald würde sie sich den Zugang verschaffen, den sie so dringend benötigte.

Kirby Nestler hatte ihr geholfen, Australien zu verlassen, und nach einer irrwitzigen Reise über mehrere Kontinente und durch verschiedene Zeitzonen war sie schließlich hier eingetroffen. INTERPOL hatte als Adresse, die von Australien aus angerufen worden war, das Palais Schwarzenberg genannt. Es befand sich in einem eleganten Hotel des gleichen Namens und war eins der exklusivsten Restaurants von Wien, im Besitz und geführt von einem Mann namens Leopold Fuchs, einem langjährigen Kontrolloffizier der Outsider.

Wie auch Stein entsprach Fuchs perfekt dem Bild eines Outsiders. Beide waren Männer mit außergewöhnlich gutem Geschmack, die ihre Tarnexistenzen um ihr luxuriöses Leben aufgebaut hatten. Chimera hatte einige Male für Fuchs gearbeitet, als der wohlbeleibte kleine Mann noch unter einem anderen Namen in Venedig gelebt hatte. Fuchs hatte eine Vorliebe für unglaublich teure Weine und junge Knaben. Die letztere Neigung hatte in Venedig zu einem unerfreulichen Skandal geführt, und die Outsider hatten ihn hierher umgesiedelt. Nun, nach zwei Gesichtsoperationen und einer Bauchstraffung, war Fuchs noch immer einer der besten Männer des Networks.

Seine Reputation als Dandy ließ ihn Aufsehen erregen, wo immer er sich niederließ, und Chimera wunderte sich, daß die Outsider Leopold Fuchs' exzentrische Lebensweise duldeten. Agenten wie Chimera waren an die Organisation gebunden, weil sie nichts und niemanden sonst hatten. Höherstehende Mitglieder des Netzwerkes blieben jedoch dabei, weil die Organisation wußte, wie sie sie gleichzeitig zufrieden und aus Schwierigkeiten heraushalten konnte. Von all dem abgesehen, mußte Fuchs auch der Verbindungsmann gewesen sein, der die

Weiterleitung der Kisten übernommen hatte, die Crane aus Pine Gap geschmuggelt hatte. Im Augenblick war er Chimeras einzige Hoffnung, das Dutzend Kanister aufzuspüren, unter dem sich vier Antimaterie-Behälter befanden.

Eine Neuinszenierung von *Don Carlos* hatte an diesem Abend Premiere, und Chimera wußte, daß Leopold der Versuchung nicht widerstehen konnte, ihr beizuwohnen. Dort würde sie ihn erwischen. Die Ausrüstungsgegenstände, die sie dafür benötigte, befanden sich in einer billig aussehenden Schultertasche aus Sackleinen. Chimera hatte sich als Studentin verkleidet; altersmäßig war das noch kein Problem für sie, und so erregte sie am wenigsten Verdacht.

Der Sprengstoff in ihrer Tasche war bestenfalls eine Notlösung. Die Umstände machten es ihr unmöglich, einschlägige Händler aufzusuchen; aller Wahrscheinlichkeit nach hatte man bereits eine Prämie auf ihren Kopf ausgestzt. Also hatte sie nach ihrer Ankunft die nötigen Substanzen in Drogerien gekauft und am Abend dann eine Bombe zusammengebastelt. Als Zeitzünder diente ein kleiner Reisewecker, ebenfalls behelfsmäßig, aber wirksam.

Die Arbeit war kompliziert gewesen, und der Schlafmangel der letzten Tage machte sich bemerkbar. Vor einigen Jahren hatte sie gelernt, statt mit acht nur mit zwei Stunden Schlaf auszukommen, doch sie wollte sich nicht einmal diese beiden gönnen, bis sie dann bei der kompliziertesten – und gefährlichsten – Phase ihrer Arbeit einnickte. Aus zwei Stunden Schlaf wurden drei, und nach einer Dusche war sie dann gegen zehn Uhr morgens mit der Bombe fertig. Sie konnte sie natürlich nicht ausprobieren, zumindest nicht bis zu dem Augenblick, wo sie funktionieren mußte.

Nachdem sie mit der U-Bahn-Linie 1 zum Karlsplatz gefahren war, nahm sie ein schnelles Frühstück zu sich, ausgerechnet in einem McDonald's. Dann schlenderte sie durch die Fußgängerzone und studierte bis zum Mittag das Äußere der Oper. Das Gebäude war noch immer ein Brennpunkt des gesellschaftlichen Lebens in Wien, eins der wichtigsten Symbole des Wiederaufbaus nach den Zerstörungen des Zweiten Weltkriegs.

Eine Bombennacht hatte die Stadt stark mitgenommen, doch mit großer Entschlossenheit war sie schon vor geraumer Zeit in der gesamten Pracht wiederaufgebaut worden, in der sie sich Mitte des neunzehnten Jahrhunderts gezeigt hatte. Das byzantinische Opernhaus bestand aus altem, gelbem Granit mit handgeschlagenen Türrahmen und Verzierungen. Selbst von außen wurde ersichtlich, daß es über mehrere Ebenen verfügte, doch Chimeras Plan erforderte weit genauere Kenntnisse, nachdem sie sich erst einmal Zutritt verschafft hatte.

Um Mittag legte sie die fünf Minuten zur Staatlichen Theaterkasse in der Hanuschgasse zurück. Die Vorbestellungskasse war der einzige Ort, an dem sie in Erfahrung bringen konnte, welche Nummer Fuchs' Privatloge hatte. Sie war von zwölf bis eins geschlossen, doch die Tür stellte nur eine kleine Verzögerung für Chimera dar. Nachdem sie sie aufgebrochen hatten, fand sie fast sofort einen stählernen Karteikasten mit Karten der diesjährigen Abonnenten. Als sie unter ›F‹ nichts fand, brandete kurz Panik in ihr auf, doch unter ›L‹ gab es einen Eintrag für ›Leopold‹ mit der dazugehörigen Logennummer.

Sie kehrte noch gerade rechtzeitig zur Oper zurück, um an der für ein Uhr angesetzten Führung teilnehmen zu können. Nachdem sie Atem geschöpft hatte, überquerte sie die Straße und stellte sich an der Schlange vor dem Eingang an. Bei der ersten sich bietenden Gelegenheit würde sie sich von der Gruppe absondern und in dem Labyrinth der verschlungenen Hallen und Katakomben untertauchen. Unter der Oper befand sich ein Irrgarten aus Gängen und Räumen, die seit längerer Zeit nicht mehr benutzt wurden.

Wie sie es erwartet hatte, war es kein Problem, sich von der geführten Gruppe zu trennen, und sie schickte sich an, das große Gebäude auf eigene Faust zu erkunden. Ein- oder zweimal verirrte sie sich und mußte umkehren, um die Orientierung zurückzufinden. Um kurz nach vierzehn Uhr fand sie im Keller den Hauptsicherungskasten, entschloß sich aber, die Sprengladung erst anzubringen, sobald sämtliche Arbeiter der Tagschicht das Gebäude verlassen hatten. Es bestand immer die Möglichkeit, daß sich einer hier hinabbegab und ihre kleine

Vorrichtung entdeckte. Um halb drei hatte sie den Zentralkasten der Notbeleuchtung entdeckt, die sich über einen Sensor automatisch einschaltete, wenn die Hauptstromversorgung ausfiel. Dann nahm sie ihren Marsch durch die Gänge wieder auf, prägte sie sich ein, machte sich Aufzeichnungen und überlegte sich, wie sie ihr so erworbenes Wissen an diesem Abend am besten einsetzen konnte.

Chimera hielt sich in den dunklen, unterirdischen Ebenen der Oper verborgen, während sich der Tag langsam dahinzog. Sie wartete, bis sich um fünf Uhr nachmittags Stille über die Gänge gelegt hatte, und kehrte dann zum Hauptsicherungskasten zurück. Es dauerte nur drei Minuten, die selbstgebastelte Bombe anzubringen, und danach ging sie zum Notbeleuchtungssystem weiter. Chimera brauchte völlige Dunkelheit, wenn sie ihren Plan in die Tat umsetzen wollte, und dazu mußte sie den Sensor ›überlisten‹. Sie verband einen leicht umgebauten Walkman, der die nötige Spannung lieferte, sobald der Hauptstrom ausfiel, mit dem System. Da noch immer Strom floß, würde der Sensor die Notbeleuchtung nicht einschalten und die Oper in der völligen Dunkelheit belassen, die sie erschaffen hatte.

Vorbereitung und Timing war alles. Sollte ihr Plan Erfolg haben, mußte Chimera vor Fuchs' Privatloge sein, wenn um neun Uhr, eine Stunde nach Beginn der Aufführung, der Strom ausfiel.

Als die ersten Töne des Orchesters erklangen, kehrte Chimera schnell zu dem Versteck in einem der Gänge zurück, in dem sie ihren Werkzeugkasten verborgen hatte. Wenn sie ihre Jacke wendete, war sie vom gleichen Farbton wie die der Elektriker, die sie am Nachmittag in den Gängen gesehen hatte. Sie hoffte, sich in dieser Verkleidung ungehindert in der Oper bewegen zu können.

Um 8 Uhr 56 erreichte sie den Gang, an dem Fuchs' Loge lag. Sie kniete nieder, breitete die Werkzeuge neben sich aus und tat so, als würde sie an einer Steckdose arbeiten. Ihre Aufmerksamkeit schien auf ihre Aufgabe gerichtet zu sein, doch sie hielt den Blick auf die Tür gerichtet, die zu Fuchs' Privatloge führte.

8 Uhr 59...
Vier oder fünf Personen würden sich in der Loge befinden. Sie hatte ein Messer und ihre Hände, und mehr brauchte sie nicht.
9 Uhr...
Sie hielt einen ängstlichen Augenblick lang den Atem an, dann erloschen alle Lichter in der Oper. Chimera griff in der Dunkelheit zur Tür der Loge und fühlte, wie seine Leibwächter im Augenblick des Stromausfalls aufgesprungen waren und sich um ihn postiert hatten. Es war ihr gleichgültig, ob sie hörten, wie sich die Tür öffnete. Sobald sie erst einmal in der Loge war, gehörten die Wachen ihr.
Rumms...
»Was war das für ein Geräusch?« hörte sie Fuchs fragen, als der erste seiner Männer zu Boden ging. »Was ist da los?«
Ein weiteres polterndes Geräusch, dann ein Keuchen.
»Wer ist da?« Fuchs' Stimme klang nun verängstigt.
»Haltet sie auf! Hört ihr nicht? Bringt sie um!«
Ein Geräusch, als würde eine Blase zerplatzen.
Ein Scharren, und dann ein leises Gurgeln, das schnell wieder verklang.
Fuchs wollte schreien, als sich eine starke Hand über seinen Mund legte.
»Keine Bewegung, Fuchs«, flüsterte eine Stimme dem Dandy ins Ohr.
»Chimera«, begriff er.
»Nach Melbourne hätten Sie mit mir rechnen müssen.«
»Ich weiß nicht, wovon Sie sprechen. Das muß ein Mißverständnis sein. Können Sie das nicht sehen?«
»Es ist dunkel, Fuchs.« Chimera verstärkte ihren Griff. »Nein, ich glaube, Sie *haben* mich erwartet. Aber Sie waren sich Ihrer Leibwächter so sicher, daß Sie unvorsichtig wurden. Die Männer waren übrigens nicht schlecht, Fuchs.«
Chimera drückte die Hand wieder auf Fuchs' Mund und zerrte ihn schnell auf den Gang hinaus. Die Dunkelheit arbeitete für sie, aber der Erfolg ihres Plans hing auch von ihrer Schnelligkeit ab. Gestalten liefen um sie herum. Sie konnte ihre

Panik spüren, die genauso ihr Verbündeter war wie die Sprengladungen im Keller. Sie schleppte Fuchs zu einer Treppe und hinab in einen gruftähnlichen Raum, der nach dem Abwasserkanal stank, der dort hindurchfloß. Dann schaltete Chimera eine kleine Taschenlampe ein.

»Ich weiß, was Sie mit Crane gemacht haben, Fuchs, und dafür sollte ich Sie töten. Aber ich werde Ihnen eine Chance geben.«

»Was wollen Sie damit sagen?«

»Ich will damit sagen, daß Sie mir von der geheimnisvollen Gruppe erzählen können, die jetzt den Sprengstoff hat, den Crane aus Pine Gap schmuggelte. Sie haben diesen Teil der Operation von Anfang an geleitet. Crane war dahintergekommen, für wen Sie die Operation durchgeführt haben. Noch vor Pine Gap war er dahintergekommen. Eine Schattenregierung, so nannte er sie, die aus den Schatten treten und die Macht übernehmen will. Ein Umsturz. Eine Revolution, von der niemand weiß. Reden Sie!«

Fuchs schluckte so hart, wie es ihm möglich war. »Wenn ich rede, bringen sie mich um!«

Fuchs schrie leise auf, als Chimera ihm das Messer zeigte, eine eigentümlich schmale Klinge, die in dem spärlichen Licht kaum sichtbar war. »Dieses Messer ist eher eine Rasierklinge. Es schält die Haut ab, anstatt sie zu durchtrennen. Immer ein Stückchen. Die Narben, Leopold. Denken Sie an die Narben.«

»Wie können Sie so etwas tun?« kreischte er.

»Ganz einfach. Genau, wie Sie Crane töten konnten.«

Der Dandy wich instinktiv zurück, doch Chimera drückte die Spitze der geschwungenen Klinge gegen seine Wange.

»Ja, eine Revolution«, sagte er schließlich, »aber eine, die niemand mehr aufhalten kann. Zuerst wird es den Anschein haben, als hätten die Wähler Ihres Landes für einen kleinen Machtwechsel gestimmt.« Seine Gedanken schweiften ab. »Aber es spielt überhaupt keine Rolle, ob ich es Ihnen verrate oder nicht, denn aufhalten können Sie es sowieso nicht mehr. Geben Sie auf, solange Sie noch eine Chance haben.«

»Wenn ich aufgebe, Fuchs, hat die Welt ihre letzte Chance verloren.«

»Wovon sprechen Sie?«

»Crane flog nach Australien, um acht Kanister Quick Strike abzuholen. Er verließ den Kontinent mit vier weiteren, falsch beschrifteten Behältern, die Antimaterie enthalten. Jetzt hat sie Ihre Schattenregierung und weiß nicht einmal etwas davon. Sie wird sie zünden, und dann gibt es vielleicht gar keine Welt mehr, die sie beherrschen kann.«

»Sie lügen!«

»So eine große Phantasie habe ich nicht.«

»Wer sind sie, Fuchs? Wo kann ich sie finden?«

»Sie können sie nicht finden! Nicht einmal ich kann das!«

Chimera bewegte kurz die Klinge, und ein Blutrinnsal floß über die Wange des Dandys hinab.

»Hören Sie auf!«

»Reden Sie, und ich höre auf.«

»Sie nennen sich die Walhalla-Gruppe.«

Chimera fühlte, wie ihr Puls schneller ging.

»Sie operieren seit Jahren hinter den Kulissen, aber jetzt sind sie der Meinung, daß Ihr Land dringend braucht, was sie anzubieten haben.«

»Und das wäre?«

»Praktisch eine totalitäre Herrschaft. Die Aufgabe der Freiheit zugunsten der Sicherheit. Sie werden jedes Mittel einsetzen, um Drogen, Verbrechen, skrupellose Politiker und korrupte Beamte zu bekämpfen. Aber die Grundpfeiler Ihres Landes werden mit ihnen hinweggewischt.«

»Mein Land wird das nicht hinnehmen.«

»Ihr Land wird sogar darum *bitten*. Die Mitglieder der Walhalla-Gruppe sind Meister der Manipulation. Sie biegen die Ereignisse so hin, wie sie sie brauchen. Sie werden Ihr Land dazu bringen, nach dem zu rufen, was sie haben wollen, ohne daß die Menschen es überhaupt merken.«

»Wie?«

»Denken Sie nach, Chimera! In drei Wochen finden in Ihrem Land Wahlen statt. Walhalla hat die nötigen Schritte unternommen, um sicherzustellen, daß ihre Leute, einschließlich des Präsidenten, gewählt werden.«

»Schritte«, echote Chimera. »Sie sprechen über Nicaragua.«
»Das und mehr, doch Nicaragua ist der Schlüssel zu dem Vorhaben, die derzeitige Regierung in Mißkredit zu bringen und für ihre Abwahl zu sorgen. Walhalla hat das NNSK infiltriert und seinen Plan ausgearbeitet, zu diesem Zweck in den Vereinigten Staaten zuzuschlagen.«
»Die Quick-Strike-Sprengsätze...«
»Dafür hat die Gruppe sie gebraucht. Sie waren von Anfang an das Kernstück des Plans. Ein dramatischer Verlust an unschuldigen Menschenleben, für den die Nicaraguanischen Vereinbarungen – und damit die derzeitige Regierung – die Verantwortung tragen.«
»Wie? Was haben sie vor?«
»Das weiß ich nicht! Sie müssen mir glauben. Nur Walhalla weiß es.«
»Genau, und Sie wissen, wo ich die Gruppe finden kann.« Chimera schob das skalpellähnliche Instrument tiefer unter das Kinn des Dandys; eine Bewegung, und der Schaden würde irreparabel sein. »Sie werden es mir sagen, Fuchs. Sie werden es mir jetzt sagen.«

Der Präsident las den Bericht ein zweites Mal, während er den Stairmaster hinaufstampfte. Die automatische Geschwindigkeitsregelung des Treppenlaufbands war auf halbe Kraft eingestellt, doch Riseman schien Schwierigkeiten zu haben. Am Ringfinger der linken Hand trug er ein Meßband, dessen Daten auf den Bildschirm der Maschinen übertragen wurden. Sein Puls ging viel zu schnell und stieg stetig, während er die Seiten durchblätterte.
Die Wand vor dem Präsidenten war verspiegelt, so daß er Charlie Banks und Roger Allen Doane ansehen konnte, ohne sich umzudrehen. Er klappte den Bericht zu.
»Der verantwortliche CIA-Kontrolloffizier wurde heute in Tegucigalpa getötet«, sagte er, zum Teil zu sich selbst, um die Fakten leichter verdauen zu können. »Er war der Ansicht, daß sein Network einem Anschlag des Nicaraguanischen Solidari-

tätskomitees gegen dieses Land auf der Spur war. Dieser Bericht deutet an, daß die Dinge so einfach nicht liegen.« Die Beine des Präsidenten stampften weiterhin. »Eine Schattenregierung, die jederzeit aus den Schatten hervortreten und zuschlagen könnte. Was bedeutet das für Sie, meine Herren?«

Die beiden Männer, die rechts und links neben dem Stairmaster standen, hatten Richards' Bericht ebenfalls gelesen, doch keiner von ihnen sagte etwas.

»Antworten Sie mir, verdammt!«

»Die Wahl«, sagte Charlie Banks.

»Sie haben verdammt recht, die Wahl. Irgend jemand gibt sein Bestes, um die Regierung auf diese Art aus dem Amt zu drängen.«

»Sir«, sagte Roger Allen Doane, »die Verfassung gibt Ihnen das Recht, die Wahl zu verschieben.«

»Nur bei einem nationalen Notstand.«

»Ich würde meinen, das ist einer«, sagte Charlie Banks.

Bill Riseman schaltete die Geschwindigkeit des Stairmasters herab. »Und was soll ich der Öffentlichkeit sagen, Charlie? Daß uns eine geheime Gruppe, die seit vierzig Jahren unbemerkt im Dunkeln arbeitet, als nicaraguanische Nationalisten getarnt mit Sprengstoff, den sie aus Pine Gap gestohlen hat, diskreditieren will? Gott im Himmel, es fällt mir selbst schwer, das zu glauben. Nein, meine Herren, wir müssen sie selbst aufhalten, und das bedeutet, wir müssen herausfinden, wo sie zuschlagen wollen.«

»Die Informationen darüber befinden sich anscheinend auf dem Mikrochip, den dieser« — Doane hielt inne und schlug den Namen nach — »Jamie Skylar hat.«

»Und die CIA kann uns nur sagen, daß er sich in dem American-Express-Büro in Tegucigalpa über seine Kreditkarte zweitausend Dollar auszahlen ließ und dann spurlos verschwunden ist.«

»Er wird nach Hause kommen, Bill«, sagte Charlie Banks. »Welche andere Möglichkeit bleibt ihm?«

»Das bedeutet nicht, daß wir ihn auch finden. Sie haben den Bericht gelesen. Er hat Nicaragua überlebt, und er hat Honduras überlebt. Wir dürfen ihn nicht unterschätzen.«

»Wir sind auf *seiner* Seite«, sagte Charlie Banks.

»Aber das weiß er nicht«, erwiderte Doane.

»Aber er weiß, daß diese Schattenregierung den aus Pine Gap gestohlenen Sprengstoff hat, nicht wahr, Roger? *Welchen gestohlenen Sprengstoff?*«

Roger Allen Doane öffnete sein Notizbuch fast unwillig. »In dem Zeitraum, den er erwähnt, wurde eine Ladung davon nach Israel geschickt. Nur, daß Israel den Sprengstoff weder bestellt, noch jemals erhalten hat.«

»Was für eine Ladung?«

»Zwölf Behälter mit Quick Strike.«

»Wollen Sie mir sagen, daß unser Schattenkabinett über Quick Strike verfügt und es gegen uns einsetzen will?«

»So einfach ist das nicht. Bevor die Ladung herausging, wurden nur acht Kanister Quick Strike einsatzbereit gemacht.«

»Kommen Sie zur Sache!« brüllte der Präsident, und sein Blutdruck schnellte auf 240 hoch und blieb auf diesem Wert.

»Quick Strike wurde auf der siebenten unterirdischen Etage hergestellt, auf der Etage, in der zufällig die Antimaterie freigesetzt wurde.« Doane ließ den Satz ausklingen, als habe er bereits gesagt, was er sagen wollte. »Die Antimaterie hätte niemals auf der falschen Etage landen können, wären die betreffenden Kanister nicht falsch etikettiert worden.«

»Falsch etikettiert, damit sie herausgeschmuggelt werden konnten?«

»Das glaube ich nicht einmal, Sir. Die Computerbezeichnungen für die beiden Elemente sind fast identisch, und die Behälter, in denen die Antimaterie gelagert wird, sehen genauso aus wie die Quick-Strike-Kanister. Ich vermute, jemand in Pine Gap hat die Computerdaten verändert, um eine nicht genehmigte Lieferung herauszubekommen, und dabei hat der Computer die Antimaterie mit einer neuen Kennziffer versehen und sie dementsprechend falsch gelagert. Das erklärt, wie die Antimaterie ins falsche Stockwerk gelangte und Pine Gap vernichtet wurde.«

»Dann gingen diese zusätzlichen vier Behälter mit den acht heraus, die Quick Strike enthalten«, schloß der Präsident.

»Und in diesem Fall«, fügte Charlie Banks hinzu, »weiß derjenige, der die Ladung nun hat, gar nicht, *was* er da in den Händen hält.«

»Aber sie wollen den Sprengstoff doch einsetzen, nicht wahr?« fragte der Präsident, der nun fest das Geländer umklammerte. »Soviel wissen wir. Und was passiert dann, Mr. Doane? Was passiert dann?«

»Mr. President, um diese Frage genau beantworten zu können, müßte ich wissen, an welchem Ort die Antimaterie gezündet wird.«

»Ich weiß«, sagte Bill Riseman und musterte den Sicherheitsbehälter im Spiegel. »Ich habe mich über Antimaterie informiert. Doch wo auch immer es zur Freisetzung kommen wird, wir werden es mit einem gewaltigen Vernichtungspotential zu tun haben. Das Loch, das in die Atmosphäre gerissen wird, wird gewaltige Wirbelstürme und Flutwellen hervorrufen. Und an dem Explosionsort selbst wird nicht mehr viel übrigbleiben, abgesehen von einem Krater, der *viermal* so groß ist wie der von Pine Gap. Habe ich recht, Mr. Doane?«

Doane nickte nur.

Der Präsident drehte sich endlich zu Doane und Banks um. »Unsere Schattenregierung will diese Kanister einsetzen, um uns zu vernichten, und dabei werden sie auch alles andere vernichten, einschließlich sich selbst. Andererseits sind sie eigentlich nicht unsere Schatten, meine Herren, sie sind unsere Spiegelbilder. Nun, diesen Tatbetand können wir jedoch für uns einsetzen. Es ist an der Zeit, daß wir ihnen zeigen, wie wir die Dinge sehen. Charlie, ich möchte, daß die Wahrheit über diese fehlende Ladung durchsickert. Ich will, daß unsere Schattenfreunde wissen, was sie haben und was geschehen wird, wenn sie ihre Pläne in die Tat umsetzen. Ich will, daß sie Bescheid wissen.«

»Denken Sie an die Risiken, Bill.«

»Das ist es ja gerade. Sie werden nicht riskieren, ihr eigenes Land zu zerstören, weil ihr Schattenkabinett dabei ebenfalls umkommen würde. Und wenn sich nichts mehr spiegeln kann, stirbt auch das Spiegelbild.«

»Bill....«

»Lassen Sie es durchsickern, Charlie. Wir haben zwar alles zu verlieren, aber im Augenblick scheint das gar nicht mehr so viel zu sein.«

Zweiundzwanzigstes Kapitel

Sie drangen in kleinen Gruppen in die Vereinigten Staaten ein, die erste am Donnerstag, alle auf verschiedenen großen Flughäfen. Die Pässe, die sie bei ihrer Einreise vorlegten, wiesen sie als Mexikaner aus, die direkt aus ihrem Heimatland kamen. Ein Visum von Nicaragua oder eines anderen mittelamerikanischen Landes hätte vielleicht einen gellenden Alarm ausgelöst.

Dann warteten die Kommandos auf die bereits zuvor gebuchten Flüge, die sie nach Boston zu ihrem Treffpunkt bringen würden. Je näher sie ihrem eigentlichen Ziel kamen, desto geringer wurden ihre Sicherheitsvorkehrungen. Sie hatten die größte Hürde bereits genommen, indem sie ohne Zwischenfälle in das Land eingereist waren.

Sie reisten mit leichtem Gepäck, nur Schultertaschen mit dem, was sie unbedingt brauchten, um nicht aufzufallen. Alle weiteren Ausrüstungsgegenstände würden sie erhalten, sobald sie ihr letztes Ziel erreicht hatten. Diese Hilfsmittel und ihre Waffen waren im Verlauf der letzten Woche Stück um Stück ins Land geschmuggelt worden.

Colonel José Riaz erreichte New York mit einem Charterflug aus Mexico City. Die Maschine war voll besetzt, und die Klimaanlage fiel immer wieder aus. Er saß zwischen zwei anderen Passagieren eingequetscht in der mittleren Sitzreihe, und der Lärm und die zahlreichen Menschen verhinderten, daß er schlafen oder seinen Gedanken nachhängen konnte.

Riaz dachte über die rigorose Ausbildung der letzten sechs Tage nach. In all seinen Jahren als Soldat hatte er nie eine tödlichere, effizientere Truppe gesehen als die, die Esteban zusammengestellt hatte. Der Colonel rief sich seine kurze Zusammenarbeit mit sowjetischen *Spetsnatz*-Kommandos und sogar den amerikanischen Special Forces in Erinnerung zurück. Die Männer, die ihn und Maruda auf die Insel begleiten würden, waren diesen Einheiten mehr als nur gleichwertig. Sie mochten den Geschmack und Geruch von Blut. Und das war nur gut so, denn bevor diese Sache vorbei war, würde noch viel Blut vergossen werden.

Das einzige Problem für Riaz stellte dieser Riese dar, Rodrigo. Zwar stand außer Frage, daß er von fast beängstigender brutaler Wirksamkeit war, doch ebenso, daß die Folter durch die Contras ihre Spuren hinterlassen hatte. Wie sollte man mit ihm kommunizieren, wenn er nicht sprechen konnte? Maruda hatte sich beharrlich für den Riesen eingesetzt und behauptet, dieses Problem lösen zu können. Wie der Hauptmann erklärte, hatten sie schon öfter zusammengearbeitet.

Die Besetzung der Insel und das Zusammentreiben der Geiseln würde ohne Schwierigkeiten vonstatten gehen. Auf dem nachgebauten Terrain hatten sie fast die ganze Zeit über trainiert, wie sie auf die verschiedenen Angriffs- und Befreiungstaktiken der Amerikaner reagieren mußten. Der Erfolg eines solchen Manövers beruhte fast ausschließlich auf dem Überraschungsmoment; doch solch ein Element war in diesem Fall nicht gegeben. Die amerikanischen Kommandos würden aus der Luft, vom Meer und vom Land her angreifen, und die amerikanischen Kommandos würden dabei umkommen.

Ein Lastwagen voller Ausrüstungsgegenstände erwartete ihn in einem Lagerhaus, das eine halbe Autostunde von der Insel entfernt lag. Er würde einen Wagen mieten und persönlich dorthin fahren, um jede Aufmerksamkeit von sich fernzuhalten.

Die mit mexikanischen Touristen vollbesetzte Maschine hatte ihren Landeanflug begonnen. Riaz schob seine Augenklappe zurecht und machte es sich so bequem wie möglich.

Die Walhalla-Gruppe traf sich, wo sie sich seit einer Generation immer traf. Draußen hämmerte ein herbstlicher Regensturm gegen die Fenster. Donner grollte, und das alte Haus ächzte unter der Kraft des Windes.

»Das soll kein Vorwurf gegen Sie sein, Marlowe«, sagte Simon Winters zu dem braunen Lautsprecher. »Aber wir müssen den Tatsachen ins Auge sehen. Wegen Jamie Skylar und der Informationen, die er von Chimera bekommen hat, wurde die Regierung auf uns aufmerksam, ganz zu schweigen von der bevorstehenden Operation.«

Am anderen Ende der Leitung schluckte Marlowe hart. Zu seinen Gunsten sprach nur noch, daß sich der Mikrochip noch in Skylars Besitz befinden mußte. Ansonsten wäre die gesamte Logistik der Operation bereits hinfällig geworden.

»Ich erlaube mir, anderer Meinung zu sein, Sir. Sie wissen nichts von unserer Operation.«

»Ach nein? Sie wissen von Pine Gap. Sie wissen, daß wir den Sprengstoff haben.«

»Das ist nicht...«

»Mr. Marlowe«, unterbrach Winters, »wir haben Ihnen immer völlige Handlungsfreiheit gewährt. Wie Sie Ihre Pläne in die Tat umsetzen und was Sie uns sagen und was nicht, bleibt weiterhin Ihnen überlassen. Doch diesmal müssen wir uns mit der Tatsache befassen, daß in Pine Gap schwerwiegende Fehler gemacht wurden. Fehler, für die weder Sie noch sonst jemand unter unserer Kontrolle etwas können.«

»Was aber nichts an den Tatsachen ändert«, beharrte Benjamin Pernese, dessen von dem Star getrübtes Auge zuckte. »Wir müssen sowohl diese Quick-Strike-Kanister wie auch diese ... Antimateriebehälter zurückrufen. Unter diesen Umständen können wir nicht riskieren, daß es zu einer Explosion kommt.«

»Ihnen ist klar, daß wir damit die Operation Donnerschlag abbrechen müssen«, sagte die Stimme aus dem Lautsprecher.

»Die beiden zusätzlichen Teile unseres großen Gesamtplans bleiben in Kraft«, hielt Margaret Brettonwood dagegen. »Vielleicht reichen sie aus, um uns am Wahltag den Sieg zu sichern.«

»Vielleicht aber auch nicht, Ma'am. Wären Sie damit einverstanden«, schlug Marlowe vor, »wenn ich persönlich die vier fraglichen Behälter aussortiere und zurückhole?«

»Unseren Quellen zufolge lassen sich die Kanister, die den Quick-Strike-Sprengstoff enthalten, nicht von denen mit der Anitmaterie unterscheiden, jedenfalls nicht rein visuell.«

»Und sind Sie schon auf die Idee gekommen, daß diese ›Quellen‹ die ganze Geschichte nur erfunden haben könnten, um uns abzuschrecken?«

Simon Winters schüttelte den Kopf. »Sollen wir vielleicht auch annehmen, daß die Regierung Pine Gap vernichtet hat, um ihrer Geschichte Glaubwürdigkeit zu verleihen? Nein, Marlowe, sie sagt die Wahrheit, und damit müssen wir uns abfinden.«

»Vergessen Sie Pine Gap«, warf Benjamin Pernese ein. »Dank Jamie Skylar und Chimera wissen sie auch von unserer Existenz. Und dafür tragen Sie die Verantwortung, Marlowe. Wegen Ihnen sind sie uns durch die Finger geschlüpft, und deshalb steht jetzt weit mehr als nur die Operation Donnerschlag auf dem Spiel.«

»Wir sind mit solchen Problemen bislang immer fertig geworden«, warf Simon Winters abrupt ein, »und werden auch in Zukunft mit ihnen fertig werden. Wir müssen Mr. Marlowes Enttäuschung verstehen, und sein Zögern, seine Operation abzubrechen. Doch Sie, Mr. Marlowe, müssen genauso verstehen, daß uns keine andere Möglichkeit mehr offensteht als die, für die wir uns entschieden haben. Wir verlassen uns darauf, daß Sie die Kanister von der Insel zurückholen.«

»Jawohl, Sir.«

»Das bedeutet, daß Sie auch Riaz und seine Leute zurückrufen müssen. Ist das ein Problem?«

»Nein, Sir.«

»Natürlich müssen wir uns mit Chimera und Jamie Skylar befassen«, fuhr Winters fort. »Sie stellen ein Problem dar und sind imstande, uns weiteren Schaden zuzufügen. Vielleicht haben sie sogar eine Spur aufgenommen, die sie letztendlich zu uns führen wird. Für mich stellt das eine genauso große Bedrohung wie die Antimaterie dar, Marlowe.«

»Überlassen Sie sie mir«, sagte der militärische Repräsentant der Walhalla-Gruppe zuversichtlich.

»Wir haben Sie Ihnen bislang überlassen«, konterte Benjamin Pernese.

»Aber diesmal wissen wir, wohin sie sich wenden werden.«

Draußen prasselte der Regen auf die Straße.

Jamie Skylar versuchte vergeblich, auf dem Flug von Chicago nach New York Schlaf zu finden, der letzten Etappe einer anscheinend endlosen Reise. Er rutschte auf dem Sitz hin und her und versuchte, seine Gedanken abzuschalten, doch es ging einfach nicht.

Die abrupte Unterbrechung seines Telefongesprächs mit Danzig in der Botschaft hatte ihm vollends deutlich gemacht, daß er völlig allein dastand. Eine Flucht über den Flughafen der Hauptstadt war unmöglich, da der Feind dort zuerst nach ihm suchen würde. Welcher Ausweg blieb ihm also?

Die Antwort lag buchstäblich vor ihm. Der ersten Busfahrt war eine zweite gefolgt, und dann schließlich die dritte von Tegucigalpa nach Guatemala-Stadt. Die Reise dauerte anstrengende acht Stunden und endete mit einer Taxifahrt zum überfüllten Flughafen La Aurora. Erst nach weiteren acht Stunden bekam er einen Platz auf einem Pan-Am-Flug nach Los Angeles, wo er den Mittwochabend in einem Flughafenhotel verbrachte. Er vergaß, sich wecken zu lassen, und wachte um ein Uhr mittags auf, steif und kein bißchen erholt. Die erste verfügbare Maschine von Los Angeles ging nach Chicago, und dort wartete er nervös darauf, daß sich der Nebel hob, bevor er schließlich an Bord seiner Maschine nach New York gehen konnte.

Er kehrte nach Hause zurück.

Aber was half ihm das schon? Was hatte er dort zu erwarten? Seine Schwester war tot, eine in ihrer Endgültigkeit qualvolle Tatsache. Jamie hatte schon so oft körperliche Schmerzen ertragen müssen, daß sie ihm wohlbekannt waren. Doch der Schmerz der Leere und des Verlustes war schlimmer. Jedesmal, wenn er die Augen schloß, sah er Beth' Gesicht vor sich. Doch irgend etwas war mit seinem Gedächtnis geschehen. Er konnte sie sich nur vorstellen, wie er sie zuletzt gesehen hatte: verkrümmt auf der Treppe liegend, praktisch ohne Gesicht. Er suchte in seinen Erinnerungen danach, wie sie vorher gewesen war, doch dieses Bild wollte sich nicht einstellen, da er sie gar nicht gekannt hatte.

Sie war eine Spionin, eine Agentin gewesen. Er war nach Nicaragua geeilt, weil sie ihn brauchte, nicht aus den Gründen, die er vermutet hatte. Er war zu ihrem Kurier geworden, zu einer Möglichkeit, die Informationen herauszuschmuggeln, die sie das Leben gekostet hatten. Durch die Trauer und den Kummer stieg immer wieder die Wut in ihm hoch. Es gab nur eine Möglichkeit, sie abzuleiten, und die bestand darin, am Leben zu bleiben und die Mächte zu vernichten, die seine Schwester getötet hatten. Wenn auch er starb, wäre sie umsonst gestorben. Irgendwo, irgendwie, mußte er den Mikrochip aber noch haben, und wenn er sich zu den richtigen Leuten durchschlagen konnte, würden sie ihn finden. Er konnte seine Gegner besiegen, weil er sie bereits besiegt hatte. In Nicaragua und dann erneut in Honduras.

Verdammt, sie haben Angst vor mir. Vielleicht genausoviel Angst wie ich vor ihnen.

Die Angst bedeutete, daß er sie verletzen konnte. Und er wollte sie verletzen. Mehr als alles andere, was er je im Leben erstrebt hatte, wollte er ihnen schaden.

Erschöpft, ausgehungert und dringend einer Dusche bedürftig, traf Jamie auf dem Flughafen La Guardia in New York ein. Die Stewardeß hatte an Bord über die Lautsprecheranlage die genaue Ortszeit durchgegeben, doch er brauchte eine Weile, bis er wußte, welchen Tag man schrieb.

Donnerstag. Ja, Donnerstag, kurz vor neun.

Als er erst einmal den Terminal betreten hatte, kam ihm seine Lage nicht mehr so schlimm vor wie während der gesamten Reise von Honduras hierher. Nun konnte er sich endlich in Ruhe überlegen, wie er vorgehen wollte. Das FBI erschien ihm eine so gute Möglichkeit wie jede andere. Er fragte sich, ob es in New York ein Büro unterhielt und ob es so spät am Abend noch geöffnet war.

Vielleicht würden sie es extra für ihn öffnen.

Er ging an einem Kiosk vorbei und blieb aus einer reinen Laune stehen, um sich eine Zeitung zu kaufen, die Abendausgabe der *New York Times*. Er gab dem Mädchen hinter der Theke einen Dollarschein und warf einen Blick auf die Titelseite. Die Schlagzeile sprang ihm geradezu entgegen.

AMERIKANISCHER FOOTBALLSPIELER WEGEN DROGENMORD AN DREI ANGEHÖRIGEN DER AMERIKANISCHEN BOTSCHAFT IN HONDURAS GESUCHT

Plötzlich zitterte er vor Kälte. Es war schlichtweg dumm von ihm gewesen, nicht damit gerechnet zu haben.

»Die Morde heute nachmittag, Richards und die anderen — man hat sie Ihnen in die Schuhe geschoben.«

Danzigs Worte, eine Warnung an ihn. Irgendwie hatte Jamie die Bedeutung dieser Warnung verdrängt.

»Sir?«

Das Mädchen hinter der Theke hielt ihm sein Wechselgeld entgegen. Plötzlich hörte er, wie sich auf dem Linoleum schnelle Schritte in seine Richtung näherten. Er drehte sich nicht einmal um und lief, so schnell er konnte, zu dem ersten Schild mit der Aufschrift AUSGANG, das er sah.

Dreiundzwanzigstes Kapitel

Chimera wußte von Anfang an, daß etwas nicht stimmte. Das ›Gespräch‹ mit Fuchs hatte sie nach Fairfax, Virginia, geführt, und zu dem großen, eingezäunten Landsitz, den sie seit einigen Minuten durchsuchte. Bevor sie das Gelände betrat, hatte sie sich überlegt, wie sie sich am besten Zutritt verschaffen und die Wachposten ausschalten oder ihnen ausweichen konnte.

Nur, daß es keine Wachposten gab.

Das Haus selbst lag in tiefer Dunkelheit, doch der große Hof und der Garten wurden von einem unheimlich wirkenden Flutlicht erhellt. Nur einige Scheinwerfer streiften das Haus, doch dort kündigten lediglich die sich bewegenden Schatten von Bäumen von Leben.

Das fehlende Licht bot den ersten Hinweis darauf, was hier geschehen war. Ein schneller Blick zur nächsten Straßenlampe ergab, daß das Glas zerbrochen war; Splitter lagen gegenüber von ihrem Wagen auf dem Bürgersteig.

Ein Schußwechsel.

Chimera ging vorsichtig zum Tor. Unter ihrer schwarzen Lederjacke hielt sie dieselbe Pistole vom Modell Sig Sauer verborgen, die sie gegen Cranes Mörder eingesetzt hatte. Sie zog die Waffe, als sie das Tor erreichte. Es war nicht verschlossen und öffnete sich mit einem leichten Knirschen, als sie es aufschob.

Als sie zu einem dichten Gestrüpp rechts neben dem Tor schlich, gefror ihr Atem in der kalten Nacht zu Nebel. Sie hielt die Waffe jetzt fest in der Hand und war noch einen halben Meter von den Büschen entfernt, als sie die erste Leiche sah. Sie war in den Busch gezerrt worden, und nur die untere Hälfte eines Beins ragte daraus hervor. Chimera bemerkte den Schuh und bückte sich, um den Toten zu untersuchen. Sie drehte ihn um, um mit der Taschenlampe in sein Gesicht leuchten zu können, und als sie die Hand zurückzog, klebte eine kalte Feuchtigkeit daran. Sie mußte ihre Finger nicht erst ansehen, um zu wissen, daß es Blut war; der scharfe Kupfergeruch war bereits in ihre Nase gedrungen.

Auf dem Weg zum Haus fand sie zwei weitere Leichen in den Büschen. Sie waren noch warm, das Blut war noch nicht eingetrocknet. Wer immer die Männer getötet hatte, er war noch nicht lange fort, wenn überhaupt.

Sie ging zum Haupteingang des Hauses weiter, der sich auf einer prachtvollen Veranda hinter drei majestätischen Säulen befand. Dabei wich sie sorgsam den beleuchteten Stellen aus; womöglich lagen die Mörder noch auf der Lauer und warteten auf weitere Opfer. Die völlige Dunkelheit im Landhaus stellte die für sie bestmögliche Deckung dar.

Die Doppeltür aus Mahagoni war nicht verschlossen, was Chimera allerdings auch nicht überraschte. Sie öffnete die rechte Tür und glitt lautlos hinein, die Pistole fest umschlossen, auf das geringste Geräusch achtend. Der Marmor des Foyers wich einem Hartholzparkett mit prachtvollen Orientläufern. Einer davon gab unter ihren Schritten etwas nach. Mehrere Männer waren schnell über den Teppich gelaufen und hatten ihn ein Stück verrückt.

Ihre Augen hatten sich mittlerweile an die Dunkelheit gewöhnt, und durch die Fenster fiel genug Licht, um sich einigermaßen zurechtzufinden. Ihre geschärften Sinne führten sie zu einer halb offenstehenden Tür am Gang hinter der Halle. Als sie sie fast erreicht hatte, überkam sie das Gefühl und der Geruch des Todes. Fast zögernd trat sie über die Schwelle.

Äste rieben sich an den dicken Glasscheiben der Fenster. Da dieser Raum im Seitenflügel des großen Hauses vor allen Blicken verborgen war, bestand kein Grund, die Vorhänge zuzuziehen. Das spärliche Licht der Außenscheinwerfer erhellte kaum zwei Gestalten, die auf ihren Sesseln um einen Konferenztisch saßen. Chimera tastete an der Wand nach einem Lichtschalter, berührte drei davon und betätigte den mittleren.

Ein Kronleuchter über dem Konferenztisch leuchtete auf und erhellte das im Tod erstarrte Gesicht eines Mannes mit mehreren Schußwunden in der Brust. Offensichtlich war er von einer Maschinengewehrsalve getroffen worden, doch irgendwie hatten die Kugeln das mit einem Katarakt bedeckte Auge der Leiche verschont, das sie obszön ansah.

Neben dieser Leiche fand Chimera die einer ähnlich verstümmelten Frau. Die Kugeln hatten den Mann nach oben gerissen, doch die Frau war auf den Tisch gefallen, so daß ihr Gesicht nicht zu sehen war, und das Blut ihrer Schußverletzungen hatte sich über die hölzerne Tischplatte ausgebreitet und war bis zu einem braunen Lautsprecher geflossen.

Diese Mitglieder der Walhalla-Gruppe waren abgeschlachtet worden. Doch was war mit den restlichen beiden? Fuchs hatte ausdrücklich von vier Führern gesprochen. Noch immer die Pistole umklammernd, suchte Chimera mit den Blicken den Raum ab. Die anderen Sessel um den Konferenztisch waren leer, doch der am Kopf war zurückgeschoben worden. Als sie näher trat, sah sie, daß das braune Leder mit Blut gefleckt war, das auch auf den Teppich getropft war. Die Flecke bildeten eine deutliche Spur, die aus dem Zimmer führte. Chimera folgte ihr durch die Tür und nach links durch den Gang.

Die Spur führte zum hinteren Teil des Landhauses, wo sie eine zweite aufstehende Tür ausmachte. Dahinter flackerte ein dumpfer, gelber Lichtschein. Sie sprang hinein, die Pistole schußbereit haltend, und stellte fest, daß das Licht von einem kleinen Kaminfeuer direkt vor ihr kam. Die prasselnden Flammen erhellten eine holzgetäfelte Bibliothek. Dort neben dem Feuer, aus dem großen Erkerfenster schauend, das den Garten des Landhauses überblickte, saß ein weiteres Mitglied der Walhalla-Gruppe.

»Das war immer mein Lieblingszimmer«, sagte der Mann.

»Simon Winters«, erwiderte Chimera.

Der alte Mann wandte ihr den von weißem Haar bedeckten Kopf zu. Er spuckte Blut, und sie sah, daß er dem Tode nahe war.

»Die Killer haben nicht nachgesehen, ob ich eine kugelsichere Weste trug«, sagte er, die Worte geradezu über die Lippen zwingend. »Alte Gewohnheiten gibt man nicht auf. Doch es spielte keine Rolle. So viele Kugeln. Und genug davon schlugen durch.« Er hustete wieder krampfhaft.

»Wer hat das getan?« fragte Chimera, näher tretend.

»Sie wissen, wer wir sind, nicht wahr?«

Sie antwortete nicht.

Winters' Augen schienen sie endlich wahrzunehmen und kündeten von milder Überraschung. »Chimera... Nur Sie hätten es gewagt, dieses Haus allein zu betreten. Ich wußte, daß Sie uns finden würden. Ich wußte es von Anfang an...«

Die Worte des alten Mannes wurden von einem Hustenanfall abgelöst, und sein Kopf zuckte vor. Chimera befürchtete schon, daß der Tod ihn besiegt hatte, doch er klammerte sich starrköpfig ans Leben.

»Wer hat das getan?« wiederholte sie.

»Marlowe«, sagte Winters. »Es muß Marlowe gewesen sein. Er hat das Treffen einberufen. Ich hörte, wie er über den Lautsprecher lachte, als seine Killer auftauchten.«

»Über den Lautsprecher?«

»Unsere Sicherheitsvorkehrungen verboten es, daß die anderen Mitglieder der Gruppe unseren militärischen Repräsentanten persönlich kennenlernten. Ich habe ihn Marlowe genannt, nach der Gestalt aus Conrads Büchern.« Winters atmete so schwer ein, daß Chimera glaubte, er würde keine zehn Sekunden mehr leben. »Ich hätte es wissen, hätte es vermuten müssen. Er war zu schnell bereit, auf unsere Forderungen einzugehen, widersetzte sich ihnen kaum.«

»Was widersetzte er sich nicht?«

»Unserer Entscheidung, die Operation Donnerschlag abzubrechen.«

»Die Kanister«, begriff Chimera.

»Dank Ihnen und Jamie Skylar hat die Regierung herausbekommen, was in unserem Besitz war. Sie hat es noch vor uns begriffen.«

»Wollen Sie damit sagen, daß Skylar noch lebt?«

»Natürlich lebt er. Sie haben ihn schließlich gerettet.«

»Nachdem Sie von der Antimaterie erfuhren, haben Sie sich also entschlossen, die Operation abzubrechen.«

»Wegen der Risiken. Wir wollten dieses Land neu aufbauen, nicht zerstören. Aber Marlowe hat andere Pläne.«

»Man kann ihn noch immer aufhalten.« Chimera überlegte. »Wo sind die Kanister jetzt, Mr. Winters? Was ist die Operation Donnerschlag?«

Die Gedanken des alten Mannes schweiften ab. »Das war immer mein Lieblingszimmer. Ich konnte stundenlang hier sitzen und hinausblicken, darüber nachdenken, wie sehr die Welt doch einem Garten ähnelt. Man kann sie umpflügen und fruchtbar machen, muß schwer arbeiten, um die gewünschten Veränderungen zu erzielen.« Dann wurde sein Blick wieder scharf. »Sie sind eine Legende, wissen Sie das?«

Chimera dachte an Crane und das Ende, das er genommen hatte. »Ich wäre lieber keine.«

»Aber Sie können nicht vor dem fliehen, was Sie sind, genausowenig wie ich. Wir beide ähneln uns sehr. Wir sind beharrlich, entschlossen, und wir lassen uns nicht aufhalten, wenn wir einmal ein Ziel ins Auge gefaßt haben.«

»Sparen Sie sich das.«

»Ich habe gerade erst angefangen, Chimera. Glauben Sie, daß das ein Zufall ist? Denken Sie darüber nach. Für uns gibt es keine Zufälle. Töten Sie mich, und auch ein Teil von Ihnen stirbt.«

»Die Philosophie der Toten.«

»In der Tat. Ich bin schon lange tot; zumindest Simon Winters ist es. Genauso, wie Sie seit dieser häßlichen Sache in Afrika tot sind, zumindest Matira Silvaro tot ist.«

Chimera versteifte sich, als er ihren echten Namen nannte.

»Wir haben dafür gesorgt, daß Sie dem Hit-Team zugeteilt werden«, fuhr er fort. »Und wir wußten, daß die Kinder in den Wagen steigen würden und was das bei Ihnen bewirken würde. Und dann haben wir dafür gesorgt, daß die Geschichte durchsickert, damit Sie nicht mehr zurück konnten.«

»Nein«, murmelte Chimera, obwohl sie wußte, daß es die Wahrheit war.

»Wir haben Sie zu einer Ausgestoßenen gemacht, zu einem Outsider. Sie gehörten schon zu uns, bevor Crane Sie in Kairo rekrutiert hat.«

»Sie sind verrückt.«

»Und Sie naiv. Glauben Sie wirklich, eine so bedeutende Gruppe wie die Outsider würde ihre neuen Mitglieder zufällig akzeptieren? Wir suchen unsere Leute aus«, erklärte Winters stolz. »Sie waren die Beste, also mußten wir Sie haben. Mußte *ich* Sie haben. Verstehen Sie . . . als ich gerade sagte, ich wüßte, Sie würden uns finden, habe ich aus Erfahrung gesprochen. Ich habe Sie geschaffen, Chimera, doch zuerst mußte ich Matira Silvaro zerstören.«

Chimera trat näher an ihn heran. »Sie ist nie gestorben, Winters. Sie ist noch immer in mir, genau hier.« Sie tippte mit dem Zeigefinger auf ihre Brust.

Der Sterbende zuckte die Achseln. »Sehr schade. Für uns beide.«

»Sie haben mich benutzt, Crane, uns alle. Für mich gab es keine Gärten. Nur Felder, die plattgewalzt, Gräber, die ausgehoben werden mußten. Zum Teufel mit Ihnen, Winters. Zum Teufel mit Ihnen.«

»Er hat mich schon geholt, Chimera. Aber er ist noch nicht ganz bereit für mich«, keuchte der alte Mann, und dann legte sich ein verderbtes, gequältes Lächeln auf seine Lippen. »Oder die Hölle ist vielleicht kurzfristig überfüllt.«

Chimera beugte sich so tief zu ihm hinab, daß das unregelmäßige Licht des Feuers nun auch ihre Züge erhellte. Sie spürte, wie die Geisterhand des Todes mit den Flammen flackerte.

»Es ist keineswegs schade«, sagte sie ruhig. »Daß Matira Silvaro noch in mir ist, meine ich. Sie haben recht, unsere Schicksale sind miteinander verbunden, das Ihre und das meine. Wenn Sie sterben, ohne mir zu helfen, sterben Sie als Versager. Dann versagen wir alle. Sagen Sie mir, wo die Kanister sind. Verraten Sie mir alles über die Operation Donnerschlag.«

»So viel steht auf dem Spiel, so viel ist zu verlieren«, flüsterte Winters. »Wir waren drauf und dran, die Macht zu ergreifen. Wir wären damit zufrieden gewesen, in den Schatten zu bleiben, doch das Land rief nach uns und unserem Vermächtnis, unserem Testament. Politiker ohne Verstand hatten es in die falsche Richtung geführt. Es war unsere Pflicht, das Land wieder auf den richtigen Kurs zu bringen.«

»Ja, indem Sie die Fundamente zerstören, auf denen unser Land erbaut wurde.«

»Nicht zerstören, Chimera, *neu definieren.*«

»Wortspielereien. Sie begreifen es einfach nicht, oder, Winters? Sie sind zu einem Despoten geworden, einem Tyrannen, dem Führer einer Junta, die allein weiß, was für das Volk am besten ist. Wenn Sie Ihrer Überzeugung so sicher gewesen wären, hätten Sie sich eine Plattform geschaffen und einen rechtmäßigen Kandidaten aufgestellt, der für Sie spricht.«

»Genau das hatten wir vor, und unser Kandidat hätte gewonnen.« Ein trotziges Lächeln umspielte Winters' leichenblasses Gesicht. »Vielleicht wird er trotz allem noch siegen.«

»Aber nicht mit legitimen Mitteln«, hielt Chimera dagegen.

»Und wenn ... *was* wird er dann gewinnen? Sprechen wir über das Überleben, Mr. Winters, über das der Erde wie auch über das dieses Landes. Sagen Sie mir, wo ich die Kanister finde.«

Diesmal sollte sein Lächeln sie quälen. »Vielleicht werde ich das, Chimera. Ich glaube, so werden Sie genauso scheitern, wie ich gescheitert bin, und wir werden in alle Ewigkeit miteinander verbunden sein. Vielleicht treffen wir uns in der Hölle wieder.« Er zögerte. »Castle Island.«

»Castle *was?*«

»Der Quick-Strike-Sprengstoff, der das letzte Element unseres Plans bildet. Mit ihm könnte die gesamte Insel vernichtet werden. Wir werden Bedingungen stellen, doch die Zerstörung ist das einzig akzeptable Ergebnis. Die Vernichtung der Insel und die anderen Elemente unseres Plans werden gewährleisten, daß die Wahlen zu unseren Gunsten ausfallen, einschließlich der des Präsidenten! Wir werden die Macht übernehmen!«

»Sie haben in Ihrem Satz die falsche Zeit gewählt, Mr. Winters.« Und, nachdem sich das Gesicht des alten Mannes aufgrund dieser Erkenntnis getrübt hatte: »Glauben Sie wirklich, daß ein Mann wie Riaz dieses Szenario durchführen kann?«

»Das soll er doch gar nicht. Diese Aufgabe fällt einem anderen zu, den wir in seine Gruppe eingeschleust haben. Riaz hat seine eigenen Moralvorstellungen. Er weiß nichts von Walhalla. Er wird bis zum Schluß glauben, damit nur seinem Land zu dienen.«

»Weil Sie seine Familie ermorden ließen.«

»Opfer, Chimera. Die Verluste des Krieges.«

»Wessen Krieg? Der der Kinder, die dahingemetzelt wurden? Der amerikanischen Frau, die starb, um sie zu beschützen? Ich gebe einen Scheißdreck um Ihre Absichten, oder um den Garten, den Sie hegen und pflegen wollen, denn Ihr Düngemittel ist Blut. Ich kenne Menschen wie Sie. Ich habe Menschen wie Sie *getötet*, und sie waren im Prinzip alle gleich. Sie halten sich für die einzigen, die die Dinge klar sehen, und ihr Vermächtnis stellt die einzig mögliche Lösung dar. Dann sehen sie zu, wie die Menschen um sie herum sterben, während sie versuchen, Ihre Auffassung zu beweisen. Sie und Ihre Walhalla-Gruppe unterscheiden sich nur dadurch von diesen Leuten, daß Sie sich länger halten und mehr Schaden anrichten konnten.«

Der alte Mann mußte einen weiteren Hustenanfall über sich ergehen lassen. Blutiger Speichel floß aus seinen Mundwinkeln und vereinigte sich mit bereits getrocknetem Blut. Er rang um Atem und versuchte, das schnell entweichende Leben festzuhalten.

»Es muß für Sie schmerzlich sein«, brachte er leise über die Lippen, »als Verbündete zu mir zu kommen.«

»Eigentlich nicht.«

»Wenn ich Ihnen nicht helfe, werden Sie scheitern.«

»Aber Sie werden mir helfen, denn wenn ich scheitere, scheitern Sie auch. Alles, wofür Sie gearbeitet haben, alles, was Sie gesät haben, geht in einem Augenblick der Explosion unter. Vielleicht verursacht sie sogar noch Nachbeben in der Hölle.«

»Gott verdamme Sie, Chimera. Gott verdamme Sie...«

»Erzählen Sie mir von Castle Island, Mr. Winters. Erzählen Sie mir von Marlowe.«

Vierundzwanzigstes Kapitel

»Wohin wollten Sie noch gleich?« fragte der Taxifahrer ein zweites Mal.

»Fahren Sie einfach.«

»Osten, Westen? Norden, Süden? He, es würde mir wirklich helfen, wenn Sie...«

»Fahren Sie einfach!« befahl Jamie.

»Schon gut, Kumpel, schon gut. Immer mit der Ruhe.«

Doch nach einem Moment und ein paar schnellen Blicken in den Rückspiegel fuhr er fort: »He, Kumpel, entschuldigen Sie die Frage, aber haben Sie auch genug Moos für die Fahrt?«

Wortlos warf Jamie einen Hundert-Dollar-Schein auf den Vordersitz. Der Fahrer ergriff ihn schnell und drückte wieder aufs Gas.

»Fahren Sie mich nach Meadowlands«, befahl Jamie ihm, während er selbst aus dem Heckfenster sah.

»Wohin in Meadowlands?«

»Zu den Sportanlagen.«

»Welche?«

»Das Stadion der Giants.«

Das Stadion war ein mögliches Versteck und ein Ort, an dem er vielleicht Unterstützung fand. Es war Donnerstag abend. Jamie rief sich den Spielplan in Erinnerung und hoffte, daß er sich nicht täuschte. Sonntag war ein Heimspiel, und am Donnerstag dauerte das Training oft bis in die Nacht. Man sah sich Videoaufnahmen der gegnerischen Mannschaft an, sprach über die Strategie und nahm die letzten Feinabstimmungen vor. Jamie wußte nicht, wohin er sich sonst wenden sollte, kannte niemanden, der ihm helfen konnte.

Ihm *wobei* helfen?

Er fragte sich, ob das FBI oder ein Geheimdienst ihm überhaupt helfen würde. Er war angeblich ein Drogenhändler, der des Mordes an drei Regierungsbeamten beschuldigt wurde. Nein, mehr als nur ein vermeintlicher Drogenhändler: Er war bereits verurteilt und schuldig gesprochen worden. Die Schattenregierung hatte dafür gesorgt.

Jamie erinnerte sich daran, daß sich in seiner Angst die ihre spiegelte. Sie gingen Risiken ein und stellten sich bloß, um ihn und den Mikrochip zu finden. Der Mikrochip war noch immer die Lösung für alles.

Als er durch das Heckfenster sah, entdeckte er kein Anzeichen von Verfolgern. Er hegte die Hoffnung, daß er sie mit seinem Spurt vom Flughafen abgeschüttelt hatte und er im Stadion der Giants einen sicheren Unterschlupf finden würde, bevor sie auf die Idee kamen, dort nach ihm zu suchen.

Das Taxi hielt an einer roten Ampel an.

»Hören Sie«, sagte Jamie, »wenn Sie ordentlich auf die Tube drücken, gehört der Hunderter Ihnen.«

Als die Ampel wieder auf grünes Licht umsprang, raste der Fahrer los. Den Rest der Strecke über, die über die George-Washington-Brücke und den New Jersey Turnpike führte, ignorierte er geflissentlich gelbe und gerade auf rotes Licht umgesprungene Ampeln. Er nahm von der Route 3 die Stadionausfahrt und hielt vor einem bewachten Tor an, an dem nachts ein knorriger Bursche mit dem Spitznamen Pop saß, der siebzig Lebensjahre eingestand, wahrscheinlich aber schon achtzig auf dem Buckel hatte. Pops Augen hatten sich schon lange verschlechtert, bevor die Giants 1981 zum ersten Mal in der modernen Play-off-Runde mitspielten, und seit Jahrzehnten hatte er kein einziges Spiel der Giants verpaßt.

Jamie drehte das Fenster herunter, als der Wagen vor dem Tor zum Stehen kam. Noch immer kein Anzeichen einer Verfolgung. Er beobachtete, wie sich der alte Mann unwillig von seinem Stuhl erhob.

»Wer ist da?« erklang die ernste Stimme.

»Jamie Skylar, Pop.«

»Was?« Der alte Mann lehnte sich aus dem Fenster seines Häuschens, um ihn genauer betrachten zu können. »Wie spät ist es denn?«

»Ich bin sehr spät dran.«

»Sehr spät? Ich dachte, Sie wären eingesperrt.«

»Machen Sie einfach auf, Pop.«

Der alte Mann zuckte die Achseln und drückte auf einen Knopf, der das Tor öffnete.

Das Taxi fuhr hindurch zu einem Seiteneingang, zu dem Jamie den Fahrer dirigiert hatte. Der Mann murmelte etwas Unverständliches und fuhr schnell davon, nachdem sein Passagier ausgestiegen war. Jamie ging zu der Tür und drückte die Klinke.

Abgeschlossen. Abgeschlossen, verdammt!

Er trat gegen den Stahl und verfluchte sein Pech. Die Tür war sonst nie abgeschlossen, nie! In diesem Augenblick glaubte Jamie zu hören, wie zwei Autotüren zuschlugen. Die bloße Möglichkeit, daß der Feind ihm auf den Fersen war, beunruhigte ihn so sehr, daß er die Hand zur Faust ballte und heftig gegen das Glasfenster schlug. Mit Hilfe seines Meisterschaftsrings der Ivy League gelang es ihm, die Scheibe zu zertrümmern. Jamie griff durch das Fenster und öffnete die Tür von innen, ohne auf den stechenden Schmerz und das Blut zu achten, das von seiner Hand tropfte.

Er schlüpfte hinein, und augenblicklich fiel ihm die ungewöhnliche Stille im Gang auf. Vielleicht lag es aber auch nur daran, daß die Giants letzte Woche in Green Bay eine ordentliche Abreibung bekommen hatten und die Besprechung nun besonders konzentriert ablief. Er ging weiter, an den Umkleideräumen vorbei.

Irgendwo im Gebäude schlug eine Tür. Vielleicht jemand, der aus der Besprechung kam. Ein Spieler, der jetzt nach Hause fuhr.

Aber die Stille hielt an. Er hätte ein paar Geräusche vernehmen müssen: das Scharren von Stühlen, leises Murmeln, zumindest die Stimme eines der Trainer, der die Videoaufnahme des letzten Spiels kommentierte. Jamie erreichte den ersten Konferenzraum und öffnete die Tür.

Die Stühle standen in ordentlichen Reihen. Ansonsten war der Raum leer.

Jamie versuchte es mit dem nächsten und zwei weiteren, doch das Ergebnis blieb gleich. Es war niemand hier.

O Gott...

Hatte er sich bei dem Spielplan geirrt? Vielleicht hatten sie jetzt doch ein Auswärtsspiel. Vielleicht war die Besprechung vorgezogen worden. Aber so oder so...

Nun hörte er im Gang Schritte, die in seine Richtung kamen. Jamie wagte es nicht, hier zu warten und herauszufinden, wer sie verursacht hatte. Seine Heimat war genauso gefährlich wie der Dschungel geworden, und doch gab es einen wichtigen Unterschied: Hier kannte er sich aus. Hier hatte er ein Heimspiel, und auch ohne die Hilfe der anderen Giants konnte er mit ihnen fertig werden.

Jamie schlich leise den Korridor entlang. Das war das Stadion der Giants. Er kannte jeden Winkel und jeden Vorsprung des Komplexes, jedes mögliche Versteck. Und davon gab es die meisten innerhalb des eigentlichen Stadions selbst.

Jamie schlich am Umkleideraum der Giants vorbei und die Rampe hinab, die zum östlichen Ende des Spielfeldes führte.

Das Feld selbst wurde nur vom Mond und den wenigen Tag und Nacht brennenden Lampen am Dach erhellt. Er hatte vor, eine so große Entfernung wie möglich zwischen sich und die Urheber der Schritte, die er im Gang gehört hatte, zu bringen. Ein Spurt über das Feld und dann die westliche Tribüne hinauf, wo er in den Tunnels, Gängen und Treppen untertauchen konnte. Sollten die Arschlöcher doch versuchen, ihn dort zu finden; sollten sie es nur versuchen.

Das Feld war mit einer Persenning bedeckt, die zäh unter seinen Schritten nachgab, als er darüberlief. Er hatte das Spielfeld schon unzählige Male überquert, aber noch nie, wenn die Abdeckung noch darauf lag, und noch nie in Straßenschuhen. Dieses unvertraute Gefühl nahm ihm etwas von seiner Zuversicht. Doch der sanfte Lichtschein, der ihn erfaßte, kam ihm so hell wie Flutlicht vor. Er lief weiter, bis er sah, wie direkt vor ihm zwei Gestalten aus dem westlichen unterirdischen Gang traten.

Jamie blieb wie erstarrt stehen. Die Hände der beiden gut gekleideten Männer schoben sich unter ihre Jacken. Jamie warf sich herum, um zur östlichen Rampe zu laufen, doch aus dieser Richtung näherten sich ihm sogar drei Männer. Sie hatten ihre Waffen bereits gezogen, und er fühlte, wie Hoffnungslosigkeit ihn durchströmte. Doch aufgeben wollte er nicht, und da aus dem westlichen Gang nur zwei Männer getreten waren, drehte er sich wieder um, um es mit ihnen aufzunehmen.

Er hatte die Bewegung kaum vollendet, als er sah, wie sich ihnen von hinten Monroe Smalls' gewaltige Gestalt näherte. Smalls ergriff sie und schlug mit einem Knall, der durch das gesamte Stadion hallte, ihre Köpfe zusammen. Dann vernahm Jamie aus der anderen Richtung laute Schritte, und als er herumfuhr, sah er, wie die drei anderen Killer dem Angriff von mindestens zwanzig Giants in Straßenkleidung zum Opfer fielen. Die Jungs rammten sie einfach wie gegnerische Spieler und entrissen ihnen die Pistolen.

Jamie sah, wie Monroe Smalls zu ihm lief; er hielt in jeder Hand eine Pistole. Hinter dem Profispieler wirkten die beiden zu Boden gegangenen Killer wie leblose Stoffpuppen.

»Komm erst mal zu uns rein, Ivy-Bürschchen«, sagte Smalls.

»Sollen wir die beiden einfach hier liegen lassen?« erwiderte Jamie.

»Keine Angst, die wachen so schnell nicht wieder auf.«

»Anfang der Woche hatten wir in unserer Umkleidekabine einen Wasserrohrbruch«, erklärte Frank, der Trainer, während er Jamies Handverletzung versorgte. »Da die Jets diese Woche ein Auswärtsspiel haben, durften wir auf ihrem Platz trainieren.«

»Autsch«, sagte Jamie, als weiterer Alkohol sein blutiges, geschwollenes Fleisch tränkte und Frank sich anschickte, ihm den Meisterschaftsring der Ivy League vom Finger zu ziehen. »Das sieht aber nicht besonders gut aus.«

»Flicken Sie mich nur so zusammen, daß ich die zweite Halbzeit durchstehe.«

»Willst du uns sagen, wer diese Trottel mit den Kanonen waren?« erklang Monroe Smalls' dröhnende Stimme, als er über die Schwelle trat.

»Erst mal will ich euch allen danken, daß ihr meinen Arsch gerettet habt«, sagte Jamie. »Was habt ihr mit ihnen gemacht?«

»Wir haben die Mistkerle gefesselt und in der Sauna eingesperrt, zusammen mit zwei oder drei anderen, die hier ebenfalls rumschlichen. Wir haben die Temperatur etwas höher gedreht, um ihnen schön einzuheizen. Aber wenn du mir nicht sagst, was das für Burschen sind, werfe ich dich vielleicht einfach zu ihnen rein.«

»Du wirst es mir nicht glauben, wenn ich es dir sage.«

»Zum Beispiel, daß du ein Drogenschmuggler und Mörder bist? Verdammt noch mal, Ivy-Bürschchen, ich hab' gedacht, du wurdest wegen mir gesperrt, und jetzt stellt sich heraus, daß du nur ein paar Wochen freihaben wolltest, um ein paar Botschaftsangehörige abzuknallen.«

»Und ich dachte immer, du würdest nur den Sportteil der Zeitung lesen.«

»Tut mir leid, aber der Bericht stand auf der ersten Seite, und da konnte ich nicht widerstehen.« Ein breites Grinsen legte sich auf Smalls' Gesicht.

»Dir macht die Sache einen Höllenspaß, was?«

»Mir macht es Spaß, jemanden in den Hintern zu treten, vor allem, wenn er einem Freund und Teamkameraden an den Kragen will. Aber ich würde trotzdem gern wissen, was das alles zu bedeuten hat. Was zum Teufel hast du in dem beschissenen Nicaragua angestellt? Und warum wollten diese Trottel dich vorzeitig in Rente schicken?«

»Klingt ganz so, als hättest du mehr als nur die Titelseite gelesen.«

»Ich hatte 'ne lange Sitzung auf dem Klo, deshalb. Und jetzt raus mit der Sprache.«

»Ich habe etwas, das ihnen gehört, Monroe. Das Problem ist nur, ich weiß nicht, wo es ist.«

»Aha?«

»Ich sage ja, es ist eine lange Geschichte. Sie fing an, als . . .« Jamie zuckte vor Schmerz zusammen, als Frank, der Trainer, mit einem letzten Ruck schließlich seinen Ring abzog. Er fiel auf den Tisch und dann zu Boden, und der blaue Stein löste sich aus der Fassung.

»Die verdammte Ivy League muß ihre Ringe aus dem Kaugummiautomaten ziehen«, versetzte Smalls und sah zu Boden. »Scheiße, liegt sogar ein Zehncentstück drin, falls du mal telefonieren mußt.«

Jamie folgte dem Blick des großen Mannes zu der kleinen Scheibe, die aus dem Ring gerollt war. Keine Münze, sondern . . .

»Der Mikrochip!« begriff Jamie.

»Was?«

»Sie hat ihn in meinem Ring versteckt! In meinem Ring! Der Stein muß sich wieder gelöst haben, als ich das Fenster einschlug.«

»Junge, was faselst du da für ein Zeug?«

»Hol Coach Byte her, Monroe.«

»Und was soll ich ihm sagen?«

»Hol ihn einfach her.«

Natürlich war ›Byte‹ nicht der wirkliche Name des Trainers. Er war ein untersetzter Mann mit einer Brille, deren Gläser dick wie der Boden einer Cola-Flasche waren, und hatte als Manager der Football-Teams seiner High-School und seines Colleges gearbeitet. Da er im Umgang mit Computern ein As war, war er schließlich von Profi-Teams engagiert worden, und nun verbrachte Coach Byte seine gesamte Arbeitszeit damit, die Daten des Teams zu analysieren und Programme zu erstellen.

Jamie beobachtete ihn, wie er seine Brille abnahm und den Chip untersuchte.

»Das ist gar kein Mikrochip«, sagte er.

Jamie und Monroe Smalls schüttelten gleichermaßen erstaunt die Köpfe. »Was?«

»Es ist ein Aufzeichnungs-Chip. Ihr wißt schon, wie bei einem Kassettenrecorder.«

»Nur, daß wir ihn nicht einfach in einen Computer schieben und abspielen können.«

»Nein«, pflichtete Coach Byte ihm bei, »aber ich habe eine andere Idee.«

»Seht ihr«, erklärte Coach Byte anderthalb Stunden später in seinem Büro im Stadion, »dieser Chip unterscheidet sich kaum von denen, die man in Anrufbeantwortern benutzt, um selbstgewählte Gespräche aufzuzeichnen. Also habe ich etwas mit meinem Anrufbeantworter herumgespielt und die Schaltkreise der Größe dieses Chips angepaßt.«

Mit diesen Worten schob der Trainer Jamie den schlanken Panasonic zu. Jamie verstand dies als Aufforderung und legte die Hand auf den Abspielknopf.

»Hm-hm«, sagte Byte und hielt Jamies Hand fest. »Die *selbstgewählten* Gespräche, habe ich gesagt. Hier...« Er drückte auf einen kleinen Knopf an der Seite des Geräts. Nach ein paar Sekunden erfüllte ein metallen klingendes Gespräch in mit spanischem Akzent behaftetem Englisch den Raum. Jamie erkannte augenblicklich Colonel Riaz' Stimme; er unterhielt sich mit einem Mann namens Esteban. Jamie bekam eine Gänsehaut, und ihm wurde noch kälter, als das Gespräch auf das Thema kam, das ihn fast das Leben gekostet hatte.

Die Operation findet auf einer Insel namens Castle Island statt, Colonel. Sie liegt vor der Küste von Newport, Rhode Island.

Sie brauchen diesen Sprengstoff, um eine Insel zu übernehmen?

Nicht ganz. Castle Island beherbergt eins der teuersten und besten Internate der Vereinigten Staaten, St. Michael's. Wir möchten, daß Sie eine Kommandogruppe auf die Insel führen und diese Schule besetzen. Wir möchten, daß Sie die Schüler und das Lehrpersonal als Geiseln nehmen und damit drohen, den Sprengstoff zu zünden, falls die Amerikaner nicht unsere Forderungen erfüllen. Möchten Sie gern unseren Zeitplan hören?

Ich bin sicher, Sie verraten ihn mir so oder so.

Die Operation beginnt Freitag in einer Woche.

Sehr ehrgeizig, Esteban.

Die Operation trägt den Namen Donnerschlag.

Ein sehr treffender Name...

Jamie hörte, am ganzen Leib zitternd, aufmerksam zu. Es war alles hier aufgezeichnet, alles, was Chimera erwartet hatte. Riaz hatte das Angebot der Gruppe, die Esteban repräsentierte, abgelehnt, und die Gruppe hatte seine Familie ermordet und die Tat den Contras in die Schuhe geschoben, damit Riaz es sich anders überlegte. Doch dahinter steckte der Plan einer viel mächtigeren Gruppe. Chimera hatte es ihm mitgeteilt, und als Richards in Honduras davon erfahren hatte, hatte er es offensichtlich mit der Angst zu tun bekommen.

Operation Donnerschlag.

Die St. Michael's School auf Castle Island.

Es würde morgen geschehen, und Jamie wußte, daß er dort sein mußte.

Dritter Teil

Castle Island

*Newport, Rhode Island:
Freitag, sechs Uhr morgens*

Fünfundzwanzigstes Kapitel

Sie trafen sich bei Anbruch der Morgendämmerung in einem kleinen, verlassenen Lagerhaus in Portsmouth, Rhode Island, fünfundzwanzig Kilometer von Castle Island und der St. Michael's School entfernt. Maruda war vor Colonel Riaz dort eingetroffen, und genau zu den vereinbarten Zeiten kamen auch die anderen Kommandoeinheiten.

Maruda schob die Garagentore des Lagerhauses hoch und enthüllte dabei zwei Kastenwagen und einen Ryder-Lastwagen. Rodrigo hatte mittlerweile allein die letzte der schweren Kisten aufgeladen.

»Der Großteil unserer Ausrüstung«, erklärte Riaz, »befindet sich in einem Lastwagen. Die elf von euch, die ich ausgesucht habe, werden mit den Kastenwagen über die Brücke fahren und sich dann wie besprochen verteilen. Ihr werdet nichts unternehmen, bis alle anderen ihre Positionen eingenommen haben und mein Signal kommt. Wir wollen keine Störungen riskieren. Diese Operation wird sauber, sicher und ohne Komplikationen durchgeführt.«

Riaz machte sich nicht die Mühe, sie zu fragen, ob das klar

sei, denn er wußte es. Er hatte nur wiederholt, was sie Dutzende Male in dem maßstabsgetreuen Modell geübt hatten.

»Wenn die Insel abgesichert ist«, fuhr er fort, seine Augenklappe zurechtschiebend, »werden die anderen mit dem Lastwagen herüberfahren und den Sprengstoff anbringen. Fragen?«

»Warum müssen wir bis zwölf Uhr warten?« fragte ein Soldat namens Javier. »Im ursprünglichen Plan war elf Uhr vorgesehen.«

»Weil wir erfahren haben, daß nur drei Viertel der Schüler am Frühstück teilnehmen, während das Mittagessen für alle Pflicht ist. Wir wollen sie alle zusammen haben, wenn wir zuschlagen. So ist es besser.«

»Dann befindet sich der Sprengstoff, mit dem wir die Brücke hochjagen, auf dem Lastwagen?« fragte Sanchez, der Sprengstoffspezialist der Gruppe.

»Genau«, erwiderte Riaz. »Das ist die erste Priorität Ihrer Gruppe, sobald wir das Gelände gesichert haben.« Er wandte sich einem kleinen, agil wirkenden Mann zu.

»Fernando, Sie werden auf dem Festland bleiben und eine Straßensperre errichten, um zu verhindern, daß jemand die Brücke benutzt, während der Sprengstoff angebracht wird. Sobald er an Ort und Stelle ist, werden Sie mit dem Motorrad auf die andere Seite fahren, und dann sprengen wir die Brücke.«

»Sie wollen das ganze Ding zum Zusammenbruch bringen, oder?« fragte Sanchez.

»Ich will Castle Island vom Festland abschneiden. Ich will, daß nur noch Vögel und Fische zu der Schule kommen.«

»Sie werden es trotzdem versuchen, Colonel«, sagte Ishmael, was bei Rodrigo ein Lächeln hervorrief. »Das wissen Sie.«

»Ja«, gestand Riaz ein. »Sie werden es versuchen.«

Nachdem Chimera Fairfax verlassen hatte, war sie die ganze Nacht über gefahren, bis schließlich ihre Augen brannten, sie die Route 95 verließ und sich einen kurzen Schlaf gönnte. Beim Anbruch der Dämmerung erwachte sie mit trockenem Mund und noch immer zwei Stunden Fahrt nach Newport vor sich.

Winters hatte behauptet, daß die St. Michael's School erst morgen besetzt werden würde — Samstag mittag nach dem Unterrichtsschluß —, wodurch ihr noch etwas Zeit blieb. Aber nicht viel, denn heute mußte sie die Insel erreichen und ihre Verteidigungsvorkehrungen vorbereiten. Die erste Regel im Geschäft lautete, sich mit dem Territorium vertraut zu machen, die zweite, sich das Material zu besorgen, das sie benötigte, um Riaz' Operation zu zerschlagen, bevor sie überhaupt angefangen hatte. Ein großer Vorteil war dabei, daß die Zeit und das Überraschungsmoment für sie arbeiteten.

Sie zog die Möglichkeit in Betracht, die Behörden zu informieren, verwarf sie jedoch schnell wieder. Wie konnte sie, nach allem, was sie über die Walhalla-Gruppe wußte, sicher sein, nicht mit einem ihrer Mitglieder zu sprechen? Nein, sie mußte diese Sache allein zu Ende bringen. So war es ihr auch am liebsten. Am wichtigsten war nun, eine Möglichkeit zu finden, sich legitim Zutritt zu der Schule zu verschaffen. Es kam nicht in Frage, sich hineinzuschleichen. Wollte sie ihre Vorbereitungen treffen, mußte sie sich dort ungehindert bewegen können.

Mit diesem Gedanken im Kopf nahm sie ein Zimmer im Castle Hill Inn, einem Hotel, das in Sichtweite der Insel und der Schule lag. Dieses Zimmer würde zu ihrer Operationsbasis werden. Nachdem sie sich heute mit der Schule vertraut gemacht hatte, würde sie das Material kaufen, das sie benötigte, und hier vorbereiten. Am Samstagmorgen würde sie vor Anbruch der Dämmerung auf die Insel zurückkehren und dort alle Vorkehrungen treffen.

Während sie in der Caféteria des Hotels das Frühstück zu sich nahm, fand sie eine Möglichkeit, in die Schule hereinzukommen. Eine örtliche Zeitung lag auf dem Tresen vor ihr, und aus einer Laune heraus schlug sie sie auf. Im hinteren Teil fiel ihr sofort eine Anzeige auf.

Da war es, eine völlig legitime Möglichkeit, sich Zutritt zur St. Michael's School zu verschaffen!

Chimera ließ den Rest ihres Frühstücks stehen. Nur mit Mühe konnte sie sich davon abhalten, im Laufschritt zu ihrem Wagen zu eilen.

Vierzig Minuten nachdem Jamie Skylar in Coach Bytes Büro den Inhalt des Mikrochips erfahren hatte, trat ein Plan in Kraft, der zum größten Teil von Monroe Smalls stammte. Ein Mitglied des Trainergremiums hatte die Polizei angerufen und gemeldet, daß Morddrohungen gegen das gesamte Team der Giants eingegangen seien. Kurz darauf trafen in einem ständigen Strom und mit heulenden Sirenen aus vier benachbarten Gemeinden des Staates New Jersey Polizeiwagen ein, begleitet von einem halben Dutzend Fahrzeugen der Staatspolizei einschließlich eines SWAT-Kastenwagens. Der Spielerparkplatz wimmelte von behelmten Männern in kugelsicheren Westen, bewaffnet mit Maschinenpistolen und Gewehren. Die sechs ergriffenen Möchtegern-Killer wurden zuerst abgeführt; einer nach dem anderen wurde mit gerötetem Gesicht und völlig durchnäßter Kleidung aus der Sauna geholt. Unmittelbar darauf verließen die Spieler der Giants unter den wachsamen Augen der Polizei das Gelände. Sie wurden zu ihren Wagen geleitet, die zuvor von eigens dazu ausgebildeten Hunden nach Bomben abgesucht worden waren.

Die Spieler wurden von der örtlichen Polizei in beide Richtungen über die Route 3 eskortiert. Andere Einheiten waren an strategischen Stellen der Autobahn postiert worden, um nach möglichen Heckenschützen oder Verfolgern Ausschau zu halten. Falls der Feind in größerer Zahl zurückkehren sollte, würde der Abschreckungseffekt wirken. So oder so hatte der Hauptzweck der Übung — die starke Polizeipräsenz sollte den Feind von Jamie Skylar fernhalten — Erfolg.

Nachdem dieser Aufruhr vorüber war und die letzten Streifenwagen wieder abgefahren waren, blieb nur eine kleine Gruppe im Umkleideraum der Giants zurück.

»Und was hast du jetzt vor?« fragte Jamie Monroe Smalls.

»Ich und die Jungs werden dich hinfahren, wohin du willst.«

Jamie schüttelte den Kopf. »Das kann ich nicht zulassen, Monroe. Du hast schon genug für mich getan.«

»Dieses Heldengewäsch zieht nicht mehr, Ivy-Bürschchen.«

»Das hat nichts damit zu tun. Zu viele Leute, die mir helfen wollten, mußten schlimm dafür bezahlen. Damit kann ich nicht leben.«

»Dann willst du lieber sterben?«

»Ich werde nicht sterben, Monroe«, erwiderte Jamie ganz ruhig. »Sonst wäre ich schon in Casa Grande umgekommen, oder im Dschungel, oder in Honduras, oder heute abend hier. Jedesmal, wenn ich ihnen entwische, werde ich stärker, und im Augenblick fühle ich mich stärker denn je.«

»So siehst du aber nicht aus.« Smalls musterte ihn. »Ich kann dich also nicht überzeugen, daß es besser wäre, wenn ich dich begleite?«

Jamie schüttelte den Kopf. »Nur ich, Monroe. So muß es laufen.«

»Du stellst dein Glück aber hart auf die Probe, Ivy-Bürschchen. Der schnellste Stürmer kann mit einer Kugel nicht mithalten.«

»Jederzeit. Sie muß ihn nur verfehlen.«

»Es tut mir leid«, sagte Chimera und lehnte sich auf dem Stuhl zurück. »Das habe ich nicht gewußt.«

Die Empfangsdame seufzte. »Rektor George möchte mit allen Bewerberinnen persönlich sprechen.«

»Ich kann warten.«

»Sein Terminplan heute morgen ist voll. Haben Sie einen Lebenslauf und Empfehlungsschreiben dabei?«

»Im Wagen«, log Chimera. »Ich kann sie schnell holen.«

»Später«, sagte die Sekretärin und blickte sie etwas freundlicher an. »Geben Sie mir nur ein paar Stichworte.«

»Ich habe in der Notaufnahme gearbeitet, dann auf der Intensivstation und schließlich als Stationsleiterin«, sagte Chimera. Sie wußte, daß sie damit Eindruck schinden würde. Bei der Anzeige in der örtlichen Zeitung hatte es sich um ein Stellenangebot für eine Krankenschwester gehandelt, und sie hatte sich kurzerhand beworben.

»Und Sie sagen, Sie können sofort anfangen.«

»Wie ich schon sagte, ich komme hier aus der Gegend.«

In diesem Augenblick betrat ein großer, schlanker Mann mit kurzgeschnittenem Haar das Vorzimmer und verabschiedete einen kleineren Mann mit einer Aktentasche per Handschlag. »Also dann bis zur Abschlußfeier, Tom«, sagte er.

»Mr. George«, rief die Sekretärin dem größeren Mann zu, der noch auf der Schwelle stand, »das ist Miss Burke, *Schwester* Burke. Sie hat unsere Anzeige in der Zeitung gelesen und ist sofort hergefahren.«

Chimera erhob sich und streckte die Hand aus. Rektor George ergriff sie vorsichtig.

»Ich habe um halb elf ein Gespräch mit ehemaligen Schülern«, sagte er stirnrunzelnd. »Wenn Sie ein paar Minuten warten könnten...«

»Ich könnte mich ja mal hier umsehen...«

»Ja, warum nicht. Sagen wir also, um halb zwölf?«

»Ausgezeichnet.«

Der Rektor der St. Michael's School gab ihr erneut die Hand und trat auf den Gang hinaus.

Die Sekretärin sah zu Chimera hoch. »Wenn Sie wollen, kann ich einen Schüler rufen, der Sie herumführt...«

»Das ist wirklich nicht nötig. Ich möchte Ihnen keine Umstände machen.«

»Sie machen mir damit keine Umstände.«

»Ich möchte nur einen allgemeinen Eindruck von der Schule bekommen.«

»Dann gebe ich Ihnen unseren kleinen Führer. Es sind nur die wichtigsten Gebäude eingetragen, aber er wird Ihnen sicher eine Hilfe sein.«

Chimera nahm ihn entgegen und verließ das Zimmer. Wenn man sie nun ansprechen sollte, hatte sie eine Tarngeschichte vorzuweisen, und sie hatte — was noch wichtiger war — freien Zugang zu dem Gelände, um ihre Abwehr der morgigen Besetzung der Schule zu planen.

In dieser Hinsicht beherrschten die Örtlichkeiten selbst ihre anfänglichen strategischen Überlegungen. Gemeinsam mit den Städten Portsmouth und Middletown war Newport eigentlich Teil von Aquidneck Island. Castle Island lag in der Bucht, vor dem südwestlichen Zipfel Newports. Die Insel war völlig unregelmäßig geformt, als hätten riesige Seeungeheuer immer wieder Teile ihres Ufers abgebissen. Dieses Ufer erhob sich zu dem großen Plateau, auf dem die St. Michael's School vor über einem Jahrhundert errichtet worden war.

Die Insel war vom Festland über eine zweispurige Brücke, eigentlich einen Damm, zugänglich, die sich von Newport nach Castle Hill erstreckte. Es gab auch drei Anlegestellen für diejenigen, die mit dem Schiff hinüberfahren wollten. Doch Chimera konzentrierte sich auf die Brücke. Sie war eindeutig die am leichtesten zu verteidigende Stellung, an der sich Riaz' Kräfte mit Sicherheit zusammenziehen würden. Chimera brauchte jedoch einen Ausweichplan, und dafür war die genaue Kenntnis der Schule nötig.

Die meisten Schulgebäude erstreckten sich von Norden nach Süden über die Insel. Die von Efeu bewachsenen Häuser aus rotem Ziegelstein oder grauem Wetzstein waren im gleichen Stil gehalten, obwohl sie im Lauf der Geschichte der Schule erst nach und nach entstanden waren. Der ursprüngliche Gebäudekomplex bestand aus einem einfachen, um einen Innenhof errichteten Viereck. Die Verwaltungsgebäude waren östlich von Castle Hill errichtet worden, während man von der Kapelle mit ihrem Glockenturm direkt dahinter auf der anderen Seite des Innenhofs westlich über die Bucht nach Jamestown sehen konnte. Im Lauf der Jahre waren auf beiden Seiten Häuser hinzugekommen, die meisten davon jedoch im Osten, bis die – teilweise miteinander verbundenen – Gebäude die zum Ufer abfallenden Hänge berührten. Unter den neuen Gebäuden befand sich ein kleines Lazarett, das ein Stück abseits von dem Komplex errichtet worden war, und eine Reihe Wohnschlafheime.

Doch die traditionelle Schönheit der Schule war erhalten geblieben. St. Michael's hatte sich eine Art altenglische Ländlichkeit bewahrt, der die Zeit und die Modernisierungsmaßnahmen nichts hatten anhaben können. Die östliche Front hinter dem Verwaltungsgebäude schmückte eine weite Rasenfläche, umschlossen von einer kreisförmigen Auffahrt und dahinter liegenden Sportplätzen, auf denen wahlweise amerikanischer Football oder europäischer Fußball gespielt werden konnten. Hinter der Kapelle auf der westlichen Seite lagen grüne und rote asphaltierte Tennisplätze, ein Baseballfeld und Leichtathletikplätze. Obwohl die Sportanlagen den Raum, den das Plateau ihnen bot, vollständig ausnutzten, wirkten sie nirgendwo beengt. Sie wurden von üppigen grünen Büschen und verstreut stehenden Bäumen umsäumt, deren Blätter leise in der Brise raschelten. Hier und dort konnte man Parkplätze sehen, wenngleich die größeren von ihnen zwischen den Gebäuden verborgen lagen.

Chimera ging die Treppe des Verwaltungsgebäudes hinab und blickte dabei zu dem Teil des Festlands hinüber, das hinter der Brücke sichtbar war. Sie überlegte kurz, ob die beste Strategie nicht darin bestünde, eine Evakuierung der Insel zu erzwingen. Doch bei diesem Vorgehen würde sie wohl kaum die Kanister mit der Antimaterie sicherstellen können. Eine Evakuierung würde den Colonel frühzeitig warnen; wahrscheinlich würde er seinen Plan dann aufgeben, was bedeutete, daß er im Besitz der Kanister blieb. Nein, sie mußte alles so belassen, wie es war und sein sollte, und dann Riaz' Leute ausschalten und sich dabei irgendwie in den Besitz der Kanister bringen.

Chimera kehrte in den ursprünglichen Komplex der miteinander verbundenen Gebäude zurück, der nun die Verwaltungsbüros und die meisten Unterrichtsräume beherbergte. Am anderen Ende der Halle wurde eine der höheren Klassen in einem offenen Saal unterrichtet, von dem aus man den kleinen Strand auf der nordwestlichen Seite der Insel überblicken konnte. Sie schlenderte hinüber, sah in ihrer Karte nach und ging eine Treppe hinauf zu einem Gang, an dem mehrere Klassenzimmer lagen. Dann setzte sie ihren Weg fort durch einen schmalen Gang, der zu der Kapelle führte. Sie war das berühmteste Gebäude der Schule und gleichzeitig das, das ihr im Bedarfsfall die größte Auswahl an Verstecken bieten würde. Überdies stellte ihr Glockenturm den bei weitem höchsten Punkt der Insel dar. Es war unmöglich, sich über die Brücke, über das Wasser oder durch die Luft zu nähern, ohne von dort aus gesehen zu werden. In der Kapelle entdeckte sie einen kleinen Raum, eher eine Wandnische hinter einem Gitter, die im Bedarfsfall als Versteck dienen konnte.

Danach ging Chimera weiter zu dem Flügel, in dem die Physik- und Chemiesäle der Schule lagen, angelockt vom Gestank und der Aussicht, dort in den Flaschen auf den Regalen chemische Substanzen zu finden, aus denen sie sich Waffen zusammenbauen konnte. Nach Unterrichtsschluß konnte sie in aller Ruhe die Chemikalien untersuchen und feststellen, ob und inwieweit sie sich für ihre Zwecke nutzen ließen.

Chimera kehrte zu dem zentralen Verwaltungsgebäude zurück. Sie kam ein paar Minuten zu spät zu ihrem Vorstellungsgespräch mit Rektor George und mußte all ihre Entschlossenheit aufbringen, um sich auf die Beantwortung der Fragen zu konzentrieren, die er ihr stellte. Sie lächelte, während sie höflich antwortete, vergaß ihre Worte jedoch schon wieder, kaum daß sie sie über die Lippen gebracht hatte.

»Ich glaube, das genügt«, sagte George schließlich, das Gespräch abrupt beendend. »Wann können Sie anfangen?«

»Sofort, wenn Sie wollen.«

Er erwiderte ihr Lächeln. »Dann also nach dem Mittagessen. Dabei können Sie direkt herausfinden«, fügte er hinzu, »was die meisten unserer Kinder ins Lazarett bringt.«

Rektor George begleitete Chimera durch die nun von Kindern und Jugendlichen – etwa im Alter zwischen fünfzehn und achtzehn Jahren – wimmelnden Gänge, die sie zuvor noch in aller Ruhe abgeschritten hatte. Da der Speisesaal im nördlichen Teil des Gebäudes lag, bemerkten weder Chimera noch der Rektor die beiden dunklen Kastenwagen, die sich über die Brücke von Castle Hill aus näherten.

Sechsundzwanzigstes Kapitel

»Fangen wir noch mal von vorn an«, sagte der Captain der Polizei von Newport. »Sie behaupten, die St. Michael's School soll von *Terroristen* überfallen werden?«

»Wenn sie nicht schon von ihnen überfallen worden *ist*.«

Der Captain deutete zum Telefon. »Es hat noch niemand angerufen.«

»Warum rufen Sie nicht dort an? Warum finden Sie nicht heraus, ob dort etwas vor sich geht?«

Der Captain machte mit einem Stirnrunzeln seine Ungeduld deutlich. »Hören Sie, Mr. Skylar, was genau verlangen Sie denn von mir?«

»Ich möchte, daß Sie die Insel evakuieren. Ich möchte, daß Sie alle Kinder von dort wegschaffen, bevor er kommt.«

»Bevor *wer* kommt?«

»Das habe ich Ihnen doch gesagt – Colonel Riaz. Und ich habe Ihnen auch gesagt, daß er mit einem schmutzigen Trick dazu verleitet wurde, die Führung der Operation Donnerschlag zu übernehmen.«

»Was Sie ebenfalls von dem Mikrochip erfahren haben.«

»Ja.«

»Den Ihre Schwester, die von der CIA auf Riaz angesetzt wurde, in Ihrem Ring versteckt hat.«

»Und die starb, als Riaz' Familie ermordet wurde.«

»Na schön. Nun erklären Sie mir noch mal, wer all diese Leute umgebracht hat.«

»Killer, die dieser Esteban angeheuert hat, im Namen der Gruppe, die er *in Wirklichkeit* repräsentiert.«

»Eine Gruppe, die all das tut, um die Regierung der Vereinigten Staaten zu übernehmen.«

»Auf einen Schlag.«

»O Gott...«

Jamie fühlte, wie er ruhiger wurde. »Hören Sie mir zu, Captain. Ich weiß, wie sich das alles anhören muß, aber es ist die Wahrheit. Vergessen Sie, was in Nicaragua geschehen ist. Castle Island soll von Terroristen besetzt werden. Wann, weiß ich nicht genau, aber sehr bald, und Sie sind der einzige, der noch rechtzeitig etwas dagegen unternehmen kann.«

Der Captain beugte sich vor. »Wollen Sie hören, was ich weiß? Ich weiß, daß Sie wegen Mordes gesucht werden, und wäre ich klug, würde ich Sie in den Knast stecken und das FBI rufen.«

»Verhaften Sie mich ruhig. Rufen Sie an, wenn Sie wollen. Aber schicken Sie Hilfe nach Castle Island hinüber.«

Er zog das Telefon zu sich heran und nahm den Hörer ab. »Carol, verbinden Sie mich mit der St. Michael's School.« Dann klemmte er den Hörer mit dem Kinn fest und sah wieder Jamie an. »Ich glaube, ich sollte Sie persönlich mit dem Rektor sprechen lassen. Vielleicht können Sie ihn ja überzeugen, um Polizeischutz zu bitten.«

»Captain?« Kaum vernehmlich drang die Stimme der Sekretärin aus der Sprechmuschel.

»Ja, Carol?«

»Tut mit leid, ich bekomme keine Verbindung mit der Schule. Die Leitung scheint tot zu sein.«

»Versuchen Sie es noch einmal«, sagte der Captain schon etwas weniger selbstsicher.

»Ich habe es bereits mehrmals versucht. Sonst noch etwas?«

»Ja«, sagte er, Jamie nicht aus den Augen lassend. »Beordern Sie einen Streifenwagen her. Er soll hier einen Passagier abholen und nach Castle Island fahren.«

»Wird gemacht.«

Der Captain hielt den Telefonhörer auf. »Wenn Sie sich irren, mein Sohn, bekommen Sie gewaltige Schwierigkeiten.«

»Nein. Die bekommen wir, wenn ich recht behalte.«

»Ausschwärmen!« sagte Riaz in sein Walkie-talkie.

Die Männer aus dem zweiten Lieferwagen, alle mit identischen grauen Monturen bekleidet, stiegen ohne Eile aus und stellten sich hinter dem Colonel auf. Gleichzeitig begaben sich die aus dem vorderen Wagen einschließlich Rodrigo zu ihren ursprünglichen Beobachtungspositionen.

»Hören Sie mich, Hauptmann?« fragte er Maruda, der sich anschickte, den Lastwagen über die Brücke zu fahren.

»Ich höre Sie, Colonel.«

»Wir werden jetzt reingehen. Geben Sie uns fünf Minuten – ich wiederhole, fünf Minuten – und kommen Sie dann nach.«

»Roger, Colonel.« Riaz verstaute das Walkie-talkie in einer

Tasche seiner grauen Uniform und bedeutete seinen Männern dann, zum ersten Treffpunkt zu marschieren, dem Speisesaal.

»Hier ist Manuel, Colonel.«

Riaz holte das Sprechfunkgerät schnell wieder hervor, während seine Männer ihre Positionen einnahmen. »Ich höre.«

»Keine ungewöhnlichen Vorkommnisse, Sir. Sieht so aus, als würden sie die gesamte Schule beim Mittagessen überraschen.«

Der Hauptmann rieb über seine Augenklappe. »Genau wie geplant«, sagte er.

Als Chimera sah, wie sie in den Speisesaal eindrangen, begriff sie sofort, was geschehen war, und wußte, daß all ihre Pläne schrecklich gescheitert waren.

Aber wieso? *Marlowe? Es mußte Marlowe sein! Der militärische Repräsentant von Walhalla hatte den anderen Mitgliedern der Gruppe den wahren Beginn der Operation Donnerschlag verschwiegen, eine persönliche Rückversicherung seinerseits. Winters hatte ihr gesagt, die Operation würde morgen beginnen, weil er tatsächlich davon ausgegangen war.*

Sie zählte sechs Personen, die den Speisesaal betraten. Sie trugen zwar keine Waffen in den Händen, sondern Werkzeugkästen, doch sie verteilten sich, wie es das Lehrbuch vorschrieb, und deckten den gesamten Speisesaal strategisch ab.

Ein Blick genügte, und Chimera erkannte die Männer als erfahrene Profis. Ihre Augen verrieten es, und die Art, wie sie sich bewegten, wie selbstbewußt sie auftraten. Selbst wenn es ihr gelingen sollte, alle sechs zu überwältigen und den Speisesaal abzusichern, würden draußen noch viel mehr warten.

Riaz kam als letzter. Sie erkannte ihn sofort an seiner schwarzen Augenklappe. Bei seinem Erscheinen merkten die Schüler, daß hier etwas Seltsames vor sich ging, und die meisten Gespräche verstummten. Mitglieder der Schulverwaltung näherten sich den vermeintlichen Arbeitern, um herauszufinden, wieso die Gaswerke so massiv anrückten. Riaz ging mittlerweile zu der leicht erhöhten Plattform vorn im Speisesaal, deren Tische für das Lehrpersonal reserviert waren.

»Sie werden ganz ruhig bleiben, Mr. George.«

»Wie bitte?« sagte der Rektor und erhob sich.

»Ich habe gesagt, Sie werden ganz ruhig bleiben. In genau zehn Sekunden werden meine Männer ihre Waffen ziehen, und Sie und ich werden sich mit kurzen Ansprachen an Ihre Schüler wenden.«

»Wer zum Teufel sind...«

»Fünf Sekunden.«

George verstummte abrupt, als einige Schüler die Uzis in den Händen der Eindringlinge sahen und aufschrien. Sie hatten die Waffen unter ihren Monturen verborgen gehalten. Die Schüler erhoben sich und drängten sich in der Mitte des Speisesaals zusammen, um eine größtmögliche Entfernung zwischen sich und die Attentäter zu bringen.

»Zwingen Sie mich nicht, meine Waffe zu ziehen, Mr. George«, warnte Riaz. »Eine Zusammenarbeit wird uns beiden nutzen.«

»Was geht hier vor? Wer sind Sie?«

»Wer wir sind, spielt keine Rolle. Was hier vorgeht, ist doch klar. Wir nehmen Ihre Schüler als Geiseln.« Riaz winkte ihn vor. »Das Mikrofon, Mr. George. Ich glaube, wir sollten Ihre Schüler beruhigen.«

Der Direktor sah aus dem großen Fenster, als hoffte er, wie durch ein Wunder die Polizei vorfahren zu sehen.

»Ich habe weitere Männer draußen postiert, Mr. George. Glauben Sie mir, sie werden niemanden durchlassen. Und jetzt gehen Sie bitte zum Mikrofon.«

Seine Stimme war im Gegensatz zu dem Aufruhr im Raum so ruhig, daß eine Gänsehaut über den Rücken des Rektors lief. Sie erinnerte ihn an eine einstudierte Tonbandaufnahme ohne jede Andeutung von Gefühlen.

»Dürfte ich um Aufmerksamkeit bitten«, sagte George ins Mikrofon. »Setzt euch bitte.« Und, mit einem Blick auf den Einäugigen: »Ihr seid nicht in Gefahr. Bitte beruhigt euch.« Er legte die Hand über das Mikrofon und sah wieder Riaz an. »Was noch?«

»Wenn Sie sie beruhigt haben, geben Sie mir das Mikrofon.«

Chimera wurde mit verängstigten Köchen und anderem Küchenpersonal zusammengetrieben. Sie kam sich dumm und amateurhaft vor. Sie hatte sich nach Castle Island begeben, um zu verhindern, daß die Insel besetzt wurde, und war nun statt dessen Gefangene der Besetzer. Eine so große Verantwortung hatte auf ihren Schultern gelegen, und sie hatte in jeder Hinsicht versagt.

Ich hätte es wissen, zumindest aber vermuten müssen...

Um sie herum jammerten die Kinder. Sie konnte ihre Angst riechen, fast schon schmecken, und das stärkte ihre Entschlossenheit. Sie hatte noch einen Vorteil: Ihre Identität war den Attentätern unbekannt. Und diesen Vorteil mußte sie ausnutzen. Sie mußte eine neue Strategie ausarbeiten.

»Schüler der St. Michael's School«, sprach Riaz sie an, als hielte er jeden Tag solch eine Rede, »ihr seid Geiseln des Nationalen Nicaraguanischen Solidaritätskomitees. Euer Land hat zahlreiche Verbrechen gegen unsere Nation begangen. Ich weiß, daß keiner von euch persönlich für das gewaltige Unrecht verantwortlich ist, von dem ich spreche, doch wir alle müssen mit den Taten unserer jeweiligen Nationen leben und dafür einstehen. Wenn ihr mit uns zusammenarbeitet, wird euch nichts geschehen. Wenn ihr alles tut, was wir sagen, werden wir euch so wenig Unannehmlichkeiten wie möglich bereiten. Ihr werdet jetzt auf eure Plätze zurückkehren und euch richtig verhalten. Wenn ihr wollt, dürft ihr miteinander sprechen, doch niemand darf dieses Gebäude verlassen. Euer Rektor und ich werden jetzt unser Vorgehen absprechen. Wenn ihr euch unseren Anweisungen fügt, wird keinem von euch ein Leid geschehen. Wir sind nicht hergekommen, um jemanden zu verletzen. Das ist die Wahrheit.«

Riaz gab seinen Männern ein Zeichen, und Chimera beobachtete, wie die nächste Phase des Plans umgesetzt wurde. Seine Männer zogen die Overalls aus und enthüllten darunter sportliche Hosen, Sakkos und Krawatten. Wären nicht die Waffen gewesen, hätte man sie nun kaum von der Mehrzahl des Lehrerkollegiums unterscheiden können.

Das wird die Scharfschützen der Polizei verwirren, sobald sie erst eingetroffen sind, dachte Chimera. *Aber nicht mich. Nicht mich* ...

Maruda hatte den Lastwagen wie geplant über die Brücke gefahren und Ramon, Javier und Sanchez, den Sprengmeister, genau dort abgesetzt, wo sie Castle Island berührte. Der Plastiksprengstoff, der nötig war, um die Brücke hochzujagen, lag auf Sanchez' Schoß. Während der gesamten Fahrt hatte er ihn hingebungsvoll wie ein Haustier liebkost. Maruda hatte sich zuerst daran gestört, sich dann jedoch daran gewöhnt. Nachdem er das Sprengteam abgesetzt hatte, war er einige hundert Meter weitergefahren, zu dem vereinbarten Ort, an dem er die schwere Ausrüstung ausladen sollte. Bislang war die einzig beachtenswerte Waffe auf der Insel Rodrigos Maschinengewehr vom Kaliber .50, die er wie ein ganz normales Gewehr mit sich trug. Der Riese hatte bereits einen Felsvorsprung gefunden, von dem aus er die gesamte Brücke im Blick hatte. Maruda konnte sehen, daß er sie im Blick hielt, wie ein Tier seine Beute beobachtete, und nur darauf wartete, daß ein möglicher Feind versuchte, sie zu überqueren.

Fernando hatte er auf der anderen Seite der Brücke zurückgelassen; der Mann trug, genau wie Ramon, Javier und Sanchez auch, die Montur der städtischen Bauarbeiter, und hatte damit begonnen, mit Kegeln eine Straßensperre zu errichten, die sämtliche Autos, die unmittelbar vor der Sprengung noch die Brücke überqueren wollten, umleiten würde. Auf etwaige Fragen würden sie antworten, sie müßten einen Belastungstest vornehmen.

Und was für eine Belastung es geben würde, dachte Maruda amüsiert.

Zwölf Minuten blieben ihnen, den Sprengstoff und die Zündschnüre anzubringen. Dann würde Sanchez Meldung erstatten, und Riaz würde den Befehl geben, die Brücke zu sprengen, sobald Fernando sicher auf der Insel angelangt war.

Im Rückspiegel erhaschte Maruda einen letzten Blick auf Sanchez, der die Arbeit überwachte, den Plastiksprengstoff an den berechneten Stellen der Brücke anzubringen, das erste viereckige Päckchen davon dreihundert Meter vom Ufer entfernt. Javier zog bereits die traditionelle Zündschnur weiter zum nächsten Plastikquader; sie waren ihrem Zeitplan sogar etwas voraus.

»Wir sind fast da, mein Junge«, sagte der ältere Polizist zu Jamie. »Entspannen Sie sich.«

»Spielen Sie wirklich Football?« fragte der jüngere auf dem Beifahrersitz.

»Für die Giants«, erwiderte Jamie achtlos.

»Ja, das erklärt, wieso ich Sie nicht kenne. Ich bin Fan der Patriots. Bei den anderen Mannschaften kann ich die Spieler nicht auseinanderhalten, wenn sie nicht gerade gegen die Patriots antreten.«

Jamie zuckte die Achseln und hoffte, Castle Island bald von dem Ocean Drive aus, auf dem sie fuhren, sehen zu können.

»Da ist sie«, sagte der ältere Cop. »Links von Ihnen.«

»Sieht ganz normal aus«, sagte der jüngere.

Jamie fragte sich, ob er ein Plakat mit der Aufschrift WIR HABEN DIE INSEL ALS GEISEL GENOMMEN! FAHREN SIE NICHT RÜBER! erwartete. Wie zum Teufel sollte sie denn sonst aussehen?

»Was?« fragte der ältere Polizist ihn.

»Ich hab' nur mit mir selbst gesprochen.«

Der Streifenwagen fuhr den Ocean Drive entlang, bis sich die Straße zur Brücke und nach Castle Hill gabelte.

»Sieht so aus, als wären die Jungs vom Staßenverkehrsamt vor uns da gewesen«, stellte der junge Bulle als erster fest.

»Mir liegt gar keine Aktennotiz vor, daß sie heute Reparaturen an der Brücke durchführen wollen.«

»Wahrscheinlich haben sie vergessen, uns Bescheid zu geben, Sarge.«

»Ja, und wenn der Verkehr dann stockt, ruft man uns an. Die müssen sie sich an die Vorschriften halten, verdammt noch mal. Lassen wir ihn seine gelben Kegel zur Seite schieben und sehen wir uns mal an, was die Jungs da machen, wenn sie uns schon nicht vorgewarnt haben.«

»Bitte melden, Colonel«, sagte Fernando in sein Walkie-talkie, als der Streifenwagen langsam näher kam.

»Ich höre Sie, Fernando.«

»Ein Polizeiwagen nähert sich der Brücke.«

Riaz sah Maruda an, der sich im vorderen Teil des Speiseraums zu ihm gesellt hatte.

»Sanchez«, sagte der Colonel in sein Walkie-talkie, »haben Sie das mitbekommen?«

»Jawohl.«

»Wie lange dauert es, bis der Sprengstoff angebracht ist?«

»Noch fünf bis sieben Minuten.«

»Verdammt...«

»Der Polizeiwagen kommt näher«, erklang Fernandos Stimme. »Was soll ich tun?«

»Überlassen Sie das mir.« Riaz sprach wieder ins Walkie-talkie. »Rodrigo, gehen Sie zur Brücke. Ich wiederhole, Rodrigo zur Brücke. Bestätigen Sie, indem Sie zweimal den Kippschalter betätigen.«

Klick... klick...

»Morgen«, sagte Fernando durch das offene Fahrerfenster des Streifenwagens. Er sprach mit seinem besten amerikanischen Akzent.

»Wollt ihr Jungs uns denn nicht wissen lassen, daß ihr die Brücke sperrt?« schnauzte der ältere Bulle auf dem Fahrersitz.

»Das kam ziemlich plötzlich«, gab Fernando zurück, »aber ich dachte, die hätten euch Bescheid gesagt.«

»Was ist denn los?« fragte der jüngere Polizist.

»Möglicherweise ein Baumangel. Wir führen ein paar Belastungstests durch, um es zu überprüfen.«

»Wir haben auf der Insel zu tun«, sagte der Ältere. »Können wir rüberfahren?«

»Kein Problem. Aber fahren Sie langsam.«

Fernando schob die Kegel zur Seite und wartete, bis der Streifenwagen ein gutes Stück auf der Brücke war, bevor er das Walkie-talkie wieder an die Lippen hob.

»Irgend etwas war faul an diesem Burschen«, sagte der ältere Polizist zu dem jüngeren und verlagerte sein Gewicht auf dem Sitz.

Jamie beugte sich zu ihnen vor. »Vielleicht sollten Sie Verstärkung rufen.«

»Verstärkung wofür?«

»Die beiden Burschen, die an der Seite standen und uns durchgewinkt haben, hatten kein Werkzeug dabei.«

»Na und?«

»Wie kann man ohne Werkzeug einen Baumangel feststellen?«

Der junge Polizist sah nervös zur Seite und wollte schon zum Mikrofon greifen. »He, vielleicht hat er da gar nicht so Unrecht. Kann zumindest nicht schaden, in der Zentrale nachzufragen, ob Arbeiten an der Brücke gemeldet wurden.«

»Gott im Himmel«, murmelte der Sergeant.

»Zentrale, hier Wagen Sieben.«

»Sprechen Sie, Wagen Sieben.«

»Zentrale, würden Sie mal überprüfen, ob an der Brücke nach...«

Der jüngere Polizist hatte die Worte kaum über die Lippen gebracht, als am Ende der Brücke eine riesige Gestalt mitten auf die Fahrbahn sprang. Der Streifenwagen war keine fünfzig Meter mehr von dem Mann entfernt, als er auf den Abzug eines großen Maschinengewehrs drückte, das in seinen starken Händen nicht einmal zitterte. Die Windschutzscheibe zersplitterte, und die Kugeln und Glassplitter warfen den Sergeant hinter dem Lenkrad zurück, während sich der junge Polizist so tief duckte, wie er konnte.

»*Gottverdammte Scheiße!*«

»Sieben, was ist los? Ich dachte, ich hätte...«

»Wir werden beschossen, das ist hier los! Ich wiederhole, wir werden beschossen!«

Der Streifenwagen schleuderte wild von einer zur anderen Seite, während weitere Glasscherben über die Insassen regneten. Der Sergeant kämpfte tapfer mit dem Lenkrad, während sein Partner nervös an der Sprechfunkanlage hantierte.

»O Scheiße...«

Direkt vor ihnen zogen zwei Arbeiter, die mit den Armen gewinkt hatten, kleinere Maschinengewehre hervor, Jamie sah das gelbe Mündungsfeuer, und im nächsten Augenblick löste sich der Rest der Windschutzscheibe auf. Blut spritzte aus dem durchlöcherten Körper des Sergeant, und der Wagen geriet außer Kontrolle.

»Um Gottes willen, schickt uns Hilfe her!« schrie der junge Polizist. »*Helft uns!*«

Jamie duckte sich unter den Rücksitz, als die nächste Salve in den Kopf und die Brust des jungen Polizisten einschlug, der sich etwas erhoben hatte, um das Lenkrad zu ergreifen. Neues Blut spritzte, und mit einem widerwärtigen Geräusch zerplatzte sein Kopf unter einem weiteren Kugelhagel. Auch der bereits tote Sergeant wurde mehrmals getroffen, und ein Krampf zwang seinen Fuß auf das Gaspedal. Der schwere Wagen schoß auf die Schützen zu, die ihre Magazine leerten und zur Seite sprangen.

Jamie fühlte den knochenzermalmenden Zusammenstoß mit den stählernen Leitplanken und dachte, alles sei aus. Doch der Aufprallwinkel trug den Wagen über das Hindernis. Er drehte sich seitwärts in der Luft und stürzte dann zum Wasser der Bucht hinab.

Dem harten Aufprall folgte eine Flut kalter, nasser Dunkelheit, die jedes Licht und auch Jamie verschluckte.

Siebenundzwanzigstes Kapitel

»Wie lange noch, bis wir sie hochjagen können?« fragte Colonel Riaz in sein Walkie-talkie.

»Eine Minute«, erwiderte Sanchez mit dem letzten Brocken Plastiksprengstoff in der Hand.

»Machen Sie dreißig Sekunden daraus.«

»Die Sirenen kommen näher«, meldete Fernando vom Festland. »Vier Streifenwagen, glaube ich, vielleicht fünf. Ziemlich weit auseinander.«

»Kommen Sie *sofort* rüber! Sanchez?«

»Ja?«

»Jagen Sie die Brücke hoch, sobald er bei Ihnen ist.«

»Alles klar, Colonel.«

Sanchez brachte den letzten Brocken Plastiksprengstoff an, der ein Drittel bis zur Hälfte der Brücke ins Meer stürzen lassen würde. Javier und Ramon wickelten die Zündschnur ab, zogen sie stramm und kehrten dann im Laufschritt auf die Insel zurück, während Fernando mit seinem Motorrad hinterherfuhr. Sanchez verharrte einen Augenblick lang und betrachtete die Schönheit seines Werks. Absolut perfekt, dachte er, und trat langsam zurück. Das Geheul der Sirenen wurde lauter, und der erste Polizeiwagen kam mit kreischenden Reifen in Sicht, doch Sanchez schien von ihm nicht im geringsten beeindruckt zu sein.

»Sanchez!« rief Riaz.

»Ja?«

»Sind Sie soweit?«

»In fünfzehn Sekunden«, erwiderte Sanchez, während Javier die Zündschnur am Sprengzünder anbrachte.

»Dann los!«

Die Streifenwagen trafen praktisch gleichzeitig in Castle Hill ein. Die beiden aus Newport und einer aus Portsmouth kamen über den Ocean Drive, während zwei Wagen der Staatspolizei die Ridge Road genommen hatten. Die drei vorderen Wagen fuhren so dicht nebeneinander auf die Brücke zu, daß ihre Kotflügel miteinander verwachsen zu sein schienen. Die letzte Meldung des Streifenwagens, mit dem der Funkkontakt mittlerweile abgerissen war, hatte keinen Sinn ergeben. Er wurde angeblich beschossen ... auf einer Brücke, die zu einer Schule führte? Was zum Teufel ging da vor?

Was auch immer es war, die Zentrale hatte unglaublich schnell reagiert. Die vorderen Wagen rollten auf die Brücke, bemerkten jedoch nichts Ungewöhnliches. Vor ihnen erhoben sich die Gebäude der St. Michael's School zwischen Bäumen, die im Wind schwankten.

Die Fahrzeuge der Staatspolizei wollten gerade auf die Brücke fahren, als die Sprengladung explodierte. Die Welt schien plötzlich in einem schrecklichen gelben Blitz, der zwanzig Tonnen Brückentrümmer in die Luft schleuderte, ein Ende zu nehmen. Allein der Druck warf die beiden vordersten Polizeiwagen hoch, als habe sich die Brückenoberfläche plötzlich in ein Trampolin verwandelt. Der dritte Wagen wurde wild herumgeschleudert und dann von einem Trümmerhagel eingedeckt, der ihn zerquetschte und unter sich begrub.

Dem Wagen der Staatspolizei war es gelungen, kurz vor der Brücke anzuhalten. Hinabgestürzter Schutt zertrümmerte die Fenster und einen Großteil des Stahls der Wagen selbst. Reifen explodierten unter dem Druck, und ein Beamter im zweiten Wagen, der die Geistesgegenwart besessen hatte, sich unter das Armaturenbrett zu ducken, griff nach dem Mikrofon.

»Zentrale, hier ist Wagen Siebzehn. Gottverdammt, jemand hat die Brücke in die Luft gesprengt! Ich wiederhole, *jemand hat die verdammte Brücke gesprengt!*«

Chimera hatte den Blick nicht von Riaz abgewandt, seit er seine Ansprache auf der Plattform im vorderen Teil des Speisesaals beendet hatte. Die Fenster dieses Raums boten weder einen Blick auf das Festland noch einen auf die Brücke, und so konnte sie nur Vermutungen anstellen, was draußen geschah, und wurde von der Explosion völlig überrascht.

Sie ließ die Wände des alten Gebäudes erzittern. Das erdbebenähnliche Dröhnen zerschmetterte Fenster und schleuderte dicke Scherben hinein. Blazergekleidete Schüler schrien vor Angst auf und warfen sich auf den Boden. Ein paar Glassplitter fanden Opfer, und die Schreie der Getroffenen wurden lauter. In einem grotesken Gegensatz kippten noch einige Zeit, nachdem die Explosion verklungen war, leichtere Gegenstände um, und Putz rieselte von den Decken.

Chimera wußte, daß Riaz die Brücke gesprengt hatte; das war für die Durchführung seines Plans unumgänglich. Die Insel mußte vom Festland abgeschnitten werden. Nachdem dies nun geschehen war, standen den Behörden beträchtlich weniger Eingriffsmöglichkeiten offen. Als sie wieder zum Colonel sah, sprach er ruhig mit Rektor George, als habe er von dem Chaos um ihn herum gar nichts bemerkt. Die umgestürzten Stühle und Tische boten den Schülern und den Aufsichtskräften Deckung. Mit Rektor George an seiner Seite sprach Riaz ins Mikrofon, doch die Explosion hatte die Lautsprecher beschädigt, und seine Stimme klang dumpf und leicht verzerrt.

»Bitte bringen Sie die Verwundeten in den hinteren Teil der Halle«, befahl er. »Sollte jemand bewußtlos oder zu schwer verletzt sein, um bewegt zu werden, lassen Sie ihn liegen.« Er sah George an. »Der Rektor wird Anweisungen geben, nach denen die Verletzten versorgt werden. Ich habe ihm die Freiheit anvertraut, alle nötigen Entscheidungen zu treffen, ihnen zu helfen.«

Mit diesen Worten zerrte Riaz einen zitternden Andrew George ans Mikrofon. Eine Linse seiner Brille war zersplittert, und er mußte sich festhalten, um nicht zu stürzen.

»M-M-Miss Burke, wo sind Sie?« rief er. »Wenn Sie hier sind, treten Sie bitte vor.«

Chimera schluckte, als sie begriff, welchen Verlauf die Ereignisse genommen hatten. Da ihr keine andere Wahl blieb, setzte sie einen ängstlichen Gesichtsausdruck auf und trat in dem Speisesaal vor.

Colonel Riaz beobachtete desinteressiert, wie die Frau, die er für die Krankenschwester der Schule hielt, das Podium betrat. Er mußte sich um dringendere Angelegenheiten kümmern. Der Zeitplan der Operation war mittlerweile beträchtlich vorgezogen worden. Die Behörden wußten, was hier auf der Insel vorgefallen war und würden nun wesentlich früher eintreffen, als er es eigentlich erwartet hatte. Das machte weitere Anpassungen des Plans nötig, doch noch etwas anderes bereitete ihm Sorgen:

Wieso war der erste Polizeiwagen überhaupt zur Insel hinübergefahren?

Er spürte in seinen Knochen, daß es sich nicht einfach um eine Routinepatrouille gehandelt hatte. Etwas war vorgefallen, etwas Unerwartetes. Was, würde er aller Wahrscheinlichkeit zufolge niemals erfahren, und er konnte nur hoffen, daß es auch keine Rolle spielte. Wichtig war nur, daß Maruda mittlerweile die schwere Ausrüstung verteilte und seine Männer ihre vorher bestimmten Positionen auf der Insel einnahmen. Zu seinem Arsenal gehörten Stinger-Raketen, Maschinengewehre vom Kaliber .60, LAW-Raketen und alle möglichen anderen Waffen – kurz gesagt, genug, daß seine Männer die Insel verteidigen konnten, sobald sie sich erst einmal verschanzt hatten. Nicht, daß er diesen Tatbestand vor den Amerikanern verbergen wollte. Im Gegenteil, er *wollte*, daß sie genau wußten, womit sie es zu tun hatten, damit sie einsahen, wie sinnlos eine jede andere Reaktion außer der Kapitulation sein würde.

Natürlich würden sie sich das niemals eingestehen; das konnten sie einfach nicht. Sie würden in Scharen angerückt kommen, und zwar sehr bald. Na schön, sollten sie nur kommen.

Riaz liebte Herausforderungen und war bereit, auf eine nach der anderen einzugehen. Er hielt alle Trümpfe in der Hand; die Insel gehörte ihm.

Das Piepsen des an seinem Gürtel befestigten Walkie-talkies riß ihn aus seinen Gedanken. Fast wütend griff er danach. »Hier Riaz.«

»Maruda, Colonel, ich habe gerade von einer unserer Patrouillen erfahren, daß ein Überlebender ans Ufer gespült wurde.«

»Ein Polizist?«

»Der Kleidung nach zu urteilen, nein.«

»Ist er verletzt?«

»Ja. Schwer, nach dem, was ich erfahren habe.«

Riaz kam das komisch vor. Wäre jemand auf der Brücke gewesen, als Sanchez sie sprengte, hätte er kaum überlebt. Doch vielleicht war dieser Mann in dem ersten Streifenwagen gewesen, der über die Leitplanke gerast war, nachdem Rodrigo das Maschinengewehrfeuer auf ihn eröffnet hatte, aber wer sollte der Überlebende sein, wenn kein Polizist?

»Lassen Sie ihn auf die Krankenstation bringen und dort mit den anderen behandeln«, befahl Riaz. »Ich will ihn mir selbst ansehen.«

Diesmal glaubte Jamie, es hätte ihn endgültig erwischt. Es erschien ihm unmöglich, sich aus der stählernen Gruft des schnell sinkenden Streifenwagens zu befreien. Sein verzweifelter Kampf mit dem Türgriff erwies sich als vergeblich, und die Lösung kam ihm erst in den Sinn, nachdem er sich schon in sein Schicksal gefügt und den Türgriff losgelassen hatte. Der bloße Auftrieb erfaßte ihn und stieß ihn durch das Loch nach oben, wo früher das Heckfenster gewesen war.

Plötzlich schlug die Kälte des Wassers über ihm zusammen. Er schwamm an die Oberfläche, während seine Lungen zu platzen drohten, und erreichte und durchbrach sie, gleichzeitig Wasser spuckend und nach Luft ringend. Er hielt sich mit mühsamen Schwimmbewegungen oben und versuchte, sich zu orientieren. Der Schwung des Wagens hatte ihn weit ins Wasser hinausgetragen, näher zur Insel als zum Festland. Er schickte sich gerade an, zum Ufer der Insel zu schwimmen, als die Explosion erklang.

Der Knall drohte seine Trommelfelle zu zerreißen, und er bekam einen fürchterlichen Schlag auf den Schädel, der ihn vom Kopf bis zu den Zehen gefühllos werden ließ. Erneut verschluckte das Wasser ihn, hob sich über ihn, als sei er eine Beute, die es auf keinen Fall entkommen lassen wollte. Jamie bewahrte die Geistesgegenwart, wieder zur Oberfläche hinaufzuschwimmen.

Seine Augen brannten, und er begriff überrascht, daß mehr als nur das Salzwasser seine Sicht trübte. Er konnte nur noch Hell und Dunkel ausmachen und die bloßen Umrisse ferner Gebilde. Er wußte nicht mehr, wo er war, und suchte nach der Brücke, um sich zu orientieren.

Sie war verschwunden, wenigstens ein großer Teil davon. Das Wasser vibrierte noch immer von der Wucht einer, wie Jamie nun begriff, gewaltigen Explosion.

Riaz hatte die Brücke gesprengt! Nun gehörte die Insel ihm, von einem Ufer zum anderen!

Jamie blieb dennoch keine andere Wahl, als zu versuchen, sie zu erreichen. Er war zu müde, um sich mit Armen und Beinen kräftig abzustoßen, brachte nur leichte Paddelbewegungen zustande, die ihn mit der Strömung zur Insel trugen. Sporadisch kamen und gingen Gedanken. Er merkte, wie er allmählich das Bewußtsein verlor, und klammerte sich verzweifelt daran fest. Er fühlte, wie seine Füße Boden berührten, brach Sekunden später in der am Ufer leckenden Brandung zusammen und schleppte sich mit letzter Kraft über die Felsen auf den Sand.

Auf dem steilen Hügel, der nun das Ufer bildete, blieb er liegen. Der salzige Geschmack des Meerwassers vermischte sich mit dem kupfernen von Blut, das sein Gesicht hinab- und in seinen Mund tropfte. Er war zu erschöpft, um die Verletzung abzutasten, und hörte kaum die Schritte, die sich ihm von hinten näherten.

»Bleiben Sie, wo Sie sind!« rief ihm eine Stimme auf englisch zu, gefolgt von einem Bericht auf spanisch in ein Walkie-talkie. Jamie drehte mühsam den Kopf in die Richtung, aus der die Worte kamen. In seinem Haar hing Seegras, auf seinem Gesicht klebte Sand. Er konnte zwei verschwommene Umrisse ausmachen, einer davon sehr groß, und sonst nichts.

»Wir sollen ihn zur Krankenstation bringen«, sagte die Gestalt mit dem Walkie-talkie zu der wesentlich größeren. »Befehl des Colonels.«

Riaz! begriff Jamie. Er würde mit ihm sprechen, ihn vielleicht zur Vernunft bringen können. Vielleicht ergab sich doch noch etwas aus seiner Anwesenheit hier. Er würde Riaz alles sagen, was er wußte, alles, was er von Chimera erfahren hatte. Der Colonel würde einsehen, daß man ihn benutzt, mit einem schmutzigen Trick dazu gebracht hatte, für eine Macht zu arbeiten, deren Interessen sich weit über Nicaragua hinaus erstreckten. Jamies bloße Anwesenheit war Beweis genug. Riaz würde auf ihn hören. Ja, Riaz würde auf ihn hören!

»Heb ihn hoch, Rodrigo«, befahl der Mann mit dem Walkietalkie, und Jamie spürte, wie sich zwei riesige Hände um ihn schlossen.

Wie durch ein Wunder erwiesen sich die meisten Verletzungen, die sich die Kinder im Speisesaal zugezogen hatten, nicht als schwerwiegend. Da die Glassplitter hinabgeregnet und nicht in den Raum geschleudert worden waren, gab es keine Knochenbrüche, sondern nur ein paar Kratzer und Schnitte, die auch von jemandem versorgt werden konnten, der nur über eine rudimentäre Ausbildung verfügte. Chimera hatte im Lauf der Jahre einige Geschicklichkeit darin erworben, Glas aus Wunden zu entfernen und Verletzungen mit Jod abzutupfen und zu verbinden.

Sie behandelte die Verletzungen in der Reihenfolge ihrer Schwere. Dabei überlegte sie, was für ein Glück es gewesen war, daß sie sich ausgerechnet als Krankenschwester eingeschlichen hatte. Dadurch bekam sie die nötige Bewegungsfreiheit, die ein Kernstück ihrer neuen Strategie darstellte. Riaz' Männer würden sie kennen, akzeptieren und daher auch ignorieren. Sie hätte niemals darauf zu hoffen gewagt, und doch war sie deshalb nun imstande, einen Eindringling nach dem anderen auszuschalten oder den Sprengstoff aus Pine Gap unschädlich zu machen, sobald er erst einmal angebracht war.

Eine schnelle Durchsuchung der Medizinschränke ergab überdies, daß sie keineswegs waffenlos war. Sie enthielten unter anderem eine Reihe möglicher Gifte, die man den Eindringlingen verabreichen konnte, vielleicht in ihrem Essen. Einige chirurgische Instrumente konnten ihr auch dienlich sein; sie waren scharf und spitz und stellten gleichermaßen Instrumente des Todes und des Lebens dar.

Die Krankenstation lag nicht weit vom Speisesaal entfernt. Ihre Fenster boten einen Blick auf das nördliche Ufer der Insel, so daß sie noch immer nicht sehen konnte, wie schwer die Brücke beschädigt war. Und sie wußte noch immer nicht, aus wie vielen Männern Riaz' Truppe denn nun bestand, eine Information, die sie sich unbedingt verschaffen mußte, bevor sie zuschlagen konnte.

Chimera hatte gerade den Arm eines Jungen genäht und befestigte einen weißen Klebestreifen über dem Verband, als ein riesiger Soldat einen halb bewußtlosen Mann in die Krankenstation trug.

»Den hier hat's schlimm erwischt«, sagte ein zweiter Soldat hinter dem Riesen. Und während er fortfuhr, starrte Chimera in Jamie Skylars Gesicht.

Der Staatspolizist, der die Explosion der Brücke gemeldet hatte, hatte sich aus seinem Streifenwagen befreien können und hinter einigen Bäumen rechts neben der Brückenauffahrt Deckung gefunden. Von der Station der Küstenwache hinter ihm näherten sich ihm einige Beamte, doch er winkte sie zurück. Er war ein Lieutenant mit fünfzehn Jahren Polizeierfahrung und zuvor einigen Dienstzeiten bei den Special Forces in Vietnam.

Das ständige Heulen der Sirenen begann fünf Minuten später. Die ersten Polizisten, die am Tatort eintrafen, hielten Gewehre in den Händen, gingen hinter ihrem Streifenwagen in Deckung und richteten ihre Waffen ziemlich sinnlos über die zerstörte Brücke ins Nichts. Die Explosion hatte kaum die Hälfte des Bauwerks intakt gelassen; zerfetzte Vorsprünge ragten wie Asphaltzähne in den gewaltigen leeren Raum hervor, wo sich der Rest befunden hatte. Ständig trafen weitere Streifenwagen der Staatspolizei und aus drei verschiedenen Städten ein. SWAT-Truppen aus dem nahegelegenen Providence waren auch schon unterwegs, wie der Lieutenant erfuhr, und die Küstenwache hatte einen Kutter, zwei Hubschrauber und drei Schnellboote zum Ort des Geschehens beordert.

Der Lieutenant nahm das alles mit einem zynischen Grinsen hin. Keiner dieser Leute schien zu begreifen, daß sie es hier mit absoluten Profis zu tun hatten. Er kannte den Schlag, genauso wie er wußte, daß alle Polizisten von Rhode Island gemeinsam ihnen nicht gewachsen waren. Es war keine Frage der Personalstärke, sondern eine des Stils, und seine Erfahrung verriet dem Lieutenant, was für Einsatzkräfte hier gebraucht wurden.

Genau einundzwanzig Minuten nach der Explosion trat der Gouverneur des Staates Rhode Island auf ein Podium, um eine Ansprache vor der staatlichen Vereinigung der Bibliothekare zu halten. Er hatte gerade seine Rede aufgeschlagen, als ein Adjutant zu ihm hinauflief und sorgsam das Mikrofon abdeckte, bevor er etwas zu ihm sagte.

Aus dem Gesicht des Gouverneurs wich jede Farbe, und er schob die Hand des Adjutanten vom Mikrofon und sprach hinein. »Meine Damen und Herren, ich fürchte, es ist etwas geschehen, das meine Anwesenheit an anderer Stelle unumgänglich macht. Miss Naismith«, sagte er zu der Vorsitzenden, »das Mikrofon gehört Ihnen.«

Ohne ein weiteres Wort der Erklärung verließ der Gouverneur unter den verwirrten, fragenden Blicken der Mitglieder der Bibliothekarsvereinigung den Raum. Auf der Treppe draußen blieb er stehen und sah seinen Adjutanten an.

»Ich hoffe, ich habe Sie dort drinnen nicht richtig verstanden, Dennis.«

»Sie haben mich richtig verstanden. Bislang liegen uns nur spärliche Einzelheiten vor. Ich werden Sie so gut wie möglich ins Bild setzen. Bislang haben wir dreißig Streifenwagen am Tatort, und weitere achtzig sind unterwegs.«

»Großer Gott...«

»Ich habe das FBI alarmiert, und es steht ein Hubschrauber bereit, der Sie zum Ort des Geschehens bringen wird.«

»Was ist mit Washington? Ich meine, vielleicht sollte ich mit jemandem in Washington sprechen.«

»Bart Jacoby, Leiter der Abteilung Terroristenabwehr des FBI, wartet auf Ihren Anruf. Er kann uns alle nötigen Kontakte verschaffen.«

»Kontakte mit wem, Dennis?«

Cabral zuckte die Achseln. »Mir ist so etwas auch noch nicht untergekommen, und es gibt kein Lehrbuch, das man befolgen könnte. Ich vermute, er wird das Weiße Haus benachrichtigen, die Army und alle anderen, die ihre Finger in den Topf stecken wollen.«

»Und die sich verbrennen werden«, seufzte der Gouverneur. »Ich kann den Rauch schon riechen.«

»Mr. Jacoby, hier spricht Gouverneur . . .«

»Gouverneur, ich habe den Stabschef des Präsidenten, Charles Banks, auf derselben Leitung. Können Sie mich klar und deutlich verstehen?«

»Ja.«

»Gut. Ihr Adjutant hat mich unterrichtet, daß staatliche und örtliche Polizeikräfte den Tatort umstellt haben.«

»Das ist richtig.«

»Diese Beamten dürfen sich unter keinen Umständen der Insel nähern. Ist das klar?«

Der Gouverneur wollte ihn schon fragen, wie zum Teufel sie das denn anstellen sollten, wo es doch keine Brücke mehr gab, die sie überqueren konnten, sagte dann aber einfach »Ja.«

»Unter keinen Umständen dürfen diese Beamten versuchen, Kontakt mit den Terroristen aufzunehmen. Ist das klar?«

Erneut ein »Ja.«

»Sollten die Terroristen versuchen, mit diesen Beamten Kontakt aufzunehmen, werden sie antworten, daß die verantwortlichen Regierungskräfte unterwegs und sie selbst nicht befugt sind, Verhandlungen zu führen. Ist das klar?«

He, vergessen Sie nicht, daß das mein Staat ist? dachte der Gouverneur.

»Ist das klar, Herr Gouverneur?«

»Verzeihung. Ja.«

»Sie werden an diesem Apparat bleiben.«

Der Gouverneur schluckte hart. »Ich habe den Eindruck, ich sollte mich zum Tatort begeben.«

»Wie Sie wollen. Aber sorgen Sie dafür, daß diese Verbindung nicht abreißt. Ich kann nicht oft genug betonen, wie wichtig das ist, Sir.«

»Ich verstehe.«

»Und ich weiß Ihre Kooperation zu schätzen. Wir gehen hier genau nach dem Lehrbuch vor, aber einige Seiten darin sind bislang noch nie aufgeschlagen worden.«

»Gibt es sonst noch etwas?«

»Gibt es eine Möglichkeit, eine Liste der Schüler und des Lehrpersonals des Internats zu bekommen?«

»Es handelt sich um eine Privatschule«, erwiderte der Gouverneur. »Wir haben da keinen Zugang.«

»Das habe ich mir gedacht. Was ist mit allgemeinen Zahlen?«

»Mal sehen. Ich hielt letztes Jahr auf der Abschlußfeier eine Rede ... Etwa fünfhundert Schüler und fünfundsiebzig Lehrkräfte und anderes Personal, würde ich schätzen. Die örtlichen Behörden können Ihnen bestimmt genauere Angaben machen.«

»Ich würde es vorziehen, sie für den Augenblick aus der Sache herauszuhalten.«

»Natürlich.«

»Außerdem brauchte ich viel dringender ein Foto von der Insel, den Grundriß der Schule oder irgend etwas, mit dem ich mir einen Überblick verschaffen kann.«

»Ich wüßte nicht, daß es solche Fotos oder Grundrisse gibt.«

»Irgend etwas muß es doch geben. Eine Postkarte, ein Foto, irgend etwas.«

Dem Gouverneur fiel etwas ein. »Würde auch ein Gemälde genügen?«

»Was für ein Gemälde?«

»Ich bekam es vor vier Jahren geschenkt, und es hängt zur

Zeit an einer Wand meines Amtssitzes. Es bietet einen ziemlich maßstabsgetreuen Überblick.«

»Das muß genügen.« – »Ich schicke es Ihnen.«

»Machen Sie sich keine Umstände. Geben Sie es einfach unseren Leuten, wenn sie bei Ihnen eintreffen.«

»Na schön«, sagte der Präsident und versuchte, sich zu beruhigen. Die Nachricht hatte ihn auf dem Weg zum Fitneßraum überrascht, und er war augenblicklich in sein Arbeitszimmer zurückgekehrt. »Was wissen wir sonst noch, Charlie?«

»Das ist alles«, erwiderte der Stabschef; außer ihm war noch Roger Allen Doane anwesend. »Die Schule wurde besetzt und die Brücke gesprengt.«

»Dann hat die Schattenregierung unsere Nachricht anscheinend nicht erhalten. Ich unterstelle, daß sie versucht, diese Sache durchzuziehen, mit dem Sprengstoff von Pine Gap und allem anderen. Was unternehmen wir jetzt?«

»Nichts, bis wir einen Mann am Tatort haben«, erwiderte Doane. »Ein FBI-Spezialist ist schon unterwegs.«

»Was haben wir sonst noch am Kochen?«

»Delta-Force-Einheiten wurden in Alarmbereitschaft versetzt. In ein paar Minuten werden sie Fort Bragg mit dem Flugzeug verlassen.«

Der Präsident sah in sein Wasserglas und dann wieder zu Doane. »Und wer ist unser bester Mann für solche Fälle?«

»Colonel Alan Eastman, zur Zeit bei der Abteilung Taktik im Pentagon. Er hat die Delta Force mitaufgebaut.«

»Dann werden wir es folgendermaßen durchziehen. Ich will, daß die Delta-Force-Einheiten starten und ihr befehlshabender Offizier aus dem Flugzeug mit mir Kontakt aufnimmt. Ich will Eastman in einem anderen Flugzeug und zur gleichen Zeit am Telefon haben, wenn ich mit dem Delta-Offizier spreche. Klar?«

»Jawohl, Sir.«

»Na schön.« Bill Riseman erhob sich. »Wir haben die verschwundene Antimaterie gefunden, meine Herren. Nun kommt es nur darauf an, sie wieder zurückzuholen.«

Achtundzwanzigstes Kapitel

Chimera stand einen Augenblick lang wie erstarrt da. Die Betroffenheit auf ihren Zügen war offensichtlich.

»Das ist kein Schüler«, brachte sie in der Hoffnung hervor, die beiden Soldaten hätten nichts davon bemerkt, »und auch kein Lehrer.«

»Wir wissen nicht, wer er ist«, erwiderte der kleinere der beiden, während der Riese Jamie weiterhin mühelos in den Armen hielt. Ein großes Maschinengewehr hing um seine Schulter. »Er wurde ans Ufer gespült. Wahrscheinlich war er in dem ersten Polizeiwagen.«

»In dem ersten Polizeiwagen?« stellte Chimera sich dumm.

»Der Colonel will ihn persönlich verhören«, sagte der Soldat.

»Legen Sie ihn auf den Tisch dort drüben«, wies sie den Riesen an.

Jamie war kaum bei Bewußtsein. Seine Beine und Arme hingen schlaff hinab, während der Riese dem Befehl nachkam.

»Kann ich zuerst die letzten Schüler versorgen?«

»Sie können machen, was Sie wollen. Aber sorgen Sie dafür, daß er nicht stirbt, bevor der Colonel mit ihm gesprochen hat.«

Mit den restlichen Leichtverletzten war sie nach ein paar Minuten fertig. Der kleinere Soldat war bei ihr geblieben und wirkte nun äußerst gelangweilt. Chimera bestand darauf, daß er hinausging. Dem Zustand des Gefangenen nach zu urteilen, erklärte sie ihm, würde er nicht so schnell aufwachen, wenn überhaupt je wieder. Der Soldat zuckte die Achseln und ging. Chimera verschloß die Tür des Behandlungszimmers der Krankenstation und lief zum Untersuchungstisch.

»Jamie, kannst du mich hören?«

Seine Lider flatterten. Sie legte die Hände auf seine Schultern und schüttelte ihn vorsichtig.

»Jamie, du mußt aufwachen. Verstehst du mich? Du mußt aufwachen!«

Er öffnete die Augen halb und sprach mit kratziger, leiser Stimme. »Kann... nichts sehen...«

Sie griff nach einer Taschenlampe, zog sein rechtes Auge auf und leuchtete hinein. »Du hast eine leichte Gehirnerschütterung erlitten. Eine verschwommene Sicht ist ein ganz normales Symptom. Das wird bald vorübergehen.«

Seine Sinne schienen sich zu schärfen. »Diese Stimme. Ich kenne diese Stimme...«

»Du mußt leiser sprechen, Jamie.«

Die Erkenntnis blitzte über sein Gesicht. »*Chi*...«

Sie drückte ihm eine Hand auf den Mund und verhinderte, daß er den Rest ihres Namens aussprach. »Pssst! Sei leise!«

Jamie versuchte, sich aufzurichten, doch ein pochender Schmerz in seinem Kopf ließ ihn wieder zurücksinken. Er kniff die Augen zusammen, um besser sehen zu können.

»Was tust du hier?« fragte sie ihn.

»Ich wollte dir die gleiche Frage stellen, doch ich glaube, ich kenne die Antwort schon. Du bist nach Australien geflogen, und was du dort gefunden hast, hat dich hierher geführt. Und jetzt spielst du die Frau Doktor.«

Sie hätte fast gelächelt. »Zumindest eine Krankenschwester. Und was ich gefunden habe, war schlimmer, als ich es befürchtete. Die Schattenregierung, von der ich dir erzählt habe, bevor wir uns in Nicaragua trennten, nennt sich Walhalla-Gruppe, und diese Schule ist das Kernstück ihres Plans, die Kontrolle über das Land zu ergreifen. Nur, daß der Plan einen Tag früher ausgeführt wurde, als ich es erwartete.«

»Operation Donnerschlag«, murmelte Jamie, dessen Sinne sich allmählich wieder klärten.

»Ja! Ja!« sagte sie, sich an Simon Winters' Worte erinnernd. »Aber woher weißt *du* das?«

»Sie haben auf dem Mikrochip darüber gesprochen. Aber es war nicht die Rede davon, das ganze Land zu übernehmen.«

»Wovon sprichst du?«

»Willst du was Komisches hören? Meine Schwester war bei der CIA. Ihre ganze Karriere als Journalistin war nur Tarnung. Sie war eine Spionin, und sie war in Nicaragua, weil man sie auf Riaz angesetzt hatte. Trockene Angelegenheiten, keine Nassen. Aber das müßtest du ja wissen, oder? Zumindest hast du es gewußt, als du noch Matira Silvaro von der Abteilung Sechs warst.«

Chimera fröstelte unwillkürlich. »Vergiß das am besten schnell wieder.«

»Warum? Ihr beide habt doch ziemlich viel gemeinsam: Ihr habt mich benutzt, um eure Nachrichten hinauszuschmuggeln.«

»Deine *Schwester*?«

»Sie noch mehr als du. Deshalb hat sie mich ja überhaupt nur nach Nicaragua kommen lassen. Als das Spiel heiß wurde, hat sie einen Mikrochip in meinem Ring versteckt, der ein Gespräch zwischen Riaz und einem Mann namens Esteban enthielt, das sich um eine Operation namens Donnerschlag drehte.« Jamie hielt inne. »Um diese Operation.«

»Esteban muß der Mann sein, den Walhalla in das Nationale Nicaraguanische Solidaritätskomitee eingeschleust hat«, überlegte Chimera. »Und dir ist die Flucht außer Landes gelungen. Du hast es mit dem Chip hinausgeschafft. Und du hast jemanden erreicht, oder? So hast du das von deiner Schwester ... und von mir herausgefunden.«

»Ich habe getan, was du mir gesagt hast. Ich landete schließlich in der amerikanischen Botschaft in Honduras. Ein anderer CIA-Mann füllte die Löcher aus. Als wir dann auf dem Weg zum Flughafen waren, bekam er selbst ein paar verpaßt.«

»Natürlich«, sagte Chimera nachdenklich. »Dein Mikrochip war die einzige konkrete Verbindung zu Walhalla. Sie mußten ihn unter allen Umständen zurückholen.«

»Aber nichts auf dem Chip verrät, was Walhalla oder die Operation Donnerschlag wirklich ist.«

»Es war immer noch genug darauf, daß Walhalla versuchte, die Operation abzubrechen«, erklärte sie ihm und verschwieg die Sache mit der Antimaterie. »Leider war der militärische Repräsentant der Gruppe damit nicht einverstanden und hat die anderen Mitglieder der Gruppe umbringen lassen. Und jetzt hat er das Sagen.«

»Da steckt noch mehr hinter.«

»Wie bitte?«

»Was verschweigst du mir?«

»Nichts, was du im Augenblick wissen müßtest. Ich werde dir die Augen und das Gesicht verbinden. Wenn der Colonel kommt, werde ich ihm deine Verletzungen übertrieben darstellen. Du darfst nicht mit ihm sprechen und mußt so tun, als wärest du bewußtlos.«

»Wieso denn das? Laß mich doch mit ihm sprechen!«

»Und was willst du ihm sagen? Meinst du, er wird dir glauben? Das ist nicht mehr derselbe Colonel Riaz, mit dessen Söhnen du Football gespielt hast. Außerdem...«

»Was?«

»Schon gut. Ein Trümmerstück der Brücke muß dich am Kopf getroffen haben. Eine häßliche Wunde. Du hast viel Blut verloren, aber sonst nur ein paar kleine Abschürfungen abbekommen. Ein Segen.«

»Wieso?«

»Das gibt mir einen Grund, dich zu verbinden und deine Identität zu verbergen. Ich brauche dich, Jamie.« Chimera hielt inne und tupfte seine Kopfverletzung mit Alkohol ab. Er zuckte vor Schmerz zusammen. Sie würde sechs Stiche brauchen, um die Wunde zu nähen, vielleicht auch sieben.

»Du brauchst *mich*?« stöhnte er zwischen gequälten Atemzügen.

Chimera verpaßte ihm eine Novokain-Spritze und schickte sich an, die Wunde zu nähen. Erstaunlich, welches Geschick sie darin gewonnen hatte.

»Allein kann ich sie nicht aufhalten. Mit dir habe ich eine Chance.«

Jamie zuckte zusammen, als sie die Nadel durch seine Haut zog. »Wie viele von ihnen sind hier?«

»Vierzehn oder fünfzehn.«

»Da sind wir aber gewaltig in der Minderzahl.«

»Nur im Augenblick. Bald werden Hunderte Soldaten auf dem Festland aufmarschiert sein.«

»Genausogut könnten sie in einem anderen Staat sein.«

»Außer wir lassen sie wissen, daß sie hier drüben Hilfe bekommen werden.«

»Und wie willst du das anstellen?«

»Weiß ich noch nicht. Aber es wird mir gelingen. Es muß mir gelingen.«

»Und was verschweigst du mir?« wiederholte er, nachdem sie die Wunde genäht hatte.

»Du mußt still sein, während ich dich verbinde«, sagte sie und zog schnell den Mull um sein Gesicht, bis es unkenntlich war. Das eine Auge bedeckte sie, daß andere ließ sie frei, und dieses Auge sah sie vorwurfsvoll an, weil sie seine Frage nicht beantwortet hatte. Er hätte sie noch einmal gestellt, doch da öffnete sich die Tür zum Behandlungszimmer.

»Ich möchte mit ihm sprechen«, sagte der Colonel José Ramon Riaz.

»Meine Herren, hier spricht der Präsident«, sagte Bill Riseman in die Gegensprechanlage auf dem Schreibtisch in seinem Arbeitszimmer. »Colonel Eastman, hören Sie mich?«

»Ja, Sir.«

Alan Eastman befand sich auf dem Rücksitz eines Wagens, der vom Pentagon zum Luftwaffenstützpunkt Andrews unterwegs war, wo ein Learjet der Regierung auf ihn wartete. Eastman war der beste Geheimdienstspezialist der Army für getarnte Operationen und terroristische Aktivitäten. In den vielen Machtkämpfen, in denen er zugunsten der Vereinigten Staaten mitgemischt hatte, hatte er um die Gunst von Gruppen gebuhlt, die alle nur vorstellbare politische Richtungen vertraten. Er glaubte, dabei gelernt zu haben, ihre Reaktionen auf jede Vorgehensweise, jede Provokation vorhersagen zu können.

»Hören Sie mich, Major Brickmeister?«

»Laut und deutlich, Boß«, sagte der Chef der Antiterror-Einheit der Delta Force aus dem Cockpit der C-130, die bereits nach Newport, Rhode Island, unterwegs war.

Der Präsident sah Charlie Banks an, der John Brickmeisters Akte auf seinem Schoß aufgeschlagen hatte und nur nicken konnte. Brickmeister war ein Berufssoldat, der sein Handwerk als Sergeant in Vietnam gelernt hatte und danach bei der Army geblieben war. Er war sechsundvierzig Jahre alt, doch sein Gesicht schien sich im letzten Jahrzehnt nicht wahrnehmbar verändert zu haben. Mit einem Meter und achtzig, zweihundert Pfund felsharter Muskeln und einem kurzgeschorenen Lockenkopf war er die Verkörperung des Begriffs ›zum Soldaten geboren‹.

Der Vater des Majors, ein wohlhabender Plantagenbesitzer aus South Carolina, hatte eine Affäre mit einem seiner schwarzen Hausmädchen gehabt, aus der Brickmeister hervorgegangen war. Er war als Ausgestoßener aufgewachsen, der von keiner der beiden Rassen akzeptiert wurde, und hatte gelernt, daß er nur überleben konnte, wenn er sich allein auf sich selbst verließ und niemals zurücksteckte. Autorität hatte nur dann eine Bedeutung für ihn, wenn man sie sich wirklich verdient hatte, und obwohl er Soldat war, hatte er mit respektvollen Formalitäten nicht viel zu tun.

Brickmeister war zum Chef der Delta Force ernannt worden, weil er der verdammt beste Kriseneinsatz-Kommandant war, den man bei einer erschöpfenden Suche gefunden hatte. In dem Transportflugzeug trug er dieselbe Uniform wie seine Männer, eine grüne Montur und Mütze. Er verstand sich hervorragend mit seinen Leuten. Es gab keine vorgeschriebene Trainingseinheit, die er nicht gemeinsam mit ihnen absolviert hatte. Im Augenblick hätte Brickmeister es vorgezogen, sich hinten bei seinen siebzig Männern in der Kabine zu befinden und nicht hier im Cockpit, wo er mit dem Präsidenten sprechen mußte.

»Ausgezeichnet«, fuhr Bill Riseman fort. »Zu Ihrer Information, ich habe Sicherheitsberater Roger Allen Doane und meinen Stabschef Charlie Banks hier bei mir. Der Rest des Kabinetts wird unterrichtet, sobald wir unser Gespräch beendet haben. Diese Gruppe ist aus einem bestimmten Grund so klein, meine Herren. Ich will, daß wir Klartext reden und alle Fakten aufs Tapet bringen. Colonel Eastman, hatten Sie die Zeit, sich die vorliegenden Daten anzusehen?«

»Jawohl, Sir.«

»Und Ihre Einschätzung?«

»Von der Logistik her ist die Sache ein Alptraum. Von den zur Verfügung stehenden Eingreifmöglichkeiten über Land, Wasser und durch die Luft müssen wir mindestens gleichzeitig auf zwei zurückgreifen, soll die Aktion Erfolg haben. Und dieses Fenster haben wir nicht.«

»Wir werden natürlich zuerst einmal verhandeln, müssen aber darauf vorbereitet sein, im Falle eines Scheiterns andere Schritte zu ergreifen.«

Eastman begriff sofort, was der Präsident meinte. »Unsere einzige realistische Möglichkeit besteht in einem nächtlichen Hubschrauberangriff. Doch bei einer Geiselnahme wie dieser müssen wir davon ausgehen, daß es zu Verlusten auf unserer Seite kommt.«

»Stimmen Sie damit überein, Major Brickmeister?«

»Nur, was die Verluste betrifft«, erwiderte der Delta Force Commander in seinem langgezogenen Südstaatenakzent. »Hören Sie, Boß, es ist folgendermaßen. Al hat recht, wenn er sagt, es wäre eine heiße Sache, Truppen aus einem Hubschrauber in einer so heißen Landezone abzusetzen. Auf dieser Insel sehen und hören sie uns schon aus zwei oder drei Kilometern Entfernung, besonders, wenn sie jemanden in diesem Kirchturm sitzen haben, und davon können wir wohl ausgehen. Unsere Chance, die Jungs sicher abzusetzen, ist genauso groß wie die, die Schuhe sauber zu halten, wenn Sie in stockfinsterer Nacht über 'ne Kuhweide laufen. Nein, wir müssen zuerst mal die ganze Scheiße beiseite schaufeln.«

»Ich glaube, ich kann Ihnen nicht ganz folgen, Major.«

»Al hat recht, wenn er meint, wir müßten bei einem Gegenangriff auf zwei Beinen stehen, aber er irrt sich, wenn er meint, wir könnten nicht über das Wasser kommen.«

»Sie sprechen von einem viel längeren Sichtfenster, als es bei Hubschraubern der Fall wäre«, hielt Eastman dagegen. »Sie könnten die Schiffe abschießen wie bleierne Enten.«

Aus dem Lautsprecher drang erneut Brickmeisters langgezogenes Knurren. »Tja, wie heißt es doch so schön, wenn man zu 'ner Nutte geht, nimmt man ein Gummi mit, aber am Ende macht man doch wieder Dinge mit ihr, bei denen auch ein Pariser nicht schützt. Wir müssen diesen Arschlöchern zu sehen geben, was sie erwarten, damit sie ihren Grips nicht anstrengen und nach mehr suchen.«

»Haben Sie schon einen Plan, Major?« fragte der Präsident.

»Darauf können Sie einen lassen.«

»Und würden Sie ihn uns vielleicht mitteilen?«

»Nee. Muß zuerst noch ein paar Einzelheiten klären.«

»Zum Beispiel?«

»Diese Arschlöcher haben uns einen Gefallen damit getan, sich gerade die St. Michael's School auszusuchen. In der Nähe liegt ein Navy-SEAL-Ausbildungslager: Man kann praktisch rüberspucken. Geben Sie mir ein Dutzend SEALs, und meine Männer und ich holen Castle Island zurück, bevor die Arschlöcher auch nur Zeit haben, auf die Blumen zu pinkeln. Meine Jungs werden übers Wasser kommen, was bedeutet, daß wir Verstärkung brauchen, um den Hubschrauber in die Landezone bringen zu können.«

»In Fort Stewart in Georgia wurde eine Abteilung Ranger in Alarmbereitschaft versetzt«, sagte Roger Allen Doane.

»Tja, die nützen uns aber nichts, wenn sie da unten Baumwolle pflücken. Verfrachten Sie sie in 'ne Kiste, und lassen Sie sie nach Newport fliegen.«

»Wann werden Sie einsatzbereit sein?« fragte der Präsident.

»Fünf Minuten, nachdem die Ranger angerollt kommen, Boß«, versicherte Brickmeister ihm.

»Noch etwas«, ergriff Eastman wieder das Wort. »Ich habe eine vollständige Luftaufklärung verlangt. Mr. Doane?«

Der Sicherheitsberater trat näher an das Sprechgerät. »Der nächste Blackbird SR-71X befand sich auf dem Flugplatz Brandenburg, wo ein paar Kleinigkeiten repariert wurden. Der Jet ist jetzt in der Luft und wird seine Fotos direkt zu Ihnen funken. Wir haben eine Kommandozentrale im ehemaligen Marinestützpunkt Quonsett errichtet, auf der anderen Seite der Bucht gegenüber Newport.«

»Verlegen Sie sie«, sagte Brickmeister.

»Wie bitte?«

»Quonsett hat zu schlechte Straßenverbindungen zur Bucht, und meine Jungs werden die Straße nehmen müssen. Außerdem werden die Arschlöcher mit Quonsett rechnen. Alles, womit wir ihre Pläne durcheinanderbringen, ist ein Punkt für uns. Wir fliegen diese großen C-130er nach Quonsett und die Jungs dann mit dem Hubschrauber zum Newport State Airport in Middletown, unserer neuen Kommandozentrale.«

»Keine drei Kilometer von Castle Hill entfernt«, stellte Charlie Banks fest, nachdem er auf seiner Karte nachgesehen hatte.

»Genau. Wir werden die Gegend so dicht wie möglich abschotten. Sobald sich die Nachricht erst herumspricht, werden wir hier oben mehr Betrieb haben als ein Hurenhaus, das einen kostenlosen Einführungsabend anbietet. Rufen Sie die Nationalwache und die Küstenwache an und sagen Sie ihnen, sie sollen uns alle Neugierigen vom Hals halten. Niemand kommt durch, die Presse und das Fernsehen eingeschlossen. Ich will nicht, daß die Arschlöcher im Fernsehen von unseren Plänen erfahren.«

»Und wir werden ein paar Jungs von der Nationalwache zur Brücke schicken«, fügte Eastman hinzu. »Die Terroristen rechnen damit, bald Uniformen zu sehen zu bekommen, und je eher wir sie ihnen liefern, desto besser fühlen sie sich.«

»Genau«, nahm Brickmeister den Faden auf. »Wir wollen, daß sie glauben, wir wären mit unserem Latein zu Ende und würden erst mal auf unseren Ärschen sitzen bleiben. Sie sollen die Deltas erst sehen, wenn sie einmarschieren.«

»Niemand hat gesagt, daß die Deltas einmarschieren werden, Major.«

»Sie haben uns in Alarmbereitschaft versetzt. Bereitschaft heißt, daß wir auch bereit sind. Wie ein brünstiger Bulle, Boß. Wir gehen davon aus, daß wir reingehen, solange uns die Kuh nichts anderes sagt.«

»Sonst noch etwas, Major?«

»Ja. Kann ich Ihnen meine Einkaufsliste für den Supermarkt in Washington durchgeben?«

»Mr. Doane hat seinen Bleistift bereits gezückt.«

»Besorgen Sie mir die acht schnellsten Schnellboote, die Ihre Leute in die Griffel bekommen, und genauso viele Angriffsflöße. Die Marke Raven wäre meine erste Wahl. Diese schwarzen Teufel reiten die Welle, wie 'ne Nutte 'nen Freier reitet, der fünfhundert Mäuse springen ließ.«

Doane sah von seinem Notizblock auf. »Wofür brauchen Sie Schnellboote *und* Flöße, Major?«

»Ich will den Arschlöchern 'ne Galavorstellung bieten, Boß. Zuerst will ich ihnen was zeigen, wonach sie sich alle umdrehen, und dann will ich die zweite Angriffswelle direkt in ihren Rücken rollen lassen.«

Colonel Riaz blieb auf der Schwelle stehen, als erwartete er, daß Chimera ihn hineinbat.

»Wer ist das?« fragte der Colonel.

»Keine Ahnung. Er konnte noch nichts sagen.«

Riaz kam herein. Er trug nun ein Sportsakko und Freizeithosen, genau wie seine Leute, die sich unter das Personal der Schule gemischt hatten, um Angreifer aus der Luft zu verwirren. Sie hatten alle Schritte unternommen, um dem Feind die Aufklärung zu erschweren. Riaz trat zu Jamies Tisch und beugte sich über ihn.

»Ist er schwer verletzt?«

»Eine Gehirnerschütterung, schwere Schnittwunden im Gesicht und mehrere innere Blutungen. Ich kann hier nicht viel für ihn tun und würde vorschlagen, ihn in ein Krankenhaus zu bringen.«

»Das geht im Augenblick nicht.« Er musterte sie mit seinem Auge. »Der Rektor hat mir gesagt, daß Sie sich heute erst um die Stelle als Krankenschwester beworben haben.«

»Ich vermute, ich habe sie bekommen.«

Riaz lächelte. »Sie haben sich Ihren Sinn für Humor bewahrt. Das ist gut.«

»Ich habe keine Angst. Wenn Sie uns töten wollten, wären wir schon tot.«

Riaz betrachtete Jamie. »Ich würde gern wissen, wer er ist und wieso er — ein Zivilist — mit der Polizei über die Brücke gekommen ist.«

»Vielleicht haben Sie sich da geirrt. Vielleicht ist er ein Lehrer dieser Schule und wollte fliehen, als die Brücke gesprengt wurde.«

Riaz drehte sich zu ihr um. »Auf die Idee bin ich noch nicht gekommen.« Dann legte sich Verwirrung auf seine Züge. »Woher wissen Sie denn, daß die Brücke gesprengt wurde?«

Chimera wußte, daß sie einen Patzer begangen hatte und erwischt worden war. »Einer Ihrer Männer, die ihn hergebracht haben, hat mir ziemlich ausführlich erklärt, wie er sich seine Verletzungen zugezogen haben könnte.«

Riaz schien damit zufrieden zu sein. »Ich werde den Rektor zu Ihnen schicken, um zu sehen, ob er ihn identifizieren kann. Vielleicht können wir den Mann den Behörden überstellen, als Zeichen unseres guten Willens, sobald sie Kontakt mit uns aufgenommen haben.«

Chimera zwang sich zu einem erleichterten Gesichtsausdruck. »Das ist sehr freundlich.«

»Wir sind keine Mörder. Bitte glauben Sie mir das.«

»Das würde ich gern.«

Wie auf ein Stichwort stürmte ein junger Mann mit einem Stirnband und den kältesten Augen, die Chimera je gesehen hatte, herein und redete auf spanisch auf den Colonel ein.

»Ich habe den Männern befohlen, die Netze noch nicht zu überprüfen. Zwei Hubschrauber der Küstenwache überfliegen die Insel, und vom Festland überwachen sie jede unserer Bewegungen. Wenn sie die Männer sehen...«

»Eine vernünftige Anweisung«, unterbrach Riaz. »Es war sowieso nur eine Formalität.«

»Aber die Waffensysteme haben wir überprüft.«

»Ich verstehe.« Riaz warf einen letzten Blick auf den anscheinend bewußtlosen Jamie. »Sie werden mich sofort informieren, wenn er wieder zu sich kommt«, befahl er Chimera. »Sobald wir einige Fragen über die Unterbringung der Schüler geklärt haben, werde ich den Direktor zu Ihnen schicken. Ich werde Sie informieren, falls ich zu dem Schluß kommen sollte, ihn zum Festland bringen zu lassen.«

Riaz ging, gefolgt von dem kleineren Mann, ohne die Tür zu

schließen. Sie befanden sich noch im Gang zum Speisesaal, als sein Walkie-talkie piepste.

»Bitte melden, Colonel.«

»Hier Riaz.«

»Sanchez hier, Colonel. Javier wurde bei der Explosion der Brücke verletzt. Er hat versucht, die Wunde selbst zu verbinden, konnte die Blutung aber nicht stillen.«

»Schicken Sie ihn zur Krankenstation«, befahl Riaz. »Dort kann ihm eine Krankenschwester helfen.«

Chimera schloß die Tür erst, nachdem Colonel Riaz und der kleinere Mann nicht mehr in Sichtweite waren. Dann kehrte sie zu Jamie zurück, dem es endlich gelungen war, sich auf dem Tisch aufzusetzen.

»Er hat über Waffensysteme gesprochen«, sagte er. »Viel habe ich nicht verstanden, aber das schon.«

»Sei gefälligst leise!«

»Verrate mir, was das zu bedeuten hat.« Und dann erinnerte sich Jamie an etwas. »Netze! Auch einer der anderen hat Netze erwähnt!«

Chimera verstand erst jetzt die Bedeutung der Worte. »Walhalla hat diese Operation bis ins letzte Detail geplant, und das schließt auch sämtliche mögliche Abwehrmaßnahmen ein. Wenn die auf dem Festland befindlichen Kräfte zuschlagen, wird die erste Angriffswelle aus Tauchern bestehen, wahrscheinlich Navy-SEALs. Wahlhalla muß es gelungen sein, Netze um die gesamte Insel zu errichten, die zweifellos mit Minen gespickt sind. Jeder Taucher, der eine davon berührt, wird zerfetzt. Genau das wollen sie. Danach werden sie auf Quick Strike zurückgreifen.«

»Quick Strike ... du hast schon in Nicaragua davon gesprochen, und das war auch Teil der Nachricht, die ich hinausschmuggeln sollte. Ein Sprengstoff, den sie aus Pine Gap gestohlen haben, Esteban hat auf dem Mikrochip etwas darüber gesagt. Was genau ist Quick Strike?«

»Bei der Brücke haben sie C4-Plastiksprengstoff benutzt,

Jamie, sagen wir einmal, etwa zwanzig Pfund davon. Jede Quick-Strike-Ladung ist zehnmal stärker.«

»Großer Gott«, murmelte Jamie, als er sich daran erinnerte, was von der Brücke übriggeblieben war. »Und wie viele Sprengladungen haben sie davon?«

»Acht Stück... und vier, die noch wesentlich schlimmer sind.«

»Etwas *Schlimmeres* als Quick Strike?«

Chimera fand, daß es an der Zeit war, ihm die Wahrheit zu sagen. »Walhalla glaubte, zwölf Ladungen Quick Strike aus Pine Gap geschmuggelt zu haben. Doch sie haben mehr bekommen, als sie eigentlich verlangten. Vier der Sprengladungen enthalten in Wirklichkeit Antimaterie.«

Jamies nicht verbundenes Auge musterte sie fragend.

»Das ist der flüchtigste Stoff, der jemals entdeckt wurde. Falls er gezündet wird, geht nicht nur die gesamte Insel in die Luft; niemand weiß, wie groß die Auswirkungen sein werden.«

»Wenn die Insel in die Luft geht... was meinst du damit?«

»Riaz wird drohen, die Schule zu sprengen, falls man seine Bedingungen nicht erfüllt. Doch die Schule soll auf jeden Fall zerstört werden, ganz gleich, was geschieht. Damit sollen die derzeitige Regierung und ihre Politik in Mißkredit gebracht werden. Das ist der Grundstein für Walhallas Griff nach der Macht.«

»Ich kenne Riaz«, widersprach Jamie. »So etwas würde er nie tun.«

»Vielleicht. Aber das spielt keine Rolle, denn nicht er wird auf den Knopf drücken, wenn die Zeit gekommen ist. Die Walhalla-Gruppe hat ihren eigenen Mann in seine Gruppe eingeschleust.«

»Und der Mann, der jetzt das Sagen hat, wird die Sache auf jeden Fall durchziehen, auch wenn er von der Antimaterie weiß?«

»Er sieht dies als Gelegenheit, die Macht zu ergreifen.« Plötzlich wurde ihr die Ironie der ganzen Sache bewußt. »Ich weiß nicht, vielleicht stört das Risiko ihn gar nicht. Vielleicht gibt es da noch etwas, wohinter ich noch nicht gekommen bin.«

Jamie zögerte. »Hast du dir überlegt, was wir jetzt tun können?«

»Für den Anfang müssen wir die Behörden irgendwie vor diesem Minennetz warnen. Und sie wissen lassen, daß sie hier auf der Insel Helfer haben.«

»Unmöglich!«

»Falls das der Fall sein sollte, bleibt mir nur übrig, einen Terroristen nach dem anderen zu töten.«

»Allein?«

»Das ist mein Beruf, Jamie, war es schon immer. Sie wissen nicht, wer ich bin, und sie haben sich über die ganze Insel verteilt. Das sind Vorteile, die ich ausnutzen kann.«

»Das werde ich nicht zulassen«, sagte Jamie. »Ich werde nicht . . .«

Die Tür wurde aufgestoßen, und ein Terrorist, der noch die Montur eines Bauarbeiters trug, stand auf der Schwelle und richtete seine kleine Maschinenpistole auf sie.

»Ich glaube«, sagte er auf englisch, »es wird den Colonel interessieren, davon zu erfahren.«

Neunundzwanzigstes Kapitel

»Eine gute Idee, nicht wahr, Mr. George?« fragte Colonel Riaz.

Der Rektor der St. Michael's School wirkte plötzlich etwas entspannter. »Auf jeden Fall. Der Lehrkörper und ich sind herumgegangen und haben versucht, sie zu beruhigen, doch ihre Angst wird immer größer. Aber in den Wohnschlafheimen können wir wenigstens den Anschein von Normalität aufrechterhalten, auch wenn sie völlig überfüllt sind.«

»Aber die Schüler dürfen die Wohnschlafheime unter keinen Umständen verlassen. Ich will sie nicht auf den Gängen sehen. An den Fenstern wurden Sprengladungen angebracht, die explodieren, wenn sie auch nur einen Riegel öffnen. Sie werden ihnen das erklären. Sie werden das Lehrpersonal gleichmäßig auf die Wohnschlafheime verteilen. Selbstverständlich gilt diese Regelung auch für die Lehrer.«

»Ich verstehe.«

»Meine Männer werden die vier fraglichen Wohnschlafheime bewachen. Natürlich werden sie nicht alles sehen können, doch die Ihnen anvertrauten Menschen haben nichts zu gewinnen, sollten sie versuchen, einen Vorteil daraus zu ziehen.«

»Natürlich.«

Riaz sah auf seine Uhr.

»Wir werden augenblicklich damit beginnen, die Schüler in die Wohnschlafheime zu bringen. Die vier größten, und alle fünfzehn Minuten muß einer gefüllt sein. Der gesamte Vorgang darf nicht länger als eine Stunde dauern.«

Rektor George lächelte, als würde die Geste irgendeine Wirkung auf Riaz haben. »Ich versichere Ihnen, daß diese Vorsichtsmaßnahme überflüssig ist.«

»Das hat nichts mit Vorsichtsmaßnahmen zu tun, Mr. George. Ich versichere Ihnen, ich habe meine Gründe dafür.«

Wie auf ein Stichwort gab das Walkie-talkie des Colonels ein Piepsen von sich. »Hier Beide«, erklang die Stimme des Mannes, den Riaz in dem Glockenturm über der berühmten Kapelle der Schule postiert hatte.

»Ich höre, Beide.«

»Sieht so aus, als sei der Mann, auf den Sie warten, gerade auf dem Festland eingetroffen. Eine braune Limousine mit Nummernschildern der Regierung. Er stieg hinten aus, als hätte er hier das Kommando.«

»FBI«, sagte Riaz eher zu sich selbst. Dann, nach einem schnellen Blick auf seine Uhr: »Und genau pünktlich.«

»Er spricht jetzt in ein Mikrofon und sieht zu den Überresten der Brücke.«

»Ich kenne die Frequenz. Vielleicht ist es jetzt an der Zeit, sich mal bei ihm zu melden.«

Der wie ein Bauarbeiter gekleidete Terrorist machte einen Schritt in die Krankenstation. Blut hatte den behelfsmäßigen

Verband um seinen Unterarm durchtränkt. Er schien die Situation zu genießen.

»Bleiben Sie, wo Sie sind, und heben Sie langsam die Hände«, befahl er ihnen, die Waffe weiterhin schußbereit haltend.

Doch der Soldat hatte sich so zwischen ihnen aufgebaut, daß er Chimera und Jamie unmöglich gleichzeitig im Auge behalten konnte. Chimera wartete, bis er zu dem Untersuchungstisch sah, und sprang. Sie wollte mit der einen Hand den Lauf des Gewehrs umfassen und ihm die andere hart unter das Kinn rammen, doch der Mann fuhr herum, und der Schlag traf nur seine Wange. Sie hörte, wie er vor Schmerz und Zorn zugleich aufstöhnte, konnte jedoch nicht den Ellbogen abwehren, mit dem er nach ihrem Kopf stieß. Es gelang ihr, sich zu ducken, doch der Schlag machte sie nichtsdestoweniger benommen, vielleicht lange genug, daß der Mann die Herrschaft über seine Waffe zurückgewinnen würde.

Jamie wußte, daß der Lärm von Schüssen auf jeden Fall Verstärkung herbeilocken würde, und ließ sich unter Schmerzen vom Tisch gleiten. Er konnte nur mit einem Auge sehen, doch das mußte einfach reichen. Er griff nach einem Glas mit Wattebäuschen, mit denen Chimera seine Wunden abgetupft hatte, und warf sich, mit dem Glas ausholend, auf den Soldaten.

Das Glas zersplitterte in seinem Gesicht. Der Mann versteifte sich und hätte einen schrecklichen Schrei ausgestoßen, hätte Chimera ihm nicht die Hand auf den Mund gedrückt. Wütend biß der Mann sie und versuchte, die rechte Hand mit dem Gewehr freizubekommen, als Jamie eine Scherbe des Glases vorstieß, die er noch hielt. Sie verfehlte Chimera um kaum drei Zentimeter, fuhr in das harte Fleisch des Bauchs des Mannes und grub sich tief durch Muskeln und Sehnen.

Der Kopf des Mannes ruckte zurück, seine Augen wölbten sich vor. Jamie konnte sehen, wie sich hinter Chimeras Hand sein Mund öffnete, doch das einzige Geräusch, das er hörte, war das der Luft, die zugleich mit seinem Leben aus seinem Körper wich. Seine Augen wurden glasig, und er rutschte langsam die Wand herunter und war tot, als er den Boden berührte.

Chimeras Hand lag noch immer auf seinem Mund, und als sie sie zurückzog, war sie mit seinem Blut verschmiert.

Jamie sank zitternd auf die Knie. Seine Hand blutete aus mehreren Schnitten, die er sich zugezogen hatte, als er die Scherbe in den Leib des Mannes getrieben hatte. Doch sein Verstand war wieder etwas klarer geworden. Sein Herz pochte, und er nahm die Schmerzen wieder stärker wahr. Dann kniete Chimera neben ihm, untersuchte seine Hand und griff nach weiterem Mull, um sie zu verbinden.

»Das ändert wohl einiges«, sagte er mit einer absichtlichen Untertreibung.

»Man wird ihn nicht so schnell vermissen«, widersprach Chimera. »Seine Kleidung weist darauf hin, daß er zu dem Sprengteam gehörte, das die Brücke hochjagte. Danach hat er wahrscheinlich den Auftrag bekommen, Streife zu gehen. Allein.«

»Aber er wird sich doch regelmäßig melden müssen, oder?«

»Riaz muß sich um wichtigere Dinge kümmern. Uns bleibt noch etwas Zeit. Genug, hoffe ich.«

»Nicht genug, um deinen ursprünglichen Plan auszuführen. Sie werden wissen, daß jemand hier ist. Sie werden wissen, daß etwas nicht stimmt.«

»Ich hatte nie einen ursprünglichen Plan, nur ein paar Ideen, und jetzt muß ich mir eben etwas anderes einfallen lassen. Aber ich schaffe es nicht allein. *Wir* schaffen es nicht allein.«

»Wir *sind* allein.«

»Nein, wir haben Hunderte Soldaten zu unserer Verfügung, vielleicht sogar Tausende. Die besten militärischen Köpfe, die besten Kommandotruppen, die beste Ausrüstung.«

Jamie verstand, was sie meinte. »Klar. Auf dem Festland, anderthalb Kilometer entfernt. Genausogut könnten es anderthalbtausend sein.«

»Sei dir da nicht zu sicher. Unsere Aufgabe ist es, ihnen zu helfen, damit sie uns helfen können. Ohne diese Hilfe werden sie es nicht schaffen. Wenn wir sie nicht warnen, wird ihre Operation ein abruptes Ende nehmen, sobald die Navy-SEALs in diese verminten Netze schwimmen. Und falls dies zur Zündung von Quick Strike... und der Antimaterie führen sollte, wird noch viel mehr ein Ende nehmen.«

»Du vergißt etwas, nicht wahr?« fragte Jamie, zu der Leiche an der Wand hinübersehend. »Selbst wenn du recht haben solltest, müssen wir noch diesen Burschen loswerden, und wir verfügen nicht gerade über uneingeschränkte Bewegungsfreiheit.«

Chimera nickte. »Hilf mir, ihn auf den Tisch zu legen. Wir verwandeln ihn in dich.«

Bart Jacoby glaubte, seinen Augen nicht zu trauen. Keine einzige Beschreibung vom Ort des Geschehens wurde dem Anblick gerecht, der sich ihm bot. Wer auch immer die Brücke in die Luft gesprengt hatte, hatte nicht nur die nötige Erfahrung, sondern auch die nötige Feuerkraft gehabt. Das war keine übliche Geiselnahme, und daher konnte man auch nicht den üblichen Prozeduren folgen, sobald die Terroristen mit ihnen Kontakt aufgenommen hatten.

Falls sie das überhaupt taten.

Es kam Jacoby seltsam vor, bislang noch kein einziges Wort von ihnen gehört zu haben. In den meisten Fällen konnten die Mistkerle es nicht abwarten, ihre Forderungen zu stellen und die Welt wissen zu lassen, wer sie waren. Vielleicht hatten sie ihr Schweigen noch nicht gebrochen, weil sie zu beschäftigt damit waren, in den Flimmerkasten zu starren. Bislang hatten alle drei großen Sender über den Zwischenfall berichtet, und CNN hatte schon Mitarbeiter vor Ort und berichtete ununterbrochen. Bislang hatten sich diese Reportagen jedoch auf die dramatischen und gewalttätigen Einzelheiten der Übernahme beschränkt, wobei immer wieder ein und dieselbe Aufnahme von den Überresten der Brücke gesendet wurde. Die Aasgeier kreisten also schon über ihnen, und die wichtigste Aufgabe der Hubschrauber der Küstenwache war es nun, andere Helikopter mit wagemutigen Reportern zu verscheuchen, die sich den Ort des Geschehens aus der Nähe ansehen wollten.

Am Rand von Castle Hill fand Jacoby jedoch alles einigermaßen ruhig vor, wenngleich er um zwei Dutzend dort abgestellte Streifenwagen herummarschieren mußte. Die üblichen Schaulustigen hatten sich in etwa einem Kilometer Entfernung versammelt. Die Reporter wurden etwas näher herangelassen, wenn auch nur, um ihnen das Gefühl zu geben, sie bekämen eine Sonderbehandlung.

Die Station der Küstenwache in Castle Hill, ein paar hundert Meter vom Ufer entfernt, war von den Behörden als behelfsmäßiges Hauptquartier vereinnahmt worden, und der alte Leuchtturm an der Küste war zum Ausguck umfunktioniert worden. Doch auch mit Ferngläsern konnten die Soldaten, die ihn bemannten, nichts von Bedeutung ausmachen, und Jacoby verzichtete darauf, zu ihnen hinaufzugehen. Er blieb lieber hier unten und wartete darauf, daß sich die Terroristen meldeten. Es war jetzt kurz nach halb vier; um fünf Uhr würde ganz Amerika hinter den Fernsehgeräten sitzen und einem endlosen Aufgebot von Militär- und Terrorismus-Experten lauschen, die darüber spekulierten, was geschehen war und noch geschehen würde. Sie würden Landkarten zeigen und Hintergrundberichte abfahren, Interviews mit allen, die irgend etwas über St. Michael's wußten und die sie in die Hände bekommen hatten, einschließlich einiger Eltern der Schüler, die auf Castle Island als Geiseln gefangengehalten wurden.

Jacoby sah das alles voraus und knirschte mit den Zähnen. Es war nur eine Frage der Zeit gewesen, vermutete er, bevor so etwas einmal geschehen mußte. Die Vereinigten Staaten waren im Terrorismus-Spiel zu leichtsinnig geworden. Er hatte schon immer befürchtet, daß es sie knüppeldick treffen würde, wenn das Glück sie einmal im Stich ließ. Und diese Sache hier war schlimmer als München, Entebbe und die iranische Geiselaffäre zusammen. Er mußte es mit der Denkweise von Terroristen aufnehmen, die skrupellos und fanatischer waren als alle anderen, mit denen er es bislang zu tun bekommen hatte.

Aber was wollten sie?

Während Jacoby noch über die Antwort auf diese Frage nachdachte, näherte sich ihm ein Staatspolizist und riß ihn aus seinen Gedanken. »Entschuldigung, Sir, aber ich habe einen Anruf für Sie. Von der Insel.«

»Für mich?«

»Ja, ich glaube schon. Die Stimme am anderen Ende der Leitung verlangt, mit dem FBI-Mann zu sprechen, der gerade in der braunen Limousine eingetroffen ist.«

»Hier spricht Colonel José Ramon Riaz«, erklang die akzentbehaftete Stimme über das Mikrofon, »der Volksrepublik Nicaragua. Ein Land, das zuerst von den Kugeln und nun von der Flut Ihrer Dollars und Ihrer Puppenregierung heimgesucht wurde.«

Jacoby nickte einem Untergebenen zu, der über ein anderes Mikrofon mithörte. Augenblicklich ließ der Mann es baumeln und spurtete zu der braunen Limousine zurück, um zu sehen, was er über den Laptop-Computer, der direkt mit den Datenbanken des FBI und der CIA in Washington verbunden war, in Erfahrung bringen konnte.

Auf der Insel sah Colonel Riaz aus dem großen Erkerfenster im Büro des Rektors, das einen Blick auf das Festland bot. Abgesehen von zahlreichen Fahrzeugen war auf der anderen Seite nicht viel auszumachen, doch er konnte sich deutlich vorstellen, was sich zur Zeit dort abspielte.

»Sie werden sicher eine große Akte über mich haben«, sagte er in die Sprechmuschel. »Ich würde gern wissen, mit wem ich spreche.«

»Special Agent Bart Jacoby vom FBI.«

»Und Ihr Titel?«

»Stellvertretender Direktor der Abteilung Terrorismusbekämpfung und Spionage.«

»Gut.«

»Ist jemand auf der Insel verletzt?« fragte Jacoby und klopfte mit den Fingern ungeduldig auf das Wagendach, während er darauf wartete, daß sein Untergebener mit Colonel Riaz' Akte zurückkam. Es gab jetzt schon zahlreiche Widersprüche, von denen nicht der geringste ein Bericht aus Nicaragua war, dem zufolge Riaz vor zehn Tagen von rachsüchtigen Contras in seinem Haus erschossen worden sei.

»Die Explosion der Brücke hat ein paar Scheiben zerstört,

und einige Schüler zogen sich Schnittwunden zu. Aber keine ernsthaften Verletzungen, wie man mir sagte. Sollte sich herausstellen, daß jemand doch schwerer verletzt wurde, werde ich Ihnen erlauben, ihn aufs Festland zu schaffen.«

»Das ist sehr freundlich.«

»Wir sind keine Mörder, Mr. Jacoby. Diese Sache muß für keinen von uns unangenehm ausgehen.«

»Bitte verzeihen Sie mir meine Impertinenz, Colonel, aber mir liegen Berichte vor, denen zufolge mindestens neun Polizisten tot oder schwer verletzt sind.«

»Und das geht auf meine Kappe. Aber alles, was von jetzt an geschieht, wird auf Ihre gehen.«

Jacoby schluckte hart. »Nicht ich bedrohe das Leben unschuldiger Kinder.«

»Aber nicht irgendwelcher Kinder, oder?«

»Ich weiß nicht, was Sie meinen.«

»Doch, das wissen Sie.« Noch immer am Fenster stehend, wiederholte Riaz Fakten, die er sich genau eingeprägt hatte. »Nicht weniger als fünfundsechzig Ihrer Schüler sind Kinder von Senatoren, Kongreßabgeordneten oder Kabinettsmitgliedern. Weitere vierzig sind mit solchen Regierungsbeamten verwandt. Die einhundert größten Firmen Ihres Landes werden von weiteren einhundertvierundsechzig Schülern repräsentiert.«

»Ich glaube, ich habe verstanden.«

»Ganz im Gegenteil, Mr. Jacoby«, sagte Riaz in das Mikrofon seines tragbaren Senders. »Denn ich bin überhaupt noch nicht zur Sache gekommen. Hier in St. Michael's werden die Kinder jener Männer unterrichtet, der Gesetzgeber und der führenden Geschäftsleute, die mein Land mit ihrer Industrie, ihren Dollars und ihren verachtenswürdigen Puppenherrschern übernommen haben. Nachdem sie uns nicht mit Ihren Waffen besiegen konnten, versuchen Sie jetzt, uns zu korrumpieren. Sie wollen unser Leben und das unserer Kinder zerstören.«

Begrenze das Thema soweit wie möglich, ermahnte sich Jacoby. *Mach den Widersacher nicht kleiner, als er ist, doch sorge dafür, daß alles überschaubar bleibt.*

»Ich bin kein Politiker«, sagte er, »und auch kein Geschäftsmann.«

»Alle Amerikaner sind Politiker, Mr. Jacoby. Daß Sie das abstreiten, bekräftigt die Tatsache nur.«

»Aber ich kann die amerikanische Politik nicht verändern. Ich denke, Sie wissen das.«

»Aber ich kann es. Und Sie, fürchte ich, sind auf einmal wohl oder übel gezwungen, mir dabei zu helfen.«

Jacobys Untergebener kehrte, ziemlich außer Atem, mit einem Stapel gefaxter Seiten zurück, die er nachlässig in einen Schnellhefter gestopft hatte. Jacoby nahm den Hefter entgegen, öffnete ihn aber nicht, sorgsam darauf bedacht, nichts zu tun, was dazu führen könnte, daß er seine Konzentration verlor.

»Wenn das der Fall ist, Colonel, wäre es vielleicht ganz nützlich zu erfahren, wobei ich Ihnen helfen soll.«

»Die Welt zu verändern, Mr. Jacoby, und das ist nur der Anfang.«

»Jetzt ergibt alles Sinn«, sagte der Präsident und schritt so schnell durch den Raum, daß sich Schweiß auf seinem Jogginganzug zeigte. »Unsere Schattenregierung hat Riaz' Familie getötet und uns die Schuld in die Schuhe geschoben. Und jetzt hockt er da oben in Newport und kann viel mehr anstellen, als uns das Weiße Haus für eine zweite Amtszeit zu versperren.«

Der Präsident ballte die Hände zu Fäusten und schlug auf den Schreibtisch. »Na ja, wenigstens wissen wir, daß die Forderungen, die Riaz gestellt hat, rein akademisch sind. Sie wissen genausogut wie wir, daß wir sie nicht erfüllen können. Gleichzeitig wissen Sie, daß unsere einzige Chance ein Gegenschlag ist, und hoffen wahrscheinlich sogar darauf, damit sie die Sprengladung zünden können. Und wenn wir nicht zuschlagen, könnten sie auf die Entschuldigung zurückgreifen, daß wir ihre Frist nicht beachtet haben, und den Sprengstoff trotzdem hochjagen. Wir stecken ganz schön in der Klemme, meine Herren.«

»Außer, wir nehmen ihren Bluff beim Wort«, wandte Banks ein. »Wir sagen einfach, zum Teufel damit, wir erfüllen eure

Forderungen und befehlen unseren Leuten, Nicaragua zu evakuieren.«

»Ich bin mir nicht sicher, ob das rechtlich überhaupt möglich ist«, hielt Doane dagegen, »selbst unter diesen Umständen.«

»Sie verstehen nicht, worauf ich hinauswill. Wir wissen aufgrund von Skylars Aussage, daß sie Riaz' Familie getötet haben, um den Colonel zu bewegen, diese Mission zu leiten. Sie haben dieselbe Akte über ihn gelesen wie ich. Kommt er Ihnen wie ein Massenmörder vor, Roger?«

»Nicht, bevor seine Familie massakriert wurde, nein. Aber jetzt ... wer weiß«.

»Und ich will unser Urteil nicht allein aufgrund eines psychologischen Gutachtens fällen«, sagte Bill Riseman. »Wir wissen, daß sie beabsichtigen, die Bomben auf jeden Fall zu zünden, ganz gleich, wie wir reagieren, ob es nun Riaz oder ein anderer ist, der letztendlich auf den Knopf drückt. Das Vorhandensein der Antimaterie ändert alles. Jetzt, wo wir den Ort kennen, will ich genau wissen, was passiert, wenn die Behälter hochgehen, Roger.«

Der Sicherheitsberater räusperte sich. »Was die Auswirkungen betrifft, könnte es kaum einen schlimmeren Ort geben. Die Explosion wird Trümmer über die gesamte Ostküste schleudern und aufgrund des Lochs, das sie in die Atmosphäre reißt, gewaltige Wirbelstürme verursachen. Noch schlimmer ist, daß die Küstenstädte es mit Tsunamis zu tun bekommen werden, die Geschwindigkeiten von über eintausend Stundenkilometern erreichen können.« Doane zögerte und rechnete im Kopf etwas nach. »Zwei Stunden nach der Explosion wird die Ostküste bis hinab nach Washington auf einhundertfünfzig Kilometer Landeinwärts unter Wasser stehen.«

»Mein Gott ... die Städte, die *Menschen* ....«

Ein ernster Blick war Doanes einzige Erwiderung.

»Wir dürfen nicht zulassen, daß die Mistkerle diese Bomben zünden«, sagte Bill Riseman, doch seine Worte klangen nicht so zuversichtlich, wie er es beabsichtigt hatte. »Wir müssen die Sache in Brickmeisters und Eastmans Hände legen und sie tun lassen, wozu sie ausgebildet wurden.«

»Mr. President«, sagte Banks formell, »wieviel wollen Sie ihnen sagen?«

»Was sie wissen müssen, um den Job zu erledigen. Sie sind Angestellte dieses Landes, Charlie, genau wie wir, und heute werden wir alle uns unser Gehalt verdienen müssen.«

Der Learjet mit Colonel Alan Eastman an Bord landete vierzig Minuten nach der Maschine auf dem Newport State Airport, die Brickmeister und die Delta Force dort abgesetzt hatte. Hubschrauber des Typs Blackhawk UH-60 hatten die Deltas von Quonset über die Bucht zu dem von Brickmeister ausgewählten Kommandozentrum gebracht. Das erste, was Eastman sah, als er die Maschine verließ, waren Delta-Truppen, die Ausrüstungsgegenstände, Waffen und Munition in den einzigen Hangar des Flughafens brachten. Eine Reihe einmotoriger Maschinen waren hinausgerollt worden, um Platz zu schaffen, und drängten sich nun auf den entlegeneren Teilen der Rollbahn. Eastman erreichte das Hauptgebäude und stellte fest, daß Brickmeister bereits den Rest seiner Männer und einige Soldaten der Nationalgarde bei der Umwandlung der Flughafenlobby in ein Kommandozentrum beaufsichtigte.

»Da drüben hin, hab' ich gesagt!« rief Brickmeister. »Da drüben!«

Die zwanzig mal fünfzehn Meter große Lobby wurde mit Tischen, Computerterminals, Faxgeräten und einem Med-Vac-Zentrum gefüllt. Die Soldaten, die keine Gegenstände schleppten, rollten Landkarten aus oder brachten sie in die richtige Reihenfolge. Die komplizierten topographischen Karten hatten sowohl die Pioniere des Army Corps als auch die Abteilung für Öffentlichkeitsarbeit des Staates Rohde Island zur Verfügung gestellt. Einer der Gründe, weshalb Brickmeister so wütend war, bestand darin, daß keine der Karten viel Material über Castle Island enthielt.

»Delta ist an Aufrisse und maßstabsgetreue Nachbildungen gewöhnt, Al«, erklärte Brickmeister, nachdem sie sich begrüßt hatten. »Diese Dinger sind genauso nützlich wie 'ne Plastiktüte, wenn Sie 'n Kondom brauchen. Kommen Sie mit nach oben, und ich zeige Ihnen das beste Ding, das wir bislang aufgetrieben haben.«

Das Beste an der Lobby als Kommandozentrale war – abgesehen von den drei Fensterseiten, die jede Menge Licht einfallen ließen – das Privatbüro im ersten Stock, das bequem über eine Treppe zu erreichen war. Brickmeister schloß hinter Eastman die Tür des holzgetäfelten, mit einem dicken Teppichboden ausgelegten Büros der Firma Newport Helicopters. Auch dieser Raum war mit neuen Maschinen und Tischen vollgestopft, die in den letzten neunzig Minuten auf die bereits aus dem Flugzeug gegebenen Anweisungen des Majors eingetroffen waren. Aufrecht auf einem der Tische, an die Wand gelehnt, stand ein großes Gemälde, das, wie Eastman wußte, die St. Michael's School zeigte. Maßstabsgetreu nur noch im Rahmen.

»Es ist nicht viel«, sagte Brickmeister, »muß aber für den Augenblick genügen. Spielt aber sowieso keine Rolle mehr, da gerade die ersten Bilder eingetroffen sind, die der Blackbird geschossen hat.«

Er führte Eastman zu einem Klapptisch in der Mitte des Büros. Darauf waren eine Reihe Schwarzweiß-Vergrößerungen ausgebreitet. »Ein Computer führt damit ein sogenanntes Wärmeverstärkungs-Programm durch, das Sprengstoff und Menschen hervorheben soll. Aber was erkennen Sie mit bloßem Auge?«

Eastman nahm ein Vergrößerungsglas, das der Delta Force Commander ihm reichte, und betrachtete damit die Fotos, die das Aufklärungsflugzeug gemacht hatte. Er verharrte gelegentlich, sagte aber nichts und enthielt sich jeder Reaktion, bis er alle Fotos überprüft hatte.

»Sie verlegen die Schüler«, sagte er dann.

»Vom Speisesaal zu den Wohnschlafheimen«, führte Brickmeister aus. »Der Blackbird beobachtete, wie zwei Trupps rübermarschierten, einer bei jedem Überflug.«

»Eine übliche terroristische Strategie. Sie verteilen die Geiseln, um uns unsere Aufgabe zu erschweren. Vielleicht haben sie unser Lehrbuch gelesen.«

»Tja, das hier hat ein paar neue Kapitel. Die Arschlöcher haben über zwei Stunden lang gewartet, nachdem sie die Insel besetzt hatten, um die Geiseln zu verlegen, und als sie dann damit anfingen, haben sie es in vier aufeinanderfolgenden Etappen von jeweils fünfzehn Minuten getan. Klingelt da was bei Ihnen?«

»Mein Gott, sie wollten, daß wir es mitbekommen! Sie wußten von unserem Blackbird!«

»Klingeling. Und wissen Sie was? Sie wollten, daß wir wissen, daß sie davon wußten«, sagte Brickmeister über den Lärm der Arbeiten hinweg, die unter ihnen noch immer durchgeführt wurden. »Sie wollen uns zeigen, daß sie wissen, mit welcher Hand wir uns den Arsch abwischen.«

Ein Telefon klingelte auf einem Schreibtisch, von dem man den Papierkram des sonstigen Benutzers entfernt hatte.

»Direktverbindung mit Washington«, sagte Brickmeister, als er nach dem Höher griff. »Ja, hier Brick«, sagte er, nachdem er abgehoben hatte.

»Bill Riseman hier, Major. Ist Colonel Eastman bei Ihnen?«

»Bleiben Sie dran, und ich stelle auf den Lautsprecher um.«

»Nur der Form halber ... kann sonst jemand dieses Gespräch mithören?«

»Negativ, Sir«, erwiderte Brickmeister und schaltete um.

»Ebenfalls der Form halber ... Roger Doane und Charlie Banks sind bei mir. Meine Herren, wir haben Kontakt mit den Besetzern des Geländes hergestellt. Alle vorhandenen Geheimdienstunterlagen werden Ihnen in ein paar Minuten rübergefaxt, doch das Wichtigste sollen Sie direkt von mir erfahren. Die Gruppe besteht aus linken Nicaraguanern, die die amerikanische Präsenz in ihrem Land verabscheuen. Der Führer der Gruppe ist ein gewisser Colonel José Ramon Riaz.«

»*El Diablo de la Jungla*«, murmelte Eastman.

»Wie ich höre, kennen Sie ihn.«

»Mir sind nur seine Unternehmungen bekannt. Und wenn nur die Hälfte der Berichte zutrifft, haben wir es mit einem verdammt ernst zu nehmenden Widersacher zu tun. Aber Augenblick mal, letzte Woche in Nicaragua ...«

»Er wurde nicht getötet, Colonel, aber seine Familie...«

»Du großer Gott... in dem Bericht wurden die Contras erwähnt. Er gibt uns die Schuld. Das steckt dahinter, nicht wahr?«

»Seine Bedingungen schließen die Aufgabe aller amerikanischer Firmen in Nicaragua ein, also können Sie davon ausgehen. Baustellen sollen aufgegeben und dann einplaniert, geschliffen oder zerstört werden. Er hat uns achtundvierzig Stunden gegeben, um seine Bedingungen zu erfüllen, und wenn wir diese Frist nicht einhalten, wird er die Insel in die Luft jagen.«

»Die Schule, meinen Sie, Sir«, berichtigte Eastman.

»Nein, Colonel, ich meine die Insel. Und an dieser Stelle, meine Herren, wird die Sache heikel«, sagte der Präsident. »Colonel Riaz hat ein Dutzend Ladungen eines neuen Sprengstoffes namens Quick Strike in seinem Besitz. Es spielt im Augenblick keine Rolle, worum es sich dabei handelt und wie er sich den Sprengstoff beschafft hat. Wichtig ist nur, daß er durchaus die Möglichkeit hat, seine Drohung wahrzumachen.«

»Die Kacke quillt«, murmelte Brickmeister.

»Meine Herren«, fuhr Riseman fort, den Blick auf Doane und Banks gerichtet, »wir sind der Auffassung, daß Colonel Riaz absichtlich eine Reihe von Forderungen gestellt hat, die wir unmöglich erfüllen können. Des weiteren sind wir der Meinung, daß er den Sprengstoff wie angekündigt zünden wird, sobald ersichtlich wird, daß wir diese Forderungen nicht erfüllen werden. Daher ordne ich an, daß wir die militärische Option wahrnehmen. Ich will wissen, welche Eingriffmöglichkeiten uns zur Verfügung stehen und wann wir intervenieren können. Major Brickmeister?«

»Es sieht folgendermaßen aus, Boß. Im Schutz der Dunkelheit können wir schneller hinter ihre Linien vorstoßen, als uns im Sommer der Zwickel juckt. Die Sonne geht hier um 4 Uhr 59 unter, und eine Stunde später ist es völlig dunkel. Wir haben keinen Neumond, und die Wettervorhersage kündigt einen bewölkten Himmel an.«

»Die *heutige* Vorhersage, Major?«

»Sir«, warf Eastman ein, »wenn wir zuschlagen wollen, muß es heute nacht geschehen. Jede Stunde, die sie die Insel kontrollieren und sich einrichten können, schmälert unsere Aussichten auf Erfolg.«

»Colonel, es ist bereits nach vier Uhr.«

»Wir haben größere Probleme als das, Boß«, sagte Brickmeister. »Die Existenz dieses Sprengstoffs bedeutet, daß wir erst mit harten Bandagen vorgehen können, wenn wir ihn gesichert haben. Das heißt, wir können nicht mit dem Hubschrauber einfliegen, und die Deltas dürfen auch keine Schnellboote benutzen.«

»Können wir den Sprengstoff unter diesen Umständen überhaupt sichern?«

»Wenn der Blackbird feststellen kann, wo genau er sich befindet, und die SEALs bei der Grundausbildung schön aufgepaßt haben, können Sie Ihren Arsch drauf verwetten.«

»Heute abend, Major?«

»Wir schlagen um neun Uhr zu«, versicherte Brickmeister ihm. »Da bleiben uns noch fast fünf Stunden. Wenn ich es bis dahin nicht schaffe, Boß, können Sie mich gleich zu den Pfadfindern versetzen.«

»Sie haben ihm nichts von der Antimaterie gesagt«, meinte Charlie Banks ernst.

»Nein, habe ich nicht.«

»Bill, ich bin der Auffassung, daß diese Männer ein Recht darauf haben zu wissen, worauf sie sich einlassen und worum es hier wirklich geht.«

»Nur, wenn ihnen das helfen würde, Charlie. Sollen sie ruhig glauben, sie würden nur die Insel retten. Das liefert ihnen Stoff genug zum Kopfzerbrechen.«

Dreißigstes Kapitel

»Glaubst du wirklich, daß es klappen wird?« fragte Jamie, nachdem Chimera die tödliche Verletzung des Terroristen dick verbunden hatte.

Jamie hatte die Kleidung mit dem Toten gewechselt, alles bis auf die Schuhe, die ihm hoffnungslos zu klein waren. Er bekam eine Gänsehaut, als er die Hosen und das blutgetränkte Hemd des Toten anzog. Er gab sein Bestes, sich auf Chimera zu konzentrieren, wie sie sorgfältig das Gesicht und den Kopf des toten Terroristen bandagierte, damit er so aussah, wie Colonel Riaz Jamie gesehen hatte.

»Es muß sein, wenn wir uns retten und die Information über die Netze von der Insel schaffen wollen. Dann könnten die Kräfte auf dem Festland das Überraschungsmoment selbst ausnuzten. Der Colonel zählt darauf, daß die Netze ihn vor dem Angriff warnen, wenn er kommt. Keine explodierenden Minen, kein Angriff – und wir haben die Möglichkeit, den Streitkräften zu helfen, wenn sie die Insel stürmen.«

»Du hast mir noch immer nicht gesagt, wie wir ihnen das mit den Netzen mitteilen sollen, ohne die Insel verlassen zu können.«

Chimera hatte das Gesicht der Leiche verbunden und nahm die letzten kleinen Korrekturen vor. Zufrieden drehte sie sich dann zu Jamie um.

»Haben wir hier irgendwo einen Kugelschreiber . . .?«

Die letzten Schüler verließen gerade den Speisesaal, als sich Chimera an Colonel Riaz wandte.

»Der Mann, der ans Ufer gespült wurde, ist gestorben«, berichtete sie ihm. »Ich konnte nichts mehr für ihn tun.«

Riaz zeigte keine Regung. »Sie haben Ihr Bestes gegeben.«

»Er war ein Beamter der Kriminalpolizei in Newport. Er kam noch einmal kurz zu Bewußtsein und glaubte, er sei noch in dem Wagen, der die Brücke überquerte. Anscheinend haben

Ihre Männer auf diesen Wagen geschossen, bevor sie die Brücke sprengten.«

Der Colonel fragte sich noch immer, was der Wagen – mit nicht weniger als drei Beamten darin – überhaupt auf der Insel zu suchen gehabt hatte. »Leider waren sie dazu gezwungen.«

»Was soll ich mit der Leiche tun?«

»Bereiten Sie sie zum Transport vor. Wir werden den toten Beamten nach Hause zurückschicken.«

»Hören Sie mich, Mr. Jacoby?«

»Ich bin hier, Colonel Riaz.«

»Ich vermute, Sie haben mit dem Präsidenten gesprochen.«

»Ja.«

»Kann ich davon ausgehen, daß er mein Ultimatum erfüllen wird?«

»Sie haben uns keine Wahl gelassen. Aber die Frist von achtundvierzig Stunden, die Sie uns gesetzt haben, ist für eine Aufgabe dieses Umfangs kaum realistisch.«

»Würde ich Ihnen mehr Zeit geben, würden Sie sie nur vertun. Die von uns geforderten Abreißarbeiten sind nicht besonders schwierig.«

Jacoby zögerte. »Die Presse hat die genauen Einzelheiten unserer Vereinbarung veröffentlicht.«

»Ach ja?«

»Sie kannten sie schon ein paar Minuten nach unserem Gespräch.«

»Ziemlich gute Leute, was?«

»Sie haben dafür gesorgt, daß die Information durchsickert.«

»Mr. Jacoby, Sie überschätzen mich.«

»Der Präsident verlangt, daß ich um mehr Zeit bitte.«

»Natürlich tut er das. Meine Antwort lautet nein. Und jetzt lassen Sie uns die Formalitäten aufgeben, Mr. Jacoby. Wir sind beide Profis, und ich hoffe, daß wir einander zumindest in dieser Hinsicht respektieren können. Der Präsident wird sich mit seinem Kabinett beraten und verschiedene Eingriffsmöglichkeiten in Betracht ziehen müssen, doch letztendlich wird er einsehen, daß ihm keine andere Wahl bleibt, als unsere Forderungen zu erfüllen.«

»Warum tun Sie das, Colonel? Glauben Sie wirklich, daß es Nicaragua besser geht, wenn wir das Land verlassen? Wollen Sie nicht, daß Ihre Nation eine wirtschaftliche Zukunft hat?«

»Für welchen Preis, Mr. Jacoby? Alles hat seinen Preis, doch dieser ist zu groß. Wir werden ein weiterer Ihrer Satellitenstaaten werden, ein weiteres der von Ihnen abhängigen Länder, in denen die Reichen immer reicher werden und die Armen nichts bekommen, weil sie von korrupten Führern regiert werden, die sich an unserer Armut mästen. Und darüber hinaus sind viele der übelsten Contras, die wir ins Exil gezwungen haben, nun zurückgekehrt. Sie haben sich nicht geändert, Mr. Jacoby. Nichts hat sich geändert.«

»Sie geben uns die Schuld dafür, was Ihrer Familie zugestoßen ist.«

»Ich werfe Ihnen vor, eine Atmosphäre geschaffen zu haben, die diese Tat erst ermöglicht hat.«

»Wenn Sie jetzt andere Kinder töten, bekommen Sie die Ihren dadurch nicht zurück.«

Jacoby hatte sich diesen Satz genau eingeprägt. Er fragte sich, wie Riaz' Reaktion darauf aussehen würde, und glaubte, alle Möglichkeiten in Betracht gezogen zu haben. Doch eine hatte er übersehen.

Der Colonel lachte. »Ich habe darauf gewartet, daß Sie das sagen. Ich habe mich gefragt, wie lange Sie damit warten würden. Euch Amerikaner kann man so leicht durchschauen. Ihr werdet so stark von euren Gefühlen beherrscht, daß ihr glaubt, der Rest der Welt wäre genauso verletzbar. Sie irren sich, Mr. Jacoby. Wenn das etwas mit Gefühlen zu tun hätte, würde ein anderer Mann meine Mission führen.«

»Und deshalb haben Sie nichts über Ihre eigene Zukunft gesagt. Sie ist Ihnen gleichgültig. Es ist Ihnen egal, was mit Ihnen geschieht, sobald das hier vorüber ist.«

»Dann können Sie mich in Gewahrsam nehmen, Mr. Jacoby. Ich freue mich schon auf den Prozeß. Ich heiße die Gelegenheit willkommen, meine Version der Geschichte zu erzählen. Sie werden mich entweder entkommen lassen oder mich töten, denn Sie können nicht zulassen, daß meine Sicht der Dinge bekannt wird.«

»Also wollen Sie im Namen der Gerechtigkeit weitere Kinder töten, habe ich recht?« fragte Jacoby herausfordernd.

»Ich habe keine Kinder getötet. Niemals, und ich werde auch keine töten, wenn Sie meine Bedingungen akzeptieren. Aber ich habe Sie nicht angerufen, um mit Ihnen über Politik zu sprechen. Ein Polizist, der die Insel erreichen konnte, ist gestorben. Ich möchte die nötigen Vorkehrungen treffen, um die Leiche zurückzuschicken.«

»Nennen Sie sie einfach.«

»Sie werden ein kleines, mit zwei Mann besetztes Boot zu dem Pier im Osten der Insel schicken, gegenüber von Castle Hill. Zwei meiner Männer werden dort mit der Leiche warten.«

»Sie garantieren die Sicherheit meiner Männer?«

»Ich brauche keine weiteren Geiseln.«

»Wann?«

»In zwanzig Minuten.«

»Wir werden kommen.«

Der Lieferwagen erreichte den Pier vor dem Boot, das den toten Polizisten abholen sollte. Da die klapprige Konstruktion dessen Gewicht nicht tragen konnte, hielt der Fahrer auf der Straße an, die den gesamten Schulkomplex umgab. Die beiden Männer im Laderaum öffneten die Tür, stiegen aus und holten die Bahre heraus.

Als sie vorsichtigen Schrittes zum Pier gingen — das feuchte, rutschige Holz beeinträchtigte sie in ihrem Gleichgewicht —, sahen sie, wie das Boot näher kam. Die Leiche schwankte auf der Trage und schaukelte im Rhythmus der Schritte der Männer von einer Seite zur anderen. Der Fahrer des Kastenwagens war vorausgeeilt, um das Boot zu vertäuen, sobald es nahe genug heran war.

Mit ausgeschaltetem Motor ließen es die Insassen das letzte Stück des Weges mit der Strömung treiben. Die beiden Terroristen mit der Leiche blieben drei Meter vor dem Liegeplatz stehen und setzten die Bahre ab, bevor sie sie dann wieder hochheben und aufs Boot weiterreichen wollten. Einer der Männer rutschte aus, die Bahre kippte hart nach links, und die mit einem Laken bedeckte Leiche drohte hinabzufallen, bevor ein schneller Griff sie festhielt.

Dabei rutschte ein Arm der Leiche von der Bahre. Der Hemdsärmel wurde zurückgezogen, und man konnte die Haut sehen.

Der Mann, der vorausgegangen war, wollte den Arm wieder unter das Laken heben, erstarrte dann jedoch und schrie auf, während er nach dem Gewehr griff, das um seine Schulter hing.

»*Por Dios!*«

Es war klar, daß nicht die Männer, die in dem Boot gekommen waren, seinen Zorn erregt hatten, und genauso klar, daß der Terrorist nicht vorhatte, auf sie zu schießen. Doch die FBI-Männer sahen trotzdem, wie eine Waffe auf sie gerichtet wurde, und zogen ihrerseits die ihren.

»Was zum *Teufel* ist...«

Der Terrorist, der das Boot vertäut hatte, hörte hinter sich den Schrei, sah die Waffen der FBI-Beamten im Boot und reagierte dementsprechend. Bevor der erste FBI-Mann den Satz vollenden konnte, hatte er ihm vier Kugeln in den Kopf geschossen. Der zweite Agent drehte sich unsicher um und wurde von Schüssen niedergestreckt, die vom Bahrenträger stammten, der zuerst den Unterarm der Leiche gesehen hatte.

Und die Tätowierung einer zum Sprung zusammengerollten Kobra.

Die gleiche Tätowierung, die alle Mitglieder der Kommandotruppe am Unterarm trugen.

Bart Jacoby hatte alles vom Leuchtturm aus durch das Fernglas beobachtet, so hilflos, wie man auf der Autobahn miterleben muß, wenn es zu einem schweren Unfall kommt. Er war zu weit entfernt, um die Schüsse zu hören, und so wirkte der Anblick des Rauchs und des Mündungsfeuers fast surreal.

»O mein Gott, o mein Gott...«

Dann griff er nach dem Mikrofon. Er hatte die Fassung und jede Spur seines Professionalismus verloren. Das waren seine Männer, verdammt, *seine Männer!*

»Riaz! Melden Sie sich, Riaz! Was zum Teufel geht da vor?... Riaz, hören Sie mich?«

Riaz hörte die Frage über das Funkgerät, reagierte aber nicht darauf. Statt dessen griff er nach seinem Walkie-talkie.

»Was ist passiert? Was ist passiert?«

»Colonel«, erklang die aufgeregte Stimme eines seiner Männer, »der Tote war kein Polizist. *Es war einer von uns!* Javier, glaube ich, ja, Javier!«

Riaz fröstelte, als er die Bedeutung der Worte begriff. Javier war zur Krankenstation gegangen, um sich seine Wunde verbinden zu lassen. Zur Krankenstation!

»Bringt die Schwester zu mir! Habt ihr verstanden? *Bringt sofort die Schwester zu mir!*«

Chimera stand am Fenster, als die Tür zur Krankenstation aufgerissen wurde.

»Komm schon!« befahl Jamie. »Du mußt von hier verschwinden!« Sie wollte etwas sagen, doch er ließ sie nicht zu Wort kommen. »Wir haben keine Zeit! Sie wissen es! Hast du verstanden? Es hat nicht geklappt! Sie wollen dich holen!«

Gemeinsam stürmten sie auf den Gang hinaus.

Sie rannten durch eine offene Tür, drückten sich mit den Rücken an die Wand und wagten nicht zu atmen. Nachdem die schweren Stiefelschritte verklungen waren, liefen sie gebückt in die Halle zurück und weiter zur Kapelle.

»Ich war auf dem Weg zur Kirche, als ich etwas in meiner Hosentasche spürte«, flüsterte Jamie, während sie weitergingen, und zog einen handgroßen, schwarzen Sender hervor. »Eins der

Walkie-talkies, über die sie kommunizieren. Wir haben es nicht gefunden, weil wir keine Zeit hatten, den Mann in der Krankenstation zu durchsuchen. Auf jeden Fall schaltete ich es ein, und da hörte ich den Befehl, dich zu ergreifen.«

»Was ist passiert?«

»Ich bin mir nicht sicher, habe auch nicht alles verstanden. Aber sie haben herausgefunden, daß der Tote einer ihrer Männer war, soviel steht fest.«

»Ich habe Schüsse gehört.«

»Ich glaube, sie haben die FBI-Männer erschossen, die die Leiche abholen sollten.«

Sie schlichen den letzten Korridor entlang, der zur Kapelle führte.

»Und was tun wir jetzt?« fragte Jamie.

»Das einzige, das wir tun können«, erwiderte Chimera. »Wir verstecken uns. Wir verstecken uns, bis mir eine andere Möglichkeit eingefallen ist, wie ich die Leute auf dem Festland vor den Netzen warnen kann.«

Colonel Riaz starrte ungläubig auf Javiers Leiche hinab. Man hatte die Bandagen von seinem Gesicht entfernt und das getrocknete Blut über der Verletzung enthüllt, die der Glassplitter hervorgerufen hatte. Auch seinen Oberkörper hatte man freigelegt und die Stichwunde enthüllt, die ihn das Leben gekostet hatte.

»Aber wie, Colonel, wie?« fragte einer seiner Männer ihn.

Doch Riaz hörte nicht auf ihn. Statt dessen richtete er seine Aufmerksamkeit wieder auf den Zettel, den man dem Toten auf die Haut geklebt hatte, unter dem Hemd, das die Frau ihm angezogen hatte, und konzentrierte sich auf den interessantesten Teil der Nachricht.

... ein Netz wurde um die Insel gespannt. Es wurde mit Sprengstoff mit Berührungszündern vermint, die losgehen, wenn Ihre Leute das Netz berühren. Wenn Sie keine besonderen Vorsichtsmaßnahmen ergreifen, werden Sie Ihre SEALs in den

Tod schicken. Sobald Sie angreifen, werde ich von innen zuschlagen...

Vor und nach diesem Teil stand noch mehr, doch diese Sätze enthielten das Wesentliche. Riaz fühlte sich seltsamerweise erleichtert. Wenn die Nachricht das FBI auf dem Festland erreicht hätte, wären diese Worte Wirklichkeit geworden, hätte seine Operation unmittelbar vor dem Scheitern gestanden. Doch sie hatten die Schwachstelle noch rechtzeitig entdeckt. Der Vorteil blieb auf seiner Seite. Ja, die Frau war noch nicht gefaßt, doch sie war jetzt auf der Flucht, und die Soldaten, die nicht aktiv nach ihr suchten, waren vor ihrer Anwesenheit gewarnt worden.

Riaz hatte befohlen, die Walkie-talkies auf eine neue Frequenz umzuschalten, wodurch Javiers Gerät, das nun im Besitz der Frau war, nutzlos geworden war. Und da ihre Nachricht das Festland nicht erreicht hatte, war sie völlig auf sich gestellt. Aber das war kein Grund zur Erleichterung. Riaz war klar, daß es sich bei ihr um einen Profi handelte, so gefährlich und gerissen wie ein jeder seiner Männer. Er konnte nicht einmal völlig sicher sein, daß sie allein auf der Insel operierte. Schließlich hatte sie versucht, Javiers Leiche aufs Festland bringen zu lassen. Wer war also der Mann, den sie am Ufer gefunden hatten?

»Wir haben keine Spur von ihr gefunden«, meldete Hauptmann Maruda.

Colonel José Ramon Riaz drehte sich am Fenster langsam zu ihm um.

»Und nun werden Sie Ihre Männer anweisen, die Suche abzubrechen.«

Maruda wirkte verwirrt.

»Uns stehen wichtigere Aufgaben bevor, Hauptmann«, fuhr der Colonel fort. »Wir müssen die Sprengladungen anbringen, und das können wir nicht, wenn unsere Männer die Insel nach dieser Frau absuchen. Außerdem wollen wir vermeiden, daß die amerikanischen Spähflugzeuge Anomalien in unserem Verhalten feststellen. Wir können nicht dulden, daß unsere Widersacher auch nur vermuten, wir hätten die Insel nicht mehr völlig unter Kontrolle.«

»Diese Frau bereitet mir trotzdem noch Kopfzerbrechen«, beharrte Maruda, ohne allerdings mehr verlauten lassen zu können, wollte er verhindern, daß Riaz die ganze Wahrheit erfuhr. Es war eine abtrünnige Agentin gewesen, die Maria Cordoba getötet und Jamie Skylar dann aus dem Gefängnis befreit hatte, wobei sie wiederum über ein Dutzend Männer eliminiert hatte. Konnte das ebenfalls Chimeras Werk sein?

Maruda versuchte, den Gedanken zu verdrängen. Nicht auszudenken, was geschehen könnte, sollte sich Chimera wirklich auf der Insel befinden. Das konnte nur bedeuten, daß sie in Nicaragua auf die geheime Organisation, die in Wirklichkeit hinter dieser Operation stand, gestoßen war. Und falls das der Fall war, wußten vielleicht auch noch andere davon.

Nein, sagte Maruda sich. Gäbe es noch andere, wäre sie nicht allein gekommen.

»Wir sollten uns um den Quick-Strike-Sprengstoff kümmern, Hauptmann«, sagte Riaz. »Möchten Sie mich begleiten, wenn ich ihn aus seinem Versteck hole?«

»Ich würde lieber auf eigene Faust nach der Frau suchen.«

»Wie Sie wollen. Wenn Sie mich brauchen, ich bin in der Küche.«

Riaz warf die schwere Tür des begehbaren Kühlraums zu und suchte nach dem Behälter mit der richtigen Aufschrift. Weiße, kalte Luft schlug über ihm zusammen, und als er noch einen Schritt in den Raum machte, sah er, wie sein Atem vor seinem Mund kondensierte.

Der Quick-Strike-Sprengstoff wurde am sichersten kühl gelagert. Er war vor einigen Tagen als tiefgefrorene Truthähne getarnt hierher geliefert worden, die erst in sechs Wochen, zum traditionellen Erntedankfest-Festmahl, auf dem Speiseplan der Schule standen. Auf diese Art mußte er während des Transports nicht eigens bewacht werden. Riaz hatte diesen Teil des Plans von Anfang an schlichtweg für brillant gehalten.

Er fand schnell die fragliche Kiste und bedeutete den beiden Soldaten, die mit ihm in den Kühlraum gekommen waren, ihm zu helfen, sie hinauszutragen. Sanchez würde persönlich das Auspacken und Anbringen an vorher bestimmten strategischen Stellen auf dem Schulgelände überwachen.

Als der Colonel die Kiste nun über den Boden schob, fühlte er eine Kälte, die nichts mit der Temperatur in dem Kühlraum zu tun hatte. Vor ihm befand sich das Mittel, über fünfhundert Menschen zu töten, die genauso unschuldig waren wie seine Kinder.

Ich muß mein Land retten. Ich muß verhindern, daß es ein zweites Casa Grande geben wird.

Dieser Gedanke verringerte das Gewicht des Quick-Strike-Sprengstoffs nicht, als er half, ihn aus dem Kühlraum zu tragen.

Nachdem Jamie und Chimera die Kapelle betreten hatten, liefen sie zum Altar. Darüber befand sich ein kleiner Teppich, der zur Hälfte ein stählernes Gitter bedeckte, hinter dem die verborgene Kammer lag, die Chimera bei ihrer ersten Durchsuchung des Geländes entdeckt hatte. Sie rollte den Teppich vom Gitter und zog es hoch. Zuerst klemmte es etwas, doch als Jamie ihr half, glitt es auf und enthüllte eine Kammer von vielleicht drei Metern Breite und anderthalb Metern Höhe. Sie ließen sich hinab und zogen den Teppich so gut wie möglich wieder zurecht, bevor sie den Zugang wieder schlossen. Dennoch blieb ein Teil des Gitters frei, was sie bei einer sorgfältigen Suche mit Sicherheit verraten würde.

»Warum können wir nicht einfach mit dem Walkie-talkie zum Festland funken?« fragte Jamie.

»Weil es ein Gerät mit nur einem Kanal ist. Eine Sonderanfertigung, um ein Belauschen unmöglich zu machen, ebenso wie eine Kommunikation auf einer anderen Frequenz.«

»Dann kann es uns vielleicht doch noch nützlich sein.«

»Nein«, sagte Chimera. »Riaz wird Ersatzgeräte verteilt haben.«

»Und was bleibt uns jetzt noch übrig?«

»Die erste Welle der Unterwasser-Angreifer wird von den Minen aufgerieben werden. Die anderen Phalanxen werden eine Schlacht beginnen, die sie auf keinen Fall gewinnen können, und den Terroristen damit vielleicht einen Grund geben, den Sprengstoff zu zünden.«

»Großer Gott...«

»Deshalb muß ich eine andere Möglichkeit finden, eine Nachricht aufs Festland zu bekommen. Ansonsten...« Ihre Stimme wurde leiser, und sie sah nach oben. »Augenblick mal.«

»Was ist denn?«

»Dieses Gebäude. Über der Kapelle ist...«

Sie verstummte abrupt, als sie das verräterische Knirschen hörte, mit dem sich die Doppeltür der Kapelle öffnete. Wer auch immer dort hereingekommen war, er bemühte sich nicht, leise zu sein, und die Schritte seiner Stiefel wurden lauter, als er den Gang entlangschritt. Chimera konnte keine unmittelbare Zielbestimmtheit seiner Schritte ausmachen, auch nicht, nachdem er den Altar umkreist hatte.

Als die Gestalt den Teppich erreichte, hörten die Schritte abrupt auf. Chimera spähte durch das Gitter hoch und stellte fest, daß der Mann stehengeblieben war. Sie konnte sein Gesicht und ein rotes Stirntuch erkennen, das sein langes Haar an Ort und Stelle hielt. Chimera erinnerte sich von der Krankenstation an ihn. Ein besonders brutal aussehender Mann mit einem teuflischen Lächeln, bei dem einem das Blut in den Adern gefrieren konnte. Sie kannte dieses Lächeln gut; es war das eines Mannes, der mit jedem Leben, das er nahm, das Töten genoß. Erst als sich der Terrorist wieder abwandte, drehte sie sich wieder zu Jamie um.

Dessen Mund klaffte weit auf. Seine Augen wölbten sich vor, und er wollte unbedingt etwas sagen, hielt die Worte jedoch zurück, bis einem kurzen Knistern des Walkie-talkies des Mannes das Knarren der sich wieder schließenden Doppeltür folgte.

»Ich habe ihn erkannt«, sagte Jamie.

»Was?«

»Ich habe ihn in Nicaragua gesehen. Auf der Farm des Colonels, nach dem Massaker. Er ist der Hauptmann der Miliz, der mich ins Gefängnis gesteckt hat. Sein Name ist Maruda.«

Selbst im schwachen Licht ihres Verstecks konnte er sehen, wie Chimeras Gesicht blaß wurde.

»Maruda...«

»Du *kennst* ihn«, begriff Jamie.

»Weil Maria Cordoba ihn kannte. Er war der Führer des Teams, das deine Schwester getötet hat.«

»So eine Scheiße«, sagte Bart Jacoby zu Major Brickmeister und Colonel Eastman. Sein Funkgerät war über eine abhörsichere Landleitung mit dem Flughafen Newport verbunden worden.

»Sind Sie sicher, daß sie tot sind?«

»Ich habe mit eigenen Augen gesehen, wie sie erschossen wurden. Das Boot liegt noch an der Pier vertäut. Riaz meldet sich nicht. Unter diesen Umständen werde ich niemanden mehr rüberschicken.«

»Warum haben die Arschlöcher geschossen?« fragte sich Brickmeister.

»Warum spielt das eine Rolle?«

»Will Ihnen den Grund sagen, Boß. Kühe legen sich hin, bevor der Regen kommt, aber niemals in ihrer eigenen Pisse, und genau das haben Riaz und seine Jungs gerade getan.«

»Major, ich verstehe nicht, was Sie meinen.«

»Sie sagen, die Arschlöcher hätten Kontakt mit ihnen aufgenommen, um die Rückgabe der Leiche zu arrangieren, und alles sei wie geplant verlaufen.«

»Major, ich verstehe nicht...«

»Irgend etwas hat sich geändert, Boß. Irgend etwas hat bewirkt, daß sich diese schießwütigen Burschen in ihre eigene Pisse legten. Ich möchte gern wissen, was Sie gesehen haben. Alles. Die kleinste Kleinigkeit könnte wichtig sein.«

Jacoby zögerte. »Ich habe meine Männer im Boot beobachtet. Einer von Riaz' Männern stand auf der Pier. Zwei weitere trugen die Bahre. Sonst nichts.« Dann fiel ihm noch etwas ein. »Ach ja...«

»Was?«

»Sie ließen die Bahre fallen. Oder hätten sie beinahe fallen gelassen, und unmittelbar danach begann der Schußwechsel.«

Jamie rang nach Atem, nachdem er Chimeras Worte gehört hatte.

Der Mann, der seine Schwester getötet hatte, war hier!

Und während der Haß in ihm emporkochte, begriff er allmählich die Abstrusität der Situation.

»Das ergibt doch keinen Sinn«, murmelte er. »Warum sollte Riaz mit dem Mann zusammenarbeiten, der seine Familie ermordet hat?«

»Weil er es nicht weiß.« Im Halbdunkeln funkelten Chimeras Augen. »Hör mir zu. Die Walhalla-Gruppe wollte, daß Riaz diese Operation leitet. Als er sich weigerte, schickte sie ein als Contras verkleidetes Team, das seine Familie niedermetzeln sollte, damit er es sich anders überlegte. Maruda führte das Team an und ließ dann alle Überlebenden töten. Eigentlich sollte ich diesen Job erledigen, doch ich wurde in New York aufgehalten, und sie beauftragten jemand anders. Wir fanden die Leichen des Rests des Teams im Urwald.« Sie hielt inne. »Maruda ist der Mann von *Walhalla*. Sie haben ihn in die Gruppe eingeschleust, damit er übernehmen kann, wenn die Zeit gekommen ist.«

»Aber...«

»Verstehst du es denn nicht? Für Riaz ist der Sprengstoff nur eine Option, auf die er zurückgreifen kann, wenn man seine Forderungen nicht erfüllt. Maruda wird ihn aber zünden, sobald man sie angreift, wahrscheinlich heute abend. Aber wir können ihn aufhalten. Wir können ihn noch immer aufhalten.«

»Aber nicht von hier aus«, sagte Jamie. »Von hier aus wohl kaum.«

»Es gibt eine Möglichkeit«, erwiderte Chimera und spähte durch das Gitter. »Es gibt eine Möglichkeit.«

»Sehen Sie sich die lieber mal an, Major«, sagte Eastman zu Brickmeister, als die beiden Männer wieder allein im Privatbüro im ersten Stock der Einsatzzentrale waren.

In der vergangenen Stunde, bis der Colonel ihn wieder hineingerufen hatte, war Brickmeister draußen bei seinen Männern gewesen. Er mußte Ausrüstungsgegenstände begutachten und, was noch viel wichtiger war, einen Einsatzplan ausarbeiten, der allen beteiligten Parteien in Fleisch und Blut überging. Mittlerweile hatten sich zu den Delta-Streitkräften ein Dutzend Navy-SEALs und eine Abteilung Airborne Rangers gesellt, die sich ebenfalls hier häuslich niederließen.

Sie wären wahrscheinlich auch ohne ihn klargekommen, doch Brickmeister hatte das Stadium erreicht, wo er aus der muffigen Beengtheit der Einsatzzentrale heraus mußte. Die Geheimdienstberichte brachten keine neuen Erkenntnisse. Meldungen vom Tatort wiederholten nur den Inhalt der vorausgegangenen, und es gab auch noch keine neuen Berichte, wo genau der tödliche Sprengstoff angebracht worden war.

»Neue Bilder von unserem Blackbird«, sagte Brickmeister und deutete auf die Vergrößerungen, die ordentlich auf dem Tisch vor ihm ausgebreitet worden waren.

»Die neueste Serie, vor kaum fünf Minuten aufgenommen. Ein paar verdienen unser besonderes Interesse«, sagte Eastman und reichte das Vergrößerungsglas weiter.

Brickmeister betrachtete sorgfältig die Fotos und hielt das Vergrößerungsglas über winzige Punkte, die der Computer eingeschwärzt hatte. Diese ›heißen Stellen‹ kennzeichneten Orte, an denen genug Sprengstoff konzentriert war, daß sich auf den Luftaufnahmen unterschiedliche Thermalabdrücke ergaben. Der Delta-Commander verglich die Fotos mit den zuvor gemachten und legte sie auf dem Tisch in chronologischer Reihenfolge hintereinander.

»Zwölf Kanister«, sagte Eastman. »Jeweils zwei an den vier Wohnschlafheimen, in die die Schüler und das Lehrpersonal gesperrt wurden, und die restlichen vier wurden« — Eastman berührte mehrmals das retuschierte Foto mit der Spitze eines Kugelschreibers — »hier, hier und hier angebracht.«

Brickmeister stellte fest, daß Eastman ein perfektes Rechteck um den Teil der Insel gezogen hatte, der von dem Komplex der Schulgebäude beherrscht wurde. »Wenn das kein hübsches Bild ergibt. Ich erkläre den SEALs, worum es geht.«

»Und ich rufe den Präsidenten an«, sagte Eastman.

»Und Sie sind der Meinung, daß der Sprengstoff ohne Komplikationen unschädlich gemacht werden kann, Colonel?« fragte Bill Riseman, nachdem Eastman seinen Bericht beendet hatte.

»Ich kann Ihnen keine Garantie geben, Sir. Deshalb ist und bleibt es Ihre Entscheidung.«

»Aber Major Brickmeister glaubt, daß es möglich ist?«

»Er unterweist im Augenblick die SEALs.«

»Und Ihr ganz persönlicher Eindruck, Colonel Eastman?«

»Wenn die SEALs ungehindert auf die Insel kommen, gehört das Gelände ihnen. Und der Sprengstoff befindet sich nun mal auf dem Gelände.«

»Dann würde ich vorschlagen, Colonel, daß sie ihre Ärsche in Bewegung setzen.«

»Was meinst du, der Kirchturm?« fragte Jamie.

»Wir müssen dort oben hinauf«, erwiderte Chimera. »Wir müssen ihn nach Sonnenuntergang einnehmen.«

»Und wie wollen wir dann die Soldaten vor den Netzen warnen, die die Insel umgeben? Und wie sollen wir überhaupt dort hinaufkommen? Du hast gesagt, der Turm wird bewacht.«

»Natürlich. Der Turm bietet den besten Blick auf das Wasser wie auch auf das Festland. Riaz wird auf jeden Fall dort einen Mann postiert haben. Gib ihm ein Fernglas, und es ist kein Überraschungsangriff mehr möglich.«

»Die Behörden werden das wissen.«

»Und dementsprechend vorgehen. Zuerst sollen SEALs die Insel nehmen, und wenn dann die Delta Force und die Verstärkung aus der Luft eingreifen, spielt es keine Rolle mehr, was der Mann auf dem Ausguck sieht.«

»Also hat Riaz mit den Netzen die einzige Angriffsmöglichkeit eliminiert, die er nicht direkt beobachten kann.«

»Aber wir werden sie wieder öffnen. Wir werden den Turm einnehmen und den SEALs helfen, ungestört auf die Insel zu kommen.«

»Bitte melden, Mr. Jacoby.«

»Es wird auch langsam Zeit, Colonel Riaz«, bellte der FBI-Mann auf dem Festland ins Mikrofon. »Was zum Teufel ist mit meinen Männern passiert? Sie haben sich für ihre Sicherheit verbürgt. Sie haben Ihr Wort gegeben!«

»Die Verantwortung für die Tragödie ruht allein auf mir. Meine Männer haben das Verhalten Ihrer Leute falsch interpretiert. Sie haben überreagiert.«

»Überreagiert? Was zum Teufel soll das bedeuten?«

»Ihre Männer haben Waffen getragen. Das gehörte nicht zu unserer Vereinbarung.«

»Sie haben nichts davon gesagt, daß sie unbewaffnet kommen sollen. Sie haben kein Wort darüber gesagt.«

»Ich übernehme die Verantwortung dafür. Es ändert nichts. Ich habe angerufen, um mich zu erkundigen, inwieweit Sie meine Forderungen bereits erfüllt haben.«

»Augenblick mal. Das ändert sehr viel. Sie haben Ihr Wort gebrochen, Colonel. Welche Garantien haben wir nun, daß Sie die Geiseln freilassen werden, sobald wir Ihre Forderungen erfüllt haben?«

»Das ist eine völlig andere Sache.«

»Nicht nach meiner Auffassung, nicht nach der meiner Vorgesetzten.«

»Was verlangen Sie?«

»Lassen Sie die Hälfte der Schüler frei.«

»Sie verlangen zuviel.«

»Nicht aus unserer Sicht, Colonel. Sie lassen als Zeichen Ihres guten Willens die Hälfte der Schüler frei.«

»Ein Viertel wird morgen früh bei Anbruch der Dämmerung freigelassen, vorausgesetzt, die Arbeiten in Nicaragua haben gemäß unserer Bedingungen begonnen. Was sagen Sie dazu?«

»Es kommt darauf an, daß wir weiteres Blutvergießen vermeiden, Colonel. Das nutzt uns beiden nichts. Bringen wir die Sache anständig hinter uns.«

»Überstürzen Sie nichts, Mr. Jacoby, und Ihr Wunsch wird sich erfüllen. Fordern Sie mich heraus, und das Blut klebt an Ihren Händen.«

Als die Sonne hinter dem Horizont versank, ging Colonel José Ramon Riaz besorgt über das Schulgelände. Er hatte seine dunkelgrüne Kampfmontur angezogen, denn die Zeit, da er wieder zum Soldaten werden mußte, kam schnell näher, Vergeltungsmaßnahmen der Amerikaner waren von Anfang an unausweichlich gewesen, und sein Plan wollte diesen Tatbestand ausnutzen.

Die Unterwasser-Kommandos, die die erste Angriffswelle bildeten, würden direkt in seine Netze schwimmen und zerfetzt werden. Wenn dann die anderen folgten, würden sie vollständig ausgemerzt werden. Angesichts der Schande, die die Amerikaner damit über sich gebracht hatten, würden sie entweder seinen Forderungen nachgeben oder einen direkten Angriff führen und ihm keine andere Wahl lassen, als den Sprengstoff zu zünden. So oder so würden die Amerikaner aus Nicaragua hinausgedrängt werden. So oder so würde er gewinnen.

Aber er kam sich nicht wie ein Sieger vor.

Konnte er Kinder ermorden, wie seine eigenen Kinder ermordet worden waren? Konnte er auf den Knopf drücken, der den Sprengstoff zünden würde?

Er zog den schwarzen Sender aus seiner Jackentasche und hielt ihn vorsichtig in der Hand. Die Quick-Strike-Sprengladungen waren verkabelt worden und ließen sich jederzeit zünden. Einen Augenblick lang war Riaz versucht, den Sender in den Ozean vor ihm zu werfen. Die Versuchung auszuschalten. Die bloße Möglichkeit auszuschalten.

Aber er konnte es nicht. Sollte es wirklich darauf hinauslaufen, war die Zerstörung der Insel vielleicht die einzige Möglichkeit, wie er ein Teil dessen durchsetzen konnte, worum es ihm ging: Rache an den Amerikanern, die für den Tod seiner Familie verantwortlich waren. Er hatte ihre Verbündeten, die Contras, jahrelang durch den Dschungel gejagt, und als er sich von allem zurückziehen wollte, hatten sie es nicht zugelassen. Um ein Massaker zu rächen, würde er vielleicht ein anderes begehen müssen. Der Aufschrei würde unglaublich sein. Kein Amerikaner würde jemals wieder etwas mit Nicaragua zu tun haben wollen. Das Land würde seinem Volk zurückgegeben, die kapitalistischen Puppen würden genau wie Somoza hinausgejagt werden.

Und doch fragte er sich, wie lange es dauern würde, bis sie sich wieder mit denselben Problemen wie zuvor befassen mußten. Das Gedächtnis der Menschen war kurz. Die Schritte, die man heute unternahm, hatten vielleicht schon morgen keine Bedeutung mehr. Und seine Familie konnte er damit nicht zurückbringen.

Riaz spürte, wie er schwach wurde, und rief sich den Anblick von Marco zurück, wie er tot auf dem Rücken lag, den seiner Tochter, die in einer stummen Anklage vom Fuß der Treppe nach oben sah, den der Zwillinge, wie sie mit durchgeschnittenen Kehlen auf ihren Betten lagen, und den Beth Skylars auf der Treppe. Der Zorn wallte wieder in ihm empor. Diesen Zorn mußte er überwinden.

Riaz hielt den Zünder fest, einen Teil von ihm, den er loswerden wollte, doch nicht loswerden konnte. Die Sonne ging unter und wich der Dunkelheit.

Er hob das Walkie-talkie an die Lippen. »Sanchez, hören Sie mich?«

»Jawohl, Colonel.«

»Schalten Sie die Netze ein.«

Einunddreißigstes Kapitel

Der Nebel erhob sich vom Ozean und hüllte Castle Island in einen unheimlichen Glanz. Von Zeit zu Zeit verschwanden Teile des Ufers außer Sicht. Bei anderen Gelegenheiten erzeugte der Nebel die Illusion, die Insel selbst würde sich bewegen, erweckte den Eindruck, als triebe sie zum Meer hinaus.

In der Lobby des Newport State Airports waren starke Flutlichtscheinwerfer eingeschaltet worden, damit die Techniker und Kommunikationsexperten ihren Aufgaben nachgehen konnten. Sie durften keine Einzelheit übersehen, mußten alles doppelt und dreifach überprüfen. In der Lobby roch es nach starkem Kaffee. Zigarettenrauch trieb in den schweren weißen Lichtstrahlen dahin.

In dem Büro oberhalb der Einsatzzentrale hielt Major Brickmeister eine Besprechung an einem Tisch ab, der von einem gerade fertiggestellten maßstabsgetreuen Modell von Castle Island mitsamt der umliegenden Wasser- und Landmassen beherrscht wurde. Das Modell bestand aus Holz und Gips, und die auffälligsten Stellen waren zwölf rote Punkte, die verrieten, wo inmitten der Gebäude die Sprengsätze angebracht worden waren.

Außer Brickmeister waren Colonel Eastman, der SEAL-Kommandant Thomas Balley und Major Luke Roth von den Rangers anwesend.

»Sobald Lieutenant Balley und seine Männer die Sprengladungen gesichert haben, werden die acht Schnellboote wie Scheiße aus einem Babypopo von Westen angeflutscht kommen«, erklärte Brickmeister und berührte dabei auf der Nachbildung den Rand von Jamestown. »Der Feind glaubt noch immer, wir würden in Quonsett hocken, also wird er in diese Richtung sehen.«

»Und wir geben ihm genau das, was er erwartet«, sagte der Ranger-Kommandant.

»Waren Sie in der Schule immer der Klassenbeste, Luke? Na ja, sobald die Schnellboote das Feuer auf sich ziehen, schlüpfen meine Jungs durch die Hintertür hinein. Und dann sind Sie am Zug, Luke.«

»Zehn Blackhawk UH-60«, nahm Roth den Faden augenblicklich auf, »jeweils mit acht Mann besetzt. Wir setzen sie blitzschnell östlich und westlich des Häuserkomplexes ab, hier und hier«, sagte er und zeigte auf die beiden Stellen.

»Scheiße«, sagte Brickmeister, »als sie die Sportplätze anlegten, müssen sie an uns gedacht haben.«

»Was ist mit dem feindlichen Feuer?« fragte Eastman.

»Zu vernachlässigen, wenn die SEALs das Gelände gesichert haben«, entgegnete Roth. »Wir halten auf beiden Seiten die M-60er vom Kaliber 7.62 bereit, um die Hitze etwas abzukühlen.«

»Das ist Musik in meinen Ohren, Luke«, sagte Brickmeister. »Natürlich springt ihr erst ab, wenn wir auf der Hügelkuppe sind. Mit den SEALs auf der Insel wird die Sache ziemlich schnell gelaufen sein. Colonel Eastman wird die Sache gemeinsam mit diesem Bundeszivilisten Jacoby vom Festland aus beobachten. Irgendwelche Fragen?«

Bevor einer der Anwesenden eine stellen konnte, klopfte ein Sergeant der Delta Force an und trat ein. Er sah verwirrt aus.

»Bitte entschuldigen Sie die Störung, Sir«, sagte er zu Brickmeister, »aber wir haben einen Besucher.«

»Einen was?«

»Einen Besucher, Sir.«

»Sparen Sie sich diesen Quatsch«, dröhnte auf der Treppe Monroe Smalls' Stimme. »Bringen Sie mich einfach zu ihm.«

»Kenne ich Sie nicht?« fragte Brickmeister, als er auf Smalls zutrat und ihn auf halber Strecke zwischen der Tür und dem Tisch abfing.

»Sehen Sie Football?«

»Jeden Sonntag.«

Der große Mann lächelte und kniff dann ein Auge zu. »Ja, Sie kennen mich.«

Brickmeister musterte ihn genau. »Aber nicht daher.«

»Sie sind in Fort Bragg stationiert, oder?«

Brickmeister nickte.

»Tja, ich bin in der Reserve der Special Forces, zweiundachtzigste Luftlandedivision.«

»Sie haben letztes Frühjahr mit meiner Einheit trainiert.«

Smalls' Augen strahlten. »Die einzigen Jungs, die wirklich mal mithalten konnten.«

»Mein Sarge sagte mir, daß die Jungs, die Sie am Tor aufhalten wollten, nicht unbedingt strammgestanden haben.«

»Das ist was anderes.«

»Wieso?«

Smalls erwiderte seinen Blick. »Ich will bei Ihnen mitmachen, Bruder.«

»Ich bin nicht Ihr Bruder.«

»Tja, Major, aber auf dieser Insel gibt's jemanden, der es ist.«

Die Kapelle lag in tiefer Dunkelheit da. Ohne die Innenbeleuchtung stammte die einzige Illumination von dem spärlichen Licht, das durch die bemalten Fensterscheiben fiel.

Nachdem sie das Gitter über ihren Köpfen entfernt hatten, kletterten Chimera und Jamie aus der engen Kammer, in der sie sich versteckt gehalten hatten. Sie streckten ein paar Minuten lang ihre steifen Glieder und gingen dann zu der Seite der Kapelle, an der eine Treppe zum Turm hinaufführte.

»Diese Tür hier drüben«, sagte Chimera, sich an ihre Durchsuchung des Gebäudes heute morgen erinnernd.

Sie ging voraus und öffnete sie geräuschlos. Eine abgestandene, schale Feuchtigkeit drang in ihre Nase. Die Dunkelheit schien sich endlos vor ihnen zu erstrecken. Sie konnten keine Einzelheiten ausmachen, nicht einmal die Stufen der Treppe.

»Fast wie ein Spiel am Abend, wenn die Flutlichtanlage ausgefallen ist«, sagte Jamie, als sie ihren Aufstieg begannen.

Das uralte, steinerne Treppenhaus verfügte nicht einmal über ein Geländer, was es ihnen zusätzlich erschwerte. Sie konnten nur der Wand folgen und mußten zur Orientierung mit den Händen an dem kalten Stein tasten. Die Treppe führte in einer ständigen, schneckenhausähnlichen Spirale nach oben. Jamie achtete sorgfältig auf seine Schritte; er wußte, daß ein einziges Ausgleiten dem Mann oben im Turm ihre Anwesenheit verraten konnte.

Er konzentrierte sich so stark, daß er gar nicht mehr auf Chimera achtete, bis eine leichte Berührung ihrer Hand auf seiner Brust ihm bedeutete, stehen zu bleiben.

»Da«, flüsterte sie.

Jamie schaute nach vorn und sah einen schwachen flackernden Lichtschimmer unter einer Tür direkt vor ihm. Er bewegte die Füße und stellte erleichtert fest, daß der Boden unter ihnen eben war, sie die Treppe also geschafft hatten. Durch die Tür vor ihnen konnten sie den Turm betreten. Da der Turm jedoch nach allen vier Seiten offen war, mußten noch ein paar Stufen vor ihnen liegen. Das Problem war nun, wie sie sie zurücklegen konnten, ohne daß der Mann oben sofort auf sie aufmerksam wurde.

Chimera hatte die Antwort. Sie schob Jamie zurück, trat zur Tür und schlug heftig mit der Faust dagegen. Das Geräusch ließ ihn zusammenfahren. Sie schlug noch einmal dagegen, noch lauter diesmal. Eine gedämpfte Stimme hinter der Tür rief etwas auf spanisch, und zu Jamies großer Überraschung bellte Chimera mit einer Stimme, die tief genug war, daß man sie für die eines Mannes halten konnte, eine Antwort. Sie wartete vor der Tür wie eine sprungbereite Katze.

»*Ich dachte, du hättest gesagt, es sei abgeschlossen*«, sagte der Terrorist, als er die Tür öffnete.

In diesem Augenblick war Chimera schon über ihm. Im spärlichen Licht, das durch die Tür fiel, sah Jamie, wie sie zuschlug. Mein Gott, er hatte noch nie einen Menschen gesehen, der sich so schnell bewegte, weder auf dem Footballplatz noch woanders. Sie deckte den Mann mit einem schnellen Hagel von Faustschlägen ein, die ihn zusammenbrechen ließen, bevor Jamie seinen nächsten Atemzug getan hatte. Nicht einmal schwer atmend, drehte Chimera sich herum und winkte ihn hinein.

»Und was jetzt?« fragte Jamie.

»Kommt darauf an.«

Eine steile Stahlleiter führte vom Boden des Innenraums bis ganz hinauf zur Spitze des Turms. Chimera kletterte ein paar Sprossen hinauf und befahl Jamie dann, ihr den Bewußtlosen hinaufzureichen. Mit seiner Hilfe schob sie ihn durch die Öffnung in den Turm über ihr. Jamie folgte ihr schnell und sah, wie Chimera schon zu einer batteriebetriebenen Lampe trat, die die Quelle des Lichts bildete, das sie vom Gang aus gesehen hatten.

»Ausgezeichnet«, sagte sie nur.

Bart Jacoby telefonierte gerade mit Major Brickmeister, der sich bereits am Ufer befand, als ein State Trooper zu ihm gelaufen kam.

»Sir, Sie sollten sich lieber etwas ansehen.«

Jacoby wollte den Offizier schon tadeln, weil er ihn gestört hatte, doch ein Blick in dessen Augen hielt ihn davon ab. Die SEALs waren mittlerweile zur Insel unterwegs, und die Operation sollte in genau elf Minuten beginnen. Die Delta-Kommandos und die Rangers warteten auf das Signal, ihnen zu folgen.

»Bleiben Sie kurz dran, Major«, bat Jacoby Brickmeister und griff nach dem Fernglas, das an seiner Brust baumelte. Dann, zu dem Offizier gewandt: »Was ist los?«

»Im Turm blinkt ein Licht auf.«

Jacoby sah das schwach aufblitzende Licht in demselben Augenblick, in dem der Offizier ihm antwortete.

»Sir, ich glaube, da oben schickt uns jemand eine Nachricht im Morse-Kode.«

Jacoby senkte das Fernglas. »Und was genau soll das heißen?«

»Ich hatte noch nicht die Zeit, die ganze Nachricht zu entschlüsseln, aber ein Teil davon besagte: ›NICHT ANTWORTEN. NACHRICHT FOLGT.‹«

»Wie gut sind Sie im Morse-Alphabet?« fragte Jacoby, als die unregelmäßigen Lichtzeichen wieder aufblitzten.

»Ich wurde bei der Navy-Reserve als Signalunteroffizier ausgebildet.«

»Ich will wissen, was die Nachricht bedeutet. Ich will jedes einzelne Wort davon erfahren.«

»Jawohl, Sir.«

Noch immer das Fernglas haltend, hob Jacoby wieder das Mikrofon an die Lippen. »Major, ich glaube, wir erhalten von Castle Island eine Nachricht im Morse-Kode.«

»Sagen Sie das noch mal, Boß.«

»Vom Kirchturm kommen Morsezeichen. Ein schwaches, aufblitzendes Licht. Ich sehe es in diesem Augenblick. Können Sie es von Ihrer Position nicht sehen?«

»Durch diese Erbsensuppe? Scheiße, ich brauchte einen Flammenwerfer, um auch nur meinen Pimmel zu finden. Sind Sie sicher, daß es Morsezeichen sind?«

»Ein ehemaliger Signalunteroffizier der Navy, der hier Dienst tut, ist sich sicher. Aber bislang haben wir nur: ›Nicht antworten. Nachricht folgt.‹«

»Das ergibt Sinn. Wenn sich ein Nicht-Arschloch drüben befindet und den Turm einnehmen konnte, wird wohl niemand auf der Insel seine Zeichen bemerken. Aber eine Antwort würde für Riaz und die Jungs wie eine Weihnachtsbaumbeleuchtung aussehen.«

Jacoby wollte antworten, als ihm der State Trooper einen Notizblock mit der vollständigen Übersetzung in Großbuchstaben reichte.

»Bleiben Sie dran, Major. Ich habe gerade die fragliche Nachricht erhalten. Hier steht... o mein Gott...«

»Gott ist kein Delta, Jacoby. Ich schon.«

»Ich zitiere wortwörtlich, Major. ›*Um die Insel wurden verminte Netze gespannt. SEALs schwimmen in eine Falle. Wiederhole, SEALs schwimmen in eine Falle.*‹ Das ist alles. Augenblick mal... Wie kann der Absender der Nachricht von den SEALs wissen?«

»Muß wirklich jemand auf der Insel sein. Riaz hat vermutet, daß wir sie losschicken, und hat deshalb das Netz gespannt, und dieser Jemand muß von Riaz von dem Netz erfahren haben. *Gottverdammte Scheiße*...«

»Major, was ist los?«

Brickmeister versuchte, sich an die ganze bizarre Geschichte zu erinnern, die Monroe Smalls ihm erzählt hatte. Der Footballprofi der Giants, der jedes Frühjahr zehn Wochen mit den Special Forces trainierte, hatte die Spur eines Kollegen namens Jamie Skylar hierher verfolgt. Am Abend zuvor hatten sie auf einem Mikrochip, den Skylar aus Nicaragua mitgebracht hatte, eine Nachricht gefunden, in der auch die St. Michael's School erwähnt wurde. Skylar war deshalb hierher gefahren, und Smalls war ihm gefolgt. Und jetzt war Skylar auf der Insel. Skylar war vielleicht der Mann im Turm.

Verdammtes Nicaragua, dachte Brickmeister, während eine Gänsehaut sein Rückgrat entlanglief.

»Sind Sie noch da, Major?« sagte Jacoby.

»Ich sag' Ihnen, was Sie jetzt tun, Boß. Sie rufen Washington an und sagen ihnen, daß wir noch etwas von Onkel Sams Geld verschwenden. Ich rufe die SEALs zurück.«

Die SEAL-Brigade war fünfhundert Meter von Castle Island entfernt, als der Befehl kam.

»Den Teufel könnt ihr!« kam die Erwiderung, durch die Entfernung und das Wasser immer wieder verzerrt.

»Ich sage hopp, und Sie springen, Lieutenant. Kapiert, mein Sohn?« brüllte Brickmeister.

»Mit allem fälligen Respekt, Sir, ich leuchte mit meinem Scheinwerfer voraus und kann keine Spur eines Netzes entdecken.«

»Ihr fälliger Respekt ist mir scheißegal, mein Sohn. Ich habe keine andere Wahl, und das ist immer noch eine mehr, als Sie haben.«

Maruda hatte die Nacht schon immer geliebt. In seinen frühen Jahren hatte er sie wegen der Kühle geliebt, die sie nach der Hitze eines Tages in Nicaragua gebracht hatte, und in den späteren ganz einfach wegen der Dunkelheit. Keine Sterne, kein Mond. Nur das Schwarz überall, in dem er sich verlieren konnte.

Nachts war das Töten leichter und, wie Maruda glaubte, fast spirituell. Der Vorstellung, die Seele des Opfers könne sich der Dunkelheit hingeben, wohnte ein Symbolismus inne, der ihm gut gefiel. Die Nacht war schließlich immer ein Ende von etwas. Nur nicht für Maruda, weil sie ihm gehörte. Er konnte mit der Nacht tun, was er wollte.

Doch diese Nacht heute mußte er mit jemandem teilen. Bald würden die Amerikaner kommen. Jede Minute würden die ersten Explosionen erklingen. Maruda wußte, was er danach zu tun hatte, und wollte er seine Rolle richtig spielen, mußte er dann noch etwas erledigen.

Er mußte Riaz töten. Der Colonel war für sie nicht mehr nützlich. Maruda hatte ihn ständig beobachten lassen, wußte genau, wo er ihn finden konnte. Er würde es schnell hinter sich bringen. Schließlich war Riaz einmal ein Held gewesen und hatte diese Rücksichtnahme verdient. Ein Messerstich von hinten, und alles war vorbei. Er würde mit den Strömungen des Windes durch die Nacht treiben und es hinter sich bringen, bevor der Colonel auch nur einen Schrei ausstoßen konnte.

Erregt beschleunigte Maruda seine Schritte.

Ein verkrampfter, sich unbehaglich fühlender Riaz schlenderte über den Rasen vor dem Verwaltungsgebäude. Er spürte geradezu, daß die Amerikaner dort draußen ihre Vorbereitungen trafen. Doch die Erwartung, die diese unumstößliche Tatsache mit sich brachte, unterschied sich völlig von der, die er während seiner Tage im Dschungel wahrgenommen hatte. Damals hatte sich nie die Frage gestellt, ob sein Vorgehen richtig oder falsch war. Er rächte bestimmte Taten, verfolgte bestimmte Täter. Heute abend jedoch waren der Feind und die Sache, für die er kämpfte, gleichermaßen verschwommen.

Er haßte es, einen Mann zu töten, den er nicht sehen und der ihn nicht sehen konnte. Damit verlor die Tat jede Ehre, die ihr innehaften könnte. Und doch würden heute abend seine Netze und seine gut vorbereiteten Männer sehr wahrscheinlich töten, ohne auch nur ein einziges Opfer zu sehen. Wenn alles nach

Plan verlief, würde Riaz selbst keinen einzigen Schuß abgeben. Diese Aufgabe würde Maruda und dessen Leuten vorbehalten bleiben, Männern, die keinen Ehrbegriff kannten.

Er fragte sich erneut, was er hier überhaupt tat. Er hatte mit dieser Frage immer wieder gekämpft, seit er zugestimmt hatte, die Operation Donnerschlag zu führen, doch nie so sehr wie in den letzten zwei, drei Stunden. Er fühlte sich völlig leergebrannt. Da nichts von dem, was er tat, seine Familie zurückbringen konnte, war die Vergeltung, die er suchte, schal.

Und doch ... vielleicht reichte diese Vergeltung allein schon aus. Wenn sie ihn besänftigte, seinen Schmerz linderte und ihn ablenkte, würde sie genügen. Er wußte, daß die Vorbereitungen und das Training für diese Mission seinen Geist und seine Seele gerettet hatten. Wenn er sie nun stoppte, würde er bestimmt in die dunklen Tiefen der Depression zurückstürzen, die ihn gepackt hielt, seit er zum letzten Mal nach Casa Grande zurückgekehrt war.

Riaz tastete nach dem kühlen Stahl seines Gewehrs. Sollten die Amerikaner ruhig kommen. Aber so, wie er es wollte. Keine Sprengstoffe oder Tricks. Mann gegen Mann. Auge um Auge, auch in der Dunkelheit, wo er den letzten Blick seines Opfers wenn schon nicht sehen, dann doch zumindest spüren konnte. Er war Soldat. Es war keine Schande, als solcher zu sterben, und falls es dazu kommen sollte, würde er im Sterben den Zünder drücken, damit der Sprengstoff sein Grabstein werden konnte.

Mit vor Spannung pochendem Kopf drehte Riaz sich um und streckte sich. Bei dieser Bewegung nahmen seine Augen das Aufflackern von Licht wahr. Es kam erneut, und er verfolgte es zum Glockenturm zurück. Er kniff die Augen zusammen und sah, daß das Flackern in unregelmäßigen Abständen zu erfolgen schien. Schwer zu sagen in der Dunkelheit, besonders, da der Nebel über die Insel rollte. Vielleicht war auch nur der Nebel für diese Illusion verantwortlich.

Riaz hätte es dabei bewenden lassen, wäre nicht die Frau gewesen. Er fröstelte, als er an die Nachricht dachte, die sie auf Javiers Leiche aufs Festland zu schmuggeln versucht hatte. Und welchen besseren Ort als den Turm gab es, wenn es noch immer ihr dringlichstes Bedürfnis war, solch eine Nachricht zu senden?

Das Flackern des Lichts war jetzt vollständig verschwunden. Vielleicht war es wirklich nur ein Zusammenspiel des Nebels und seiner beanspruchten Phantasie gewesen. Dennoch mußte Riaz sich vergewissern. Da er keinen seiner Männer von den Stellungen abziehen wollte, in denen sie auf die Amerikaner warteten, entschloß er sich, selbst nachzusehen. In einen schnellen Laufschritt fallend, strebte der Colonel dem Turm entgegen.

»Wie können wir wissen, daß sie die Nachricht erhalten haben, wo du ihnen doch befohlen hast, nicht zu antworten?« fragte Jamie, als Chimera fertig war.

Sie saß da und versuchte, sich das Gefühl wieder in ihre Finger zu reiben, wo der ständige Druck auf den Knopf der Lampe sie zuerst hatte taub werden lassen und ihr dann die Haut aufgerissen hatte.

»Wir müssen einfach davon ausgehen, daß sie sie erhalten haben, denn wenn sie nicht durchgekommen ist, können wir hier sowieso nichts mehr ausrichten. Zumindest nicht allein.«

Ihre Einschätzung der Lage war schwierig zu akzeptieren, aber korrekt.

»Und wenn sie sie erhalten haben?« fragte Jamie schließlich.

»Werden sie eine Möglichkeit finden, die Netze zu überwinden. Dann ist das Überraschungsmoment wieder auf ihrer Seite.«

»Und werden sie auch eine Möglichkeit finden, die Behälter zu entschärfen?«

Sie betrachtete ihn eindringlich im blauen Licht der Lampe. Die Batterien waren fast erschöpft. »Da komme ich ins Spiel, ob die Kavallerie nun hier eintrifft oder nicht.«

»Das ist mir eine Nummer zu groß.«

»Die ganze Sache war eine Nummer zu groß für dich, bis du vor zwei Wochen in sie hineingeraten bist. Du mußt mir den Rücken freihalten, während ich die Sprengladungen entschärfe.«

Etwas an ihrem Tonfall störte Jamie. Es dauerte eine Weile, doch dann kam er darauf.

»Du klingst ganz so, als würde dir die Sache Spaß machen.«

»Sie macht mir keinen Spaß, aber ich akzeptiere sie. Du kennst meinen Hintergrund. In meinem ganzen Leben ist das die einzige Tätigkeit, in der ich jemals gut war. Sie macht mir keinen Spaß, Jamie, doch ich akzeptiere sie, weil sie mir das Gefühl gibt, ich sei zu etwas gut.«

»Genauso wie bei mir der Football.«

»So ähnlich, nehme ich an. Ich vermute, der Schlüssel ist der Blickwinkel und das, was passiert, wenn man ihn verliert.«

Jamies Gesicht verdüsterte sich. »Ich habe ihn verloren.«

»Und einen anderen gefunden. Du hast gelernt, in dieser Welt zu überleben, meiner Welt.«

»Aber was geschieht, wenn für mich die Zeit gekommen ist, in *meine* Welt zurückzukehren?«

»Das kommt darauf an.«

»Worauf?«

»Auf vieles.« Plötzlich gewannen einige von Cranes letzten Worten an sie neue Bedeutung. »Du hast mit etwas Erfolg gehabt und kannst es aufgeben. Es kommt nur darauf an, was du getan hast, also mußt du nicht immer zurückschauen und es erneut durchleben. Das ist der Schlüssel. Wenn wir hier Erfolg haben, reicht das vielleicht für uns beide. Und wenn nicht, wird es keine Rolle mehr spielen.«

Beide spürten sie, wie plötzlich eine kalte, feuchte Brise durch das Treppenhaus glitt, das zum Turm hinaufführte.

»Es kommt jemand«, flüsterte Chimera.

Riaz näherte sich schweigend und verursachte keinen Laut, bis er die Tür erreichte, die zu dem Raum direkt unter dem Turmdach führte. Er fühlte die frostige Luft, die ihn in seinem Kielwasser hinaufbegleitet hatte, und erstarrte in Erwartung einer Reaktion von oben.

Sie erfolgte nicht; nicht einmal ein Geräusch erklang. Das schwache Licht, das die Leiter hinabfiel, stellte die einzige Illumination dar. Er rief Beide aus demselben Grund nicht, aus dem er nicht versucht hatte, mit dem Walkie-talkie mit ihm Kontakt aufzunehmen; er wollte dem, der auch immer zuhörte, nicht sein Kommen verraten. Falls die Frau Beide ausgeschaltet hatte, war ein weiteres funktionsfähiges Funkgerät in ihrem Besitz.

Riaz griff nach der Leiter und kletterte nach oben. Da er fürchtete, das ständige Klappern eines um seine Schulter geschlungenen Maschinengewehrs könnte ihn verraten, hatte er die Waffe am Fuß der Leiter zurückgelassen. Aber er hatte ja noch seine Pistole, und er hielt sie in der rechten Hand und kletterte nur mit der linken die Sprossen hoch. Seine Stiefel berührten die Stäbe mit der Geschmeidigkeit eines erfahrenen Tänzers.

Am Kopf der Leiter hörte er, wie sich oben etwas bewegte. Er sog die Luft ein, als könne sie ihm etwas verraten, und er hatte das untrügliche Gefühl, daß sich die Frau dort oben aufhielt; er wußte es, noch bevor ein sich bewegender Schatten sie verriet. Seine beste Hoffnung, sie auszuschalten, war, daß sie sich so sehr in das Absenden ihrer Nachricht vertieft hatte, daß sie ihn gar nicht kommen hörte.

Riaz' Kopf befand sich auf Höhe der obersten Sprosse. Er bereitete sich auf den letzten Sprung vor. Dann machte er ihn mit ausgestreckter Waffe, die ihm die Richtung zu weisen schien. Schneller, als man blinzeln konnte, schob er den Oberkörper in den Turm und sah auch schon die Frau. Sie drehte sich von dem östlichen Fenster um, und ihr Haar schwang in dem trüben Licht. Als sie seine Pistole sah, erstarrte sie.

»Keine Bewegung«, sagte er.

»Nehmen Sie die Hände hoch«, erklang hinter ihm eine Stimme.

Major Brickmeister wartete schon ungeduldig, als Lieutenant Balley und seine SEALs an der Pier in Pirate's Cove an Land kamen. Colonel Eastman hatte sich dort zu ihm gesellt, während Jacoby in Castle Hill wartete, wo Eastman bislang als Verbindungsoffizier mit Washington agiert hatte. Castle Hill gehört zu einer zerklüfteten Halbinsel, von der sich einige Landzungen in die Bucht erstrecken. Pirate's Cove liegt auf der südöstlichen Seite dieser Halbinsel und war sogar von dem hohen Turm auf Castle Island nicht zu sehen.

»Wir haben von den örtlichen Behörden die Bestätigung bekommen, daß Teams der Küstenwache seit über einer Woche in der Nähe von Castle Island gearbeitet haben, mein Sohn. Das einzige Problem ist, daß die Küstenwache gar nichts davon weiß.«

Balley nahm seinen Sauerstofftank ab. »Dann haben sie die Netze auf diese Weise angebracht...«

»Ja. Sie haben sie ausgelegt, wie auch die großen Fischkutter es tun. Unsere Techniker glauben, daß es sich um hauchdünne Fasern handelt, die im Licht normaler Unterwasserlampen nicht auszumachen sind. Eine oder zwei Berührungen, und Riaz weiß, daß wir kommen. Die Netze sind mit Sprengladungen mit Berührungszündern vermint und liegen tief genug, um den normalen Schiffsverkehr nicht zu beeinträchtigen. Aber Taucher würden wesentlich tiefer vordringen, um nicht entdeckt zu werden. Ihre Taucher, mein Sohn.« Brickmeister hielt inne. »Aber unter ultraviolettem Licht kann man die Netze der Arschlöcher so deutlich sehen wie den Arsch einer Stripperin auf einem Gefängnishof. Ein paar von diesen Lampen sind unterwegs. Sobald sie hier eintreffen, Lieutenant, schwimmen Sie und Ihre Jungs wieder los.«

Einen kurzen Moment lang spielte Riaz mit dem Gedanken, die Frau zu erschießen und das Risiko einzugehen. Doch die Stimme hinter ihm klang seltsam bekannt, und das darauf resultierende Zögern bestimmte sein Vorgehen.

»Und jetzt geben Sie die Pistole langsam der Frau«, fuhr Jamie fort, nachdem Riaz die Hände gehoben hatte.

Jamie sah, wie Riaz kurz zögerte und die Pistole dann in Chimeras ausgestreckte Hand drückte. Jamies Hand zitterte, doch das spielte keine Rolle, da Riaz' Konzentration auf Chimera gerichtet blieb. Sie hatte sich entschieden, den Köder zu spielen, und Jamie hatte die Rolle, die sie ihm zugedacht hatte, glanzvoll bewältigt. Riaz drehte sich langsam zu ihm um, und sein Auge wölbte sich ungläubig vor.

»Jamie?«

»Hallo, Colonel.« Der Schock verdrängte den Ausdruck des Unglaubens auf Riaz' Gesicht, Schock und Trauer, während Jamies Anblick all den Schmerz von Casa Grande zurückbrachte.

»Wie ist das möglich? Wieso sind Sie hier?«

»Meine Schwester schickt mich.«

Riaz' Mund klaffte auf.

»Sie haben mich in Ihrem Haus wohl bewußtlos geschlagen, Colonel, um sich etwas Zeit zu verschaffen. Man hat mich gefunden und ins Gefängnis geworfen. Als man mich töten wollte, hat sie mir das Leben gerettet.« Er nickte in Chimeras Richtung.

Riaz' plötzlich erzürnte Blicke blitzten zwischen Jamie und der Frau hin und her. »Aber ich habe ausdrücklich die Anweisung gegeben, daß Ihnen nichts geschehen darf.«

»Es hat niemand darauf gehört«, sagte Chimera. »Sie haben nie auf Sie gehört. Sie waren nur eine Schachfigur für sie. Ein Bauer, den sie über ihr Spielfeld schieben konnten.«

»Was? Wer *sind* Sie?«

»Das spielt keine Rolle. Für Sie — alles. Und auch nichts.«

»Halten Sie mich nicht zum Narren.«

»Da ist mir schon jemand zuvorgekommen. Denken Sie nicht darüber nach, weshalb *wir* hier sind. Wichtig ist, weshalb *Sie* es sind.«

Riaz' Blick wurde kalt. »Sie haben mit der Lampe eine Nachricht zum Festland geschickt. Sie haben sie vor den Netzen gewarnt.«

»Und jetzt werden sie die Insel erreichen können, ohne daß einer Ihrer Leute davon erfährt. Glauben Sie mir, ich habe Ihnen einen Gefallen getan.«

»*Was* soll ich glauben?«

Chimera sah Jamie an. »Sag ihm, was dich hierher geführt hat.«

Jamie zögerte nicht. »Sie haben sich mit einem Mann namens Esteban getroffen, Colonel. Er hat Ihnen diese Operation beschrieben und Sie gebeten, sie zu leiten. Sie haben sich geweigert. Dann haben Sie es sich wegen Casa Grande anders überlegt.«

»Woher wissen Sie das alles?«

»Weil Ihr Gespräch aufgezeichnet wurde«, sagte Jamie. »Von meiner Schwester.«

»Sie war bei der CIA«, fuhr Chimera fort. »Sie haben sie auf Sie angesetzt.«

Riaz schwieg sehr, sehr lange. Als er dann sprach, war jedes Gefühl aus seiner Stimme gewichen. »Aber sie haben euch beide nicht auf die Insel angesetzt, oder?«

»Keineswegs. Ich wurde in diese Sache verwickelt, als ein Mann namens Crane umgebracht wurde. Seine eigenen Leute – meine Leute – waren hinter ihm her, weil er herausgefunden hatte, worum es wirklich ging. Er hatte gerade einen Job in Australien erledigt. Er hatte sich in den Besitz von zwölf Kanistern mit Sprengstoff gesetzt.«

»Die Quick-Strike-Ladungen«, begriff Riaz. »Aber warum hat dieser Mann für das NNSK gearbeitet?«

»Es gibt kein NNSK, Colonel, jedenfalls nicht, soweit die Operation Donnerschlag betroffen ist. Es gibt jedoch eine amerikanische Gruppe namens Walhalla, die seit Jahrzehnten davon überzeugt ist, daß sie allein weiß, was für die Vereinigten Staaten am besten ist. Als ihre Führer bereit waren, aus den Schatten hervorzutreten, mußten sie einen Plan aushecken, der das amerikanische Volk schockieren und die derzeitige Regierung in Mißkredit bringen würde. Castle Island ist ein Teil davon – zwar ein wichtiger, aber noch immer nur ein Teil.«

»Dann . . .«

»Dann spielen die Interessen Nicaraguas nicht die geringste Rolle; das war nie der Fall. Nachdem Sie Estebans Ersuchen zurückgewiesen haben, entschied sich Walhalla zu einer anderen Möglichkeit, Sie zur Zusammenarbeit zu bewegen.«

Riaz begriff sofort. »Nein! *Nein!* Das kann ich nicht glauben! Das *werde* ich nicht glauben!«

»Sie glauben es, Colonel. Sie wären wahrscheinlich selbst darauf gekommen, würden Sie noch klar denken können. Doch Walhalla hat darauf gesetzt, daß Ihre Gefühle Ihren Verstand umwölken. *El Diablo de la Jungla*... Ihre unglaubliche Konzentrationsfähigkeit machte Sie zu einem Held. Ihre Weigerung, einmal aufzugeben, nachdem Sie eine Mission, eine Aufgabe angefangen, nachdem Sie ein Ideal gefunden hatten. Das haben sie benutzt, Colonel. Sie haben Ihre Familie benutzt, sie haben Sie benutzt, sie benutzen Ihr ganzes Land.«

»Diese Mistkerle...«

»Da ist noch mehr. Soll diese Operation ihren Zweck erreichen, muß die Insel vernichtet, müssen die Geiseln ermordet werden. Walhalla wußte, daß Sie dem niemals zustimmen würden, vor allem nicht, wenn kein Grund dafür besteht. Also hat die Gruppe jemand in Ihr Team eingeschleust, der dazu bereit ist.«

»Maruda!« sagte der Colonel.

»Er gehörte den Leuten an, die das Massaker angerichtet haben«, warf Jamie ein. »Er war der Anführer der Gruppe.«

Riaz' Gesicht kündete sowohl von Trauer wie auch von Zorn. Sein Auge funkelte vor Tränen.

»Wenn es stimmt, was Sie sagen, werden sie dafür bezahlen. Ich werde dafür sorgen, daß sie dafür bezahlen, und ich werde Sie beide sicher von dieser Insel herunterbringen.«

»Das ist auch unwichtig, Colonel, denn den besten Teil habe ich mir für den Schluß aufgehoben. Verstehen Sie, Walhalla sollte nur acht Quick-Strike-Ladungen erhalten. Doch die Gruppe bekam zwölf, und in den restlichen vier, die Sie angebracht haben, befindet sich etwas völlig anderes.«

Riaz sah sie nur an.

»Antimaterie, Colonel, und wenn die Behälter, in denen sie aufbewahrt wird, beschädigt werden, wird ein großer Teil des Nordostens der Vereinigten Staaten vernichtet werden. Aber die Auswirkungen werden viel weitreichender sein.«

Riaz zog den Zünder aus seiner rechten Tasche. »Wenn es stimmt, was Sie sagen, haben wir nichts zu befürchten. Das ist der einzige Zünder. Wenn ich ihn ausschalte, kann es keine Explosion geben.«

Chimera schüttelte den Kopf. »Eine weitere Illusion, Colonel.«

»Wie können Sie sich so sicher sein? Wie können Sie das alles beweisen?«

Blitzschnell schoß Chimeras Hand vor und nahm den Zünder aus Riaz' unsicherem Griff. Mit der anderen Hand hielt sie noch immer die Pistole auf sein Gesicht gerichtet.

»Jetzt hat Maruda die Leitung der Operation, Colonel. Er wird den Sprengstoff zünden«, sagte Chimera und zog die kleine Antenne des Zünders heraus. »Und er wird sie zünden, sobald die Amerikaner diese Nacht mit ihrem Gegenangriff beginnen.«

»Das ist doch verrückt!«

»Überzeugen wir uns.«

Und mit diesen Worten drückte sie auf den roten Knopf des Zünders.

Zweiunddreißigstes Kapitel

Die schwarzen Motorflöße glitten im Einklang mit der Strömung durch das Wasser. Man hätte sie nur ausmachen können, weil sie sich bewegten, und davor schützte sie der Nebel. Darüber hinaus gab es nur Schwarz in Schwarz, einschließlich der getarnten Hände und Gesichter der Passagiere.

Es waren insgesamt acht Flöße, von denen jedes sieben Soldaten der Delta Force beförderte. Sie waren in Pirate's Cove gestartet und leise in die Nacht hinausgefahren. Die Soldaten an den Rudern trugen sie mit gleichmäßiger Geschwindigkeit durch die Strömungen. Die Motoren würden erst eingeschaltet werden, sobald der Feind durch das Auftauchen der Schnellboote abgelenkt war. Die Schnellboote waren einfach Lockvögel, die von Jamestown aus ferngesteuert wurden und geopfert werden konnten. Riaz würde sie kommen sehen, besetzt mit Puppen, und reagieren müssen. Während er seine Aufmerksamkeit nach Westen richtete, würden die Deltas die Insel vom Süden aus stürmen, während die Rangers an den östlichen und westlichen Rändern des vom Feind besetzten Gebiets landeten. Es kam nur darauf an, die Arschlöcher aus mehr Richtungen anzugreifen, als sie es bewältigen konnten. Brickmeister wartete nur auf die Nachricht der SEALs; sobald die eintraf, würden sie den Terroristen die Ärsche aufreißen.

»Black Leader«, sagte er leise zu Luke Roth von den Rangers ins Mikrofon, »hier ist Red Leader. Hören Sie mich?«

»Laut und deutlich, Red Leader.« Im Hintergrund konnte Brickmeister das Wirbeln von Hubschrauberrotoren auf dem Flughafen Newport hören. Es war ein Geräusch, das er über alles liebte.

»Black Leader, wir sind in der Bucht.«

»Und wir sind bepackt und aufbruchbereit, Red Leader. Die Windvoraussage ist günstig. Entfernung zum Zielgebiet drei Minuten.«

Die Blackhawks würden einen langen Bogen über das Festland ziehen und dann mit etwa 180 Knoten im Tiefflug über das Wasser kommen. Sie würden bis zum letztmöglichen Augenblick ohne Licht fliegen, in der Hoffnung, daß sie aufgrund der Verwicklung des Feindes in Kampfhandlungen mit den Schnellbooten auf der anderen Seite unentdeckt bleiben würden.

»Bestätigen, Black Leader. Warten Sie meinen Befehl ab.«

»Roger, Red Leader.«

Und jetzt Lieutenant Balley von den SEALs.

»Blue Leader, hier ist Red Leader. Geben Sie Ihre Position durch.«

»Wir nähern uns jetzt den Netzen, Major. Das Infrarotlicht funktioniert ausgezeichnet. Sie müßten das Ding sehen können. Sieht aus, als hätte eine gottverdammte Unterwasserspinne ihr Netz gesponnen. Zu schade, daß sie uns nicht daran kleben findet, wenn sie zurückkommt.«

»Können Sie das Netz umgehen?«

»Wir haben einige Lücken ausgemacht. Schätzungsweise noch drei Minuten bis zum Ufer, vier weitere, um den Sprengstoff zu sichern.«

»Wir warten auf Sie, bevor wir uns ins Vergnügen stürzen, Blue Leader.«

»Verstanden. Wir freuen uns auf das Tänzchen, Red Leader.«

Riaz war bei Chimeras Bewegung zusammengezuckt und hatte sich in Erwartung der augenblicklichen Auslöschung von Castle Island verkrampft. Als keine Explosion folgte, verzogen sich seine Gesichtszüge in einer seltsamen Mischung aus Zorn und Verwirrung.

»Da kann etwas nicht stimmen.« Mehr konnte er nicht sagen.

»Wenn ich auf Marudas Zünder gedrückt hätte, wäre das Ergebnis völlig anders gewesen.«

Der Zorn kam durch. »Er hat meine Familie ermordet...«

»Das gehörte von Anfang an zum Plan.«

»Ich zog nach Casa Grande und versuchte mir einzureden, ich könne vor dem davonlaufen, was ich bin. Ich habe mich völlig getäuscht. Aber ich hatte kein Recht, meine Kinder da hineinzuziehen.«

»Sie können sie nicht zurückholen«, sagte Chimera zu ihm, »aber Sie können Millionen anderer Menschen retten.«

Riaz' Gesicht wurde starr wie Stein. »Geben Sie mir die Pistole zurück. Lassen Sie mich gehen. Ich werde Maruda finden und ihn töten.«

»Und was ist mit seinem Zünder, Colonel? Was passiert, wenn Sie ihn in der Hand halten?«

»Die, die ich bestrafen muß, halten sich nicht auf dieser Insel auf, und ich brauche keinen Sprengstoff, um sie zu töten.«

»Sie sind bereits tot, Colonel. Getötet von einem Verräter in ihren Reihen, der diese Operation nicht abbrechen wollte. Verstehen Sie, sie haben von der Antimaterie erfahren. Was sie als einen gewaltigen Fehler ansahen, einen katastrophalen Zwischenfall, muß der Verräter anders gesehen haben. Fragen Sie mich nicht, wieso oder warum, doch er muß seine Gründe haben, diese Operation fortsetzen zu wollen.«

Riaz machte einen Schritt auf die Leiter zu. »Ich werde jetzt gehen. Sie können mich erschießen, oder Sie können mir meine Pistole zurückgeben.«

Chimera gab ihm die Pistole, mit dem Griff zuerst. »Wir drei werden gemeinsam gehen, Colonel. Wir ziehen alle am selben Strang. Das Problem ist nur, ob die Delta Force mitbekommt, daß wir auf ihrer Seite stehen.«

Zum ersten Mal seit Beginn der Operation war Hauptmann Maruda nervös. Er konnte Colonel Riaz nicht finden, und solange er sich noch auf dem Gelände befand, war die gesamte Operation in Gefahr. Beim ersten Schußwechsel sollte Riaz eliminiert werden, wodurch Maruda die Leitung der Operation zufiel. Aber solange der Colonel noch lebte, lief Maruda Gefahr, daß sich Komplikationen ergaben, auf die er nicht vorbereitet war.

Die Amerikaner haben Colonel Riaz getötet! Ihr werdet folgendermaßen darauf reagieren...

Er hatte sich die Worte genau zurechtgelegt. Aber jetzt wurde er sie nicht los. Er mußte Riaz finden. Schnell.

Bevor die Amerikaner kamen.

»Red Leader, hier Blue Leader«, kam die Meldung von Lieutenant Balley an Major Brickmeister.

»Ich höre Sie, mein Sohn.«

»Position am Strand eingenommen, Sir.« Balleys Stimme war gedämpft, kaum ein Flüstern. »Schätzungsweise drei Minuten bis zu den vorbestimmten Positionen. Eine weitere, um den Sprengstoff zu sichern.«

»Roger, Blue Leader. Sobald Ihr Funkspruch kommt, heizen wir ihnen ordentlich ein. Danke!«

»Gern geschehen, Red Leader.«

Zu dem Vorgehen der SEALs gehörte, daß sie außer Sichtweite voneinander blieben und auch Funkstille wahrten. Das Dutzend schwarzer Gestalten kroch im unheimlichen Gleichklang über den ansteigenden Strand aus Sand, Felsen und Seegras auf das Schulgelände und ihre vorbestimmten Positionen in dessen Umkreis zu.

Ein SEAL, der sich etwa in der Mitte der Anordnungen befand, stolperte über einen Gegenstand, der direkt in seinem Weg lag. Leise fluchend, tastete er danach und fühlte unter einer Hand einen Stiefel. Er schaltete kurz seine Taschenlampe ein und sah die Leiche eines Mannes in einer Kampfmontur, die Leiche eines Terroristen. Man hatte ihm die Kehle durchgeschnitten.

Der erste Gedanke des SEALs war, daß es sich um das tödliche Werk eines seiner Kameraden handelte. Doch eine genauere Untersuchung ergab, daß der Mann schon seit einiger Zeit tot sein mußte. Wer auch immer der Killer war, er hatte zugeschlagen, bevor die SEALs überhaupt die Insel erreicht hatten. Irgend etwas stimmte hier nicht, und in der Millisekunde, in der er sich über die Bedeutung eines Fundes klar wurde, entschloß sich der SEAL, die Funkstille zu brechen.

»Blue Leader, hier ist Blue Six.«

»Ich höre Sie, Blue Six«, erwiderte Balley. »Was für ein Problem haben Sie?«

»Unter mir liegt ein toter Terrorist, Sir. Jemand muß ihn vor unserer Ankunft getötet haben.«

»Geben Sie Ihre Position durch.«

Balley hörte ein leises Rauschen, als Blue Six sich plötzlich umdrehte.

»Blue Six, was ist los?«

»Ich dachte, ich hätte etwas gehört, Sir. Ich dachte...«

Pffft... pffft... pffft...

Balley erkannte das Geräusch schallgedämpfter Schüsse auch, wenn es gedämpft aus einem Walkie-talkie drang.

»Blue Six, sind Sie noch da?«

Ein dumpfer Aufprall verriet Balley, daß das nicht der Fall war. Der Lieutenant warf sich zu Boden und wirbelte herum, so daß er auf den Bauch zu liegen kam und in die Richtung sah, in der sich Blue Six befinden mußte. Er ergriff die M-16 und schaltete sie auf volle Automatik um. Zahlreiche Gedanken schossen ihm durch den Kopf, während er dort auf halber Höhe des Hügels im Seegras lag.

Einer von Riaz' Männern war getötet worden, und nun auch Blue Six. Balley machte sich gar nicht die Mühe zu ergründen, was dahintersteckte; er wußte, daß sich die Bedingungen seiner Mission grundlegend geändert hatten. Er mußte seine Männer alarmieren und dann mit Brickmeister Kontakt aufnehmen.

Was zum Teufel war hier los?

»Mitglieder des Blauen Teams, bestätigen.«

Stille.

»Blaues Team, hier Blue Leader. Ich sagte, bestätigen.«

Statisches Rauschen.

Es war sinnlos, das Funkgerät darauf zu überprüfen, ob es auf die richtige Frequenz eingestellt war. Er wußte genau, daß dies der Fall war. Und damit wußte er auch, daß der Rest seines Teams das Schicksal von Blue Six erlitten hatte.

Unmöglich!

Es war völlig unvorstellbar, undenkbar, daß man elf SEALs in nicht einmal zwei Minuten ausschalten konnte. Außer... außer...

Balley schaltete auf die Kommandofrequenz um.

»Red Leader, hier ist Blue Leader.«

»Ich höre Sie, mein Sohn. Sind Sie in Position?«

»Negativ! Mein ganzes Team wurde...«

Balley hielt inne, als er auf dem Hügel zu seiner Rechten eine Bewegung aufblitzen sah. Er hörte ein scharrendes Geräusch und glaubte, den Mann zu erwischen, wenn er jetzt schoß.

»Zur Hölle mit dir, du Arschloch...«

Balley drückte den Abzug durch, hielt ihn fest und drehte die M-16 in einem Bogen, bei dem der Mistkerl unbedingt getroffen werden mußte. Er hatte zwölf Salven abgegeben, als ein Schuß, der drei Meter hinter ihm abgegeben wurde, seinen Kopf zerfetzte. Der Lieutenant hielt die Waffe im Tod noch fest, bis er sechs weitere Salven abgegeben hatte. Die letzten drei davon gruben sich einen Meter vor ihm in den Boden und spritzten Erde auf, die sich mit seinem Blut vermischte.

»Major, was zum Teufel geht da vor?« brüllte Colonel Eastman, der alles mitgehört hatte.

»Sie haben es doch selbst gehört, Boß. Die SEAls sind in einen Hinterhalt geraten.«

»*Was*?«

»Wie es klingt, sind sie direkt in eine Falle gelaufen.«

»Aber . . .«

»Ich habe jetzt keine Zeit für Plaudereien, Boß. Das verändert alles. Black Leader, haben Sie mitgehört?« fragte er den Commander der Rangers.

»Roger, Red Leader.«

»Wenn wir sie jetzt nicht kriegen, kriegen wir sie nie.«

»Sie sprechen von einer heißen Landung, Major.«

»Heißer als ein August in Alabama, Luke, aber ich sehe keine andere Möglichkeit.«

»Wir sind in der Luft«, sagte Roth.

»Schickt die Schnellboote los«, befahl Brickmeister seinen Männern in Jamestown.

Maruda wartete noch immer auf das Geräusch der Unterwasser-Explosion, als er die Kugelsalven hörte. Ein schneller Spurt hügelabwärts zum südlichen Rand des zerklüfteten Ufers, und er starrte eine Gestalt an, bei der es sich nur um einen Navy-SEAL handeln konnte. Irgendwie waren sie durch die Netze gekommen. Und jemand hatte sie aufgehalten, bevor sie zur Schule gelangen konnten.

Aber wenn nicht einer seiner Männer, wer dann?

Bevor er der Frage nachgehen konnte, zerriß das Dröhnen von Schnellbooten die Stille, die mit Deltas an Bord von Jamestown aus nach Castle Island rasten. Ihre Positionslichter und Schweinwerfer gleißten blendend durch die Nacht. Der Nebel hüllte sie in einen surrealen Schein, denn er erweckte den Eindruck, es würden lediglich Lichter und sonst nichts angerast kommen. Als Maruda nach dem Walkie-talkie griff, über das er mit seinen Männern Verbindung hielt, hatte er Colonel Riaz völlig vergessen.

»Maruda an alle Schützeneinheiten! Maruda an alle Schützeneinheiten! Aus dem Westen nähern sich Schnellboote! Schießt sie ab! *Schießt sie ab!*«

Riaz, Chimera und Jamie hatten gerade die Kapelle verlassen, als sie die grellen Lichter sahen, die sich vom Westen der Insel näherten.

»Die Delta Force!« rief Chimera aus, und im nächsten Augenblick brandete das Feuer der leichten Artillerie der Terroristen auf und konzentrierte sich in Richtung der Lichter.

»Da stimmt was nicht«, sagte Riaz. »Die SEALs hätten diese Männer erledigen müssen, bevor die Deltas anrücken.«

»Hat Maruda sie vielleicht getötet?«

»Nein. Er hat auf die Explosion gewartet, genau wie ich. Ein anderer hat verhindert, daß die SEALs ihr Ziel erreichen.«

Draußen auf See verwandelte eine RPG-Rakete der Terroristen ein Schnellboot in einen Feuerball. Gelbes Licht ersetzte weißes. Der Pilz dehnte sich kurz aus und zog sich dann in einem Regen von Tod und Trümmern wieder zusammen. Chimera hatte kaum die Zeit für einen Atemzug, als ein zweites Schnellboot einer anderen Rakete zum Opfer fiel, diesmal einer Stinger, der Explosion nach zu urteilen. Trotzdem hielten die anderen Boote Kurs und näherten sich einem Ufer, das sie unmöglich erreichen konnten, bevor das Abwehrfeuer der Terroristen sie gefunden hatte.

»*Madre de Dios*«, murmelte Riaz, während sich Jamie neben ihm mit den Schultern gegen das Gebäude lehnte.

Bevor Riaz noch etwas sagen konnte, ergriff Chimera den Arm des Colonels. Er sah zu ihr auf, zornig und verwirrt zugleich.

»Jetzt hängt alles von uns ab«, sagte sie. »Verraten Sie mir, wo der Sprengstoff angebracht wurde. Sagen Sie es mir!«

Die Irreführung mit den Schnellbooten hatte noch besser geklappt, als Brickmeister es zu hoffen gewagt hatte. Die Aufmerksamkeit der Terroristen war völlig nach Westen gelenkt, wodurch die acht Flöße das flache Wasser am Südufer der Insel erreichten, ohne auch nur von einem einzigen Feind bemerkt zu werden. Sie hatten sich für diese Landestelle entschieden, weil sie den Wohnschlafheimen am nächsten lag, in denen die Mehrzahl der Schüler eingesperrt war.

Die Soldaten der Delta Force ließen sich fast geräuschlos von den Flößen ins Wasser gleiten und hielten ihre Waffen über die Köpfe, damit sie nicht naß wurden. Sie spürten die Kälte des Wassers bis zu ihren Oberschenkeln, doch keiner störte sich daran, ganz bestimmt nicht Monroe Smalls. Es verstieß gegen alle Vorschriften, einen Zivilisten an einer Aktion der Deltas teilnehmen zu lassen, doch irgend etwas in Smalls' Augen kam Brickmeister von seinem eigenen Spiegelbild her bekannt vor. Der Major hatte gewußt, daß ein derart entschlossener Mann sich einfach nicht aufhalten lassen würde. Smalls war vielleicht nicht ganz so gut ausgebildet wie seine Männer, doch er konnte nicht schlechter als die anderen mit einer M-16 umgehen und hatte ein persönliches Interesse daran, die Insel zu stürmen. Und außerdem ... falls sich Jamie Skylar tatsächlich in der St. Michael's School befand, wie sollte der Major ihn ohne den Football-Profi identifizieren können?

Diese Überlegung ließ ihn beinahe lächeln. Als größtes Problem hatte sich erwiesen, eine Uniform zu finden, in die Smalls sich hineinzwängen konnte.

Brickmeister hatte die Leitung selbst übernommen, und mit einer Handbewegung signalisierte er seinen Männern, die Angriffsstellungen einzunehmen. Obwohl Riaz' Terroristen abgelenkt waren, hatten sich die Regeln für die Feindberührung kaum verändert. Das Überraschungselement war noch immer auf ihrer Seite, doch sie würden in eine Situation geraten, in der sie von den SEALs keine Hilfe erwarten durften, und sie mußten zusätzlich noch den Sprengstoff entschärfen.

Das bedeutete, daß jeden Augenblick die Detonation der Quick-Strike-Kanister erfolgen konnte. Brickmeister schätzte, daß er in dem Augenblick, als das Schicksal der SEALs offensichtlich wurde, die Operation hätte abbrechen sollen. Dann wäre er auf Nummer Sicher gegangen, ganz wie das Lehrbuch es vorschrieb. Doch er vermutete, daß bei einem Vorgehen auf Nummer Sicher nur noch mehr Menschen umkommen würden und nicht weniger. Die letzten Zweifel, die er gehabt hatte, waren verschwunden, als er den ersten verdrehten Leichnam eines SEALs sah. In diesem Augenblick erfaßte ihn neue Entschlossenheit. Er würde deshalb vielleicht eine Untersuchung über sich ergehen lassen müssen, würde vielleicht sogar vors Kriegsgericht gestellt werden, doch wenigstens konnte er sich dann noch im Spiegel ansehen. Es war sinnlos, Eastman zu benachrichtigen oder sogar um Verstärkung zu bitten. Mit einer weiteren Trotzreaktion schaltete er sein Walkie-talkie auf den Kanal um, den nur Roth und die Rangers empfangen konnten, und schloß damit alle anderen aus. Nun hing alles allein von ihm ab.

Die Schule kam deutlicher in Sicht.

Die Nacht gehörte den Deltas.

Brickmeister erreichte den Strand und hob die Hand. Ein letztes Mal ließ er seine Männer verharren, während er das Walkie-talkie an die Lippen hob. »Black Leader, hier ist Red Leader«, sagte er zu dem Ranger Commander, der auf Castle Island zuraste. »Wir haben noch ein schönes Stück Strand vor uns.«

»Sie müßten uns jeden Augenblick in Ihrem Hinterhof kommen hören.«

»Sie müssen sich um die Schützen kümmern, die sich am Westufer zusammengezogen haben.«

»Roger, Red Leader. Wir haben die Landezone in Sicht.«

Wie auf ein Stichwort hörte Brickmeister das schwere *Wop-wop-wop*, das sich über das Wasser näherte.

»Auf zum Tanz«, sagte er.

Als der Sieg seiner Truppen offensichtlich wurde, glaubte Hauptmann Maruda, die Erklärung gefunden zu haben. Er hatte Colonel Riaz nicht finden können, weil Colonel Riaz in Erwartung der SEALs auf Lauer gelegen hatte. Als sie schließlich kamen, hatte er einen nach dem anderen umgebracht, war letztendlich selbst dabei verwundet worden und lag jetzt irgendwo tot oder sterbend am Ufer. Die Ironie war gleichermaßen seltsam wie angenehm. Riaz hatte mehr als nur seine Pflicht getan: Er hatte gleichzeitig den Erfolg der Mission sichergestellt.

Marudas weiteres Vorgehen war jetzt klar. Am nördlichen Ufer der Insel wartete ein Boot auf ihn, getarnt, um der Entdeckung durch die Luftüberwachung zu entgehen. Es stand praktisch fest, daß der Norden nicht als Angriffsroute benutzt werden würde, da sich hinter den vorstoßenden Einheiten dann die Lichter Newports befänden. Falls Maruda seinen Zug mitten in der Schlacht machen mußte, würde der Weg für ihn frei sein. Nachdem er das Boot erreicht hatte, würde er auf den Zünder drücken und zum Treffpunkt fliehen, während die St. Michael's School hinter ihm verkohlte. Die Explosion würde schrecklich sein. Die gesamte Schule würde in einem riesigen Feuerball explodieren, der nur Schlacke zurücklassen würde. Kein Gebäudeteil würde sie überstehen. Völlige Vernichtung. Maruda durfte nicht vergessen, sich die Stöpsel in die Ohren zu schieben, bevor er auf den Knopf drückte.

Er glitt über das Schulgelände durch die Nacht, als er im Süden weitere Schüsse hörte und begriff, daß die Schlacht noch nicht vorbei war.

»Die Delta Force!« sagte Chimera nach der ersten Explosion.

Riaz stutzte. »Aber die Schnellboote...«

»Sieht so aus, als wären sie Ihnen eine Nasenlänge voraus gewesen, Colonel. Sie dachten, sie würden Ihnen in die Hände spielen, wo es die ganze Zeit über umgekehrt war.«

»Wir müssen noch immer den Sprengstoff entschärfen«, erinnerte er sie. »Ich kann Ihnen helfen.«

»Nein«, sagte Chimera. »Sie hatten recht, als Sie sagten, Sie müßten Maruda finden. Er ist der einzige, der die Explosion auslösen kann, falls wir den Sprengstoff nicht entschärfen können. Einer von uns muß Erfolg haben. Sonst...«

»Augenblick mal«, unterbrach Jamie, »ich bin auch noch da.«

Sie sah ihn an und setzte sich dann in Bewegung. »Laß es gut sein, Jamie. Bleib hier, in Deckung. Dir wird nichts passieren.«

»Aber dir vielleicht. Du weißt, daß du das allein nicht durchziehen kannst, und willst es trotzdem versuchen.«

»Ich habe so etwas schon öfter getan.«

»Tja, ich auch. Und wenn du glaubst, ich würde auf meinem Arsch sitzen bleiben und darauf warten, daß die Insel in die Luft geht, mußt du den Verstand verloren haben.«

»Na schön«, gab sie nach. »Du wirst mir den Rücken freihalten.« Sie warf ihm das Gewehr zu, das dem Soldaten im Turm gehört hatte. »Wenn sich jemand von hinten nähert, schießt du. Glaubst du, daß du das kannst?«

»Verdammt noch mal, klar!«

»Dann an die Arbeit.«

»Gottverdammt! Was zum Teufel ist passiert?« fragte Brickmeister den ersten Mann seiner Vorhut, der gerade zurück über die Hügelkuppe gesprungen war, hinter dem die Wohnschlafheime lagen.

»Schweres Feindfeuer, Sir. Sie haben auf uns gewartet.«

»Eine verdammte Scheiße haben sie. Diese Arschlöcher haben vor den Wohnschlafheimen Wachen aufgestellt, das ist passiert. Und die sind genau im richtigen Augenblick um die Ecke gekommen.« Er blickte nach oben, als die Blackhawks über ihn hinwegrasten. »Wir greifen an, sobald die Rangers unten sind. Haltet euch bereit.«

Maruda gelang es, seine beiden Schützen mit den Maschinengewehren vom Kaliber .60 in Position zu bringen, bevor die Delta Force einen zweiten Sturm über den Hügel wagte. Der Rest seiner Leute war noch auf dem Rückweg vom Westufer der Insel, als die Hubschrauber am Himmel hinabstießen und sofort das Feuer eröffneten. Vier seiner Männer wurden augenblicklich niedergemäht. Den anderen gelang es, Deckung zu finden, während die Blackhawks noch tiefer sanken und nach Osten und Westen davonflogen.

Alles verlief genau nach Plan.

Selbst in Deckung gehend, sah Maruda zum Dach des nächsten Wohnschlafheims hoch, auf dem Rodrigo mit dem Maschinengewehr vom Kaliber .50 und dem Granatwerfer kauerte. Marudas Strategie bestand jetzt einzig und allein darin, sich die Zeit zu verschaffen, das Boot auf der nördlichen Seite der Insel zu erreichen. Während die Schlacht noch tobte, würde er die Explosion auslösen. Die Mission würde ein erfolgreiches Ende nehmen. Er würde sie beenden, wie es von Anfang an geplant gewesen war.

Maruda griff nach dem Zünder in seiner Jackentasche und entfernte sich vom Schlachtplatz.

»Black Leader an Red Leader!«

»Ich höre Sie, Luke«, sagte Brickmeister. Er schrie, um sich über dem Feuergefecht, das in der Nähe der südlichen Hügelkuppe tobte, verständlich zu machen.

»Landezone zu heiß zum Absetzen. Wiederhole, Landezone zu heiß zum Absetzen.«

»Wenn Sie Ihre Männer jetzt nicht runterschicken, können Sie die Sache vergessen!«

»Tot können sie Ihnen auch nicht helfen, und wir haben es mit schwerem Maschinengewehr- und leichtem Artilleriefeuer zu tun. Zwei Hubschrauber wurden schon getroffen. Ich habe Verluste!«

»Was ist mit Ihren .60ern?«

»Wir werden vom Dach eines Wohnschlafheims beschossen. Darin befinden sich Geiseln, und diese 7.26er würden sie zerfetzen. Ich muß kreisen und warten, bis Sie durch sind.«

»Bleiben Sie ganz cool, Luke. Wir sind fast da.«

Riaz glitt zuerst in die Nacht und ließ Jamie und Chimera bei dem Gebäude zurück. Chimera wußte, daß ihre Chancen, alle zwölf Kanister zu entschärfen, bestenfalls minimal waren. Doch wenn sie Glück hatte, würden sich unter denen, die sie entschärfen konnte, die mit der Antimaterie befinden. Außerdem würde Riaz ja vielleicht Erfolg haben. Maruda hatte bestimmt auf dieses Szenario gewartet, um seine letzte Pflicht auszuüben. Jetzt mußte er sich noch genug Zeit verschaffen, zu verschwinden und den Zünder zu benutzen.

Während Schüsse die Luft zerrissen, führte Chimera Jamie um das Hauptgebäude und zeigte ihm, wo er sich postieren sollte. Dann lief sie zu der Stelle, wo der erste Kanister versteckt war. Ganz in der Nähe brandete eine Salve aus einem Maschinengewehr auf, gefolgt von verzweifelten Schreien auf spanisch.

Das Feuergefecht ignorierend, richtete sie ihre Aufmerksamkeit auf die Stelle mit der Sprengladung. Sie mußte sich in ein dichtes Gebüsch fast direkt vor dem Büro des Rektors schlängeln.

Sie fühlte und sah das Loch gleichzeitig, eine leere Vertiefung, wo eigentlich der Kanister liegen sollte. Verwirrt grub Chimera weiter, doch es rann nur Erde durch ihre Finger.

Der Kanister war weg. Jemand war ihr zuvorgekommen...

Sie glitt aus dem Gebüsch hinaus und bedeutete Jamie, sich in Bewegung zu setzen. Als er die Ecke des nächsten Gebäudes erreichte, dem vom Ufer und der vordersten Kampflinie aus gesehen dritten Wohnschlafheim, hob sie die Hand, und er blieb stehen. Aus dieser Stellung würde er ihr Deckung geben können, während sie zu der Stelle lief, wo der nächste Kanister liegen sollte.

Als sie die zweite Stelle erreichte, zu der Riaz sie geschickt hatte, fragte sie sich noch immer, was das zu bedeuten hatte. Auch hier fand sie nur eine Vertiefung im Boden, Beweis dafür, daß ein zweiter Behälter entfernt worden war. Chimeras Gedanken rasten. Waren trotz allem ein paar SEALs durchgekommen? Und wenn nicht... wer hatte dann die Behälter entfernt?

Sie mußte weitermachen. Sie mußte jedes einzelne Versteck überprüfen, auf die bloße Hoffnung hin, daß derjenige, der ihr einen Schritt voraus war, einen Kanister übersehen hatte oder getötet worden war, bevor er seine Aufgabe beenden konnte. Doch das nächste Versteck verlangte einen Spurt über eine freie Fläche neben einem Wohnschlafheim. Chimera entschloß sich, Jamie diesmal kein Zeichen zu geben. Sie würde ihn hier in einigermaßen sicherer Deckung zurücklassen und darauf hoffen, daß er überlebte, solange sie unterwegs war. Sie atmete tief ein, rannte los und erreichte die andere Seite des Wohnschlafheims in demselben Augenblick, als die Delta Force das gegnerische Feuer wütend erwiderte und sie zu Boden zwang. Es schepperte unaufhörlich um sie herum, dröhnte in ihren Trommelfellen, und sie kroch in die Deckung eines Gebüschs. Hier war sie nur so lange sicher, bis ein Schütze von einer der beiden Seiten sie in seinem Zielfernrohr fand. Sie mußte das Risiko eingehen und weiterlaufen, oder . . . oder . . .

Ein paar Meter rechts neben ihr befand sich ein Fenster, das in den Keller des Gebäudes führen mußte. Wenn sie weiter nach dem Sprengstoff suchte, war sie so gut wie tot, also konnte sie dort auch das Ende der Schlacht abwarten oder im Keller weiterlaufen, anstatt sich hier oben auf dem Präsentierteller anzubieten.

Mit dem Knauf ihres Gewehrs zerbrach sie das Glas und schlug dann die größten Scherben heraus, um hindurchschlüpfen zu können. Der Kellerraum, in den sie sich hinabließ, war stockfinster, und sie schob die Füße zuerst durch die Fensteröffnung. Als ein Feuerstoß in gefährlicher Nähe aufbrandete, glitt sie aus, und instinktiv schloß sie die Hände um die verbliebenen Scherben, um sich festzuhalten. Ein heißer Schmerz durchzuckte sie und zwang sie, wieder loszulassen. Chimera fühlte, wie sie sich drehte und hinabstürzte. Sie schlug hart mit dem Rücken auf dem Betonboden auf.

Ihr ganzer Körper wurde taub, und die Geräusche des Kampfes wurden leiser und legten sich dann ganz.

Dreiunddreißigstes Kapitel

Colonel Riaz durchsuchte die Nacht nach Hauptmann Maruda. Er hielt sich so weit wie möglich in dem Schatten und blieb immer in Bewegung. Wenn Chimera recht hatte, würde Maruda jetzt versuchen, von der Insel zu fliehen. Er würde versuchen, einen sicheren Ort zu erreichen, um dann den Sprengstoff zu zünden und die Insel mit einem Boot zu verlassen.

Dementsprechend konzentrierte Riaz seine Suche auf die nördliche Seite der Insel, die Newport gegenüberlag und die leichteste Fluchtmöglichkeit vor dem Kampf zwischen seinen Männern und der Delta Force bot. Nein, berichtigte sich Riaz, nicht *seinen* Männern. Es waren niemals seine Leute gewesen, sondern immer die Marudas, oder doch zumindest diejenigen der Macht, die hinter Maruda stand. An ihm nagte das Gefühl, von Anfang an benutzt und manipuliert worden zu sein. Niemals hatte er einen Mann dringender töten wollen, als er nun Maruda töten wollte, den Mann, der seine Familie abgeschlachtet hatte. Er fragte sich, ob ihm Marudas Tod genügen würde. Doch er würde reichen müssen. Chimera hatte gesagt, die Walhalla-Gruppe sei von einem Verräter aus den eigenen Reihen vernichtet worden, und Riaz glaubte ihr.

Er verharrte bei diesem letzten Gedanken. Sie hatte ihm die Identität der Gruppenmitglieder nicht vollständig enthüllt. Doch solange der Verräter noch lebte, lebte auch Walhalla noch. Vielleicht gab es außer Maruda noch ein Ziel. Vielleicht würde Riaz eine Möglichkeit finden müssen, Castle Island zu verlassen, um diesem Ziel nachzugehen.

Riaz bog um die Ecke des Gebäudes, nach rechts zu der Kapelle, als er sah, wie eine Gestalt unter den Bäumen herlief und direkt auf das nördliche Ufer der Insel zuhielt. Maruda! Er mußte es sein!

Der Colonel spurtete aus den Schatten. Er hatte fast dreihundert Meter aufzuholen, würde jedoch erst ein klares Schußfeld haben, sobald er den Hügelkamm über dem Ufer erreicht hatte. Riaz war entschlossen, diesen Schuß abzugeben, und zwar, bevor Maruda auf den Zünder drücken konnte. Sollte es ihm doch gelingen, konnte er nur hoffen, daß Chimera den Sprengstoff entschärft hatte. Er überschlug schnell, wieviel Zeit sie gehabt hatte, und bezweifelte ernsthaft, daß sie ausgereicht hatte, alle Sprengladungen zu erreichen.

Riaz hatte gerade die offene Fläche vor dem Verwaltungsgebäude erreicht, als er von einem tödlichen Kugelhagel niedergemäht wurde, dessen Wucht ihn zur Seite riß. Er sah, wie das Blut aus seinem Körper schoß, und fühlte, wie in ihm Kälte und Hitze aufeinanderprallten. Er stürzte zu Boden und rollte in ein Dickicht, in dem das Leben aus seinem Körper sickerte, während er den Geschmack von Casa Grande auf den Lippen hatte.

Rodrigo hatte den Colonel mehr oder weniger zufällig in seinem Zielfernrohr gefunden. Als sich die Hubschrauber wieder entfernten, schwang er sein Maschinengewehr zu dem Feind auf der Hügelkuppe herum, und dabei erregte eine plötzliche Bewegung seine Aufmerksamkeit. Er erkannte den zum nördlichen Ufer laufenden Hauptmann Maruda und folgte ihm mit den Blicken.

Die zweite Gestalt erschien, als Maruda gerade hinter der Hügelkuppe verschwand. Rodrigo wußte, daß es sich um Riaz handelte und er es auf den Hauptmann abgesehen haben mußte. In diesem Augenblick begriff Rodrigo irgendwie, daß der Colonel die Wahrheit kennen mußte, sowohl, was Castle Island, als auch, was Casa Grande betraf. Das machte ihn zu einem noch tödlicheren Feind als die Truppen, die auf dem südlichen Ufer der Insel gelandet waren.

Ohne das geringste Zögern richtete Rodrigo das Maschinengewehr auf Riaz und mähte ihn mit einer einzigen Salve nieder. Der Mann schien zu tanzen, als die Kugeln in ihn einschlugen. Rodrigos ständig gegenwärtiges Grinsen wurde breiter, und er schob ein neues Magazin in sein Maschinengewehr.

Über der Schwelle, auf der Jamie Zuflucht gesucht hatte, erzitterten Ziegel in ihrem Mörtel, während weitere Salven in seinen Ohren dröhnten.

Das Feuer kommt direkt von oben, begriff er.

Das Schulgebäude erzitterte unter den Einschlägen der Salven, die die befreundeten Truppen hinter dem Hügel in Schach hielten. Solange das Feuer unvermindert anhielt, konnten die Soldaten die Insel nicht zurückerobern. Er fragte sich, ob Chimera das ebenfalls begriffen hatte, fragte sich, ob sie überhaupt noch lebte. Es war allein seine Aufgabe, den Schützen auf dem Dach auszuschalten. Nachdem er das akzeptiert hatte, atmete er tief ein und stieß sich von der Tür ab. Er hatte vor, hinter das Haus zu gelangen und dort die Feuerleiter hinaufzuklettern.

Doch in diesem Augenblick explodierten um ihn herum Ziegel. Als sich Jamie duckte, um den Splittern auszuweichen, trieb die Bewegung ihn weiter auf die offene Fläche, als er es beabsichtigt hatte. Ein heißer, zischender Schmerz versengte seine rechte Schläfe, und er brach zusammen, während sich die Welt um ihn drehte.

»Ja, das ist er«, sagte Monroe Smalls, das Fernglas an die Augen gedrückt und über die Hügelkuppe blickend.

»Welcher meiner Männer hat ihn angeschossen?« wollte Brickmeister wissen, als Smalls wieder in die Deckung des Hügels hinabrutschte.

»Kann bei diesem Durcheinander nicht sagen, ob es einer unserer Leute war, Major. Aber der kleine Mistkerl ist sowieso zäh wie Leder. In drei Minuten habe ich ihn hier und in Sicherheit.«

Brickmeisters Hand schloß sich – soweit es ihr möglich war – um Smalls' Oberarm. »Weiß nicht, ob ich das erlauben kann.«

»Ich bin es dem Mann schuldig, Major, also habe ich keine andere Wahl. Machen Sie mal eben zehn Sekunden die Augen zu, und ich bin weg.«

»Wollen Sie wieder zurückkommen?«

»Habe am Sonntag ein Spiel und in dieser Meisterschaft noch sieben weitere, Major. Und ein Toter kann ja wohl schlecht die Super Bowl gewinnen.«

Hauptmann Maruda fand das Boot ohne Schwierigkeiten. Es war schwarz und schlank, mit einer Höchstgeschwindigkeit von fünfundsiebzig bis hundert Stundenkilometern. Ein dickes, grobes Tau hielt es an einem Pylon fest, der tief ins Wasser getrieben worden war; das Tau war nur zugänglich, wenn man unter der Oberfläche danach suchte. Er watete sechs Meter weit ins Wasser und zog die Tarnhülle ab, die verhinderte, daß man das Boot aus der Luft erkennen konnte.

Freudig erregt sprang Maruda an Bord und zerrte den Zünder aus seiner Tasche. Er wollte das Risiko vermeiden, die Reichweite des Senders zu überschreiten. Wenn er die Insel von hier aus in die Luft jagte, war er weit genug von der Explosion entfernt, um sie unverletzt zu überstehen. Er konnte fliehen, und der Erfolg gehörte ihm. Er würde ein reicher Mann sein, und es würden ihn zahlreiche weitere Aufträge erwarten. Er erinnerte sich im letzten Augenblick an die Ohrstöpsel und schob sie hinein, bevor er den Finger über den roten Knopf hob. Die Hand mit dem Zünder ausstreckend, drückte Maruda darauf und zuckte unwillkürlich zusammen.

Nichts geschah. Kein Poltern, keine Explosion, kein blendender Feuerball, der die Insel bis tief in den Kern erschütterte. Maruda drückte erneut auf den Knopf. Panik ergriff ihn, und er nahm den Zünder in die andere Hand und drückte erneut.

Noch immer nichts. War die Reichweite doch schon zu groß, war der Sender schwächer, als man ihm gesagt hatte? Nein, es mußte an den Sprengladungen liegen. Irgend etwas stimmte mit den Sprengladungen nicht. Maruda erschauerte, als er begriff, was er nun tun mußte.

Er mußte zu der Schule zurückkehren. Während die letzten seiner Männer die Delta Force noch zurückhielt, mußte er genug Sprengladungen wieder in Ordnung bringen, um zumindest einen gewissen Erfolg zu gewährleisten.

Maruda sprang von dem Schnellboot und lief in die Nacht zurück.

Um zu Jamie zu gelangen, wählte Monroe Smalls den längeren Weg über die Spielfelder im Westen der Kapelle. Solange sich das Feuer anderswo konzentrierte, hatte er eine gute Chance, es zu schaffen. Solange es eine Chance gab, Jamie dort herauszuholen, mußte er es versuchen. Smalls drückte sich gegen das Haus mit den Umkleidekabinen und bereitete sich auf den Spurt zu dem Wohnschlafheim vor, vor dem Jamie zusammengebrochen war. Er erreichte ihn unbeschadet und kroch bäuchlings um das Haus herum, dankbar für die ihm Schutz gewährenden Büsche, obwohl sie ihm Gesicht und Hände zerkratzten.

Er fand eine Stellung, in der Brickmeister ihn sehen konnte, wenn er Ausschau nach ihm hielt, und wartete. Jawohl! Ein paar Sekunden später verstärkten die Delta-Truppen ihr Feuer, und die Terroristen erwiderten es ihrerseits. Es beanspruchte ihre gesamte Aufmerksamkeit.

Thump thump thump ...

Das Feuer schmetterte in kurzen Stößen an seine Ohren. Smalls sah nach oben. Der Mann auf diesem verdammten Dach machte ihnen so schwer zu schaffen. Es klang ganz so, als sei er allein da oben, aber es war ein verdammt guter Mann.

Thump thump thump ...

Unter der Deckung des Delta-Feuers setzte sich Smalls in Bewegung. Er ergriff Jamie mit einem Arm und zerrte ihn in die Büsche.

»Monroe? Bist *du* das?« seufzte Jamie, als das Wasser aus Smalls' Feldflasche ihn wiederbelebt hatte.

»Ach was, du bist draufgegangen und in den Profi-Football-Himmel gekommen.«

Jamie versuchte, sich zu bewegen. »Mein Kopf tut weh.«

»Das kommt, weil er von einer Kugel gestreift wurde, die vielleicht von deinen Samson-Locken abgelenkt wurde.«

»Was tust du hier, Monroe?«

»Deinen Arsch retten, falls dir das noch nicht aufgefallen ist.«

»Aber nicht in deiner typischen Montur.«

»Bin zu einem anderen Team gewechselt. Und *du* wirst jetzt zur anderen Seite dieses Hauses kriechen, wo die Luft rein ist, und da hocken bleiben, bis du was anderes hörst.«

Smalls nahm sein Maschinengewehr von der Schulter und gab es Jamie. »Das wirst du vielleicht brauchen.«

»Und du nicht?«

Monroe sah zum Dach des Wohnschlafheims hoch. »Nicht dort, wohin ich jetzt gehe.«

Smalls fand die Feuerleiter hinter dem Haus und zog sich schnell hinauf. Das schwere Feuer des Maschingewehrschützen pochte in seinen Ohren, und er versuchte, anhand der Geräusche die genaue Position des Schützen auszumachen.

»Jetzt hole ich dich, du Arschloch«, murmelte er und begann zu klettern. Es kam nur auf das Klettern an. Er mußte schnell und leise hinauf, und das Gewicht des Gewehrs, das er Jamie gegeben hatte, hätte es ihm nur unnötig schwer gemacht. Andererseits störte ihn kaum, daß er keine Waffe mehr hatte. Er hatte seine Schnelligkeit, und die würde ihn nach oben bringen, damit seine Kraft die Sache zu einem Ende bringen konnte. Vielleicht würde er das Arschloch einfach vom Dach werfen, damit alle Soldaten der Delta Force es sehen konnten. Monroe gefiel dieser Gedanke.

Als er das Dach erreichte, war sein Mund vor Aufregung ganz trocken. Das war einer der älteren Wohnschlafheime der St. Michael's School, und das Dach lief V-förmig nach oben. Es war auf beiden Seiten von einer breiten Regenrinne umgeben. Smalls hatte die Position des Schützen bereits unten berechnet.

Monroe kletterte weiter hinauf. Jetzt ein Ausrutscher, und sein Sturz würde vier Stockwerke tiefer enden; er hätte nicht die geringste Chance, sich am Dachrand festzuhalten. Er mußte an die Arena denken, in der er sich am wohlsten fühlte. Das

Dach unterschied sich kaum von einem Football-Feld: Man machte weiter, bis sie einen erwischten. Und man blieb nicht stehen, bis man von einem gestoppt wurde.

Smalls hielt nicht inne. Ein paar Atemzüge später erreichte er den Dachfirst und sah nach unten. Seine Augen wölbten sich vor. Der verdammte Schütze war ein Ungeheuer, hatte einen gewaltigen Rücken, breite Schultern und einen dicken Schädel mit kurz geschorenem Haar und war größer als jeder Football-Spieler, mit dem Smalls es je aufgenommen hatte. Das Arschloch hielt ein Maschinengewehr in der Hand, das aussah, als gehörte es auf einen Dreifuß, und feuerte nun regelmäßig Salven, um die Deltas auf dem Strand festzuhalten. Die Schüsse brannten in Monroes Ohren, doch sie ermöglichten es ihm, sich unbemerkt zu nähern.

Smalls schwang sich über den First und rutschte das Dach hinab. Er kam von der Seite, um den Mann ebenfalls seitwärts anzurempeln und so zu verhindern, daß sein Schwung sie beide vom Dach trug.

Der Mistkerl drehte sich im letztmöglichen Augenblick um und konnte sich festhalten. Der Aufprall war betäubend – Smalls hatte das Gefühl, gegen eine Betonmauer gerast zu sein –, schleuderte den Schützen herum und riß ihm die monströse Waffe aus der Hand, die laut scheppernd in die Dachrinne fiel. Smalls wollte den Schützen noch einmal mit den Schultern anrempeln, doch der zerrte das Knie hoch und in Smalls' Gesicht und warf ihn mit einem lauten Knall rückwärts gegen das Dach. Smalls kam mit den Schultern auf der Schräge zu liegen und sah dem Schützen in die Augen.

Der große Mann stürmte mit einem Energieausbruch vor, so schnell wie der schnellste Stürmer, den Monroe je gesehen hatte. Es gelang ihm, sich zur Seite zu werfen, aus dem direkten Weg des Riesen, und er sah das große Messer, das sich nun in dessen Hand befand. Er senkte es mit aller Kraft, und es durchbohrte einen Dachziegel, als sich Monroe zur Seite rollte. Anstatt das Messer loszulassen, versuchte der Riese, es freizuziehen, womit er Smalls den ausgestreckten Arm als Ziel bot. Er war so willkommen wie ein verirrter Football, der auf ihn zurollte.

Monroe Smalls legte sein ganzes Gewicht in den Schlag auf diesen Arm. Das Glied mußte die gesamten dreihundert Pfund aushalten und brach unter der Wucht. Der Schrei des Ungeheuers gellte in Monroes Ohren, doch anstatt den zerschmetterten Arm zu schützen, holte er mit der anderen Hand aus und knallte sie in Monroes Gesicht. Der Schlag traf Smalls ganz überraschend, und die dahintersteckende Wucht trug ihn zum Dachrand.

Sterne blitzten vor Smalls' Augen auf, als der Riese schwankend aufsprang, den zerschmetterten Arm schlaff an der Seite. Smalls' Blick wurde jedoch rechtzeitig genug wieder klar, um zu sehen, wie der Mann einen Satz machte und mit dem unverletzten Arm nach ihm griff. Monroe versuchte sich loszureißen, doch die Hand des Ungetüms umklammerte seinen Hals und hob ihn mühelos hoch.

Monroe reagierte, indem er beide Hände um den Hals des Riesen legte und versuchte, mit den Daumen dessen Adamsapfel zu zerquetschen, der jedoch unter starken Muskeln verborgen lag. Die beiden Männer umklammerten sich Auge in Auge, nur ein paar Zentimeter voneinander entfernt. Da sich Monroes Füße gefährlich nahe am Dachrand befanden, war der Riese im Vorteil. Er mußte jetzt nur noch die Kraft aufbringen, Smalls rückwärts vom Dach zu stoßen.

Mittlerweile war der Riese ebenfalls darauf gekommen. Mit einer plötzlichen Bewegung, auf die Smalls gewartet hatte, legte er seine ganze Kraft dahinter. Smalls ließ mit beiden Händen los, duckte sich und riß sich aus dem einhändigen Griff des Kolosses frei. Bevor der reagieren konnte, rempelte ihm Smalls eine Schulter gegen die Knie. In diesem Augenblick traf ihr gesamtes Gewicht gegeneinander. Monroe fühlte, wie der Riese, von seinem eigenen Schwung getragen, über ihn hinwegstürzte, genau wie man es in den Filmen immer so schön sah. Nur, daß es in diesem Film keine Matratze gab, die seinen Sturz aufhielt, nur Luft.

Smalls hörte einen Schrei und wußte nicht, ob er oder der Riese ihn ausgestoßen hatte. Als er sein Gleichgewicht zurückerlangt und sich umgedreht hatte, erklang auch schon der Aufprall. Monroe blickte hinab und sah vier Stockwerke unter sich die verkrümmte Leiche des Ungetüms.

»Du bist in den Ruhestand versetzt worden, Arschloch!« rief er ihm hinterher.

Aber damit war genug gefeiert. Die verdammten Terroristen nagelten die Deltas noch immer am Strand fest.

Tja, jetzt werdet ihr eine gewaltige Überraschung erleben, dachte Smalls, als er das Maschinengewehr des Riesen aufhob und auf ihre Stellungen richtete.

»Hören Sie mich, Luke?«

»Laut und deutlich, Brick.«

»Die Tür ist weit geöffnet. Setzen Sie die Jungs ab und machen Sie sie fertig.«

»Roger.«

Doch Brickmeister wollte nicht warten, bis die Ranger erschienen.

»Die Wohnschlafheime!« rief er, während seine Deltas ihm über den Hügelkamm folgten. »Wir müssen die Wohnschlafheime einnehmen!«

Das letzte Maschinengewehr- und Gewehrfeuer, das sie zurückgehalten hatte, war erloschen, nachdem sich ein Maschinengewehr auf einer Dachfestung der Terroristen plötzlich auf sie selbst gerichtet hatte. *Monroe Smalls*, dachte Brickmeister und fragte sich, ob Delta nicht besser beraten wäre, die neuen Rekruten demnächst der Profi-Football-Liga abzuwerben. Der Major führte die Deltas zu einem der Wohnschlafheime, aus dem Sperrfeuer abgegeben wurde. Obwohl dort zahlreiche Schüler eingesperrt waren, mußten sich die verdammten Terroristen dort verschanzt haben. Diese Mistkerle!

»Los! Los! Los!« hörte Brickmeister sich schreien, während um ihn herum Kugeln aus den Gewehren seiner Männer spritzten wie Wasser aus einem Gartenschlauch.

Der endlose Feuerhagel zertrümmerte zahlreiche Fenster des Wohnschlafheims. In den Zimmern duckte sich ein Viertel der Schüler von St. Michael's hinter notdürftig errichteten Deckungen, zu verängstigt, um etwas anderes zu tun. Der durchdringende Gestank nach Schwefel und Schießpulver zog durch die Gänge, und die Schüler schmeckten ihn auf ihren Lippen.

Im ersten Stock traten die Terroristen, die in dem Gebäude Zuflucht gesucht hatten, eine Tür nach der anderen auf. »Raus! Raus!« befahlen die drei Männer. »Auf die Gänge, schnell!«

Einer rief seine Befehle auf spanisch, und als vier Jungen seine Worte nicht verstanden, erschoß er sie mit einer Salve, die sogar ihre Schreie übertönte. Das Echo der Schüsse hallte laut in dem Gebäude, und die Schüler, die sich schon auf den Gängen befanden, fingen an zu schreien. Zwei Terroristen trieben sie zusammen, während der, der die vier Jungen erschossen hatte, ein Mädchen an den Haaren ergriff und zur Tür zog. Er wollte sie öffnen, um den heranstürmenden Delta-Truppen sein Opfer zu zeigen, in der Hoffnung, daß sie das Feuer einstellen würden, sobald sie das Mädchen sahen. Er und seine beiden Gefährten hielten schließlich allein auf dieser Etage vierzig Geiseln gefangen. Dieser Vorteil konnte ein Patt herbeiführen, das ihnen helfen würde, unverletzt zu entkommen.

Der Terrorist riß die Tür auf, das Mädchen vor sich haltend. Er hatte angenommen, aus dem Haus würde genug Licht fallen, um den Deltas die Situation zu verdeutlichen. Doch seine Gestalt schirmte die Strahlen der Wandlampe hinter ihm ab. Als Ergebnis bestand die Reaktion der Deltas aus einem Kugelhagel, der das Mädchen traf und gegen ihn schleuderte. Danach streiften Kugeln aus demselben Lauf den Terroristen und zwangen ihn, seine Geisel loszulassen, was ein offenes Ziel schuf. Maschinengewehrkugeln gruben sich in den Terroristen und zerrissen ihn, bevor er einen einzigen Schuß aus seiner eigenen Waffe abgeben konnte.

»Feuer einstellen!« befahl Brickmeister. »Feuer einstellen! Gottverdammte Scheiße...«

Die Hektik des Augenblicks hatte die Delta Force mitten in ihrem Blutrausch erwischt. Brickmeister vermutete, daß er der einzige war, der gesehen hatte, wie die Geisel beim Sturm auf das Wohnschlafheim dem Kugelhagel zum Opfer gefallen war.

»Feuer einstellen! Feuer einstellen! Feuer einstellen!«

Sie hatten Scheiße gebaut, aber es war sinnlos, jetzt darüber in Tränen auszubrechen. Über einhundert Kinder in diesem Wohnschlafheim *lebten* noch. Brickmeister wußte nicht, wie viele von ihnen bei einem offenen Angriff sterben würden, doch wenn das Gebäude nicht gesichert war und es einem Terroristen gelingen sollte, die Quick-Strike-Ladung zu zünden, waren sie alle tot.

Brickmeister winkte einen Unteroffizier heran. »Die rechte Seitentür gehört Ihnen, mein Sohn«, sagte er. »In einer Minute stürmen wir das Gebäude.«

Chimera hatte anscheinend eine Ewigkeit auf dem Kellerboden gelegen. Langsam wurde sie sich des Kampflärms bewußt, doch sie bewegte sich nicht. Sie hatte Angst, es zu versuchen, hatte Angst, irgend etwas zu unternehmen.

Und dann hörte sie die Schüsse und Schreie auf der Etage direkt über ihr. Allmählich wurde ihr Kopf wieder klar, und das Jammern verängstigter Kinder brachte sie auf die Füße. Sie begriff, daß alle anderen Kampfgeräusche verstummt waren. Dieses Gebäude war zur letzten Zuflucht der Terroristen geworden. Sie würden sich hinter unschuldigen Kindern verstecken und sie skrupellos *töten*, um doch noch entkommen zu können.

Chimera bückte sich und tastete auf dem dunklen Fußboden nach ihrer Waffe. Ihr Rücken schmerzte, und die unteren Teile ihrer Beine waren noch immer vom Sturz taub. Sie fand die Waffe und versuchte sich zu erinnern, wo die Treppe war. Die Dunkelheit blieb hinter ihr zurück, als sie die Stufen hinaufging, doch sie mußte sich am Geländer festhalten. Sie erreichte die Tür, als erneut Schreie und Schüsse erklangen, und diesmal zögerte sie nicht.

Sie stürmte durch die Tür und lief zum Ende des ersten Ganges, hinter dessen Ecke sich zahlreiche Geiseln befanden. Sie überprüfte ihr Gewehr ein letztes Mal und atmete tief durch. Dann sprang sie mit einem gellenden Schrei um die Ecke.

»Runter!«

Sie feuerte die erste Salve in die Luft, um den Kindern ihre Absicht klarzumachen. Sie wußte, daß die Terroristen sich nicht ducken würden, und behielt recht damit. Beide Männer fuhren zu ihr herum und schossen, während Chimera noch immer den Abzug durchdrückte.

Sie fühlte einen stechenden Schmerz in ihrer Brust und wußte, daß sie mehrfach getroffen worden war. Doch sie hatte gut gezielt. Die letzte Salve der beiden Terroristen fuhr harmlos in die Decke, während die Männer zurückgeschleudert wurden. Sie prallten gegen die beiden Wände und ließen eine Blutspur zurück, als sie langsam zu Boden rutschten.

Chimera sank auf die Knie. Sie schmeckte Blut in ihrem Mund und hustete einen gewaltigen Pfropfen hoch, der eine Pfütze auf dem Boden bildete. Chimera klammerte sich ans Leben, während sie zusah, wie die Pfütze immer größer wurde.

Der Angriff der Delta Force würde noch dreißig Sekunden auf sich warten lassen, als Brickmeister in dem Gebäude Schüsse hörte.

»Was zum Teufel...«

Brickmeister sprintete zur Eingangstür, und seine Soldaten folgten ihm.

»Reißt ihnen den Arsch auf!«

Nachdem Monroe Smalls davongeglitten war, bewegte sich Jamie benommen zur nördlichen Seite des Wohnschlafheims, um sich vor der Schlacht, die im Süden tobte, in Sicherheit zu bringen. Er drückte sich gegen die roten Ziegel, blieb bewegungslos stehen und umklammerte Monroes Gewehr, konnte aber nur hoffen, daß er es nicht benutzen mußte. Die Schüsse erklangen nun nur noch sporadisch, was wahrscheinlich bedeutete, daß sich der Kampf dem Ende zuneigte und die Delta Force gleich das Schulgebäude stürmen würde.

Er blickte sich um und entdeckte eine einsame Gestalt, die sich von Norden näherte. Sie versuchte, stets in Deckung zu bleiben, und Jamie konnte sie aus dieser Entfernung nicht genau erkennen — abgesehen von einem leuchtend roten Stirnband.

Maruda!

Jamies Herz hämmerte gegen seinen Brustkorb. Langsam, fast unmerklich, entfernte er sich von der sicheren Zuflucht des Gebäudes. Er fragte sich nicht, welcher glückliche Streich des Schicksals ihm den Schlächter auslieferte. Doch er wollte auf jeden Fall verhindern, daß der Mörder seiner Schwester diese Insel lebend verließ. Der von seinem Haß und seiner Entschlossenheit erzeugte Adrenalinfluß verwischte die letzten Spuren der Benommenheit, die die Kopfverletzung ihm eingebracht hatte. Gebückt schlich er die Büsche entlang, die ordentlich in einer Reihe vor dem roten Ziegelsteingebäude gepflanzt waren. Maruda war im Schutz der Nacht über einen Fußballplatz zum anderen Ende der Strauchreihe gelaufen. Jamie mußte nur abwarten. Maruda kam direkt auf ihn zu!

Er beobachtete, wie sich der Mörder bückte, um etwas auf dem Boden zu überprüfen, und trat vor, damit Maruda ihn sehen konnte, sobald er aufblickte. Jamie sah ganz ruhig den Lauf von Monroes M-16 entlang und wartete.

Maruda entfernte sich von der Stelle, die er gerade inspiziert hatte, als er Jamie endlich sah. Er wollte nach seinem Gewehr greifen, verharrte dann jedoch reglos.

»Zur Hölle mit dir«, sagte Jamie in der Hoffnung, daß der Mörder ihn gehört hatte, und drückte auf den Abzug.

Nichts geschah. Verdammt, er hatte die Waffe nicht entsichert!

Maruda hatte sein Gewehr herumgerissen, als in seinen Augen die Erkenntnis aufblitzte. »Du!«

Seine Waffe hob sich quälend langsam. Jamie tastete verzweifelt nach dem Sicherungshebel der M-16 und wußte, daß er ihn niemals finden würde und schießen könnte, bevor Marudas Kugeln ihn zerfetzten.

»Du«, sagte Maruda erneut, diesmal leiser, und krümmte den Finger auf dem Abzug.

Bevor der Mörder ihn durchziehen konnte, sprang eine Gestalt aus dem Nichts und warf sich auf ihn. Jamie sah, daß es Riaz war, und im nächsten Augenblick drehte Maruda den Kopf und erkannte es ebenfalls. Er wollte noch die Waffe herumreißen, als Riaz' Messer in Marudas Rücken fuhr und auf dem Weg zum Herzen Rippen zersplitterte. Der Tod trat fast augenblicklich ein. Dem Colonel blieb nur noch die Zeit, den Mund gegen Marudas Ohr zu drücken und ihm etwas hineinzuflüstern.

»Ich will, daß du es weißt. Ich will, daß du weißt, daß ich dich getötet habe.«

Maruda hatte die Augen weit aufgerissen, und er brach zusammen, als der Colonel ihn losließ. Riaz schwankte kurz, bevor er dann auf die Knie sank und zusammenbrach. Jamie lief zu ihm und hob vorsichtig seinen Kopf hoch. Der Leib des Colonels war blutgetränkt, und Blutklumpen glitten auch zwischen seinen Lippen hervor. Seine Verletzungen waren tödlich, doch er hatte sich ans Leben geklammert, um eine letzte Chance zu bekommen, mit Maruda abzurechnen, die Dinge wieder ins Lot zu bringen.

»Es tut mir leid um deine Schwester«, keuchte Riaz.

»Es war nicht Ihre Schuld. Und jetzt ist alles vorbei.«

Der Colonel ergriff mit einem plötzlichen Aufbäumen seiner letzten Kräfte Jamies Unterarm. »Nicht vorbei. Ich habe ... ihn gesehen.«

»Wen?«

»Du mußt ihn aufhalten!«

»*Wen* aufhalten?«

»Er hat den Sprengstoff aus den Verstecken geholt und ist davongelaufen ... zum Meer.« Riaz' Augen zeigten ihm den Weg. »Ein Boot. Er ... muß ein Boot haben ...«

»Er ist tot. Sie haben ihn getötet.«

»Nicht Maruda«, keuchte der Colonel mit schwindendem Atem. »Ein anderer ... Ich habe ... ihn gesehen. Ich sah ... die Kanister. *Halte ihn auf! Du mußt ihn auf...*«

Der Körper des Colonels verkrampfte sich, sackte dann durch und wurde schlaff. Wenn er nicht Maruda gesehen hatte, wen dann? Wer versuchte, mit dem tödlichen Sprengstoff zu fliehen? Riaz hätte ihn aufgehalten, doch er war nun tot, und nun blieb Jamie diese Aufgabe vorbehalten. Er kniete nieder, um Marudas Gewehr an sich zu nehmen, und stürmte dann in die Richtung, in die Riaz gedeutet hatte.

Als die Delta Force das Schulgebäude stürmte, folgten die Ranger den Soldaten auf dem Fuße. Brickmeister drang als erster in das Gebäude ein und blieb stehen, als er die große Gruppe der Kinder sah, die sich auf dem Boden zusammendrängten, unverletzt, aber völlig verängstigt. Seine geübten Augen nahmen sofort die Leichen der Terroristen wahr. Dann sah er zu der Frau hinüber, die an eine Wand gelehnt saß. Sie war blutverschmiert, und neben ihr hatte sich eine Blutpfütze ausgebreitet. Sie begegnete schwach seinem Blick, als er zu ihr lief, das Walkie-talkie an den Mund hob und es wieder auf die offene Frequenz umstellte.

»Hier ist Brick. Zielgebiet gesichert. Wiederhole, Zielgebiet gesichert, Colonel.«

»Was zum Teufel geht da drüben vor?« fragte Bart Jacoby. »Warum haben Sie den Kontakt abgebrochen?«

»Lassen Sie mich einfach nur mit Colonel Eastman sprechen, Boß.«

Als sich eine Pause anschloß, wußte Brickmeister, daß etwas nicht in Ordnung war.

»Sie meinen, er ist nicht bei Ihnen?«

»Nicht mehr, seit die SEALs eintrafen und er den Startort verließ.«

»Tut mir leid, Major, seitdem habe ich ihn nicht mehr gesehen.«

Brickmeister war völlig verblüfft. »Aber ich habe doch mit ihm gesprochen.«

»Aber nicht hier auf dem Festland.«

»Was zum Teufel...«

»Walhalla«, murmelte die blutende Frau, während sich die Sanitäter der Delta Force um sie kümmerten.

»Wie bitte, Ma'am?« fragte Brickmeister und beugte sich zu ihr hinab. Sie mußte diejenige sein, die sie mit den Morsezeichen vor den Netzen gewarnt hatte. »Das habe ich nicht ganz verstanden.«

Während Chimera darum kämpfte, nicht das Bewußtsein zu verlieren, wurde ihr alles klar. Wie sonst hätte Colonel Riaz so genau wissen können, was die Delta Force unternehmen würde? Wer sonst hätte die genauen Verstecke der Sprengladungen kennen können? Walhalla hatte von der Antimaterie erfahren und beschlossen, die Operation abzubrechen. Aber Marlowe, der militärische Repräsentant der Gruppe, konnte das nicht zulassen, nicht, wenn er sich in den Besitz einer so starken Waffe bringen konnte. Also hatte er die anderen Mitglieder des Exekutivkomitees der Walhalla-Gruppe getötet und war dann hierhergekommen, um den Sprengstoff zurückzuholen.

›Marlowe‹ war der einzige Name, unter dem Walhalla ihn jemals gekannt hatte, alle Mitglieder der Gruppe, abgesehen von Simon Winters, der ihn auch als Colonel Alan Eastman kannte. Der beste Experte des Pentagons für die Terroristenbekämpfung, ein Mann, der von Anfang an gewußt hatte, daß man ihn nach Castle Island beordern würde, sobald die Insel erst einmal besetzt worden war.

»Eastman gehört zu ihnen«, sagte Chimera zu dem neben ihr knienden Delta-Chef. »Eastman gehört zu ihnen, und jetzt hat er den Sprengstoff.«

Vierunddreißigstes Kapitel

Eastman hatte von Anfang an die schwarze Delta-Uniform getragen. Als er nach Castle Island geschwommen war, hatte er sie unter seinem Taucheranzug getragen. Es war kein Problem gewesen, dem Netz mit den Minen auszuweichen, da sie genau nach seinen Anweisungen errichtet worden waren. Am schwierigsten hatte sich die Aufgabe erwiesen, innerhalb von zwei Minuten die zwölf SEALs zu töten. Doch Eastman hatte schon vor langer Zeit gelernt, daß die am leichtesten zu überraschen waren, die glaubten, das Überraschungsmoment auf ihrer Seite zu haben.

Er hatte niemals vorgehabt, die Sache auf diese Art und Weise zu beenden. Sein ursprünglicher Plan hatte vorgesehen, sich in dem Chaos, das auf die Explosion der verminten Netze folgen würde, nach Castle Island durchzuschlagen. Sobald er dort eingetroffen wäre, hätte er ein Gerät aktiviert, das das Signal von Marudas Sender verzerrte, so daß der Hauptmann die Kanister mit dem Sprengstoff nicht hätte zünden können. Das hätte ihm genug Zeit gegeben, die Kanister zu bergen. Er hätte sich dann einen Tarnanzug übergestreift und eine schwarze Klappe über das linke Auge gezogen, und die Terroristen hätten ihn für Colonel Riaz gehalten. Wenn Maruda dann aufgetaucht wäre, hätte Eastman ihn getötet. Er hatte die letzten vierundzwanzig Stunden damit verbracht, diesen Plan auszuarbeiten.

Doch dann hatte eine Nachricht von der Insel Brickmeister vor den Netzen gewarnt. Die SEALs waren zurückgerufen und mit Speziallampen ausgestattet worden, mit denen sie die Netze überwinden konnten. Eine neue Strategie mußte her, und so hatte sich Eastman davongeschlichen, bevor die neue Ausrüstung verteilt wurde, Castle Island einige Minuten vor den SEALs erreicht und sich auf die Lauer gelegt.

Nachdem er das Dutzend Soldaten eliminiert hatte, wußte er genau, wieviel Zeit ihm noch blieb, die Sprengladungen aus den Verstecken zu holen, denn er hatte auch diese Stellen ausgewählt. Er mußte sich nur den Aufbau der Schule in Erinnerung zurückrufen, um sie zu finden. Die Bergung ging glatter und schneller voran, als er gehofft hatte, und nun trug Eastman die Kanister in zwei Sechserpacks. Er hatte sie gerade geborgen, als er über das Walkie-talkie mit Brickmeister gesprochen hatte. Der Trottel hatte mit keinem Gedanken vermutet, daß er sich nicht auf dem Festland befand.

In seinem Besitz befand sich nun die größte Waffe, die die

Menschheit jemals gekannt hatte. Damit blieb ihm kein Ziel verschlossen, und auch nicht der neuen Walhalla-Gruppe, deren Mitglieder er persönlich unter seinen eigenen Leuten aussuchen würde. Es würde sich bei ihnen ausschließlich um Militärexperten handeln, deren Blick durch nichts getrübt war, die die Dinge mit reiner Vernunft betrachten würden. Es hatte zu lange zu viel Grau gegeben. Schwarz und Weiß waren viel bessere Farbabstufungen. Die Antimaterie würde es ihm erlauben, seine Bedingungen durchzusetzen oder die Feinde der Vereinigten Staaten zu vernichten, ohne überhaupt irgendwelche zu stellen.

Eastman konnte seine Erregung kaum im Zaun halten. In dem Augenblick, als die verkalkten, vor Gewalt zurückschreckenden Mitglieder der Walhalla-Gruppe beschlossen hatten, die Kanister tatsächlich zurückzugeben, hatte er gewußt, daß ein Bruch unumgänglich war. Und es mußte ein sauberer Bruch sein, der keine Spuren von der Vergangenheit zurückließ. Die anderen Mitglieder hatten den Weitblick gehabt, den besten Weg für dieses Land auszuwählen, doch es hatte ihnen am Mut gefehlt, ihn auch bis zum Ende zurückzulegen. Es hätte ihn eigentlich nicht überraschen dürfen. Schließlich war das mythologische Walhalla einzig und allein Soldaten vorbehalten gewesen, und nun würde Walhalla gereinigt auferstehen.

Eastman beschleunigte seine Schritte zum Ufer und dem getarnten Schnellboot, das Maruda beinahe benutzt hätte. Eastman hatte gewußt, daß er zur Schule zurückkehren würde, wenn sein Zünder versagte, und diesen Augenblick für seine eigene Flucht abgewartet. Als er sich dem Wasser näherte, hörte er das Dröhnen eines Bootsmotors und wurde plötzlich von dem Scheinwerfer eines Schnellboots der Küstenwache erfaßt, das am Strand patrouillierte.

»*Heben Sie die Hände und identifizieren Sie sich!*« befahl ihm eine Stimme über einen Lautsprecher.

Statt dessen watete Eastman ins Wasser und winkte das Boot zu sich. »Ich bin Eastman, verdammt!« rief er, als er näher kam. »Der Operationsleiter. Ich brauche Ihr Boot! Ihr Anführer ist uns entwischt und über das Wasser entkommen!«

»Wir haben niemanden gesehen, Sir!«

»Natürlich haben Sie das nicht. Er ist gut, sehr gut sogar. Aber das bin ich auch. Helfen Sie mir an Bord. Ich glaube, ich weiß, wo er ist.«

Der Seemann reichte Eastman eine Hand hinab, der sie dankbar ergriff und nur zusammenzuckte, als seine beiden Kanisterpacks zusammenschlugen. Alle drei Mann der Besatzung standen vor ihm, als seine Füße das Deck berührten. Bevor die Beamten wußten, was geschah, hatte er seine Pistole gezogen und das Feuer eröffnet. Zwei Kugeln pro Mann, in insgesamt kaum vier Sekunden abgefeuert, und sie waren tot. Es blieb nicht einmal die Zeit, ihre Leichen von Bord zu werfen.

Nur Zeit für die Flucht in einem Boot, das niemand anhalten würde.

»Riegeln Sie die Bucht ab!« befahl Brickmeister.

»Sagen Sie das bitte noch mal!« erwiderte der diensttuende Offizier in der Station der Küstenwache bei Castle Hill.

»Ich habe gesagt, riegeln Sie die verdammte Bucht ab, mein Sohn. Konzentrieren Sie alle Leute, die Sie dort draußen haben, im Süden und Osten. In diese Richtung will unser Mann fliehen. Lassen Sie nicht mal einen Goldfisch durch.«

»Wir tun unser Bestes, Sir. Aber das Meer ist verdammt groß.«

Jamie hatte gerade den Hügelkamm über dem Nordufer von Castle Island erreicht, als auf dem Deck des Bootes der Küstenwache die Schüsse erklangen. Er sah, wie die uniformierten Beamten zusammenbrachen und die Gestalt in Schwarz sich zwischen ihnen bewegte, und wußte augenblicklich, daß es sich um den Mann handeln mußte, den Riaz mit dem Sprengstoff gesehen hatte. Er hatte die perfekte Fluchtmöglichkeit gewählt. Sobald er sich auf offener See befand, würde niemand auch nur daran denken, ihn aufzuhalten.

Er riß Marudas Gewehr hoch und feuerte eine Salve über das

Wasser ab. Doch das Boot hatte schon gewendet, und der Klang der Schüsse verlor sich in seinem Kielwasser. Was nun? Ein Boot, er brauchte ein Boot!

Zwanzig Meter von ihm entfernt lag ein kleiner Pier am Ufer, und als Jamie vom Hügel aus darauf zulief, sah er, wie nicht weit vom Ufer entfernt ein Schnellboot auf den Wellen schaukelte. Die Gestalt in Schwarz mußte versucht haben, dieses Boot zu erreichen, als das der Küstenwache vorbeigekommen war. Natürlich!

Ohne einen weiteren Gedanken stürmte Jamie ins Wasser und sprang in das Schnellboot. Am Bug streckte er unter Wasser den Arm aus und löste das Boot von dem Pylon, an dem es vertäut war. Im Motor steckte der Schlüssel. Er drehte ihn um, und die Maschine erwachte augenblicklich zum Leben. Er legte einen Gang ein und schob den Gashebel vor. Der Bug erhob sich über die Wellen, und das Schnellboot schoß aufs Wasser hinaus.

Das rotweiße Boot der Küstenwache hatte einen beträchtlichen Vorsprung, und Jamie hatte das Gefühl, daß dessen Motor dem seinen überlegen war. Doch er hoffte, noch ein gutes Stück aufholen zu können, zumindest, bis der Mörder an Bord des ersten Bootes merkte, daß er verfolgt wurde, und seine Geschwindigkeit erhöhte.

Er hatte bis auf zweihundert Meter aufgeholt, als er sah, wie sich die Gestalt hinter dem Lenkrad umdrehte und ihn zum ersten Mal bemerkte. Augenblicklich schmolz die Strecke wieder, die Jamie aufgeholt hatte.

»Komm schon!« drängte Jamie sein Schnellboot. »Nun komm schon!«

Er wußte, daß er das Boot der Küstenwache nicht würde einholen können, und konnte nur hoffen, an ihm dranzubleiben, bis die Behörden merkten, was hier vor sich ging. Die Südspitze Newports näherte sich schnell, und mit ihr die Lichter einer fernen Brücke.

Selbst in seiner wildesten Phantasie hätte Jamie sich nicht den Anblick erträumen lassen, der sich ihm dann bot: Ein Dutzend Wach- und Patrouillenboote der Küstenwache näherte sich von Süden und Norden, und ein Kutter in der Mitte der beiden Phalanxen bildete die Nachhut. Sie hielten direkten Kurs auf das Boot, das Jamie verfolgte. Im nächsten Augenblick brausten zwei Hubschrauber mit eingeschalteten Scheinwerfern über ihn hinweg, die sich an der Suche nach dem abtrünnigen Patrouillenboot beteiligten. Als der Mörder an Bord des Schiffes vor ihm die Südspitze Newports erreichte, blieb ihm keine andere Wahl, als nach links zu schwenken und in nördliche Richtung zu fliehen.

»Jetzt hab' ich dich, du Mistkerl«, sagte Jamie und lächelte breit. »Jetzt hab' ich dich.«

»Major, hier ist Castle Hill Station.«

»Ich höre Sie, mein Sohn.«

»Wir verfolgen zwei Boote durch die Bucht. Das eine ist eins unserer Patrouillenboote, das wir über Funk nicht erreichen können, das andere ein schwarzes Schnellboot ohne jedes Kennzeichen. Erbitte Anweisungen.«

Erneut war Brickmeister verwirrt. Eastman mußte das erste Boot steuern, doch wer verfolgte ihn? Die einzige Person, deren Aufenthaltsort im Augenblick ungeklärt war, war Jamie Skylar. Der Major fühlte, wie er leicht erzitterte. Wenn nur die Hälfte von dem, was Monroe Smalls über Skylar gesagt hatte, der Wahrheit entsprach ...

»Ihre Männer sollen Sichtkontakt halten«, erwiderte Brickmeister schließlich. »Aber sie sollen sich den Booten nicht nähern.«

»Sir, unsere Schiffe sind den beiden Booten so nahe, daß sie jetzt übernehmen könnten ...«

»Ihre Leute sollen Abstand halten, Cowboy«, befahl Brickmeister. Er wußte mit kalter Sicherheit, daß der fehlende Sprengstoff bei Eastman auf dem ersten Boot war. »Ich habe Sie dorthin beordert, aber jetzt halten Sie sich raus.«

»Roger ... glaube ich. Sir, gerade erfahre ich, daß das erste Boot auf die Felsen gefahren und aufgegeben wurde.«

»Scheiße! Die Koordinaten?«

»Er wandte sich nach Norden, als er uns sah, und strandete am Cliff Walk, zwischen Marble House und . . .«

»Ich weiß nicht, wo diese Kaffs liegen. Geben Sie mir nur die verdammte Richtung. Wir fliegen mit dem Hubschrauber hin. Jacoby, haben Sie mitgehört?« fragte Brickmeister.

»Jawohl, Major.«

»Sperren Sie jede Straße. Riegeln Sie das ganze verdammte Gebiet ab.« Brickmeister drehte sich zu Roth um. »Nehmen Sie mich in einem Ihrer Vögelchen mit, Luke?«

»Solange ich neben Ihnen sitzen darf, jederzeit.«

Eastman rechnete sich aus, daß seine einzige Chance darin bestand, das Boot auf Land zu setzen. Er kannte die Gegend um Newport gut von den zahllosen Vorlesungen her, die er am Naval War College gehalten hatte, und das würde ein gewaltiger Vorteil sein. Direkt über ihm lag nun die Bellevue Avenue mit ihren zahlreichen berühmten Landsitzen. Hier boten sich unzählige Verstecke und Fluchtmöglichkeiten für ihn. In Vietnam hatte er drei Monate lang in feindlichem Gebiet überlebt und war der Gefangennahme entgangen, indem er die Möglichkeiten der Landschaft ausgenutzt hatte. Doch zuerst mußte er diese Landschaft erreichen, und das bedeutete, daß er den Cliff Walk überwinden mußte.

Der Cliff Walk war ein künstlicher Wellenbrecher, den die wohlhabenden Bürger dieses Landstrichs vor über einem Jahrhundert errichten ließen, um ihre großartigen Heime zu schützen. Er ging im Durchschnitt zwölf Meter steil nach oben, bestand aus Steinen, Felsbrocken und Schiefer und war in Wirklichkeit viel stabiler, als er aussah, dennoch mußte er ihn wegen der beiden Säcke mit den Kanistern, die er sich über den Rücken gebunden hatte, mit höchster Vorsicht erklettern.

Er hatte gerade damit angefangen, gerade seinen Kletterrhythmus gefunden, als ein Blick nach unten enthüllte, daß das zweite Boot auf dem Strand aufgelaufen war.

Jamie setzte sein Schnellboot auf Land, wenige Sekunden nachdem das der Küstenwache gestrandet war. Da es leichter war, schlitterte es über die Steine, die den Boden des ersten Bootes aufgerissen hatten, und kam direkt vor den ersten Felsbrocken des Cliff Walks selbst zu liegen. Jamie sprang mit Marudas Gewehr in der Hand hinaus und überlegte, ob er einen Schuß auf die Gestalt über ihm wagen sollte, als ihm die Kanister einfielen. Er warf das Gewehr ins Wasser. Nein, er mußte diesen Mann an der Flucht hindern, doch gleichzeitig dafür sorgen, daß die tödlichen Sprengladungen auf seinem Rücken intakt blieben.

Er kletterte dem Mann in Schwarz nach, der sich schon in etwa fünf Metern Höhe befand. Doch ohne die zusätzliche Last der Kanister kam Jamie wesentlich schneller voran als der Verfolgte. Überdies wurde Jamie von dem Wissen angetrieben, wie wichtig es war, daß er ihn einholte, für sich selbst und für die ganze Welt. Der Schmerz und Wahnsinn hatte für ihn mit der Ermordung seiner Schwester begonnen, und über ihm war der Mann, der ihn angeordnet hatte. Maruda war nur eine Schachfigur gewesen, genau wie Riaz. Die wirklichen Mörder waren die Mitglieder der Walhalla-Gruppe, und er konnte das letzte davon zur Strecke bringen.

Zum ersten Mal hatte Jamie das Gefühl, die Situation unter Kontrolle zu haben. Die gesamte gewaltige Affäre war auf einen einfachen Kampf Mann gegen Mann reduziert worden. Keine weiteren Überraschungen, keine weiteren Tricks. Nur ein Mann gegen einen anderen.

Jamie kletterte mit der Geschmeidigkeit und Selbstsicherheit des professionellen Sportlers weiter und hielt nicht einmal einen Augenblick lang inne. Seine Arme und Beine arbeiteten im perfekten Einklang, fast wie die Glieder eines vierbeinigen Tiers und nicht die eines Menschen. Sein Gleichgewichtssinn wurde sein größter Verbündeter, und plötzlich waren die Füße des Mannes in Schwarz kaum zwei Meter links über ihm.

Die Gestalt kletterte weiter, wußte jedoch, daß sie verfolgt wurde, und ließ sich zu einer höheren Geschwindigkeit treiben. Jamie entschloß sich, weiterhin schnurstracks geradeaus zu klettern. Obwohl der Verfolgte damit die Entfernung seitwärts zwischen ihnen vergrößerte, würde Jamie auf diese Weise die Kuppe zur selben Zeit wie er erreichen.

Er zog sich über die Felsen hoch, wurde nicht langsamer und hielt den Blick auf den Mann vor ihm und nirgendwohin sonst gerichtet.

Auch als Eastman das Gras auf der Kuppe des Cliff Walks berührte, wußte er, daß er seinem Verfolger nicht entkommen konnte. Er hatte sich vergebens gefragt, wer der Mann sein konnte. Kein Delta, das stand fest, und auch kein SEAL. Er hätte beides sein können, war es aber nicht. Wer war er dann, und warum verfolgte er ihn?

Aus irgendeinem Grund fiel ihm plötzlich Jamie Skylar ein. Von Anfang an ein Störfaktor in seinem Plan. Wegen Skylar war die Operation beinahe abgebrochen worden, und nun war er das letzte Hindernis, das es zu überwinden galt. Skylar! Es mußte Skylar sein!

Eastman wandte sich um und sah, wie sich Skylar unmittelbar nach ihm auf dem Cliff Walk erhob. Der Colonel hielt bereits seine Neun-Millimeter-Pistole schußbereit, als sein Verfolger zu einem Spurt ansetzte.

Eastman schoß.

Die Kugeln bedeuteten Jamie nichts, wenngleich er ihre Hitze spürte, als sie an ihm vorbeizischten. Vielleicht wich er ein paarmal aus, sprang zur Seite; er konnte es nicht sagen. Sein Instinkt hatte übernommen, wie es auf dem Spielfeld auch sein mußte. Denke, und du bist erledigt. Zögere, und du bist weg vom Fenster. Die großen Spieler machen einfach weiter. Die großen Spieler verstehen es, eine neue Position einzunehmen, während sie die alte anscheinend noch halten.

Der Mann vor ihm wich zurück, feuerte seine letzten Kugeln und wandte sich dann zur Flucht um. Jamie legte die Entfernung mit einem letzten Spurt zurück, womit ihm nur noch ein einziger Zug offenstand. Die Pistole des Mannes hatte zum letzten Mal Feuer gespuckt, als Jamie gegen ihn prallte und ihn zu Boden riß.

Die Scheinwerfer des Hubschraubers beleuchteten die Szene. Brickmeister hielt das Fernglas an die Augen und kam sich hilfloser vor als je zuvor im Leben.

»Gott im Himmel«, murmelte er.

Er sah zwei Gestalten, die sich kämpfend auf den Felsen wälzten, einer davon mit vier tödlichen Kanistern auf dem Rücken.

Jamie fielen im letzten Augenblick die Kanister ein, und er drehte sich in der Luft, um den Mann nicht über den Rand des Cliff Walk zu stoßen. Der Aufschlag war hart, nahm ihm aber nicht die Luft. Auf dem Spielfeld war er schon härter angerempelt worden, oftmals von zwei Seiten gleichzeitig.

Er wußte, daß er benommen war, aber auch, daß es dem anderen Mann nicht besser ging, als sie miteinander rangen und versuchten, sich gegenseitig hinabzustoßen. Die Gestalt griff nach seiner Kehle, und instinktiv trat Jamie zu. Sie trennten sich voneinander, und beide kämpften sich wieder hoch.

Während sie einander umkreisten, warf der Mann einen flüchtigen Blick auf die sich nähernden Hubschrauber, und als sich das Licht der Scheinwerfer über sie ergoß, sprang Jamie ihn an. Die Gestalt drehte sich, verlor das Gleichgewicht und begann abzurutschen. Jamie reagierte blitzschnell und ergriff die Schulter des Mannes, um einen Sturz zu verhindern, bei dem einer der Antimaterie-Behälter vielleicht zerbrechen würde. Der Mann schlug mit der freien Hand nach Jamie, doch darauf verstand er sich auch.

Er rammte das Gesicht des Mannes hart gegen die Felsen, doch sein Gegenspieler kam wieder auf die Füße und holte seinerseits zu einem wuchtigen Hieb aus. Jamie fuhr herum, doch die Faust erwischte ihn an der Schläfe. Die Wucht des Schlags machte ihn benommen. Die Gestalt holte erneut aus, zuerst mit einem Fuß und dann der anderen Faust. Sie täuschte rechts und links Schläge vor, benutzte die Nacht, fühlte sie geradezu. Der Mann war ein Profi und setzte seine gesamte Erfahrung ein.

Nun wurde Jamies Kopf gegen die Felsen gehämmert. Er fühlte, wie warmes Blut aus den Wunden sickerte, die die Schläge aufgerissen hatten. Sein Blick war bewölkt. Seine Beine waren wacklig. Die Gestalt stieß seinen Kopf wieder gegen das Gestein, und diesmal flirtete Jamie mit der Bewußtlosigkeit, von der er genau wußte, daß sie mit dem nächsten Schlag kommen würde.

Und dann erinnerte er sich an seine Schwester, konnte er sich endlich wieder ihr Gesicht vorstellen. Er sah ihr Gesicht und sonst nichts. Und irgend etwas in ihm zerriß.

Als der nächste Schlag kam, wirbelte Jamie herum und rammte die Schulter gegen seinen Feind. Der Stoß kam ihm noch härter vor als der, den er Roland Wingrette im Spiel gegen die Eagles verpaßt hatte.

Der Colonel fühlte, wie der Atem seinen Lungen entwich wie Luft aus einem durchbohrten Ballon. Seine Rippen waren angebrochen, und er schmeckte bereits Blut im Mund. Endlich begriff er, wie stark Skylar wirklich war, und mit dieser Erkenntnis kam das Wissen, daß er seine Stärke gegen ihn einsetzen mußte. Als Skylar ihn das nächste Mal rempelte, ließ Eastman es zu, um sich im letzten Augenblick zu drehen, ihre Position praktisch umzukehren und Skylar über die Klippe zu schleudern.

Sein Schachzug hätte perfekt geklappt, hätte Jamie nicht im letzten Augenblick instinktiv seine Absicht gespürt, wie er auf dem Spielfeld einen Rempler von der Seite spürte. Als die schwarze Gestalt zur Seite zuckte, hielt Jamie mitten in der Bewegung inne und stieß ihm beide Arme gegen die Brust. Die Gestalt taumelte von ihm zurück, der Dunkelheit und den Felsen tief unter ihnen entgegen.

Nein! *Nein!!!!!*

Er hatte die Säcke mit dem Sprengstoff vergessen, doch in dem Augenblick, da die Gestalt sich aus seinem Griff befreite, fielen sie ihm wieder ein. Seine Hände hatten sich gerade um das rauhe Nylon geschlossen, als der Schrei in seinen Ohren gellte.

»AHHHHHHHH!«

Bis zum letzten Augenblick war sich Jamie nicht sicher, ob er die Taschen losgerissen hatte oder nicht. Doch als die Gestalt unten auf die Felsen stürzte, fühlte Jamie das Gewicht der Säcke in seinen Händen. Ihr Schwung kostete ihn beinahe das Gleichgewicht.

Beinahe.

Jamie drückte den Rücken gegen die Felsen und blieb dort. Ein Blick hinab zu einer tauben Stelle seiner Seite enthüllte Blut, das einen immer größeren Fleck auf seinem Hemd bildete.

Ich wurde angeschossen! begriff er.

Aber er hatte es nicht gespürt und spürte es auch jetzt nicht. Er hörte das Rauschen des Meeres, der frische Geruch der salzigen Luft drang in seine Nase, und Jamie brachte nur noch die Kraft zu einem Lächeln auf.

Epilog

»Und was hältst du davon?« fragte Jamie Monroe Smalls, der neben seinem Krankenhausbett stand.

»Scheiße, Ivy-Bürschchen«, gab Smalls zurück. »Die Ärzte sagen, in der nächsten Spielzeit, und nicht in vier Wochen.«

»Aber du willst doch morgen spielen?«

»Darauf kannst du deinen Arsch wetten.« Smalls blinzelte. »Es wird höchste Zeit, daß ich wieder im wirklichen Krieg mitmische.«

»Und hat die Army Verständnis gehabt?«

»Verdammt, die drehen bald durch, vor allem, weil ich ihnen nicht die ganze Wahrheit sagen konnte. Ich habe da mit Brickmeister eine kleine Absprache getroffen. Sollte jemand die Wahrheit herausfinden, reißen sie mir genauso wie ihm den Arsch auf.«

Bei diesen Worten öffnete sich die Tür, Major Brickmeister kam herein. Sein Blick fiel zuerst auf Monroe Smalls.

»Hallo, Bruder«, grüßte der Major.

»Ich bin nicht Ihr Bruder.«

»Sie sind jetzt ein Delta, Mann. Und damit sind Sie mein Bruder, ob es Ihnen nun paßt oder nicht.«

»Es paßt mir nicht.«

»Was gestern abend aber nicht der Fall war.«

Smalls sah zu Jamie. »Das war etwas anderes.«

»Wir sind jetzt quitt, Monroe.«

»Scheiße, Ivy-Bürschchen«, knurrte Smalls, »die Sache gestern abend hat mir so viel Spaß gemacht, daß ich jetzt tiefer denn je in deiner Schuld stehe.«

»Können wir uns mal allein unterhalten, mein Sohn?« fragte der Major Jamie.

Jamie sah Smalls an und nickte.

»Bist du dir sicher, Ivy-Bürschchen?«

»Wenn ich dich brauche, schreie ich.«

Smalls war auf halber Strecke zur Tür, als Brickmeister mit ungewöhnlichem Zaudern einen Schreibblock hervorzog. »Ich habe einen zwölf Jahre alten Sohn, der sich sehr über ein Autogramm von Ihnen freuen würde.«

Monroe grinste so breit, daß er ein ganzes Brot hätte quer essen können, als er den Kugelschreiber in Empfang nahm. »Da Sie und ich Brüder sind, ist er ja wohl mein Neffe.«

»Der Junge hat jede Menge Onkel.«

Smalls schlug den Schreibblock zu, gab ihn Brickmeister zurück und ging.

»Sie lassen mich bewachen«, sagte Jamie zu Brickmeister.

»Wie kommst du denn darauf, mein Sohn?«

»Monroe hat gesagt, ein paar Ihrer Jungs hätten die ganze Nacht in der Lobby Wache gehalten.«

»Zu deinem eigenen Besten. Ich will kein Risiko eingehen. Deshalb passen sie auf dich auf.«

»Und vor wem genau sollen sie mich beschützen?«

»Es kann nichts schaden, auf Nummer Sicher zu gehen.« Brickmeister trat etwas näher ans Bett und verschränkte die Arme vor der Brust. »Ich habe gehört, sie haben zwei Kugeln aus dir gegraben?«

Jamie verschränkte die Arme vorsichtig hinter dem Kopf. Abgesehen von den Schußwunden hatte er zwei blaue Augen und eine geschwollene Wange davongetragen, und sein Gesicht war mit mehreren Stichen genäht worden.

»Die Ärzte bewahren sie in einem Glas für mich auf«, sagte er zu Brickmeister. »Sie meinen, jede von ihnen hätte tödlich sein können, wenn Sie mich nicht mit Ihrem Hubschrauber ins Krankenhaus gebracht hätten.«

»Das war das mindeste, was wir tun konnten, mein Sohn.«

»Die Frau haben Sie aber woanders hingebracht.«

»Hat ein Arzt dir das gesagt?«

»Das war nicht nötig.«

»Ich habe gehört, daß sie sie heute morgen zum Verhör nach Washington gebracht haben. Sie haben fünf Kugeln aus ihr herausgeholt.«

»Bewahrt ihr Arzt sie auch für sie auf?«

»Nicht nötig. Sie hat schon eine beträchtliche Sammlung davon.«

»Ach ja. Sie war ja eine von Ihnen.«

Brickmeister versteifte sich. »Keine von uns, mein Sohn. Ich spiele nicht mal annähernd in ihrer Liga mit.«

»Aber Sie kämpfen im gleichen Krieg wie sie. Kommt es nicht nur darauf an?«

»Die Sache ist, ich bin hier, die anderen nicht.«

»Noch nicht.«

»Das erklärt, wieso ich zuerst gekommen bin.«

»Wirklich?«

»Du verpflichtest dich bei meinen Jungs, und alles ist geregelt. Niemand braucht sich mehr Sorgen zu machen.«

»Also verpflichte ich mich und helfe Ihnen, die Walhalla-Gruppen der Zukunft in Schach zu halten.«

»Sie werden sich selbst im Schach halten, mein Sohn. Die Welt läßt sie nur ein gewisses Stück weit kommen, bevor sie mit den Zweigen ausholt und sie erwürgt.«

»Aber sie kommen jedesmal ein Stück weiter, nicht wahr? Und jedesmal wird es schwerer, sie wieder auszuschalten. Denken Sie mal darüber nach, Major. Hätte ich nicht Glück gehabt und Eastmans Säcke erwischt, wäre jetzt vielleicht da, wo früher Neuengland war, nur noch ein großes Loch.«

Brickmeister trat noch näher zu ihm.

»Daß es nicht schlimmer gekommen ist, haben wir nur dir zu verdanken.«

»Aber es sind Kinder gestorben, nicht wahr?«

»Fünf.«

»Das klingt nicht so, als würde es Ihnen das Herz zerreißen.«

»Ich habe selbst Kinder, mein Sohn«, erwiderte Brickmeister; er klang tatsächlich beleidigt. »Aber wenn ich meinen Job ausübe, muß ich mit akzeptablen Verlusten leben können.«

»Na ja, dann will ich Ihnen mal was sagen, womit keiner von uns leben kann. Dienstag in zwei Wochen wird gewählt, und die Rettung von Castle Island hat Walhallas Kandidaten nicht von den Listen gestrichen.«

»Nachdem der große Plan in die Hose gegangen ist, haben ihre Werkzeuge keine Chance mehr.«

»Aber das wird die Leute, die hinter ihnen stehen, nicht davon abhalten, es noch einmal zu versuchen.«

»Außer, wir können diese Leute daran hindern.«

»Sie, Major?«

»Ich warte nur auf den Anruf.«

»Apropos Anruf ... ich wollte Sie gerade anrufen, als Monroe mir sagte, daß Sie mich besuchen würden.«

Die Augen des Majors wurden wachsam.

»Ich will mit der Frau sprechen, Major.«

»Das wird den hohen Tieren nicht gefallen, mein Sohn.«

»Das ist mir scheißegal. Denn sehen Sie, ich glaube, wir beide verstehen uns einigermaßen. Ich weiß, daß die Frau ein verdammt großes Risiko für Sie darstellt, und die Versuchung ist doch sicher groß, ein paar unglückliche Entscheidungen zu treffen, oder?«

»Du hast schon wieder ›Sie‹ gesagt, mein Sohn. Und du hast dich schon wieder geirrt.«

»Ich meine euch alle. Sie können die erreichen; ich nicht. Und ich will, daß Sie sie daran erinnern, daß ich alles weiß, was beinahe geschehen wäre. Ich weiß von der Antimaterie, von Walhalla und den Leuten, die da draußen noch immer für diese Gruppe arbeiten.« Jamie zögerte. »Es wäre eine gute Idee, der Versuchung zu widerstehen, Major. Es liegt in unser allem Interesse, daß der Frau nichts passiert.«

Ein leises Lächeln breitete sich auf dem Gesicht des Majors aus. »Du würdest in meinen Anzug passen, mein Sohn. Besser als der Schwanz eines Geilen ins Loch einer Nutte.«

»In meinem Spiel trägt man Schulterpolster, Major, kein Kevlar.«

Brickmeister nickte. Dann holte er wieder den Schreibblock hervor.

»Mein Sohn würde auch gern dein Autogramm haben.«

»Weiß er denn, wer ich bin?«

»Tja, er liest *The Sporting News* immer von vorn bis hinten durch. Ich glaube, er kennt deinen Namen, weiß vielleicht sogar, wie du spielst. Und wenn nicht, werde ich ihm sagen, daß er auf dieses Autogramm stolz sein kann.«

»Wie wollen Sie ihn denn davon überzeugen?«

»Ich sage ihm, ich habe dich spielen gesehen. Ich sage ihm, du warst einer der besten, die ich je gesehen habe.«

»Nicht gerade die reine Wahrheit.«

»Aber auch keine Lüge.«

»Ein Punkt für Sie, Major«, sagte Jamie und ließ sich von Brickmeister Schreibblock und Kugelschreiber geben. »Wo soll ich unterschreiben?«

ENDE

Band 13 410
Jon Land
Die neunte Gewalt
Deutsche
Erstveröffentlichung

Aus einem Hochsicherheits-Gefängnis verschwinden spurlos 84 der gefährlichsten Psychopathen, die es je gab. Ihr Anführer: Der Candy-Mann – der schrecklichste Serienkiller der Kriminalgeschichte. Doch was keiner weiß: All dies ist Teil einer gigantischen Verschwörung, die ein ganzes Land ausrotten soll. Nur ein Mann ist besessen genug, sich auf die Spur der Killer zu setzen – doch selbst er, Jared Kimberlain, könnte diesmal zu spät kommen ... Und dann beginnt für die Menschheit die Hölle auf Erden.

Sie erhalten diesen Band im Buchhandel, bei Ihrem Zeitschriftenhändler sowie im Bahnhofsbuchhandel.